Perdidos en Nunca Jamás

Traducción: María Victoria Echandi

VR YA

Título original: *Lost in the Never Woods*
Traducción del inglés: María Victoria Echandi
Edición revisada y adaptada

Primera edición: marzo de 2022

Gran Vía de Les Corts Catalanes 283, 08014 Barcelona - www.vreuropa.es

Publicado bajo acuerdo con Swoon Reads, un sello de Feiwel and Friends y Macmillan Publishing Group, LLC.

ISBN: 978-84-124770-0-9
Depósito legal: B-19.390-2021
Diseño de cubierta: Rich Deas, Mike Borroughs
Maquetación: Valeria Miguel Villar (Olifant)
Impreso por Estugraf Impresores

Impreso en España / *Printed in Spain*

Este libro se ha impreso en papel procedente de bosques gestionados de forma sostenible y que ha seguido un proceso de fabricación totalmente libre de cloro.

Para todos los corazones melancólicos que tuvieron que crecer demasiado rápido.

Capítulo 1

Estrellas fugaces

Cuando Wendy Darling atravesó la puerta, la conversación cesó y todos los ojos se posaron en ella. Varios susurros empezaron a escucharse por lo bajo mientras estaba ahí de pie, con papeles entre los brazos. Se le erizaron los pelos de la nuca. Como humilde voluntaria en el único hospital del pueblo, Wendy se pasaba el día copiando archivos en el sótano. Esa parte era muy aburrida, pero quería ser enfermera. No es la manera en la que una adolescente se imaginaría celebrando los dieciocho, pero Wendy quería pasar desapercibida y evitar recibir atención.

No lo estaba consiguiendo.

La enfermería estaba llena de gente con batas quirúrgicas y oficiales de policía con uniforme, y todos la observaban titubear en la puerta mientras intentaba que no se le cayeran los papeles.

Las manos sudorosas hacían que las carpetas de plástico fueran difíciles de sostener, así que, aunque la cabeza le decía que se fuera, Wendy cruzó la habitación apresuradamente y dejó los archivos detrás del escritorio. La siguieron ojos curiosos y el ruido incoherente proveniente de las radios de los policías.

—Dios mío, ¿ya has acabado?

Wendy se sorprendió por la repentina aparición de la enfermera Judy.

—Eh... Sí. —Dio un paso hacia atrás rápidamente y se pasó las manos por el pelo corto y recto. La enfermera Judy era una mujer pequeña con una gran presencia, vestida con una bata quirúrgica de Snoopy. Su voz resonante era perfecta para hablar sobre el murmullo de una sala de espera llena. Además, tenía una risa fuerte y desvergonzada que solía usar cuando bromeada con los médicos.

—¡Rayos, niña! ¡Nos haces quedar mal a los demás! —No toleraba las tonterías y generalmente decía lo que pensaba, por eso mismo su sonrisa tensa y manos inquietas le producían un nudo en el estómago a Wendy.

Wendy forzó una pequeña risa, pero esta le murió en la garganta. Detrás de la enfermera Judy, al otro lado del escritorio con forma de U, estaba el oficial Smith. Las pálidas luces fluorescentes le rebotaban en la calva mientras estaba ahí de pie, respirando con los pulgares metidos en las correas del chaleco antibalas. Miró a Wendy fijamente, apretaba los labios en una línea recta mientras la mandíbula se le tensaba al mascar chicle. Sin importar qué época del año fuera, el oficial Smith siempre estaba bronceado y tenía una marca de las gafas de sol alrededor de los ojos. Su forma de mirar te hacía sentir culpable, incluso si no habías hecho nada malo. Era una mirada que Wendy había recibido varias veces durante los últimos cinco años.

—Wendy. —Su nombre siempre sonaba áspero cuando él lo decía, era como si le molestara mencionarla siquiera.

La cabeza de Wendy osciló de arriba abajo en un incómodo saludo. Quería preguntarle qué estaba pasando, pero la manera en que todo el mundo la miraba…

—¡Aquí estás! —Un fuerte tirón en el brazo la hizo girar hacia el rostro radiante de Jordan—. ¡Te he estado buscando por todos lados!

Jordan Arroyo llevaba siendo su mejor amiga desde primaria. Si alguna vez Wendy salía de su zona de confort era porque Jordan la alentaba a hacerlo y, a veces, hasta la empujaba. Fue Jordan quien la animó a mandar solicitudes a universidades importantes y lo celebró bailando y gritando cuando las admitieron en la Universidad de Oregón. Cuando a Wendy le preocupaba estar muy lejos de Astoria y de sus padres, Jordan le prometía que, cada vez que quisiera volver, cogerían el coche y harían juntas el trayecto de cuatro horas.

Wendy sintió un pequeño alivio.

—Yo…

—¿Ya has acabado? —Jordan clavó los ojos en la pila de archivos. Era alta, su tez cálida y oscura nunca tenía espinillas y el pelo oscuro solía enmarcarle el rostro con pequeños rizos, pero ahora lo llevaba recogido en una cola de caballo.

—Sí…

—¡Genial! —Antes de que Wendy pudiera objetar, Jordan cogió las mochilas con una mano y empujó a Wendy por el pasillo con la otra—. ¡Vamos!

Wendy esperaba que uno de los tres policías la detuviera, pero, a pesar de que las observaron mientras se iban, especialmente el oficial Smith, nadie dijo nada.

Cuando la puerta se cerró a sus espaldas y se quedaron solas en la recepción, Wendy respiró hondo.

—¿Qué demonios ha sido eso? —preguntó mientras echaba

un vistazo rápido por encima del hombro para ver si alguien las seguía.

—¿El qué? —replicó Jordan. Wendy tenía que caminar rápido para seguir el ritmo de sus pasos, largos y decididos.

—Los policías y todo lo demás.

—Pff, ¡quién sabe! —Jordan se encogió de hombros mientras introducía torpemente el código de seguridad en la puerta de la sala de descanso de las enfermeras.

Wendy frunció el ceño. Su amiga nunca se perdía la oportunidad de cotillear. Cada vez que pasaba algo interesante en el hospital —como cuando un chico le disparó a su amigo en el dedo del pie mientras cazaban en el bosque o cuando un médico hacía llorar a un asistente—, Jordan estaba al tanto. Iba de persona en persona, investigaba los detalles e insistía hasta conseguir información, después iba a buscar a Wendy y divulgaba todo lo que había descubierto. Escondía algo.

—Espera —dijo Wendy mientras la tensión se aferraba a sus hombros.

—¡Siéntate! —Jordan la empujó hacia una silla que estaba junto a la mesa destartalada, repleta de platos y cubiertos desechables—. Sé que no te gusta celebrar tu cumpleaños... —Recorrió la habitación, cogió un par de tenedores de plástico y un *tupper* de la nevera—. ¡Pero cumples dieciocho años! Así que tenía que hacer algo.

—Jordan.

—¡Te he preparado tu preferido! —La chica ni levantó la mirada mientras intentaba abrir la tapa del *tupper*—. ¿Ves? —Le dedicó una sonrisa temblorosa, en el mejor de los casos, mientras ponía un *cupcake* amarillo en un plato. Una parte de la cobertura de chocolate se escurría por un lateral del papel—. No ha quedado perfecto, pero sabes que cocino fatal.

A Wendy le palpitaba el corazón en la garganta. ¿Por qué Jordan no la miraba?

—Jordan.

—Pero mi padre se ha comido tres y no ha acabado en urgencias —bromeó mientras hundía una vela violeta en el *cupcake* y cogía un mechero amarillo—. ¡Así que no puede ser tan malo!

—¡Jordan! —Wendy presionó con insistencia, pero su amiga le acercó el plato con una sonrisa que parecía más una mueca.

—¡Pide un deseo!

—¡JORDAN!

Su amiga se encogió y hasta Wendy se sorprendió por el volumen de su propia voz. Finalmente, Jordan alzó la mirada, con las cejas caídas y los labios presionados entre los dientes.

—¿Qué está pasando? —repitió Wendy. Las palabras sonaron mucho más inestables mientras se inclinaba hacia delante. El calor de la vela le rozó el mentón—. ¿Por qué hay tantos policías? ¿Qué ha pasado?

—Ashley Ford ha desaparecido —explicó la otra con voz suave.

Fue como si una mano gigante le quitara todo el aire de los pulmones.

—¿Cómo que ha desaparecido? —Wendy enseguida cogió el móvil. No había recibido la alerta AMBER que se emite cuando un niño desaparece, pero la sala de archivos tenía muros de hormigón y no llegaba la cobertura.

—Esta mañana —continuó Jordan. Observaba a Wendy con cuidado mientras hablaba.

La habitación se tambaleó. Wendy se aferró al borde de la mesa con palmas sudorosas para equilibrarse.

—Pero la he visto esta misma mañana.

—Al parecer estaba jugando en el jardín delantero. Su madre entró en casa para buscar algo y, cuando volvió a salir, Ashley ya no estaba.

Wendy conocía bien a Ashley. Cuando no estaba haciendo trabajo administrativo, pasaba casi todo el tiempo en el área de pediatría del hospital, leyéndoles a los niños o haciendo manualidades con ellos. La señora Ford era paciente del hospital, necesitaba tratamiento de diálisis regularmente y, cuando iba, dejaba a Ashley en la sala de niños con Wendy. Ashley solo tenía ocho años, pero era inteligente y sabía mucho sobre árboles. Esa misma mañana, se había sentado en un puf gigante, que prácticamente devoraba su pequeña figura, y había enunciado los nombres de los árboles que podía ver a través de los ventanales.

—¿No la encuentran? —preguntó Wendy. Jordan sacudió la cabeza. Con razón todos la miraban—. ¿Y a Benjamin Lane?

—Tampoco lo han encontrado. —Jordan se mordió el labio inferior mientras la observaba—. Dos niños desaparecidos en las últimas veinticuatro horas… Aunque muchas personas los están buscando —se apresuró a agregar, pero su voz sonaba ahogada, como si Wendy la escuchara bajo el agua—. Por eso ha venido la policía, están interrogando a las personas que la vieron por última vez…

No acabó la frase, pero Wendy sabía qué estaba pensando.

La cabeza le daba vueltas. Benjamin Lane era un chico del pueblo que había desaparecido la tarde anterior. Solo tenía diez años, pero estaba atravesando una época de rebeldía. Benjamin había huido de casa una vez y parecía que todo el mundo asumía que se estaba escondiendo en casa de un amigo. Todo el pueblo aceptó rápidamente esa explicación, chasqueaban la lengua antes de decir que los padres lo habían malcriado y soltar la típica frase «los chicos de hoy en día».

Porque en Astoria, Oregón, prácticamente no había delincuencia. Sobre todo de la más macabra. Y menos niños desaparecidos. Con la excepción, por supuesto, de…

—Mis hermanos. —Los hombros de Wendy se hundieron y tragó saliva con fuerza—. ¿Creen que…?

Jordan sacudió la cabeza vigorosamente y le apretó el hombro.

—Saben que no tiene nada que ver contigo. Seguro que Ashley fue a casa de una amiga o algo por el estilo. O quizá la encontrarán ilesa en un parque —dijo intentando sonar segura, pero eso no funcionaba con Wendy.

La invadió el terror ante la idea de que la policía la interrogara otra vez. Ante la imagen de Ashley perdida y sola, o algo todavía peor.

Dejó caer la cabeza entre las manos, pero sintió un dolor repentino en el mentón. Se alejó de la llama de la vela, gruñendo. Jordan la apagó al instante. Cera violeta cayó sobre el chocolate. Jordan maldijo por lo bajo, cogió una servilleta, la humedeció y se la dio a Wendy.

—¿Estás bien?

Wendy se presionó la servilleta fresca sobre la pequeña marca del mentón.

—Sí. —Hizo una mueca—. Casi no me he quemado.

—No me refería a eso —replicó Jordan y Wendy evitó mirarla a los ojos.

—Quiero irme a casa.

La gente giró la cabeza para seguirlas mientras cruzaban el vestíbulo y atravesaban la puerta principal. Jordan llenaba el silencio de Wendy con sus horrorosas aventuras pasteleras y con como la primera tanda de *cupcakes*, de alguna manera, había salido del horno más líquida de lo que había entrado.

En el aparcamiento, el sol acababa de ponerse por detrás de la dentada línea de árboles que coronaban las colinas del oeste. Wendy observó como los últimos rayos teñían el bosque distante de un rojo profundo mientras Jordan la acompañaba a su coche. No tenía intención de quedarse hasta tan tarde, pero estar en un sótano sin ventanas durante tantas horas había hecho que perdiera noción del tiempo.

La camioneta de Wendy era vieja y destartalada. En algún momento, había sido de color azul, pero ahora estaba casi desteñida por completo y se asomaban algunas manchas naranjas de óxido. Era más vieja que ella, pero seguía funcionando gracias a Jordan y su padre.

El señor Arroyo era el dueño de uno de los dos talleres mecánicos del pueblo y Jordan era su aprendiz. Jordan siempre la cuidaba de una manera u otra.

Wendy se movió para abrir la puerta, pero su amiga se recostó sobre ella.

—¿Crees que podrás conducir hasta casa? —preguntó, los ojos castaños entrecerrados bajo los últimos rayos de sol.

—Sí, estaré bien —afirmó, tanto para Jordan como para ella misma.

—Ojalá no tuviera que trabajar esta noche —replicó su amiga con el ceño fruncido.

—No te preocupes —dijo Wendy. Sus ojos se posaron en la luz tenue.

—Aunque, ¿sabes qué? Creo que no pasa nada si falto a

mi turno —añadió Jordan. Hablaba rápido, como cada vez que quería convencerse de hacer algo—. ¿Quieres quedar con Tyler? Están haciendo trucos en las calles secundarias. O podemos ir a ver una película al Gateway.

—No te preocupes, en serio.

A Wendy le gustaba el novio de Jordan, Tyler, pero no tenía ganas de quedar con él y sus amigos. Tyler conducía una camioneta Toyota con ruedas gigantes a la que le costaba subirse. Tomaba las curvas demasiado rápido y las voces gritonas y el olor a cerveza la descomponían. Cuando se trataba de películas, Jordan siempre quería ver alguna de miedo y, aunque Wendy sabía que su amiga haría el sacrificio de ver un documental independiente sobre cocodrilos en Amazonas, estaba demasiado cansada para ser recíproca.

—La verdad es que no tengo muchas ganas de celebrar mi cumpleaños.

Jordan no pareció satisfecha con esa respuesta, pero para el alivio de Wendy, cambió de tema:

—Entonces que llegues bien a casa. —Jordan se alejó de la puerta y le tiró de un rizo de forma cariñosa—. Y envíame un mensaje si necesitas algo, ¿de acuerdo?

—Lo haré —respondió. Se pasó una mano por el pelo mientras abría la puerta y subía al vehículo.

—¡Y será mejor que te comas esto y me digas si está bueno! —ordenó mientras le daba el *tupper* con el *cupcake* sin tocar—. ¡Ah! ¡Casi se me olvida! —Hundió la mano en su mochila y sacó un regalo rectangular envuelto torpemente en papel azul brillante—. ¡Ábrelo! ¡Ábrelo!

Wendy no pudo evitar reírse ante la emoción de Jordan y sus pequeños saltos. Arrancó el papel de regalo y encontró un cuaderno de dibujo. La cubierta tenía la ilustración de un pájaro volando y Jordan había pegado una caja de lápices de colores sobre la tapa.

—¿Un cuaderno de dibujo? —preguntó Wendy sorprendida y un poco confundida.

—¡Sí, un cuaderno de dibujo! —anunció Jordan de manera triunfante—. Me he dado cuenta de que últimamente dibujas mucho —replicó e inclinó la mejilla en un ángulo orgulloso mientras se cruzaba de brazos.

—¿Te has fijado? —preguntó Wendy.

—Eh, sí, ¡por supuesto que sí! —dijo resoplando antes de sonreír—. Solo disimulaba para que te extrasorprendieras cuando te diese el regalo. Pensé que un cuaderno de dibujo sería mejor que retazos de papel que encuentras por ahí, ¿no te parece?

Wendy soltó una risa extraña mientras pasaba un dedo por las páginas gruesas.

—Sí, definitivamente.

—Muchos árboles, ¿verdad? —Estaba claro, por la sonrisa en su rostro, que Jordan quería demostrarle hasta qué punto lo había visto—. ¿Y quién es el chico?

—¿Chico? —Wendy puso unos ojos como platos.

—Sí, el chico que siempre dibujas… —Jordan se estiró y cogió un retazo de papel del salpicadero—. Sí, ¡este chico! ¿Lo ves? —Se lo dio para que lo viera. Era el dibujo de un muchacho sentado en la rama de un árbol, balanceando las piernas, y que tenía un leve indicio de hoyuelos en las mejillas. El pelo despeinado le caía sobre los ojos y le oscurecía los rasgos faciales. En la esquina había un dibujo sin terminar de un viejo árbol con raíces retorcidas y sin hojas.

Una ola de calor cubrió las mejillas de Wendy.

—¡No es nadie! —Le arrebató el papel de las manos y lo hizo una bola.

—Oh, por Dios. —A Jordan se le iluminó la cara—. Wendy Darling, ¡te has puesto roja!

—¡No! —Wendy negó. Le ardía la cara.

Jordan inclinó la cabeza hacia atrás con una carcajada.

—Vale, ¡tienes que contármelo! ¿Quién es el chico, Wendy? —Levantó un dedo—. ¡Y no te atrevas a mentirme!

Wendy dejó caer la cabeza contra el asiento y soltó un gruñido. Si mentía, Jordan se daría cuenta y seguiría insistiendo. Pero la verdad era muy vergonzosa. Miró a su amiga, que arqueó una ceja, expectante.

—¡Ugh! —suspiró—. Es Peter Pan —murmuró por lo bajo.

—¿Peter Pan? —repitió Jordan, frunciendo el ceño—. Peter... Espera, ¿te refieres al niño que aparecía en los cuentos de tu madre?

—Sí —admitió Wendy.

Cuando Michael nació, John tenía tres años y Wendy cinco. Todas las noches, antes de dormir, su madre les contaba cuentos sobre Peter Pan. Sobre sus aventuras con piratas, sirenas y su grupo de niños perdidos. Wendy, John y Michael se pasaban el día en el bosque que había detrás de casa, corriendo y simulando que luchaban contra osos y lobos junto a Peter Pan; y la noche amontonados con una linterna debajo de una manta mientras Wendy les contaba cuentos sobre Nunca Jamás. Él era un chico mágico que vivía en una isla mágica en el cielo y, lo más importante, podía volar y nunca se hacía mayor.

Cuando Wendy creció, adoptó la posición de narradora de cuentos a la hora de dormir. Reciclaba las historias de su madre, pero también inventaba aventuras nuevas para sus hermanos pequeños.

Después de lo que les pasó a John y Michael, Wendy solo hablaba de Peter cuando les contaba cuentos a los niños del hospital. Cuando trabajaban como voluntarias en el ala de pediatría, Jordan solía entretener a los mayores con juegos de mesa, pero a veces escuchaba los cuentos de Wendy.

—También he estado soñando con él —confesó Wendy mientras alisaba el papel sobre el volante para estudiar el dibujo sin terminar—. O algo así. Siempre me olvido cuando me despierto, pero recuerdo algunas cosas, como selvas húmedas, playas de arena blanca y bellotas. —Se removió, incómoda—. Y hace un par de noches, empecé a dibujar cómo me las imagino.

—¿Y los árboles? —preguntó Jordan. Una intensidad silenciosa la envolvió mientras escuchaba a Wendy.

—No tengo ni idea. Supongo que solo son árboles.

Jordan se quedó callada durante un segundo. Wendy odiaba cuando hacía eso. Tenía la sensación de que su amiga siempre se daba cuenta cuando le escondía algo. Pero, poco después, Jordan se encogió de hombros.

—Quizá te sientes vieja y te gustaría ser joven para siempre, como ese Peter Pan —sugirió—. ¿Quizá quieres huir con él al país de Nunca Jamás?

Le asomó una sonrisa. Wendy puso los ojos en blanco y rio.

De repente, Jordan se inclinó hacia la camioneta, envolvió un brazo alrededor de Wendy y le dio un fuerte abrazo. Antes de que pudiera hacer algo más que tensarse, Jordan la soltó y dio un paso hacia atrás. Wendy no solía dar abrazos. Le parecían extraños y forzados. En algún momento de los últimos cinco años, había olvidado cómo se daban. La gente solía burlarse mucho. Era dolorosamente evidente cuán incómoda se sentía ante el contacto físico, pero Jordan nunca se había reído de ella. Y si alguien iba a darle un abrazo, Wendy prefería que fuera su mejor amiga.

Jordan dio un golpe en el techo del coche con el puño.

—¡Feliz cumpleaños, vieja! —gritó antes de dirigirse a su propio coche, que se encontraba en la otra punta del aparcamiento. Wendy esperó a que se marchara y la saludó con la mano mientras doblaba la esquina.

Wendy se desplomó en el asiento y soltó una exhalación prolongada. Sin nadie a su alrededor, se inclinó hacia delante y apoyó el cuaderno de dibujo en el asiento del copiloto. El suelo estaba repleto de retazos de papel. Algunos estaban doblados, otros arrugados, algunos hasta rasgados. Sí, Wendy había empezado a dibujar imágenes, pero era más que eso.

No podía parar.

Todo había empezado de manera inocente. Se distraía en el hospital y, cuando miraba hacia abajo, encontraba el dibujo de un par de ojos en la esquina de un expediente. A veces, cuando Jordan y ella estaban comiendo y se concentraba en las conversaciones sobre el último cotilleo de sus amigos, de repente se daba cuenta de que había dibujado un árbol en el recibo que debería haber firmado. Cada vez sucedía con más frecuencia, pero Wendy nunca se daba cuenta hasta que bajaba la mirada y veía la cara de un chico.

La cara de Peter. O algo parecido. Sabía que se suponía que era él, pero siempre había algo que no encajaba. Algo en sus ojos estaba mal.

Y tampoco eran solo árboles. Era un árbol. Un árbol en concreto.

Wendy no sabía qué era. No recordaba haber visto nunca algo parecido y hasta daba la impresión de que era de otro mundo. Mientras que los dibujos de Peter Pan eran bastante realistas —mucho más de lo que Wendy pensaba que era capaz de dibujar—, había algo en el árbol que no encajaba.

Algo imposible en la manera que se retorcía y en lo puntiagudo que era. Por algún motivo, le causaba escalofríos, pero no sabía por qué.

Y no podía explicar por qué seguía haciéndolo o cómo podía ser que nunca se diera cuenta hasta que terminaba. Y ahora tenía montones de dibujos en servilletas, recibos y hasta en la carpeta de *spam*. No quería que nadie los viera, así que los escondía en el coche, pero aparentemente Jordan los había visto.

A Wendy se le encogió el estómago. No le gustaba que su cerebro y sus manos fueran capaces de conjurar cosas sin que ella se diera cuenta. Cogió la sudadera y la lanzó sobre los dibujos para no verlos por el rabillo del ojo. Cuando llegara a casa, los tiraría a la basura. Lo último que necesitaba era que la gente pensara que era rara. Que era un mal presagio o que la habían maldecido.

Wendy empezaba a pensar que quizá tenían razón.

Astoria solo era un pequeño afloramiento rocoso rodeado de agua y el bosque era una gran mancha verde sobre el mapa que los aislaba de los pueblos vecinos. La carretera Williamsport —o Carretera Basura, como la llamaban los locales— se retorcía a través del bosque hacia el rincón más alejado del pueblo, justo donde vivía Wendy.

Acurrucada contra las colinas, era una carretera por la que solo circulaban los locales. Varios caminos desgastados por el paso de los coches se bifurcaban de la carretera asfaltada.

Rodeaban los árboles y regresaban al punto de inicio, algunos acababan en medio del bosque. Los turistas se perdían constantemente y los padres siempre advertían a sus hijos de que se mantuvieran alejados, pero estos nunca escuchaban. Aunque odiaba conducir a través del bosque, sobre todo de noche, era la forma más rápida de llegar a casa.

Desde que Wendy tenía memoria, todos los niños en Astoria recibían la advertencia de no acercarse a esos caminos. Les decían que el bosque era peligroso y que se mantuvieran alejados. Los padres de Wendy les habían prohibido, tanto a ella como a sus hermanos, explorar los caminos secundarios, a pesar de que pasaban por el bosque que tenían detrás de casa.

Después de lo que pasó, Wendy se convirtió en una advertencia.

El motor del vehículo rugía mientras la chica aceleraba todo lo que se atrevía. Cuanto más rápido avanzara, antes saldría del bosque. Algunas ramas sobresalían de los árboles y arbustos, rozando la ventana del acompañante de vez en cuando, aunque Wendy avanzaba por encima de la línea amarilla central. Sus ojos grises, bien abiertos y en alerta, lanzaban miradas furtivas a los árboles. Sus dedos, secos y agrietados, agarraban el volante con tanta fuerza que tenía los nudillos blancos. Las llaves golpeaban rítmicamente contra el salpicadero.

Solo quería llegar a casa, quizá leer un rato e irse a dormir para que su cumpleaños terminara. Le echó un vistazo a su mochila, que rebotaba en el asiento del copiloto. Tenía una mancha de tinta azul en una esquina, fruto de una pluma rota, y la hebilla ajustable, que antes era de un latón brillante, había adoptado un tono gris apagado. Pero le encantaba porque sus hermanos la habían elegido y la habían pagado con su propio dinero. Fue el primer y último regalo de cumpleaños que le hicieron.

Ahí llevaba más dibujos de Peter Pan y del árbol misterioso.

Era una noche calurosa y sofocante, pero el aire acondicionado de la vieja camioneta no funcionaba desde antes de que ella naciera y Wendy no quería bajar la ventanilla. Gotas de sudor le cayeron por la espalda mientras se inclinaba hacia delante. Algo de música le iría bien para distraerse. Hasta podría soportar la monotonía de una emisora de *country* si eso evitaba que divagara. Encendió la radio y una voz salió de los altavoces.

Se ha emitido una alerta AMBER *en el Condado de Clatsop por Ashley Ford, de ocho años, que ha desaparecido hoy de su casa a las doce y cuarenta y cinco…*

Wendy luchó con la radio para cambiar de emisora. No porque no le importara —le preocupaba mucho—, sino porque no se veía capaz de lidiar con todo eso. No ese día. No en ese momento. Ya sentía la agitación en el pecho y estaba utilizando toda su concentración para mantenerla bajo control. Solo quería salir del bosque y llegar a casa.

Wendy tocó otro botón, pero la misma voz salió de los altavoces.

Ashley tiene el pelo rubio y los ojos marrones. Se la vio por última vez en el jardín delantero de su casa, con una camiseta amarilla y blanca a cuadros y pantalones azules. Este hecho ha pasado después de que otro niño, Benjamin Lane, desapareciera ayer por la tarde. Las autoridades no han comentado si ambos casos están relacionados con…

Volvió a girar el dial. El sonido se fue apagando hasta convertirse en estática ruidosa. Wendy respiró hondo, intentando tranquilizarse, y le echó un vistazo a la luz del estéreo.

Conocía cada curva de la carretera y podría conducir con los ojos cerrados, así que aferró el volante con la mano izquierda y golpeó la radio con el puño derecho. Eso solía solucionar la mayoría de los problemas del vehículo, pero la estática siguió inundando la cabina.

Wendy apretó la mandíbula y echó un vistazo hacia arriba. Sabía que la curva ancha se acercaba, pero el sonido de las interferencias la ponía nerviosa. Volvió a mirar la radio, los dedos girando el dial, pero no sintonizaba ninguna emisora. Estaba a punto de apagarla cuando la radio dejó de sonar y solo quedó el rugido estable del motor.

Una rama golpeó la ventana del copiloto.

Wendy se sobresaltó con tanta fuerza que se hizo daño.

Una sombra cayó sobre el capó y le bloqueó la vista. Era negra y sólida. Cosas arqueadas y oscuras como dedos se arrastraron por el parabrisas. Un chillido horrible le atravesó los oídos.

Wendy gritó y la cosa sombría se deslizó del capó justo a tiempo para que ella pudiera ver una masa en medio de la carretera, iluminada por los faros. Otro grito le desgarró la garganta mientras pisaba el freno. Se aferró al volante, con el cuerpo en tensión, y se desvió a la derecha.

Los neumáticos giraron sobre tierra seca y la camioneta se detuvo entre la carretera y el bosque. Wendy miró fijamente por la ventana a una maraña de ramas. Las respiraciones punzantes acabaron con el aire fresco de la cabina. La adrenalina le corría por las venas. El cuello y las sienes le palpitaban.

Maldijo por lo bajo.

Arrancó los dedos rígidos de donde se habían aferrado al volante. Con manos temblorosas, se dio palmaditas en el pecho y los muslos para asegurarse de que estaba de una pieza. Después, enterró la cara en las manos.

¿Cómo había sido tan estúpida? Había dejado que los nervios la dominaran. Sabía que nunca debía desviar la mirada de la carretera mientras conducía, sobre todo de noche. ¡Su padre se volvería loco! ¿Y si se hubiera estrellado? Wendy podría haberse matado... O, peor, matar a otra persona.

Después recordó la masa en la carretera.

Se quedó sin aliento. Podría ser un animal muerto, pero el instinto le decía que no lo era. Se giró en su asiento e intentó mirar por la ventana trasera, pero el brillo rojo de las luces traseras apenas iluminaba lo que fuera que había estado a punto de atropellar.

«Por favor, que no sea un cadáver».

Wendy luchó para liberarse del cinturón de seguridad. Salió torpemente del vehículo y enseguida miró el bosque. Retrocedió unos pasos, observándolo con cautela. Pero todo estaba silencioso e inmóvil en el pesado aire de verano. Los únicos sonidos que escuchaba eran la leve brisa que se colaba entre las hojas y su propia respiración entrecortada.

Se asomó dubitativa sobre el capó. Estaba en el arcén, con el parachoques peligrosamente cerca de un gran árbol, pero el motor seguía en marcha. Lo que fuera que hubiera aterrizado sobre el capó había dejado una abolladura. El parabrisas estaba partido... No, no estaba partido.

¿Eso eran rasguños?

Wendy acarició las líneas con los dedos. Eran cuatro rasguños en paralelo en un tramo largo. ¿Qué podría haberlos hecho? No había sido un ciervo ni una rama.

¿Y qué había estado a punto de atropellar? Giró la cabeza para mirar por encima del hombro la masa que había en medio del camino. Aún no se había movido.

Wendy trotó hacia la figura. Intentaba avanzar de puntillas para hacer el menor ruido posible mientras se acercaba. Daba cada paso lentamente, obligándose a abrir los ojos todo lo que podía, a ajustarlos a la oscuridad. Haciendo equilibrio, estiró el cuello para poder ver mejor justo cuando una nube se desplazó y un brillo plateado iluminó al chico que yacía de lado.

Un temblor le sacudió el cuerpo. Corrió hacia delante y se arrodilló al lado del chico. La gravilla se le clavó en los vaqueros.

—¿Hola? —Le temblaban las manos y la voz. Revoloteaba por encima del chico sin saber qué hacer—. ¿Estás bien?

«¿Estás vivo?».

El chico soltó un gruñido de dolor.

—Oh, Dios mío. —Wendy alejó las manos y gateó hacia el otro lado para poder verle la cara. Su madre le había enseñado que nunca debía mover a una persona inconsciente.

El chico yacía de costado, con los brazos enroscados sobre el pecho, como si estuviera durmiendo. Estaba vestido con cierto tipo de material que le envolvía los hombros, el torso y le caía hasta las rodillas. En la oscuridad no podía distinguir qué era, pero tenía los bordes ásperos y dentados, y olía como las hojas que sacaban de los canalones en primavera.

Wendy apoyó una mano en el suelo y se acercó. Lenta y cuidadosamente, se estiró y le apartó el pelo húmedo de la cara, acariciándole la frente con el pulgar. La disposición de las pecas que le cubrían la nariz y los pómulos le resultaba familiar…

Antes de que pudiera averiguarlo, el chico gruñó. Rodó sobre su espalda mientras abría los ojos y los fijaba en los de ella.

La reacción natural de Wendy fue retroceder, pero no podía moverse.

Sus ojos eran extraordinarios. Un tono oscuro de cobalto con explosiones de azul cristalino alrededor de las pupilas.

Conocía esos ojos. Eran los mismos que había dibujado una y otra vez, pero nunca conseguía que le quedaran bien. Eso era imposible. No podía ser…

—¿Wendy? —susurró el chico. El olor a hierba le acarició el rostro.

Ella retrocedió. Al mismo tiempo, los ojos cósmicos del chico volvieron a cerrarse.

Wendy se tapó la boca con una mano.

Era mayor que el chico de sus dibujos. No tenía la cara tan redonda ni las mejillas tan regordetas como en las docenas de dibujos que tenía en el coche, pero había algo en el puente de la nariz y la curva del mentón que Wendy reconocía.

La respiración le sacudía los hombros y se le escapaba por la nariz. ¿Cómo sabía su nombre? El corazón le martilleó contra las costillas como un animal salvaje. No podía reconocerlo. No había manera de que ese chico fuera el mismo que el de sus dibujos.

Peter Pan no era real. Solo era una historia que su madre se había inventado. Wendy se estaba volviendo loca y la mente le jugaba una mala pasada. No podía confiar en lo que le decía el instinto.

Aunque cada fibra de su ser le gritaba que era él.

No tenía sentido. Su imaginación la estaba venciendo. Necesitaba conseguir ayuda para el chico.

Wendy intentó concentrarse e ignorar la laguna que tenía en la cabeza. Hundió la mano en el bolsillo y sacó el móvil. La pantalla estaba borrosa y se dio cuenta de que era porque se le habían humedecido los ojos, aun así pudo llamar al 911.

En cuanto dejó de sonar y antes de que el operador pudiera decir una palabra, Wendy exclamó ahogada:

—¡Ayuda!

Capítulo 2

Peter

¿Cómo se llama, señorita?

—Wendy Darling —respondió ella, inclinándose hacia un lado para intentar ver al chico, que seguía inconsciente, mientras otro paramédico lo subía a una camilla.

—¿Sabe dónde está?

—Estoy a un kilómetro de mi casa, sentada aquí, contigo. —Wendy alejó la mano con fuerza cuando el hombre le cogió la muñeca para medirle el pulso.

—Soy Dallas, soy paramédico.

Wendy le echó un vistazo a la placa que brillaba sobre el uniforme azul marino, el parche bordado en la manga decía ASTORIA, DEPARTAMENTO DE BOMBEROS DE OREGÓN – PARAMÉDICO.

—Ya lo veo.

—Le haré un par de pruebas más para asegurarme de que está bien —continuó.

Después de que Wendy llamara al 911, los bomberos llegaron junto con una ambulancia. Se dirigieron directamente al chico antes de apartarla para hacerle preguntas.

—Estoy bien, Dallas el paramédico —dijo mientras empujaba la linterna con la que le iluminaba la cara. Al ser voluntaria en el hospital, sin mencionar que su madre trabajaba en urgencias, Wendy conocía a todos los médicos de urgencias de Astoria, Oregón. Dallas, el paramédico, era nuevo. Si Wendy tuviera que adivinar cuánto tiempo llevaba ahí, y basándose en que sus preguntas eran idénticas al manual, diría que probablemente seguía cumpliendo las horas de voluntario.

—¿Te duele algo?

—Solo el culo por estar sentada al lado de la carretera —le respondió antes de volver a estirar el cuello para observar la ambulancia. La camilla repiqueteaba mientras los paramédicos subían al chico. Wendy quería pedirles que fueran más cuidadosos.

—¿Se ha dado un golpe en la cabeza en el accidente?

—No fue un accidente. Estoy bien, mi camioneta está bien. —Inhaló profundamente—. No hubo un accidente.

—De acuerdo, señorita —dijo. Se levantó y guardó el estetoscopio en la bolsa. Las puertas de la ambulancia se cerraron con fuerza.

Se lo estaban llevando. Wendy sintió una ola de pánico. Necesitaba verlo, hablar con él. Necesitaba descubrir quién era, demostrar que no era Peter Pan, sino solo un chico. Un chico muy perdido que, de alguna manera, había acabado en medio de la carretera.

—Quiero ir al hospital —soltó. Dallas la miró, perplejo.

—¿Qué?

—Al hospital. Quiero ir al hospital. ¿Puedo seguiros? Como he dicho, mi camioneta está bien, solo se ha salido de la carretera. —La necesidad imperante de seguirlo creció aún más cuando la ambulancia empezó a alejarse.

—No creo que sea buena idea que conduzca. —Dallas frunció el ceño—. Si cree que necesita atención hospitalaria…

—No. —La frustración de Wendy estalló—. Mi madre trabaja ahí. Quiero verla, es enfermera —explicó. Las luces de la ambulancia desaparecieron tras la curva.

—Ah. —Dallas volvió a parpadear—. De acuerdo.

Vaciló y le echó un vistazo a su sargento, que estaba hablando por radio en el camión.

—¡Ey, Marshall! —gritó—. Diles a los oficiales que nos busquen en la sala de urgencias del hospital.

Oficiales. Genial. Tendría que hablar con la policía. Se le erizó el vello de los brazos y pudo sentir como el sudor le traspiraba la camiseta.

Dallas la miró con una expresión contrariada.

—¿Está segura de que puede conducir?

—Poseo todas mis facultades mentales y me niego a recibir cuidados y transporte —recitó Wendy mirándolo directamente a los ojos.

El paramédico frunció el ceño, pero al segundo suspiró y cogió el portapapeles de metal.

—Firme aquí reconociendo que… —Wendy le arrebató el formulario de la mano y rápidamente garabateó su nombre en la última línea antes de devolvérselo. Dallas lo cogió con torpeza.

El paramédico escudriñó el carnet de conducir antes de devolvérselo.

—Por cierto, feliz cumpleaños.

—Sí, gracias. —Wendy trotó hasta su coche. Encendió el motor, se alejó de la maraña de ramas y se dirigió al pueblo. El bosque desapareció tras ella, desvaneciéndose en la noche.

Wendy metió el código para colarse en la sala de urgencias por la puerta lateral de la sala de espera. Era pequeña y anticuada, pintada en tonos azules y verdes. Las cubiertas de plástico de las terribles luces fluorescentes estaban pintadas como el cielo, como si eso suavizara el fuerte brillo. El escritorio de las enfermeras estaba en el centro y las seis divisiones para pacientes la rodeaban en forma de U; con cortinas y puertas correderas. Wendy caminó hacia uno de los dispensadores de desinfectante, le dio tres veces y se frotó las manos enérgicamente. Hizo que le ardieran las grietas de los dedos.

Nadie le prestó mucha atención. La sala estaba llena y siempre faltaba personal. No había suficiente espacio de almacenamiento, así que en las paredes había estanterías con ruedas repletas de suministros médicos que podían moverse de una habitación a otra.

Por lo menos aquí todos estaban demasiado ocupados para fijarse en ella. Consiguió ver al chico de refilón, tumbado en una camilla en la sala más alejada, antes de que una enfermera cerrara la cortina.

Wendy se sentó en una silla de plástico que había contra una pared y observó los pies de las enfermeras y los doctores mientras se amontonaban alrededor de la cama. Se repetía que solo era un chico que se había perdido en medio del bosque. La carretera estaba oscura y no lo había visto bien. Cuando se cerciorase de que era un desconocido, podría irse a casa y dormir un poco.

Pero no se marcharía sin verlo.

—¿Ya has vuelto? —La voz familiar de la enfermera Judy

le llamó la atención. Estaba detrás del escritorio y sostenía una bandeja con jeringas mientras miraba a Wendy por encima de las gafas. La enfermera puso una excusa antes de que pudiera inventarse una—. Ah, ¿estás esperando a tu madre? —Se relajó—. Está en la sala de descanso, debería salir en cualquier momento.

—Gracias.

Aquello pareció ser suficiente para satisfacer a la enfermera Judy, que volvió al trabajo. A veces, Wendy y su madre volvían juntas a casa cuando hacían el mismo turno. Wendy se aferró al dobladillo de su camiseta.

Solo necesitaba ver al chico una vez más. Después podría marcharse antes de que alguien reparara en ella, antes de que alguien la viera y empezara a hacer preguntas.

Pero, por supuesto, eso era pedir demasiado.

Las puertas de la sala de urgencias se abrieron de par en par y entraron Dallas, Marshall, el oficial Smith y otro policía que no reconocía. Se le hizo un nudo en el estómago, subió los pies a la silla y se abrazó las rodillas. Esperaba que no la vieran.

Dallas entregó unos papeles al oficial Smith y señaló a Wendy con la cabeza. El oficial Smith le lanzó una mirada hostil y ella se centró en las cortinas cerradas.

Genial.

A Wendy no le gustaban los policías. Después de lo que le había pasado en el bosque, no confiaba en ellos. Solo la habían asustado y hecho las mismas preguntas una y otra vez. Nunca la creyeron cuando decía que no podía recordar nada.

Y no encontraron a sus hermanos. El oficial Smith había sido uno de esos policías.

Wendy escuchó los sonidos de los cinturones cargados y el chillido de las botas sobre el linóleo. Se detuvieron delante de ella. Wendy intentó relajar los músculos y poner una expresión de aburrimiento mientras miraba hacia delante. El corazón se le agitaba de manera traicionera en el pecho.

—¿Señorita Darling? —El oficial que no reconocía fue el primero en hablar. Tenía una voz demasiado gentil, como si hubiera elegido la profesión equivocada.

Ella asintió sin emitir sonido alguno.

—Tenemos un par de preguntas —dijo. Las hojas de la libreta crujieron cuando la cogió.

—Ya he hablado con los paramédicos —respondió inexpresiva.

—Sí, lo sé. —El oficial Smith dio un paso hacia delante, las esposas brillaban en el cinturón—. Pero tenemos algunas preguntas más.

Wendy se llenó de desafío y furia.

—¿No deberíais estar buscando a esos niños perdidos en vez de molestarme? —Se arrepintió de sus palabras casi tan pronto como salieron de sus labios.

—Sí, deberíamos, Wendy.

La chica levantó la mirada ante el tono de desdén. El oficial Smith fruncía el ceño y había cerrado las manos en puños contra las caderas. El otro policía, joven y con el pelo corto, parecía incómodo. En su uniforme ponía CECCO. Sabía quién era. Una compañera de clase se apellidaba Cecco. Este debía ser su hermano mayor.

Los ojos del oficial Cecco iban de Wendy a Smith.

—Por eso deberías cooperar con nosotros, para que podamos determinar si este chico ha sido otra víctima —añadió el oficial Smith.

—¿Y bien? —Wendy tragó con fuerza, pero levantó una ceja, impaciente. Cecco se aclaró la garganta.

—¿Dijiste que algo te cayó sobre el capó del coche?

—Sí.

—¿Como la rama de un árbol? —sugirió.

—No… No fue como la rama de un árbol, fue como… —Wendy pensó en la cosa negra y extraña que había visto. No era lo suficientemente sólida como para ser una rama. Era como una nebulosa. Fuera lo que fuera, giraba y se movía como si, al intentar tocarlo, se te fuera a escurrir entre los dedos.

Pero ¿cómo iba describirle eso a la policía?

—Me abolló el capó y me rayó el parabrisas.

—Como la rama de un árbol —insistió Smith, que se agitó de mal humor. Wendy intentó sonar decidida.

—No. —Por supuesto que no la creía—. No sé qué era, pero no era una rama.

—Los médicos dicen que no hay indicios de que la víctima… —Wendy hizo una mueca ante la palabra—. … haya sufrido un accidente —siguió Cecco—. Y dijiste que habló contigo. ¿Te contó qué había pasado?

—No.

—Dijiste que sabía quién eras. —Su voz volvió a suavizarse—. ¿Lo conoces?

Abrió la boca para decir «no», pero la palabra se le atascó en la garganta. Vaciló.

Wendy miró el escritorio de las enfermeras.

La enfermera Judy, alarmada, observaba como los oficiales hablaban con ella. Estaba roja y, por un momento, Wendy pensó que se acercaría y echaría a los policías. En cambio, avanzó a paso ligero en dirección a la sala de descanso.

Wendy se abrazó las piernas con más fuerza mientras se le aceleraba la respiración. Esperaba que Smith y Cecco no se dieran cuenta.

—No. —Pero no sonó tan segura como antes. No podía decirles que creía que casi había atropellado a un chico que conocía de los cuentos de su madre. Le latía la cabeza.

—¿Estás segura?

—Sí.

Los fríos ojos grises de Smith se entrecerraron.

—¿Cómo acabó en medio de la carretera? —preguntó—. ¿Salió de uno de los caminos secundarios?

Finalmente Wendy miró a los dos oficiales a la cara. Sonrió y entrecerró los ojos.

—¿Quizá cayó del cielo?

Los labios de Smith formaron una línea recta, tensando el músculo de la mandíbula. Wendy sintió un pequeño pinchazo de satisfacción. Cecco se frotaba la nuca, incómodo. Después de lanzarle una mirada nerviosa a Smith, volvió a centrarse en Wendy.

—¿Por qué sabe cómo te…?

—¿Qué pasa aquí? —La voz era tranquila, pero severa.

—Mamá —susurró Wendy.

Su madre apareció entre los dos oficiales. Mary Darling llevaba una bata quirúrgica azul y el pelo recogido en un moño deshecho. Movía las manos, inquieta, mientras miraba a los oficiales de forma severa. La autoridad que alguna vez tuvo se escondía detrás de los hombros caídos y las ojeras.

Wendy se levantó, se abrió camino entre Smith y Cecco para llegar a su lado.

—¿Estás bien? —preguntó la señora Darling mientras la miraba de reojo—. ¿Qué ha pasado? ¿Tu padre…?

—No, estoy bien —respondió Wendy rápidamente. Su madre podría solucionar esto, ella podría darle sentido—. Había un chico…

—Señora Darling, necesitamos hablar con su hija —la interrumpió Smith.

—¿Por qué, oficial Smith?

El policía se quitó la gorra, claramente listo para dar una explicación.

—¡Wendy!

Todos se giraron. Las cortinas azules que rodeaban la cama del chico se agitaron con el correr de las enfermeras.

—¡WENDY!

Wendy no podía distinguir qué decían los doctores por culpa de los gritos frenéticos que decían su nombre. Se escucharon dos golpes fuertes cuando dos bandejas de metal cayeron al suelo.

Todos la miraban fijamente. Las enfermeras, los doctores, los policías, su madre.

—¡WENDY!

Giró la cabeza. Todos los demás sonidos se volvieron incoherentes y amortiguados, salvo por esos gritos penetrantes.

Parecía una pesadilla. Le costaba respirar y cerró las manos en puños. Caminó hacia las cortinas.

—Wendy. —Esta vez fue su madre. Le puso una mano en el hombro, pero la chica se liberó. Pasó al lado de unas enfermeras, que la miraban sin disimulo mientras se apartaban.

—¡WENDY!

Estaba lo suficientemente cerca para alargar la mano y coger la tela de algodón. Vaciló, se dio cuenta de la intensidad con la que le temblaba la mano. Wendy tiró de la cortina.

Varias enfermeras se giraron. Hombres con ropa quirúrgica azul a cada lado del chico intentaban sujetarlo por los brazos. Retorcía las piernas debajo de la manta. Un doctor tenía una aguja y una pequeña botella de vidrio en la mano.

Entonces, todo se detuvo. Wendy lo miraba y él le devolvía la mirada. Ahora podía ver que tenía el pelo caoba, con destellos de rojo que se podían apreciar hasta bajo la luz mortecina del hospital. El color de las hojas a finales de otoño. Al parecer, le habían quitado la ropa que llevaba puesta.

—¿Wendy? —Ya no gritaba. Inclinó la cabeza a un lado mientras la miraba con los ojos entrecerrados.

Wendy no podía encontrar su voz. No tenía ni idea de qué decir. Tenía la boca abierta, pero no salía nada.

El chico esbozó una amplia sonrisa que reveló unos hoyuelos profundos y un diente ligeramente roto. Los ojos llenos de estrellas se le iluminaron, esos ojos que ella nunca había podido capturar en sus decenas de dibujos. Pero no era posible...

—Te he encontrado —dijo él, triunfal. Siguió luchando con los dos hombres que lo sostenían, sin dejar de sonreír en ningún momento. Esa mirada hizo que a Wendy se le encendieran las mejillas y sintiera un vacío en el estómago.

El doctor le insertó la aguja en el brazo y presionó el émbolo.

—¡No! ¡No lo hagas! —Las palabras le salieron volando de la boca, pero era demasiado tarde. El chico se retorció, pero no pudo alejarse. Casi inmediatamente, se le pusieron los ojos vidriosos.

Meció la cabeza y se hundió en la cama del hospital.

—Sabía que te encontraría. —Arrastraba las palabras y empezó a mirar la habitación, como si estuviera en trance, pero estaba tan feliz..., tan aliviado.

Wendy esquivó a una enfermera y se puso al lado de la cama.

—¿Quién eres? —preguntó aferrándose a la barandilla de la cama.

El chico frunció el ceño y levantó las cejas, intentaba mantenerse despierto.

—¿Te has olvidado de mí? —Movió los ojos arriba y abajo, buscando a Wendy.

El corazón de la chica latía a toda velocidad. No sabía qué hacer y era muy consciente de que todo el mundo la miraba. Tenía muchas preguntas, pero el sedante estaba haciendo efecto.

—¿Cómo te llamas? —preguntó con urgencia.

Sus ojos somnolientos encontraron los de Wendy.

—Peter. —Parpadeó lentamente mientras volvía a apoyar la cabeza sobre las almohadas. Soltó una pequeña risa que sonó como la de un borracho—. Eres tan mayor… —Se le cerraron los ojos y se quedó inmóvil, aunque el pecho le subía y bajaba con la respiración.

Peter.

El movimiento alrededor de Wendy se reanudó. La gente le hacía preguntas, pero no podía oírlos. El personal del hospital la alejó de Peter con suavidad. De repente, le entraron ganas de vomitar. La saliva se le acumuló en la boca mientras la habitación se tambaleaba a su alrededor.

«¿Te has olvidado de mí?».

Wendy hundió la cara entre las manos. El corazón le palpitaba a mil por hora. Todavía podía oler el aroma a tierra y hierba húmeda que se le había adherido a la piel. Cerró los ojos con fuerza y vio ráfagas de imágenes de árboles y atardeceres entre hojas.

Unas manos le frotaron la espalda y la guiaron hacia un asiento, donde hundió la cabeza entre las rodillas, entrelazó las manos detrás del cuello sudoroso y se presionó los antebrazos contra las orejas.

¿Por qué la conocía? ¿Por qué la estaba buscando? ¿Y quién era? No podía ser Peter Pan, su Peter. Él no era real, solo una historia inventada. ¿No?

«¿Te has olvidado de mí?».

Había olvidado tantas cosas... Grandes lapsos de tiempo simplemente habían desaparecido de su memoria. ¿Y si él era uno de ellos? ¿Y si él sabía qué había pasado?

De repente, la idea de que el chico se despertara la aterraba.

Todo el mundo se alejó y sintió la leve presión de lo que solo podía ser la mano de su madre, que le acariciaba la cabeza. Wendy miró a su madre por entre los brazos.

—Te llevo a casa, ¿de acuerdo?

Las enfermeras seguían observándola, pero la señora Darling miraba el pelo de Wendy, envolvió un rizo alrededor del dedo y tiró con gentileza. Wendy asintió.

—Señora Darling. —Smith seguía ahí—. Tenemos más preguntas para su hija. —Las sospechas que había mostrado antes habían sido reemplazadas con una mirada de aprensión mientras le echaba un vistazo a Wendy.

—No se las haréis esta noche. —La señora Darling se cruzó de brazos—. Mi hija ya ha tenido bastante por hoy, pero estaremos encantadas de hablar con ustedes mañana.

El oficial Cecco retrocedió y dijo algo por radio.

—Lo lamento, señora, pero... —Wendy dejó de escuchar. Apoyó la mejilla en la rodilla y volvió a mirar hacia la cama de Peter.

Habían recogido la bandeja del suelo y solo podía verle una mano; atada con tiras de cuero a la estructura de la cama.

Wendy recordaba cómo se habían sentido esas esposas alrededor de sus propias muñecas cuando la encontraron en el bosque el día que cumplió trece años.

Al principio, solo la habían llevado al hospital para revisarle un par de heridas menores, pero como Wendy no dejaba de llorar y seguía despertándose en medio de la noche, gritando y retorciéndose, empezaron a atarle las muñecas y los tobillos. Le dijeron que era para protegerla. No recordaba mucho, solo la marea constante de doctores, trabajadores sociales y psicólogos.

Sus hermanos seguían desaparecidos y era culpa suya.

Una enfermera se detuvo junto a Peter y comprobó sus signos vitales. Su madre y el oficial Smith estaban inmersos en una conversación intensa. El oficial estaba rojo como una ciruela y su madre inclinaba el mentón de forma terca. El otro oficial hablaba por el móvil y les daba la espalda.

Cuando la enfermera se marchó, Wendy se escabulló de su asiento.

Volvió a caminar hacia la cama. Recorrió con los ojos el contorno de la mandíbula del joven, las orejas, el pelo... Wendy buscaba algún signo que demostrara que no era Peter Pan. Definitivamente era mayor que el chico de sus historias y dibujos. El Peter Pan que ella conocía era un niño que nunca crecía. El chico que estaba en la cama de hospital era un adolescente. Aferrarse a la idea de que no podía ser Peter Pan porque Peter Pan nunca crecía era una estupidez, pero al menos era algo.

El chico tenía unos pómulos definidos e, incluso bajo la luz pálida del fluorescente, podía ver que tenía la piel bronceada. Sus pecas sobresalían entre la suciedad como las manchas en las hojas de otoño.

Tenía una pequeña arruga entre las cejas. Wendy se acercó aún más. Fruncía el ceño mientras dormía, como si estuviera teniendo una pesadilla.

Wendy le pasó el pulgar por la arruga, una y otra vez, hasta que el chico se relajó y su rostro se transformó en suaves pendientes y valles.

Bajó la mirada hacia la muñeca esposada, siguiendo por la palma de la mano hacia sus dedos largos y finos. Tenía las uñas mordidas y lo poco que quedaba estaba lleno de tierra.

La invadió la imagen de sus propias uñas el día que la encontraron: sucias, rotas, con rastros rojos.

Wendy se tambaleó hacia atrás, un temblor le avanzó por la columna. Se puso antiséptico en las manos y las frotó vigorosamente. El olor fuerte y ácido le ardió en la nariz.

—Wendy.

Se sobresaltó, se giró y vio a su madre en la otra punta del pasillo, haciéndole gestos para que se acercara.

—Nos vamos a casa —le dijo, aferrando el bolso con fuerza. Wendy pensó que, de repente, su madre parecía mucho mayor. Como si algo le estuviera presionando los hombros, arqueando la cabeza y curvando la espalda.

Wendy se pasó el dorso de la mano por la frente sudorosa.

—¿Y mi camioneta?

—Puedes recogerla mañana —respondió buscando las llaves.

—De acuerdo. —Wendy asintió con la cabeza.

La señora Darling se alejó a paso ligero y Wendy la siguió. Mientras ellas salían, entraron dos hombres de traje.

Cuando las puertas automáticas se cerraron, Wendy pensó en Peter tumbado en la cama y en esa sonrisa estampada en sus labios.

Capítulo 3

Puertas cerradas

En el camino de vuelta a casa, Wendy se sentó detrás de su madre. Se acurrucó contra la puerta y presionó la frente contra el vidrio frío de la ventana mientras le daba la espalda al bosque. En un intento de evitar que su mente divagara, cerró los ojos y empezó a recitar en silencio la letra de su canción preferida.

Cuando oyó el sonido de gravilla debajo de las ruedas, supo que habían llegado a casa. Wendy se irguió y abrió la puerta con cuidado para no golpear el coche de su padre.

—Tengo que volver para acabar mi turno —dijo su madre.

—De acuerdo.

—Hablamos por la mañana.

—Está bien. —Wendy vaciló. La curiosidad, o quizá la culpa, la mantuvo en el coche—. Mamá, ¿estás bien?

La señora Darling suspiró. Wendy intentó verle los ojos por el espejo retrovisor, pero la mujer tenía la vista clavada en el volante.

—Estoy bien. Todo va bien.

Wendy no supo a quién intentaba convencer.

Su madre se fue antes de que Wendy pudiera encontrar las llaves. Como de costumbre, su padre había olvidado encender la luz del porche. Después de un pequeño forcejeo, pudo abrir la puerta principal.

La sala de estar estaba a oscuras, salvo por la línea de luz que se asomaba por debajo de la puerta del despacho. Se acercó y presionó la oreja contra la puerta. Lo único que rompía el silencio eran los largos ronquidos que delataban el sueño profundo de su padre.

Bien. Por lo menos no tendría que lidiar con otro interrogatorio. Por ahora.

La mente y el cuerpo de Wendy se estremecían con energía ansiosa. Necesitaba distraerse y ocupar las manos con algo, así que ordenó la cocina. Vació el lavavajillas, que había puesto la noche anterior. Aplastó una pequeña pila de latas de cerveza y las apiló con el resto de la basura. Se volvió a lavar las manos; tenía la piel roja y agrietada por el hábito compulsivo.

El trabajo la mantuvo distraída hasta que se sentó para hacer la lista de la compra. Clavó la mirada en la pequeña libreta con la punta de la pluma azul en alto, pero no podía concentrarse en qué necesitaban comprar esa semana, una de las tantas tareas domésticas que había asumido. Ahora que estaba quieta, su mente recobraba velocidad. Pensó en encender el televisor para ahogar sus pensamientos, pero no quería ver como las caras de Benjamin Lane y Ashley Ford le devolvían la mirada.

Y no quería despertar a su padre.

Wendy cerró los ojos y se obligó a respirar hondo. Le palpitaba la cabeza. No le entusiasmaba tener que contarle lo que había pasado esa noche. Diablos, ni siquiera estaba segura de qué había pasado, ¿cómo iba a explicárselo a otra persona?

Lo único que sabía con seguridad era que algo le había aterrizado sobre el capó del coche y que encontró a un chico tirado en medio de la carretera. Y que se llamaba Peter.

Pero eso no significaba que fuera su Peter. Wendy sacudió la cabeza.

Necesitaba concentrarse.

La compra. Podía preparar macarrones. Era rápido de hacer y se podía poner en un *tupper*. Wendy se centró en la libreta, lista para escribir «salsa marinara», pero se detuvo en seco. Se quedó sin aire. Escalofríos le recorrieron los brazos.

Lo había vuelto a hacer.

La hoja estaba llena de tinta azul. Líneas irregulares formaban el árbol deforme. El tronco era grueso y áspero. Las raíces se retorcían y se doblaban en la base. El dibujo había salido del papel y ramas con ángulos pronunciados se desparramaban por la mesa de madera.

—Mierda. —Wendy cogió el detergente de debajo del fregadero y un puñado de servilletas de papel. Frotó la mesa enérgicamente, pero a pesar de que la tinta azul se fue enseguida, había presionado la pluma con tanta fuerza que había dejado surcos en la madera. Volvió a maldecir y frotó con más fuerza.

De todos modos, no fue capaz de eliminar las leves marcas de las ramas. Wendy abrió con fuerza el armario donde guardaban la mantelería elegante para las fiestas y cogió un juego verde. Lo puso en la mesa para cubrir las líneas.

Se frotó los ojos con las palmas. ¿Qué le estaba pasando? ¿Se estaba volviendo loca? Necesitaba entender la realidad. El chico que había encontrado no era Peter Pan. Los niños desaparecidos no tenían nada que ver con sus hermanos. Estaba exhausta y necesitaba una buena noche de descanso.

Wendy subió las escaleras y se detuvo un segundo.

La puerta de la derecha llevaba a la habitación que solía compartir con sus dos hermanos, John y Michael. Ahora solo era una puerta que había permanecido cerrada los últimos cinco años. Después de lo ocurrido, Wendy se había negado a entrar, así que sus padres trasladaron su habitación a la sala de juegos.

Le compraron ropa y muebles nuevos. Una tarde de compras como esa debería haber sido una aventura divertida para madre e hija, pero Wendy pasó la mayor parte de las primeras semanas en el hospital, donde permaneció en silencio mientras varios doctores la evaluaban. Así que su madre había comprado la mayoría de cosas sin ella; y por la mezcla de estilos y colores, Wendy asumió que optó por lo primero que había visto e hizo que se lo llevaran a casa.

Wendy le dio la espalda a la puerta, se pasó los dedos por el pelo corto y caminó hacia la habitación que quedaba a la izquierda. Al ver su cama decorada con almohadas y una manta azul, se sintió exhausta.

La cama estaba centrada con la ventana que había en la pared opuesta a la puerta. Había una pequeña papelera debajo de la mesita de noche, rebosante de dibujos arrugados de Peter y el árbol deforme.

En su pequeño baño, Wendy se mojó la cara y la nuca. Se aferró al borde del lavabo y miró fijamente su reflejo. Tenía el mismo aspecto de siempre, solo estaba un poco más pálida. Ojos demasiado grandes, pelo sin brillo y hombros anchos por la natación. Sencilla y aburrida; ya le parecía bien.

Se puso una camiseta blanca para dormir. El aire le golpeaba la piel húmeda y le daba un respiro del calor. La parte superior de su cómoda era el único punto de su habitación que podría decirse que estaba desordenado. Estaba repleta de pequeños tesoros que había recolectado a lo largo de los años. Estaban sus libros preferidos, una foca de peluche que su abuela le había comprado en San Francisco, un gorro de natación púrpura con la mascota de su equipo: el Pescador Guerrero. Las medallas de plata y bronce que había ganado descansaban en la esquina.

Wendy cogió el gorro de natación y lo lanzó dentro de la bolsa, dejando un pequeño joyero a la vista. Se detuvo.

Era una caja sencilla de madera vieja. La había encontrado en una pequeña tienda varios veranos antes de que sus hermanos desaparecieran. La usaba para sostener los libros, pero también escondía algunas baratijas.

Se agachó y abrió la tapa con cuidado. Había un viejo collar hecho de metal barato que había perdido el brillo y olía a cobre, un par de monedas, un pequeño fragmento de cuarzo violeta y, escondida en un rincón, una bellota.

Wendy la cogió y dejó que la tapa se cerrara con un ruido seco. Sostuvo la bellota con cuidado y la giró con las puntas de los dedos; estaba oscura por el paso del tiempo y tenía una capa pulida por todas las veces que Wendy había pasado los dedos por la superficie. La cúpula de la bellota —o su pequeño sombrero, como Wendy solía llamarlo— estaba seca y le faltaban algunas partes.

Wendy llevaba esa bellota en la mano cuando el guardabosque la había encontrado cinco años atrás. Según el informe policial, la cogía con tanta fuerza que la pequeña punta le había dejado un moretón en la palma.

Hacía mucho que no la sacaba de su escondite. Wendy solía hacerla girar en la mano todas las noches antes de irse a dormir, buscando un mensaje oculto o un compartimento secreto que se abriría y revelaría algún misterio de esos seis meses. Era lo único que había conservado. Todo lo demás —su pelo largo y rubio, su ropa— había acabado en la basura, pero conservó la bellota.

Sosteniéndola con cuidado entre las manos, Wendy caminó hasta la cama y se tumbó boca arriba. Se hundió en la colcha, que la envolvió suavemente como una nube. Wendy se estiró y encendió la guirlanda de luces de colores que enmarcaba la ventana y emitía un cálido brillo sobre ella y la bellota.

Qué desastre de día.

A nadie le gustaba el cumpleaños de Wendy. A sus padres no les gustaba porque les recordaba que sus dos hijos seguían desaparecidos. A Wendy no le gustaba por el mismo motivo. Lo único bueno de este cumpleaños es que ahora tenía dieciocho años, era verano y dentro de pocos meses se iría a la universidad. Lejos de los fantasmas que la perseguían.

No podía parar de pensar en Benjamin Lane y Ashley Ford. Wendy se preguntó si la policía empezaría a enviar equipos de búsqueda al bosque como cuando sus hermanos y ella desaparecieron… ¿Las desapariciones actuales podrían estar relacionadas con ella y sus hermanos?

Esperaba que no. De hecho, le aterrorizaba. Wendy había pasado los últimos cinco años intentando escapar de esa sombra amenazante, y ahora la había vuelto a atrapar.

Y luego estaba Peter.

¿Fue solo una coincidencia que ese chico apareciera al lado del bosque, inconsciente en medio de la carretera? ¿Estaba relacionado de alguna manera? ¿Lo habían secuestrado? ¿Acababa de escapar de alguien justo antes de que lo encontrara?

Inclinó la cabeza hacia atrás y observó las pequeñas luces. Cuando era pequeña, su madre siempre le decía que las guirnaldas de luces cuidaban de los niños mientras dormían y los mantenían a salvo. Mientras se ponía de lado, todavía jugando con la bellota, pensó que era una idea estúpida.

Sin embargo, todavía dormía con la guirlanda de luces todas las noches. No era capaz de dormir con las luces apagadas. Jordan había intentado invitarla a una fiesta de pijamas pocos meses después de que le dieran el alta en el hospital, pero cuando llegó el momento de apagar las luces, Wendy tuvo tal ataque de pánico que las dos se asustaron lo suficiente como para no volver a intentarlo.

Acarició las almohadas con la mejilla y acurrucó las piernas bajo de la camiseta que usaba para dormir. Quizá volviese al hospital e intentase hablar con Peter. Quizá, después de una buena noche de descanso, tendría la cabeza más despejada y sería capaz de ver que solo era un chico normal y corriente. Sostuvo la bellota entre el pulgar y el índice.

«¿De dónde vienes?», se preguntó. Wendy puso la bellota en la mesita de noche y la miró fijamente antes de quedarse dormida.

A la mañana siguiente, Wendy volvió a dejar la bellota en su escondite, se lavó las manos, se cepilló el pelo y bajó las escaleras. Su madre estaba en la cocina, sentada en la mesa. Tenía una taza con agua caliente, limón y miel entre las manos; estaba apoyada sobre el mantel verde que escondía las marcas. Tenía la cabeza gacha y los ojos cerrados. Le recordó a las personas que solían apelotonarse en la sala de espera del hospital.

—Buenos días —dijo Wendy. Las baldosas de la cocina estaban frías contra sus pies descalzos.

—Buenos días. —La señora Darling suspiró mientras levantaba la cabeza.

Agitó un poco el contenido de su taza con una cucharita de té.

—¿Acabas de llegar a casa? —Wendy se apoyó sobre la encimera de la cocina.

—Sí. —Su madre se presionó el puente de la nariz con dos dedos.

Wendy quería preguntarle por Peter, si se había despertado, si había dicho algo, pero la señora Darling no necesitó la pregunta.

—Han perdido al chico —dijo y el suelo se desintegró bajo de los pies de Wendy.

—¡¿Está muerto?! —escupió.

—¡No! Ha desaparecido. – Se corrigió rápidamente la señora Darling—. Debe haber huido durante la noche. —Cerró los ojos y se frotó la sien—. Nadie sabe cómo lo hizo. Un momento estaba ahí y al siguiente… —Giró la muñeca y sus dedos se curvaron en el aire.

Huyó. Desapareció. Se perdió.

Esa información la conmocionó, casi entró en pánico. Pero una parte de ella, una parte muy cobarde, se sentía aliviada.

—¿Lo habían secuestrado? ¿Por qué estaba en medio de la carretera? ¿Estamos seguros de que nadie se lo llevó del hospital? —inquirió, las palabras se le escapaban entre los labios. Varios escenarios horripilantes se proyectaron en su cabeza.

—No, no, nada de eso —replicó su madre con suavidad—. Lo más extraño es que nadie vio a alguien entrar o salir. Hasta han revisado las grabaciones de seguridad, pero no había nada.

Es como si se hubiera desvanecido. —Le frunció el ceño a su taza.

Eso era raro. El hospital no tenía el sistema de seguridad más moderno del mundo, pero al menos una de las cámaras debería haberlo captado mientras se marchaba.

—¿Dijo...? ¿Dijo algo? —se aventuró Wendy, preparándose para la respuesta.

—Despertó un par de horas después de que lo sedaran —explicó su madre mientras estrujaba otra rodaja de limón dentro de la taza—. No lo vi, pero las otras enfermeras dijeron que decía tonterías, quizá fuera un efecto secundario del sedante... Repetía algo sobre una sombra. —Frunció el ceño de una manera que la hizo parecer mucho mayor de lo que era—. No lo sé. Quizá solo se perdió por los caminos que atraviesan el bosque y tenía alucinaciones a causa de la deshidratación... Vino una trabajadora social, pero tampoco consiguió obtener información clara.

Se quedó callada durante un segundo antes de levantar la mirada y concentrarse en su hija. Esos agudos ojos marrones se clavaron en Wendy con una intensidad inquisitiva.

—No dejó de preguntar por ti.

—Eso no tiene sentido —dijo. Y era verdad. Wendy cruzó los brazos, los descruzó y volvió a cruzarlos.

La señora Darling se acarició el labio inferior mientras observaba a Wendy en silencio.

—¿Lo conoces? —preguntó al fin.

—No, ¡por supuesto que no! —respondió un poco demasiado enfática. La frustración empezó a gatearle bajo la piel. El chico misterioso estaba dando la impresión de que se conocían cuando no era así, pero lo peor era que la hacía quedar de mentirosa. Ahora, hasta se sentía como una mentirosa, como si estuviera escondiendo algo, pero ¿cómo podría esconder algo si nunca lo había visto?

Y, no, ¡un chico que se había imaginado mil veces no contaba!

—Es un joven cualquiera que salió del bosque, ¿de dónde iba a conocerlo? —insistió Wendy, la desesperación le empezaba a rasgar la garganta. No necesitaba que su madre también dudara de ella.

—¿Cómo…?

Toc. Toc.

Wendy se sobresaltó y ambas se giraron hacia la puerta principal.

La señora Darling frunció el ceño, pero se levantó y abrió la puerta. En el porche había un hombre y una mujer vestidos de traje y corbata.

—¿Mary Darling? —El hombre habló mientras buscaba algo en el bolsillo de la chaqueta. Era alto y tenía la espalda ancha.

La señora Darling flexionó los dedos sobre el pomo. Wendy se dejó caer en una silla y se inclinó para ver más allá de su madre.

—Ya les dije a los oficiales que iríamos a la comisaría más tarde. Tengo que…

—Soy el detective James y ella es mi compañera, la detective Rowan —dijo el hombre. Wendy se tensó. El desconocido enseñó una identificación, al igual que la mujer detrás de él; llevaba el pelo negro rapado, dejando a la vista cada centímetro de su rostro angular: pómulos marcados, ojos y piel oscura. Miró detrás de la señora Darling, a Wendy, sin modificar su expresión.

—¿Detective? —repitió la señora Darling, parecía confundida.

—Sí, señora. Trabajamos para la oficina del *sheriff* del condado de Clatsop. ¿Podemos pasar? —Sus ojos avellana se posaron en Wendy—. Tenemos algunas preguntas para su hija.

Mentalmente, Wendy le rogó a su madre que dijera que no. Podía darse cuenta de que la mujer no quería dejarlos pasar, pero ¿qué otra opción tienes cuando se trata de detectives?

Para horror de Wendy, su madre se apartó y los dejó entrar. La señora Darling caminó hasta su hija y se detuvo junto a ella con los brazos cruzados sobre el pecho.

—¿Wendy? —preguntó el detective James.

No sabía por qué preguntaba si, obviamente, ya lo sabía.

—Sí. —De repente, Wendy se sintió muy pequeña. La detective Rowan se quedó de pie con las manos entrelazadas por delante mientras el detective James se metía la mano en el bolsillo para sacar una libreta y un bolígrafo.

—Solo hemos venido a hacer algunas preguntas, después nos marcharemos. —Le sonrió, pero era una sonrisa falsa porque no se le formaron arrugas alrededor de los ojos. Tenía el pelo oscuro, una barba incipiente y una cicatriz sobre la ceja izquierda. Wendy se preguntó cómo se la habría hecho.

—De acuerdo. —Sabía que nunca era tan sencillo.

—Ya hemos recibido el informe de los paramédicos y la policía —dijo mientras pasaba, por lo menos, cinco páginas de notas—. Así que no hace falta que hablemos de eso. Sin embargo, necesitamos saber si conocías al chico, Peter.

Menos mal que no le harían preguntas repetitivas.

—No, no lo conozco.

¿O no lo conocía? ¿Debería hablar de él en pasado o en presente?

—¿Estás segura? —insistió con el bolígrafo en la mano, esperando.

—Sí, estoy segura.

¿Te resultó familiar? —Esta vez habló la detective Rowan.

Wendy parpadeó. Nadie se lo había preguntado de esa manera.

—No —dijo con un poco de demora. ¿El chico le resultaba familiar? Sí, pero no podía explicarles por qué. Nadie la creería. Sonaba imposible… Era imposible.

—¿No tienes ningún recuerdo de él? ¿No se parecía a alguien que hubieras conocido antes? —continuó la detective Rowan lentamente y con tono uniforme. Wendy se sintió atrapada bajo su mirada.

—No. —Esta vez lo dijo demasiado rápido—. Yo… —Cerró los ojos con fuerza durante un segundo—. No, no sé quién es.

El detective James miró a su compañera. Wendy no podía intuir qué estaban pensando, pero ese tipo de comunicación no verbal era el resultado de años trabajando juntos. Wendy lo sabía porque Jordan y ella podían intercambiar miradas en una clase llena de gente y saber exactamente qué pensaba su mejor amiga.

El detective James volvió a mirar a Wendy y a su madre. Entrelazó las manos mientras sostenía la libreta y el boli. Ahora los dos eran el reflejo del otro. Dos centinelas que la miraban desde arriba.

—Hace cinco años tus hermanos y tú desaparecisteis. Wendy, ¿es correcto? —preguntó el detective James.

La señora Darling contuvo la respiración. A Wendy se le erizó el vello de los brazos.

Lo dijo de manera tan despreocupada, como si Wendy no viviera cada día con el peso de lo que había pasado. Como si no fuera una mancha en su infancia, una maldición familiar de la que nunca dijo ni una palabra.

Como si no fuera nada.

—S… sí —graznó Wendy.

—Según los informes policiales originales, tus hermanos, John y Michael, tu perra y tú desaparecisteis mientras jugabais en el jardín trasero la noche del veintitrés de diciembre. —El detective James hablaba lentamente mientras la observaba—. Creo que tenías doce años, John diez ¿y Michael siete? —lo dijo como una pregunta, pero se sabía los detalles de memoria. No miró las notas ni una sola vez—. Solo la perra regresó del bosque ese día, con sangre en el pelo.

Sangre de Michael.

A Wendy se le revolvió el estómago.

Su madre estaba inmóvil como una estatua, con la cara igual de pálida.

—El oficial Smith nos dijo que enviaron equipos de búsqueda a inspeccionar los caminos y el bosque, pero no encontraron nada. Hasta seis meses después, cuando un guardabosque te encontró. Dijo que estabas de pie debajo de un árbol, mirando hacia arriba y sin moverte. —Wendy se congeló bajo de su mirada—. Intentó que te movieras, pero no respondiste, así que te cargó sobre un hombro y llamó a la policía. —El detective James por fin miró la libreta.

Wendy se sentía como si estuviera viendo una película. Uno de esos dramas policiales británicos que le gustaban a su madre. ¿Qué tenía esto que ver con Peter? No era lo suficientemente valiente para preguntar.

—Tenías algunos cortes menores y moretones, pero no sufriste heridas graves —siguió el detective James, pasando las hojas de sus notas con pereza. Resultaba obvio que no las estaba leyendo—. Lo más destacable es que no tenías recuerdos de lo que había sucedido durante esos seis meses y que alguien te había arreglado la ropa con parches de un material típico de climas tropicales que es imposible encontrar en Oregón. —Hizo una pausa—. Y tenías rastros de sangre de tus hermanos debajo de las uñas.

A Wendy se le nubló la vista. Apenas se dio cuenta de que lágrimas calientes le habían empezado a bajar por las mejillas.

—Señorita Darling —dijo el detective James en tono bajo y grave—, lo lamento, pero tengo que preguntarlo otra vez: ¿recuerdas algo de lo que te pasó en ese bosque?

A Wendy se le atascó el aire en la garganta. No podía recordar, pero lo que fuera que había pasado, todavía vivía en sus huesos. Se escondía entre las costillas y anidaba en su columna vertebral, despertando de vez en cuando. Su cuerpo recordaba lo que su mente no podía. Le tembló el mentón, una mezcla de vergüenza y miedo se le arremolinaba en la boca. Presionó los labios entre los dientes y notó sabor a sal. Quería replicar de manera inteligente, callarlos y hacer que la dejaran en paz, pero no se le ocurría nada.

Su madre dio un paso adelante.

—¿De qué se trata esto exactamente, detectives? —Levantó la voz, aunque le temblaba la mano que sostenía contra el pecho. Hizo una mueca, como si estuviera preparándose para el impacto. Como si ya supiera lo que iban a decir.

—Después de que los oficiales de policía con los que hablaste presentasen su informe en la sede central, vieron algunas conexiones entre el caso de Wendy, la ubicación del incidente y las fechas. Buscaron entre los archivos de casos sin resolver y nos llamaron. —El detective James habló en un tono ensayado.

Casos sin resolver. A Wendy le dio un escalofrío. La señora Darling no dijo nada.

—Señora Darling. —Su tono era más bajo—. El material con el que estaba confeccionada la ropa del chico coincide con las pruebas que recogimos de la ropa de Wendy hace cinco años.

Capítulo 4

Truenos

Wendy sintió como se le estremecían los huesos. La primera vez que le pasó, fue cuando la encontraron en el bosque. Un temblor incontrolable. No era como el que sentía después de nadar durante mucho tiempo, o los escalofríos que le causaba jugar en el agua helada de la costa. Ni siquiera era el tipo de estremecimiento que te causa el miedo en las manos o las rodillas. Le nacía en el centro del cuerpo, como si una pequeña criatura viviera dentro de su pecho y, en un frenesí salvaje, le sacudiera las costillas como si fueran los barrotes de una jaula. Era un temblor paralizante.

«Era culpa suya». Todo era culpa suya. Wendy era la hermana mayor, se suponía que debía vigilar a John y a Michael. Se suponía que debía cuidar de ellos y había fallado. Ella fue la única que volvió. Sus hermanos seguían desaparecidos y era su culpa. Todos lo sabían: Wendy, sus padres, todo el pueblo.

Seguro que existía la manera de traerlos con ella. ¿Por qué no lo hizo? ¿Y por qué no podía recordar nada?

Wendy se abrazó el cuerpo. No podía permitir que los temblores empezaran porque la aterraba no poder detenerlos.

—Señora Darling, ¿lo ha entendido? —El detective James miró a la madre de Wendy, pero ella no se movió: estaba de pie con los dedos presionados sobre la base de su garganta y los ojos fijos sobre él.

La detective Rowan observó a Wendy y los hombros de la chica se estremecieron.

—Creemos que este chico, Peter, podría estar vinculado con la desaparición de Wendy —continuó el detective James.

Wendy no podía mirarlos. Se concentró en el fantasma de una marca de agua sobre la mesa.

—Existe la posibilidad de que haya escapado de donde sea que se llevaron a sus hijos. Es probable que, si conoce a Wendy, también conociese a John y Michael.

«Conociese».

A Wendy no le gustaba cómo sonaban los nombres de sus hermanos en la boca de ese desconocido.

—También creemos que podría estar relacionado con la nueva serie de desapariciones que han estado sucediendo desde entonces cerca del bosque.

El temblor le empezó a subir por la columna vertebral. Quería llorar, gritar, correr. Quizá solo quería explotar.

—¿Señora Darling? —Mientras el detective James daba un paso hacia su madre, la puerta del estudio se abrió de par en par.

El padre de Wendy estaba en el marco de la puerta. Tenía algunas canas en el pelo, pero se teñía el bigote. Su nariz era grande y protuberante, tenía arrugas marcadas en la frente incluso cuando no fruncía el ceño, lo que, para ser sinceros, no era frecuente. Llevaba el mismo traje que el día anterior. La tela negra desteñida estaba arrugada, al igual que la camisa a rayas, pero se había quitado la corbata.

El rostro del señor Darling estaba rojo. Debajo de las cejas gruesas, sus ojos pequeños saltaron entre los dos detectives antes de registrar a su silenciosa esposa y, finalmente, aterrizar en Wendy. Se aferró al marco de madera con tanta fuerza que emitió un pequeño crujido.

—¿Quiénes sois? —Tenía una voz estridente—. ¿Y qué estáis haciendo en mi casa?

Mientras que la detective Rowan irguió los hombros y observó al señor Darling, el detective James pasó las páginas de su libreta rápidamente.

—Mmm… ¿George Darling? —El padre de Wendy no respondió—. Soy el detective James, ella es la detective…

—¿Detectives? —Las líneas de expresión del padre de Wendy se profundizaron—. ¿Qué hacen dos detectives en mi casa? —Sus ojos se posaron en Wendy, repletos de acusaciones.

Wendy encogió los hombros y se hundió todavía más en la silla. Se había metido en problemas. Esto no auguraba nada bueno.

—Ayer hubo un incidente…

—¿Qué incidente?

El detective James volvió a recitar la historia, pero Wendy no prestó atención. No necesitaba oír lo que ya había vivido. Pero miró a su madre, que parecía haber despertado del trance.

La señora Darling cogió una silla y se sentó. Sin mirar a Wendy, se inclinó hacia delante con los codos sobre la mesa y apoyó la cara en las palmas.

El cuerpo de Wendy se sacudió otra vez. Quizá ambas estaban pensando lo mismo.

Que nadie tenía esperanzas de encontrar a John y Michael.

Los detectives no lo mencionaron como una posibilidad. Su madre no había mostrado ningún signo de alivio.

Wendy se miró las manos y recordó la sangre seca bajo de las uñas.

No. Nadie esperaba encontrarlos con vida, pero Wendy tenía esperanza. Una parte de ella sabía que no estaban muertos. Era un instinto primitivo. Wendy no creía en muchas cosas, pero sí en eso, y se aferraba con fuerza a ese sentimiento, a la creencia de que estaban ahí afuera, en algún lugar, incluso si nadie más estaba de acuerdo.

En ese momento, no podía soportar seguir escuchando. Necesitaba salir de allí. Respirar algo de aire fresco y despejarse.

Empujó la silla y se levantó. Llegó a la puerta principal, pero su padre le gritó y la apuntó con un dedo.

—¿A dónde vas? —demandó.

Todos se giraron para mirarla. Wendy se cruzó de brazos, intentando esconder que le temblaban las manos.

—A casa de Jordan —graznó.

—No vayas a ningún otro sitio. —Sus ojos perforaron los de la chica. Wendy asintió y salió disparada por la puerta.

Quería alejarse y llegar a casa de Jordan. Era la única persona con la que podía contar. Jordan nunca dudaba de ella o la cuestionaba. Solo escuchaba lo que Wendy decía y la creía, a diferencia de todos los demás.

—Wendy, ¿te encuentras bien?

La voz repentina la sobresaltó. Se giró y vio a su vecino, Donald Davies, recogiendo el periódico del porche con una bata roja oscura. Era un hombre alto y delgado que solo llevaba camisas de franela a cuadros cuando no iba con la ropa del trabajo. Tenía el pelo rizado y la barba espesa. El señor Davies y su padre trabajaban en el mismo banco. Wendy cuidaba a sus hijos —Joel de diez años y Matthew de siete— desde hacía años. Siempre le daba una buena propina y cuando

Wendy intentaba devolvérsela, el señor Davies insistía en que lo destinara a los fondos para la universidad.

—Hola, señor Davies —dijo Wendy, intentando que no le temblara la voz. Bajó la mirada al periódico que llevaba en la mano. La fotografía de Ashley Ford le sonrió desde la portada.

—¿Te encuentras bien? —repitió el señor Davies mientras bajaba del porche.

Wendy no se podía imaginar qué aspecto tenía. Probablemente como si acabara de ver un fantasma. El señor Davies estaba pálido y seguía mirando el coche patrulla que había aparcado en la acera. Estrujó el periódico.

—Sí, estoy bien. —Wendy forzó una sonrisa y volvió a encaminarse a la casa de los Arroyo—. Pero tengo que irme, he quedado con Jordan y llego tarde.

El señor Davies la miró, perplejo. Wendy era muy amigable y siempre se paraba a hablar, pero en ese momento no tenía fuerzas para hacerlo.

La mente le daba vueltas. Necesitaba que todo se ralentizara para que su cabeza pudiera ponerse al día. Notaba su propia piel sofocante. Quería que todo acabara. Quería huir. No quería enfrentarse a más miradas y susurros cuando iba al pueblo. No quería fingir que estaba bien.

Pero Wendy se negaba a llorar. La última vez le había costado tanto parar que no se veía capaz de volver a hacerlo.

Los seis meses transcurridos entre que se perdió en el bosque y la encontraron solo eran un vacío negro en su mente. Cuando estaba en el hospital, los doctores la habían presionado para que recordase algo, pero no lo consiguieron.

Claro que quería recordar. Si lo hiciera, podría encontrar a sus hermanos. Esos recuerdos perdidos eran la clave para encontrarlos.

Solo habían quedado sueños horribles que hacían que se despertara gritando e imágenes fantasmagóricas mientras estaba despierta. Árboles, la sonrisa de Michael, los zapatos de John, carcajadas a pleno pulmón y un par de ojos que parecían estrellas.

Capítulo 5

Los Arroyo

La puerta del garaje de la casa de los Arroyo estaba abierta, dejando a la vista estantes llenos de herramientas y piezas de automóviles. Había dos coches en el garaje. Uno era el de Jordan: un sedán destartalado con el capó oxidado que encajaba bien con los repuestos grasosos que lo rodeaban. Después estaba el impecable coche de carreras Silver Crown del señor Arroyo. Siempre que la camioneta de Wendy daba problemas, Jordan y su padre la ayudaban. Los necesitaría para arreglar el capó abollado y el parabrisas rayado, pero, en ese momento, tenía que lidiar con asuntos más trascendentales.

Wendy subió al porche casi corriendo y llamó al timbre con un gran nudo en la garganta.

Jordan abrió la puerta. Iba descalza y llevaba un pantalón gris de chándal. Se rascaba la espalda con un brazo doblado por encima de la cabeza, haciendo que se levantara el dobladillo de la camiseta vieja de la Cruz Roja. Mientras que Wendy siempre se levantaba temprano —incluso en verano y los fines de semana—, Jordan tenía la rutina de sueño de un gato muy perezoso. Un trozo de pan tostado sobresalía de la boca de su amiga, en medio de una sonrisa somnolienta. Su pelo castaño era un montón de rizos mullidos que le enmarcaba la cara con forma de corazón.

—Hola… —Jordan no acabó la frase, frunció el ceño tras echarle un vistazo.

Wendy se inclinó hacia delante mientras retorcía las manos.

—¿Qué pasa? —preguntó Jordan con la boca llena dejando caer el brazo.

Wendy abrió la boca, pero no emitió ningún sonido. Le temblaba el labio inferior.

Con un movimiento fluido, su amiga la hizo entrar. Caminaron rápidamente por el pasillo, pasando por la cocina, donde Jordan dejó el resto de su tostada en la encimera. Wendy oyó como el señor Arroyo decía:

—¡Ay, Jordan! ¿Qué haces? —El padre de Jordan frunció el ceño mientras recogía la tostada empapada y la tiraba a la basura.

—¡Lo siento! —Jordan se arqueó para bloquear a su amiga de la vista de su padre y agregó, despreocupada—: Wendy acaba de llegar. Estaremos en mi habitación.

—De acuerdo… Hola, Wendy —saludó el señor Arroyo mientras limpiaba la mantequilla derretida con una servilleta.

Jordan guio a Wendy por el pasillo antes de que pudiera responder. Estaba lleno de fotografías de Jordan y su padre en distintas edades. En todas sonreían y hacían cosas como pescar, acampar o ir a partidos de fútbol. En las que Jordan era bebé, incluso salía la señora Arroyo, antes de que falleciera.

En casa de Wendy no había fotografías familiares como esas. Las paredes estaban mayormente vacías, salvo por algunas láminas de Monet que su madre había comprado hacía años.

El tiempo había desteñido los colores vibrantes y ahora solo quedaban distintos tonos pálidos de azul.

Wendy entró en la habitación de Jordan y su amiga cerró la puerta. Las cuatro paredes estaban cubiertas de negro, rojo y morado; no era agradable a la vista. Había banderines y posters de los Portland Thorns —el equipo de fútbol donde jugaba Jordan— por todas partes, con las deportistas vestidas de rojo y negro. Las medallas de Jordan colgaban de la pared. El resto de su habitación era un desastre absoluto, como siempre. Había una pila de ropa en una esquina y cada superficie estaba llena de una combinación de revistas, trofeos y basura.

Pero la habitación de Jordan también tenía una ventana que dejaba entrar mucha luz y un edredón azul acuoso. Tenía fotografías de ella y sus amigos pegadas en el cabecero de la cama. Wendy salía en unas cuantas. En la mayoría ponía muecas mientras Jordan la rodeaba con un brazo y sonreía a cámara.

Wendy se sentó en el borde de la cama. Jordan tiró de la silla de escritorio, apartó la pila de zapatos y se sentó frente a ella.

—¿Qué ha pasado? —preguntó inclinándose hacia delante y apoyándole una mano en el brazo.

Wendy podía sentir el pánico abriéndose paso por la garganta. Se lamió los labios e inhaló profundamente antes de contarle todo lo que había pasado la noche anterior.

Jordan la escuchó atentamente, frunciendo las comisuras de la boca. Levantaba las cejas cada tanto, pero nunca interrumpió a Wendy con preguntas.

Cuando llegó a esa misma mañana, las palabras le fallaron.

—Y los detectives dijeron..., dijeron que quizá había estado con nosotros, donde sea que estuvimos, así que quizá sepa algo. —Wendy se frotó los brazos, intentando luchar contra los escalofríos—. Quizá sepa dónde están mis hermanos.

Hubo un silencio. Jordan se recostó contra su silla y dejó escapar una bocanada de aire. Wendy intentó estabilizar la respiración, pero solo lo hizo más difícil.

—¿Cuántos años tiene? —preguntó Jordan.

—No lo sé. Medía más o menos lo mismo que yo, pero es más joven que nosotras... ¿Tal vez un estudiante de primero? —Wendy se clavó una uña en la palma mientras observaba a Jordan, que asentía con la cabeza. Se le ocurrió que, si ese chico tenía una edad parecida a la suya cuando desapareció, quizá podría tener algún tipo de conexión.

—¿Y no lo reconociste?

Otra vez la pregunta que hacía que se le acelerara el corazón. No podía decirle que pensaba que podría ser Peter Pan. Jordan era la única persona que realmente la creyó cuando dijo que no podía recordar lo que le había pasado, ni a ella ni a sus hermanos, que nunca la había presionado o dudado de ella; pero ni siquiera su mejor amiga se creería algo así. No, Wendy no podía decírselo, no cuando era tan completamente imposible.

Negó con la cabeza.

—¿Y no lo han encontrado? —indagó la otra mientras se pasaba una mano por los rizos.

—No que yo sepa... Pero... No...

—¿No quieres que lo encuentren? —adivinó.

—¡No! —Wendy volvió a negar con la cabeza—. No es eso. Si sabe algo, por supuesto que quiero que la policía lo localice para que puedan encontrar a mis hermanos. —Le costaba mirar los ojos perspicaces de Jordan—. Es la primera vez en cinco años que tenemos algún tipo de información nueva, una esperanza de encontrarlos —siguió . Pero es… Sigue siendo…

—Aterrador —terminó Jordan en voz baja. Wendy asintió.

Jordan miró detrás de Wendy y le frunció el ceño a la pared.

Su amiga había estado a su lado antes, durante y después de las desapariciones. Cuando le dieron el alta a Wendy, Jordan fue la única persona que fue a visitarla. Actuó como si nada hubiera pasado y, aunque evitaron pisar el jardín trasero durante años, jugaban a juegos de mesa y hacían rompecabezas en la sala de estar.

A veces, el señor Arroyo hasta las dejaba jugar con un balón dentro de la casa, siempre y cuando fuera pequeño y no pudiera causar demasiado daño.

Un par de veces, cuando Wendy estaba en el hospital, el señor Arroyo y Jordan intentaron visitarla, pero los doctores siempre les reiteraban el estado «delicado» en el que se encontraba y que no podía ver a nadie que pudiera detonar estrés emocional.

Wendy sentía una gratitud abrumadora hacia Jordan y su padre. Se sentía muy afortunada de tenerlos y en deuda por su amistad. Pero también tenía miedo de perderlos.

—No puedo volver a pasar por todo esto —soltó. Jordan le estrujó el brazo.

—No lo harás.

—¿Y si…?

—No pienses en eso, Wendy.

—Pero…

—No pasará. —Su voz era firme. No tenía el tono tajante de su padre, pero sí era sólido como la piedra. Sujetó a Wendy, estabilizándola—. Nadie te llevará a ningún sitio. Todo irá bien. Nada…

—¿Ha cambiado? —arriesgó, enfadada, pero no tenía con qué desquitarse—. ¿Cómo no van a cambiar las cosas después de todo esto? ¿Cómo se supone que voy a seguir adelante? Solo… —Apretó los puños—. Solo quiero huir. ¡Quiero salir de aquí!

—Lo sé. —Jordan permaneció tranquila. A los pocos segundos, bromeó con delicadeza—. Destino: el país de Nunca Jamás, ¿verdad?

Wendy soltó una risa exasperada. Si Jordan supiera…

—La buena noticia es que podrás huir. Las dos podremos —siguió Jordan mientras se golpeaba los muslos—. ¡A la universidad! No es una isla mágica entre las estrellas, pero hay comida asquerosa en los dormitorios, piscinas olímpicas y muchos universitarios guapos. —Sonrió, pero Wendy solo logró estirar levemente los labios—. Podremos decorar nuestras habitaciones como queramos, quedarnos despiertas hasta tarde y beber litros de café mientras estudiemos Medicina…

—Enfermería —la corrigió. Jordan llevaba dos años intentando convencerla para que estudiara Medicina, pero Wendy quería ser enfermera. Quería ayudar a la gente, pero la idea de ser doctora y salvar vidas era más de lo que podía afrontar.

—La cuestión es que podremos hacer lo que queramos. —Jordan ignoró la réplica—. Podemos empezar de cero. Solo necesitamos sobrevivir un par de meses. —Apretó el brazo de Wendy con fuerza—. ¿De acuerdo?

La universidad. Wendy no paraba de recordarse que era el faro, la luz al final del túnel. Solo necesitaba seguir adelante, sobrevivir a todo esto y podría ser libre. Pero ¿y ahora?

—Nada de lo que pueda pasar cambiará eso —le aseguró Jordan como si le hubiese leído la mente.

—La gente como yo no puede vivir una vida normal,

Jordan. —Era un mantra que se repetía todo el tiempo en su cabeza, un pensamiento que volvía de forma cíclica. Pero era la primera vez que, de hecho, lo decía en voz alta. Sabía que era una generalización y que no estaba siendo justa, pero ese pueblo la hacía sentir que había algo malo en ella. Y, fuera lo que fuese, era contagioso.

Wendy desvió la mirada cuando la lástima amenazó con dominar la expresión de su amiga. A Jordan se le daba bien esconderla.

—Todo irá bien.

Estaba tan segura de lo que decía…

Wendy se encogió de hombros. No lo creía, pero se sentía bien por primera vez desde que se había parado en la carretera la noche anterior.

—¿Tienes hambre? Hay un par de tostadas frías y mordidas que estaría dispuesta a compartir contigo —ofreció Jordan con falsa sinceridad.

Wendy puso los ojos en blanco e intentó reírse, aunque sentía un peso sobre los hombros. Sonreír requería demasiada energía.

—Eres asquerosa —replicó mientras le daba un empujón en el hombro.

Su amiga se rio y le tiró cariñosamente de un mechón de pelo.

—El cielo es el límite para ti, Wendy, ¿de acuerdo?

—Sí.

Capítulo 6

Sueños

Pasaron la mayor parte del día en casa de Jordan. A su amiga se le daba genial llenar espacios vacíos y ofrecer distracciones. Hablaron de la universidad y de sus planes para el verano. Cuando Wendy se quedaba callada y atascada en su propia cabeza, Jordan la obligaba a volver. Incluso hornearon *muffins* con moras frescas del jardín trasero de los Arroyo. Más tarde, su amiga la llevó al hospital, después de pedirle permiso a su padre, ya que Wendy necesitaba recuperar su coche.

Ya en casa, Wendy dejó las sandalias en la puerta. La alfombra marrón deshilachada era decepcionante en comparación con la alfombra beige mullida de la casa de Jordan.

Su padre estaba sentado en la mesa del comedor, de espaldas a ella. Tenían puestas las noticias en la televisión de la sala de estar. Un periodista hablaba a un lado, pero el volumen era demasiado bajo como para que Wendy pudiera distinguir qué decía.

Los rostros de Ashley Ford y Benjamin Lane estaban en el centro. Wendy sintió náuseas al ver cómo sonreían en las fotografías. Recordaba vívidamente las fotos escolares que habían usado cuando ella y sus hermanos desaparecieron. Wendy llevaba una blusa blanca con flores azules. John una camisa blanca y el pelo perfectamente peinado a un lado, las gafas hacían que los ojos se le vieran enormes. Michael, al contrario que sus hermanos, era un desastre. Se le había salido la camisa del pantalón y le faltaba un botón.

Incluso después de que apareciera, seguían publicando su foto junto a las de John y Michael cuando explicaban los detalles del caso, así como lo que sabían y desconocían. A los trece años, no había podido lidiar con ver a sus hermanos de esa manera. Después de ver que siempre acababa llorando, sus padres prohibieron poner las noticias en casa. Pero, a veces, su madre no se percataba de que Wendy había bajado las escaleras y llegaba a verlas un segundo antes de que cambiara de canal rápidamente.

Wendy arrancó los ojos de la pantalla.

Se giró hacia su padre y suspiró por dentro. No quería que le gritaran, la regañaran o lo que fuera que anticipara la rigidez de los hombros de su padre. Bueno, cuanto antes terminara con esto, más rápido podría irse a su habitación. Se preparó y caminó hacia él.

El señor Darling tenía una taza en las manos. Esta llevaba estampado el logo azul descolorido de su banco y estaba a medio llenar de café solo.

—¿Dónde está mamá? —se aventuró Wendy.

—Se ha ido a dormir. —No levantó la mirada, pero Wendy asintió de todos modos. Después de la noche anterior y esa mañana, estaba segura de que su madre necesitaba dormir.

Ella misma sentía que podría dormir durante cinco años seguidos.

—¿Conoces a ese chico? —Su padre le dirigió una mirada afilada. La pregunta sobresaltó a Wendy, pero la había visto venir.

—No.

—¿Solo lo encontraste en la carretera? —Levantó una de sus gruesas cejas.

—Solo lo encontré en la carretera —repitió con un suspiro.

—Mmm… —Su padre emitió un sonido ronco y bebió un sorbo de su taza. Cuando Wendy era más pequeña, su padre se preparaba el café con una crema de avellanas tan dulce que ella y sus hermanos se peleaban por conseguir darle un sorbo.

Wendy cambió el peso de pierna.

—Si vuelves a verlo… —Levantó la mano y la apuntó con un dedo. Se le daba genial hacerla sentir pequeña, incluso cuando estaba sentado—. Llama a la policía y cuéntamelo inmediatamente, ¿lo has entendido? —Su voz resonó contra las paredes.

—Por supuesto. —Wendy asintió.

Bajó la mano.

—Pasado mañana iré más tarde al trabajo para poder llevarte a hablar con esos detectives.

Wendy sabía que no era inteligente discutir y que, de todos modos, no tenía otra opción, así que volvió a asentir. El señor Darling se levantó y entró en su despacho. Un momento después, tras la puerta cerrada, Wendy escuchó el ligero tintineo del vidrio.

Se arrastró por las escaleras, aterrada por lo que pasaría al día siguiente.

En lo alto del rellano, se encontró cara a cara con la puerta de su antigua habitación. No había nada diferente. Pasaba por ahí todos los días, pero algo la hizo detenerse. No sabía qué estaba esperando, pero clavó la vista en el picaporte. Alargó una mano y apoyó las yemas sobre el latón frío y envejecido.

Se preguntó si la litera de sus hermanos seguiría pegada a la pared derecha. John dormía abajo y siempre la tenía bien arreglada; era lo segundo que hacía todas las mañanas, después de ponerse las gafas. Wendy recordaba cómo se le levantaba el pelo en la parte de atrás y como, con los ojos apenas abiertos, gateaba alrededor de la cama y acomodaba las esquinas.

Michael, por otro lado, siempre dejaba su cama sin hacer, lo que irritaba muchísimo a John. Siempre dormía con los calcetines puestos, por si acaso se le destapaba un pie durante la noche. Todos sabían que a los monstruos les gusta despedazar extremidades descubiertas.

Ese miedo, de hecho, había sido culpa de Wendy; la premisa de una historia que les había contado a sus hermanos una noche antes de acostarse. El hecho de que Michael siempre se despertara sin un calcetín solo parecía perpetuar la historia. A decir verdad, la obsesión llegó tan lejos que, durante el verano, cuando hacía tanto calor que Wendy y John dormían casi en ropa interior sobre las sábanas, Michael seguía acurrucado bajo el edredón con los calcetines bien puestos.

Wendy no sabía cuánto tiempo llevaba ahí cuando un pequeño ruido la sacó de su trance. Retiró la mano y dio un paso hacia atrás. No se había dado cuenta de que se había puesto de puntillas como un pájaro listo para emprender el vuelo. Presionó ambas manos contra el pecho, lo sintió subir y bajar mientras respiraba hondo para estabilizarse.

Volvió a escuchar el sonido, pero este no provenía de la puerta cerrada.

Se dio cuenta de que era una voz susurrando.

A Wendy le dio un vuelco el corazón. Se inclinó hacia

delante para echar un vistazo al pasillo que llevaba a la habitación de sus padres. Todas las luces estaban apagadas y la pequeña ranura que quedaba debajo de la puerta de sus padres era negra.

Wendy acariciaba la pared con la mano mientras avanzaba lentamente por el pasillo, por los sitios donde era menos probable que las tablas del suelo chirriaran. Había hecho esto suficientes veces como para saber cómo merodear cerca de la habitación de sus padres sin que la vieran.

Se aferró al marco de la puerta, se acurrucó contra la pared y presionó la oreja contra la puerta. Cerró los ojos e intentó ralentizar la respiración. Los oídos se esforzaban por captar cualquier sonido proveniente del interior de la habitación.

Se apretó más contra la puerta. Esperaba con cada fibra de su ser que solo hubiera sido el viento, aunque era un día de mediados de junio húmedo y sin brisa.

—Mis queridos niños…

Wendy cerró los ojos con fuerza.

La voz de su madre tenía una nota ligera. Una melodía que hacía años que Wendy no escuchaba. Una que se perdió en el bosque, junto a sus hermanos, y que ahora solo pasaba por los labios de su madre cuando dormía.

—Os echo tanto de menos…

Una noche, apenas una semana después de que la cambiaran de habitación, Wendy fue a la cocina a buscar un vaso de leche. Cuando volvió a subir las escaleras, le pareció escuchar la voz de Michael en el dormitorio de sus padres. Al oírlo, Wendy dejó caer el vaso de leche en la alfombra y corrió de puntillas hacia la puerta. Puso la oreja y escuchó a su madre decir «mis queridos niños».

Y luego oyó la voz de John. No podía distinguir qué decía, pero era él. John y Michael estaban al otro lado de la puerta. Wendy la abrió de par en par, pero solo encontró una habitación a oscuras. La luz de la luna que entraba por la ventana abierta iluminaba a su madre mientras dormía. Estaba de costado, su pelo castaño claro formaba bucles sobre la almohada, y el brazo doblado sobre esta. Estiraba mucho los dedos, como si intentara coger algo.

Confundida, Wendy miró a su alrededor. Había escuchado a sus hermanos, pero no estaban ahí. Miró detrás de la puerta, pero no había nadie. Wendy avanzó con cuidado hacia su madre.

Tenía los ojos cerrados, las pestañas se extendían sobre las ojeras. Separó los labios, aunque su voz ya empezaba a decaer.

—Volved, por favor.

En ese momento, Wendy descubrió que su madre hablaba con sus hermanos desaparecidos mientras dormía. Seguro que se había imaginado las voces de sus hermanos. Solo eran los murmullos de su madre en un estado intermedio entre el sueño y la vigilia mientras hablaba con personas que no estaban ahí y que quizá nunca volverían.

Cuando el señor Darling llegó a casa, encontró a Wendy en lo alto de las escaleras. Estaba llorando, con el cuello del camisón oscuro y empapado, mientras intentaba limpiar la leche derramada con un trapo.

Sin decir ni una palabra, su padre le cogió el trapo con gentileza, la levantó y la llevó a su nueva cama. Encendió la guirnalda de luces y le frotó la espalda hasta que el hipo cesó y se quedó dormida de puro agotamiento.

Ahora, Wendy se dejó caer contra la puerta. Tenía las mejillas húmedas y la nariz le goteaba sobre la mano que se había llevado a la boca.

Con el tiempo, su madre dejó de hablar mientras dormía. Llevaba años sin hacerlo, pero aquí estaba otra vez. Wendy se permitió inhalar una bocanada de aire antes de doblar las rodillas y apoyar la cabeza.

—Dormid, mis queridos niños. —La suave voz de su madre llegó desde el otro lado de la puerta. Después, todo quedó en silencio, salvo por Wendy, que permanecía acurrucada en el suelo, intentando tragarse el nudo que se le había hecho en la garganta.

Sudaba y le palpitaba la cabeza. Necesitaba aire fresco. Necesitaba salir de casa, alejarse de las palabras de su madre y de la sensación desgarradora de estar atrapada.

Se levantó, bajó las escaleras y atravesó la cocina. Tiró de la puerta corredera y salió volando hacia el jardín trasero. La adrenalina le corría por las venas y le palpitaba en el pecho. Las cadenas crujieron cuando empujó uno de los columpios y pasó por debajo. Sentía que estaba atrapada en una pesadilla. Todos los secretos y recuerdos aterradores de los que había intentado huir la estaban atrapando.

Mientras corría, tenía los pies listos para alejarla, para llevarla a cualquier lugar, para escapar, pero se guio a sí misma hasta un punto muerto.

El impulso solo la llevó a recorrer una corta distancia hasta que la valla desteñida y destartalada la acorraló y se encontró cara a cara con el bosque. El sol acababa de ponerse y lo bañaba todo, incluso los árboles verdes, de un brillo naranja.

Si fuera más valiente, saltaría por encima de la pequeña valla y seguiría corriendo. Pero no podía forzarse a entrar en ese bosque.

Wendy se dobló hacia delante, apoyó los codos en los muslos mientras se miraba los pies descalzos, que ahora estaban sucios, y respiraba con dificultad. El aroma a pino y el aire denso del verano le llenaron los pulmones. Quizá debería volver a casa de Jordan. Dejarles una nota a sus padres y dormir en casa de su amiga. Quizá estar cerca de ella le calmaría los nervios y evitaría todos los recuerdos que se arrastraban fuera del bosque.

Quizá, si podía soportarlo y recomponerse, no perdería el control de sus pensamientos. Podía sentir cómo se deterioraba ante la sensación de destrucción inminente, de miedo inescapable, un cansancio que no se iría por mucho que durmiera.

Quizá…

—¿Wendy?

Su cabeza salió disparada hacia arriba.

Lo tenía delante, como si se hubiera materializado entre las hojas caídas.

Peter.

Era imposible evadir esos ojos, que la atraparon de inmediato. Eran de un tono imposible de azul. Las manchas brillantes y cósmicas no eran un engaño de las luces fluorescentes del hospital. Ahora podía verlas tan claras como el agua.

El chico se asomó por encima de la valla, con una pierna extendida y el pie descalzo revoloteando. Era la postura de alguien que intentaba evitar ahuyentar a un ave.

—Wendy, ¿por qué estás llorando? —preguntó con gentileza. La voz le resultaba demasiado familiar, como si la hubiera oído toda la vida.

Quería creer que era él, pero su cuerpo reaccionó como si el chico fuera peligroso. Un animal salvaje, algo que pertenecía al bosque que tanto la aterraba.

Parpadeó para despejar la vista. Un grito de socorro se le formó en los pulmones, pero no pudo escapar. Los brazos le reposaban pesados e indefensos a ambos lados.

Peter saltó al suelo y aterrizó con tanta suavidad que ni siquiera lo escuchó, aunque un fuerte rugido le invadía los oídos. El chico tenía los brazos extendidos a ambos lados, con las palmas hacia arriba, en un signo de rendición.

—No. —Wendy retrocedió un paso—. Detente. —Fue lo único que consiguió decir.

—¿Qué pasa? —le preguntó, estudiando a Wendy con esos ojos brillantes. El ceño fruncido había vuelto.

Wendy emitió un sonido atragantado, una mezcla entre la risa y el llanto. Esto no estaba sucediendo. Tenía que salir de allí. No podía ser Peter Pan. Era un extraño con demasiadas conexiones con sus pesadillas.

¿Y si los detectives tenían razón? ¿Y si había estado con ella durante esos seis meses que no recordaba?

El chico se acercó.

—Por favor, no. —Wendy notó como tropezaba cuando intentó retroceder otro paso. Ahora el chico estaba justo delante de ella. Wendy se giró para salir corriendo, pero impactó contra algo duro. De lo último de lo que se percató antes de que todo se volviera negro fue el chillido de los columpios y los brazos que detuvieron su caída.

Capítulo 7

Grillos

Lo primero que Wendy oyó fue el sonido de la madera al romperse. Le atravesó los oídos y la hizo volver a la conciencia. El aire olía a madera húmeda y tierra mohosa. El humo hizo que le picara la nariz. Estaba calentita y algo duro se le clavaba en medio de la espalda. Wendy se movió y gruñó cuando le latió la sien. Se puso de lado, provocando una sinfonía de crujidos metálicos.

No estaba en su cama.

Abrió los ojos y encontró un par de ojos azules que la observaban a menos de treinta centímetros. Imágenes del bosque, del hospital, de sus padres y de los detectives le pasaron como una ráfaga por la mente.

Peter esbozó una sonrisa y se le hundieron los hoyuelos en las mejillas. Le brillaron los ojos, divertidos.

—Hola.

Wendy le dio un puñetazo en la cara.

Peter soltó un grito y se tambaleó hacia atrás. Se estrelló contra una mesa y tiró un recipiente vacío al suelo.

Wendy intentó escapar, pero el colchón blando se deslizó,

arrojándola contra la pared. Metió la pierna derecha entre los muelles de metal del catre. Intentó sacarla, pero los resortes se le enredaron dolorosamente alrededor del tobillo.

—¡No me toques! —rugió mientras intentaba ser intimidante a pesar del terror que la inundaba.

Pareció funcionar porque Peter mantuvo la distancia, con la mirada hacia abajo, sorprendido y hasta un poco asustado.

—¡Me has pegado! —escupió mientras se frotaba la mandíbula.

Wendy intentó sacudir la pierna para liberarse y así poder escapar, pero los resortes se tensaron. Siseó de dolor.

—¿A dónde me has arrastrado? —demandó—. ¿Dónde estoy?

En los segundos que Peter tardó en responder, se imaginó un sinfín de escenarios, cada uno más terrible que el anterior.

—No te he arrastrado, te diste un golpe con el columpio y te quedaste inconsciente, ¡así que te traje aquí! —Se tocó la cara con un ojo cerrado y una mueca.

Wendy recorrió la pequeña habitación con los ojos, intentando asimilar todo lo que la rodeaba sin perder de vista al chico.

La única iluminación provenía de una lámpara de aceite abollada que colgaba de un gancho. Miró la ventana torcida que había tallada en la pared. A través del vidrio cubierto de suciedad, pudo ver que fuera estaba completamente oscuro.

Era de noche.

Estaba en una pequeña estructura hecha con troncos llenos de barro. Tenía el techo inclinado y había otro catre sucio como en el que estaba atrapada en la otra punta de la habitación. Botellas de cerveza llenas de polvo cubrían el suelo de madera. La cabeza de un ciervo se deterioraba en un viejo armero vacío.

—Es una cabaña de caza —gruñó cuando se dio cuenta. Secuestrada. La habían secuestrado y llevado a una cabaña para cazadores en medio del bosque. ¿Iba a…?

—Peleas mucho mejor —dijo Peter con naturalidad, con los puños en las caderas—. ¿Quién te ha enseñado a golpear así?

De pie en medio de una escena sacada de una novela de terror, Peter parecía extrañamente… normal.

Wendy casi esperaba que estuviera volando y blandiendo una espada pirata cuando volviera a verlo. Ahora se sentía todavía más ridícula. Por supuesto que no era Peter Pan. Era un chico normal, no un ser mágico de un cuento de buenas noches.

El hecho de que llevara un par de pantalones cargo y una camiseta azul desteñida no era extraño, pero como los pantalones le quedaban demasiado grandes, se los había atado con una cuerda. La camiseta le quedaba holgada en la zona de los hombros, el cuello estaba raído y descosido. Estaba cubierto de tierra.

Wendy negó con la cabeza. Se rehusaba a sentir una falsa sensación de seguridad con ese chico que la había llevado a una cabaña de caza en medio del bosque.

—¿Me matarás? —soltó. El chico parpadeó.

—¿Qué?

—¿Me matarás? —repitió. Sangre caliente y pegajosa le goteaba por la pantorrilla. Había visto esa misma escena en al menos una docena de películas. Después de desaparecer, pondrían su foto en las noticias y sus padres tendrían que vivir la misma tortura otra vez…

Peter se rio, pero seguía mostrando confusión con las cejas.

—Yo… ¿Qué? Wendy, ¿por qué querría matarte? —preguntó mientras daba un paso hacia delante.

—¡PARA! —Su mano salió disparada, alargó los dedos como si pudiera mantenerlo alejado mientras seguía atascada en ese viejo catre decrépito. Wendy se sorprendió porque el chico, de hecho, se detuvo. A cada segundo que pasaba, parecía más confundido.

No era muy grande, pero sí musculoso. Wendy se llevó la mano libre a la frente e intentó estabilizarse.

—Por favor, para.

—¿El qué? —Peter volvió a llevarse la mano a la mejilla—. ¡No estoy haciendo nada! Wendy…

—Para… ¡Para de llamarme Wendy! —Volvió a evaluar la habitación. La única vía de escape era la puerta y, al otro lado, estaba el bosque. Quién sabe cuánto se habían adentrado o cuán lejos de casa estaba.

—¿No…? —Peter arqueó una ceja—. ¿No quieres que te llame por tu nombre?

—No.

¡Ni siquiera debería saber cómo se llamaba!

Peter frunció el ceño y se rascó la nuca.

—Eso no tiene sentido —dijo. Dejó caer la mano en un signo de derrota.

—¿Secuestraste a Benjamin Lane y Ashley Ford? —demandó Wendy.

—¿Secuestrar? —La miró, confundido, mientras ponía unos ojos como platos—. ¿Qué…?

Un gruñido de frustración se le formó en la garganta.

—¿Quién eres? ¿Qué quieres de mí?

El chico se acercó mientras se señalaba a sí mismo.

—Soy Peter —dijo lentamente, como si estuviera intentando explicar algo muy sencillo a un niño pequeño. Wendy no sabía si hablaba en serio o si se estaba riendo de ella.

De todos modos, lo fulminó con la mirada.
—No. Quiero decir, ¿quién eres?
Peter se volvió a rascar la nuca. Tenía agujas de pino enganchadas en el pelo caoba, que llevaba despeinado.
—¿Por qué estás tan rara? ¿Es alguna clase de juego que no estoy pillando?
Soltó una risa maníaca.
—¿Yo soy rara? —demandó—. ¡Me has secuestrado y me tienes de rehén en una cabaña de caza en medio del bosque!
—¿Secuestrar? No te he secuestrado, te desmayaste…
—Perdí el conocimiento por tu…
—Te desmayaste —la corrigió. Wendy crepitaba, ¿hablaba en serio? El chico siguió—: Te desmayaste, te traje aquí para que no te quedaras tirada en el césped toda la noche. —Dejó de contarse los dedos para lanzarle una mirada—. De nada, por cierto. Y lo que te mantiene «de rehén» es esa maraña de resortes en la que tú misma te has metido —añadió señalándole la pierna.
Wendy se balanceó sobre el pie sano. No tenía donde apoyarse, metafórica y literalmente hablando. Lo que decía hasta parecía racional, pero la chica todavía no confiaba en él. Entrecerró los ojos.
El hecho de que la mirara entre triunfante y divertido no ayudaba a su estado de ánimo.
Era desesperante porque sí lo reconocía, pero por motivos que no tenían ninguna lógica. Era todas las cosas que había imaginado sobre Peter Pan. El diente partido. La confianza en su voz. Esa maldita sonrisa encantadora. Y esos ojos que la hacían sentir como si mirara las estrellas.
Wendy se obligó a concentrarse, a pensar de forma práctica. Necesitaba llegar a un lugar seguro porque quedarse con él le

parecía peligroso. Era el tipo de peligro que te invadía antes de saltar desde un acantilado: un nudo en la boca del estómago que te creaba un hormigueo en los dedos.

—¿Por qué no me llevaste a mi casa en vez de arrastrarme hasta aquí? —arriesgó.

Podía ver como se mordía el interior de la mejilla. Tensó y relajó los músculos de la mandíbula, acentuando la curva de sus pómulos pecosos.

—No quería que tus padres me vieran —dijo mientras arañaba el suelo con el talón descalzo—. Quiero decir, sería bastante extraño que simplemente entrara en tu casa contigo inconsciente.

Wendy intentó juzgar si mentía o no. Todavía no le había dicho cómo sabía su nombre.

—Estás muy pálida. —Peter la miró con preocupación. Se movió para acercarse, pero pareció pensárselo dos veces y se detuvo.

Quizá era una especie de acosador, pero no lo creía. Aunque la aterrorizaba, Peter parecía muy cauteloso. Era difícil seguir pensando que era una amenaza cuando no dejaba de bajar la cabeza y mirarla con cautela. Peter entrecerró un poco los ojos. ¿También la estaba estudiando?

Wendy se lamió los labios. Quería preguntarle de dónde la conocía, obtener una respuesta de verdad, pero no pudo reunir el valor.

—Entonces… —Peter se meció sobre los pies con las manos en los bolsillos—. ¿Quieres que te ayude a salir de ahí? —preguntó. Se le retorció la boca al reprimir una sonrisa.

Wendy llevaba los pantalones hechos un desastre. Los resortes de metal se los habían subido por la pierna y roto la tela. Los cortes no eran profundos, pero ardían como el infierno.

Una fina línea de sangre le caía por el tobillo hasta el zapato. Volvió a mirar a Peter. No confiaba en él, ni un poquito. Pero ahí de pie, descalzo y nervioso, no parecía una gran amenaza. Y cuanto antes saliese de ahí, y del bosque, mejor.

—Sí —accedió al fin, pero no sin vergüenza.

—¿Prometes no volver a pegarme? —Peter dio un paso hacia delante con cautela.

—No. —Wendy lo fulminó con la mirada.

—Es justo. —Esbozó una sonrisa. Se le marcaron aún más los hoyuelos.

Se arrodilló al lado del catre. Algo de miedo residual hizo que Wendy se inclinara en dirección opuesta a él y presionara la espalda contra la pared. El metal se le incrustó en la pierna.

—Tienes que dejar de resistirte o no podrás salir —dijo Peter, mirándola.

Su cercanía era abrumadora. Wendy no podía distinguir si quería empujarlo otra vez o estirar la mano y tocarlo para comprobar que era real. Soltó un gruñido mitad irritación, mitad dolor.

—De acuerdo —dijo entre dientes.

El chico seguía mirándola con esos deslumbrantes ojos azules.

—Deja de mirarme así —le dijo. Enseguida bajó la mirada, pero Wendy podía ver la comisura de su sonrisa.

Con cuidado, apoyó todo el peso en la pierna buena y dejó que la otra cayera y se relajara. Peter pasó los dedos entre los muelles, dio un tirón rápido y, de repente, la pierna de Wendy quedó libre. Cuando tocó el suelo de madera con el pie, soltó un aullido de sorpresa.

Mientras se tambaleaba hacia delante, se aferró a la mano de Peter para evitar caerse. Su palma era áspera, pero muy cálida. Wendy retiró la mano rápidamente y volvió a perder el equilibrio. Hizo un bailecito sobre el pie sano hasta que se liberó y se alejó cojeando del catre.

Peter se quedó ahí de pie, con una sonrisa de oreja a oreja. Wendy frunció el ceño.

—¿Qué?

—Ha sido gracioso —respondió mientras se encogía de hombros.

—Cállate.

—¿Qué tal el pie? —No hizo ningún esfuerzo en esconder que le parecía divertido.

—Como si hubiese metido la pierna en una trampa para osos —replicó con sequedad mientras apoyaba el pie sano e intentaba poner todo el peso sobre este. El corte ardía, pero no parecía haber sufrido más heridas.

Al menos ahora podía moverse, aunque le parecía que, en cualquier momento, iba a caer sobre los listones de madera podridos.

—¿Qué haces aquí? —le preguntó. Wendy detectó que la dureza de su voz comenzaba a disiparse.

—Bueno, acabo de liberarte de los resortes de la cama…

—No, me refiero a por qué estás aquí.

—Otra vez no… —Peter gruñó e inclinó la cabeza hacia atrás.

—Me refiero a… —Wendy cerró los ojos un segundo para dominar la frustración y volvió a empezar—. ¿Por qué estás en esta vieja cabaña de caza?

Peter echó un vistazo a su alrededor y se encogió de hombros.

—¿Porque me estoy quedando aquí? —respondió lentamente, como si estuviera juzgando si su respuesta era correcta.

No tenía sentido. ¿Por qué alguien decidiría voluntariamente quedarse en un lugar como ese? Había, por lo menos, una docena de cabañas de caza en el bosque. No había signos de que alguien hubiese pasado por allí los últimos años, aparte de Peter.

—¿Dónde están tus padres? —indagó. Estaba segura de que no era mayor de edad. Era mayor que el niño mágico, Peter Pan, que Wendy conocía por sus historias, pero definitivamente no tenía dieciocho años.

—No tengo —lo dijo con tanta sencillez y sin darle importancia que Wendy tardó unos segundos en asimilarlo.

¿No tenía padres? ¿Era huérfano? ¿Indigente?

—¿Hay…? ¿Hay otras personas en el bosque?

—No que yo haya visto. —Se encogió de hombros.

—Entonces, ¿qué haces en el bosque? —Wendy tragó el nudo que se le había formado en la garganta. Sentía el burbujeo de una pregunta que tenía que hacer, pero la respuesta le daba miedo—. ¿Alguien… te trajo aquí? ¿Te han secuestrado?

—¿Qué? ¡No! —Peter se rio—. Rayos, ¿qué te pasa con los secuestros?

Y la frustración volvió.

—Si ese no es el caso, entonces, ¿qué estás haciendo aquí? —replicó Wendy de mala manera—. ¿Qué estabas haciendo en medio de la carretera? ¿Por qué has venido a mi casa?

—Porque… —Miró el suelo—. Necesito tu ayuda.

—¿Para qué necesitas mi ayuda? —preguntó lentamente. Sintió un escalofrío en la piel. La llama de la lámpara de aceite titiló detrás del vidrio sucio.

—Necesito que me ayudes a encontrar mi sombra. —Peter frunció el ceño y Wendy lo miró fijamente.

Una vez más, lo había dicho con demasiada sencillez,

como si no fuera una cosa completamente extraña. Wendy forzó una sonrisa, sin saber cómo responder.

¿En serio? ¿Le estaba tomando el pelo?

—Eh, ¿has intentado buscar en el suelo?

Peter ladeó la cabeza y levantó una ceja, como si fuera una pregunta ridícula.

—Estás de broma, ¿no?

Wendy resopló y puso los ojos en blanco.

—Está justo a... —Señaló el suelo, donde estaba su sombra. En realidad, donde debería estar su sombra.

No había nada. Solo sus pies, descalzos y muy sucios, y los tablones de madera. Era un error tan pequeño que resultaba inquietante. Era como un fallo de *photoshop*, pero en la vida real.

—Eso no es... —Wendy levantó la mirada. Peter parecía expectante. Recorrió con la mirada las paredes que los rodeaban, buscaba algún tipo de señal, alguna mancha que llevara a la sombra de Peter, pero no había nada.

Examinó su propia sombra. Titiló y se movió debajo de ella, imitando sus movimientos.

Su sombra estaba ahí, pero ¿dónde estaba la de él?

—Esto no tiene sentido. —Wendy clavó la mirada en Peter. Tenía que ser alguna especie de truco estrambótico—. No es posible.

—Ya te lo he dicho —insistió él. Estaba demasiado tranquilo, ahí de pie.

—¿Cómo lo has hecho? —demandó—. Debes tener una sombra... ¡todo tiene sombra!

No en la oscuridad, por supuesto, pero había suficiente luz para que él también tuviera una, al igual que los catres y la pequeña pila de leños de la esquina.

—Debe ser un truco de la luz o algo. —Wendy intentó razonar con ella misma. Seguro que si buscaba trucos de magia en YouTube encontraría una explicación. Dio un paso hacia él con la idea de que quizá estaba de pie en un punto estratégico para que toda la luz rebotara en él y no emitiera una sombra; aunque no estaba completamente segura de cómo funcionaría eso.

Pero cuando se acercó, su propia sombra la siguió y la de él siguió sin aparecer.

—Yo… ¿Qué rayos…? —Wendy tartamudeó cosas ininteligibles mientras lo miraba fijamente, perpleja.

—Huyó —le dijo Peter. Cualquier rastro de sonrisa desapareció.

Wendy sentía que estaba en un sueño muy extraño. Una vez, había soñado que todo era normal, salvo porque había tres soles. Ahora se sentía del mismo modo.

Pero estaba despierta, no soñando. Podía sentir el ardor de los cortes en la pierna y podía ver a Peter delante de ella claro como el día. No era una aparición, una fantasía o un sueño.

Y, sin embargo, el propio Peter irradiaba lo fantástico. Un chico que había salido de sus sueños y de las historias de su madre estaba de pie delante de ella. Era algo completamente diferente. Era polvo de estrellas y olor a verano.

—A veces la veo de refilón —siguió explicando Peter como si Wendy no estuviera a punto de tener una crisis existencial—. En las esquinas, debajo de las camas. —Le echó un vistazo al catre y se encogió de hombros—. Pero no he podido capturarla. Cuanto más tiempo pasa, peor se pone la cosa. —La lámpara iluminó las líneas de preocupación de su frente. Parecía muy cansado—. Pensé que, como me ayudaste a encontrarla una vez, podrías volver a hacerlo.

Peter se mordió el labio inferior, los ojos muy abiertos y llenos de esperanza.

—¿Qué quieres decir con «una vez»? —Wendy retrocedió, cada vez más frustrada—. ¡Hasta anoche no te había visto nunca!

—¿De verdad no lo recuerdas? —Peter frunció el ceño mientras se acercaba un paso.

Wendy sintió la necesidad de gritarle. De decirle que no, que no había manera de que pudiera acordarse de él porque todo lo que le decía era imposible y Peter Pan no era real. Pero, bueno, lo tenía delante, como si hubiera saltado de las hojas y hojas de dibujos que tenía escondidas en la camioneta. Un par de años mayor de lo que imaginaba, pero estaba ahí de todos modos. Era de carne y hueso y no tenía sombra.

Como Wendy no respondió, Peter insistió:

—Solía ir a verte y escuchar los cuentos que contabas sobre mí desde el otro lado de la ventana. —Wendy puso unos ojos como platos y Peter añadió rápidamente—: ¡Lo sé, lo sé! Suena muy raro, pero... —Se encogió de hombros, avergonzado e incapaz de encontrar las palabras—. No nos conocimos oficialmente hasta una noche que, cuando fui, ya os habíais ido a dormir. —Peter retorció las manos—. Antes de que pudiera marcharme, mi sombra entró en la habitación y tuve que perseguirla. Entonces...

La pequeña chispa de un recuerdo titiló en la mente de Wendy.

—Me despertaste —se escuchó decir antes de poder detenerse. Parecía más un sueño que un recuerdo, pero Wendy podía verlo perfectamente... Un ruido extraño la despertó y vio a Peter Pan, el niño eterno, probablemente de su misma edad, luchando en el suelo con algo oscuro pero translúcido.

Peter parecía tan sorprendido como ella, pero su rostro, en vez de imitar el terror que Wendy sentía, se llenó de emoción.

—¡Sí! La atrapé, pero no conseguí volver a pegarla…

—Así que la cosí… —murmuró para ella misma. Como con casi todos los sueños, no podía recordar los detalles, sino imágenes borrosas y poco claras.

La sonrisa de oreja a oreja de Peter no la hacía sentirse mejor.

—¡Correcto! ¡Me ayudaste a recuperarla! —Una risa de alivio le sacudió los hombros—. No sé por qué, pero John y Michael no se despertaron.

Wendy sintió un pinchazo. Contuvo la respiración. Peter no se dio cuenta y siguió hablando:

—Pero siempre duermen como troncos.

Conocía a Wendy. Recordaba cosas que ella no… Cosas que había pensado que solo eran sueños porque eran imposibles, ¿no es así? Pero también lo era no tener sombra. Y conocía a sus hermanos. ¿Qué más sabía? ¿Qué más recordaba?

Sintió que le habían lanzado un cubo de agua helada. Un cosquilleo le recorría la piel, estaba muy mareada.

—¿Wendy? —La voz de Peter la obligó a concentrarse, a aferrarse a la realidad. En algún momento, el chico se había acercado. La miraba con preocupación, el ceño fruncido y las manos extendidas como si estuviera preparándose para cogerla—. ¿Estás bien? No tienes buen aspecto…

Wendy se pasó la mano por la frente sudorosa. De repente, la habitación se sentía incómodamente caliente, sofocante. Era demasiada información para procesar al mismo tiempo.

—Por favor, llévame a casa.

—Pero…

—Por favor… —Odiaba lo patética que sonaba y cómo

le empezaban a picar los ojos. Necesitaba salir del bosque. Necesitaba ir a casa—. Podemos descifrar todo esto…, lo de la sombra o lo que sea…, pero realmente necesito ir a casa. —Wendy sabía que no estaba siendo honesta, pero en ese momento diría cualquier cosa para salir de esa cabaña.

Peter hizo una pausa y, durante un segundo, Wendy temió que se opusiera. Podía ver como pensaba, como se le tensaba el músculo de la mandíbula. Pero enseguida asintió.

—De acuerdo. —Cruzó la habitación y abrió la puerta torcida.

Afuera, Wendy vio un pequeño claro iluminado por la luz que emitía la cabaña. Más allá, todo estaba sumido en la oscuridad del bosque.

Se tensó en el marco de la puerta.

—¿Estás bien? —preguntó Peter.

Podía sentirlo justo detrás del hombro.

Wendy estrujó las manos sudorosas entre sí y asintió.

—S… sí. Estoy bien. Solo me da un poco de miedo… la oscuridad. —Era una mentira a medias. Era el bosque lo que le daba miedo, sobre todo de noche.

Peter se rio. Lo hacía parecer tan sencillo.

—Qué curioso, tenerle miedo a la oscuridad. —Cogió la lámpara del gancho y la presionó contra la mano de Wendy—. Aquí tienes —dijo con el mentón inclinado, derramando orgullo—. Problema solucionado.

—Por supuesto. —Wendy se aferró a la manija de metal.

Peter cruzó la puerta de un salto y empezó a caminar tranquilamente por el bosque.

A disgusto, Wendy lo siguió.

—Por cierto, ¿desde cuándo te da miedo la oscuridad? —preguntó el chico mientras la miraba por encima del hombro.

Wendy casi se detuvo, quería alejarse del tono familiar con el que seguía hablándole. Peter la miró fijamente, descarado y desvergonzado. Notó como le subía el calor a las mejillas.

A Wendy le temblaban tanto las manos que la lámpara repiqueteaba. Peter frunció el ceño. Lo apretó con más fuerza en un intento de detener el temblor. La tensión hizo que le ardiera la piel seca y agrietada de los nudillos.

Peter continuó guiándolos por el bosque; sus pies descalzos esquivaban con facilidad rocas y raíces.

—Quiero decir, lo lógico es tener miedo a cosas como leones, arenas movedizas y medicinas asquerosas —dijo y saltó por encima de un árbol caído, con los brazos a ambos lados del cuerpo mientras caminaba por el tronco. Peter parecía estar en su ámbito natural—. Pero ¿a la oscuridad? —indagó. Saltó y cayó al lado de Wendy—. ¿En serio? —Tenía cierto tono de burla en la voz mientras se agachaba para esquivar una rama baja.

Wendy solo necesitó inclinar la cabeza para evadir la misma rama.

Lo fulminó con la mirada. Su orgullo intentó asomarse a la superficie y superar el miedo agrio que se le había instalado en el estómago.

—No le tengo miedo a la oscuridad —replicó, corrigiendo su afirmación anterior—. Soy cautelosa con lo que hay en la oscuridad y no puedo ver. —Levantó un poco la lámpara, intentando obtener una mejor vista del bosque.

Su sombra le llamó la atención; caminaba a su derecha, por el lateral del árbol, sin compañía. No se veía la sombra de Peter por ningún sitio. Era tan… extraño.

—Algo que podría hacerme daño —murmuró más para ella que para Peter. Le dolía el corte de la pierna y no podía evitar los golpes de las ramas y las hojas más bajas. Peter dejó de caminar y la miró fijamente con la cabeza ladeada. La expresión que puso hizo que Wendy se acordara de su antigua perra, Nana. Cuando Wendy le hablaba... la miraba confundida, como si quisiera entenderla. Era una expresión inocente y un poco estúpida.

A pesar de las circunstancias en las que se encontraba, Wendy sintió una risa en la garganta.

Pero, luego, Peter volvió a caminar.

—Creo que la gente es más aterradora que la oscuridad —dijo—. Puedes tener a una persona delante y ni siquiera saber que es peligrosa.

La espalda del chico siguió adentrándose en la oscuridad, pero Wendy se quedó donde estaba. Eso había sido... sorprendentemente profundo.

Wendy tuvo que trotar un poco para alcanzarlo. Contra toda lógica, el bosque no le parecía tan aterrador si estaba a su lado. Era casi como si emitiera una luz propia que mantenía la oscuridad bajo control.

—Entonces, ¿les tienes miedo? —indagó Wendy—. ¿A la gente?

—¿Qué? —Peter resopló y negó ferozmente con la cabeza—. No. No le tengo miedo a nada.

Wendy puso los ojos en blanco. Qué respuesta más infantil.

—Todo el mundo le tiene miedo a algo —insistió.

—Todos menos yo —la corrigió Peter.

Wendy suprimió el deseo de empujarlo. Se concentró en su cara, intentó leerle la expresión mientras la luz bailaba en sus facciones. Se humedeció los labios, saboreó el interrogante que demandaba ser preguntado.

—¿Cuántos años tienes? —indagó.

—¿Cuántos años tienes tú? —replicó él de forma evasiva mientras levantaba una ceja.

Wendy tuvo que morderse la lengua para evitar responder de manera petulante: «yo he preguntado primero».

—Dieciocho —respondió.

Parecía que acababa de darle una bofetada. Retrocedió y parpadeó antes de arrugar la cara.

—¿Tienes dieciocho años?

Wendy se sintió muy expuesta mientras la miraba de arriba abajo sin disimulo alguno. Hasta indignada. Sabía que no era muy alta, pero pensaba que, por lo menos, aparentaba su edad.

Se pasó una mano por el pelo corto y se aclaró la garganta:

—De hecho, los cumplí el día en que nos… El día… —¿El día en que casi te atropello con el coche? ¿El día en que volviste loco a todo un hospital? ¿El día en que te estrellaste contra mi vida?—. Ayer. Los cumplí ayer.

—Ah. —enía la mirada perdida, pensativa. De todos modos, atravesaba el bosque con facilidad mientras que Wendy no paraba de tropezar—. Yo tengo diecinueve —dijo Peter, saliendo de su trance y levantando el mentón. Una pequeña sonrisa hizo aparecer los hoyuelos.

Wendy empezaba a tener dolor de cabeza de tanto fruncir el ceño.

—¿Diecinueve? Es imposible que tengas diecinueve años —dijo rotundamente—. Más bien parece que tengas quince.

Aún tenía la cara redondeada; la nariz respingona y un poco demasiado pequeña para su rostro. Aunque tenía músculos, estos todavía eran delgados y fibrosos. Podría encajar fácilmente con los chicos desgarbados de primero de su instituto.

Con una expresión engreída, entrelazó las manos detrás de la cabeza mientras le sonreía.

—Soy más alto que tú —señaló, como si eso fuera una evidencia indisputable.

Podía ser alto, pero seguía teniendo quince años.

—¡Solo un poco! —replicó Wendy—. Y, de todos modos, eso no significa nada.

Crac.

Una rama se rompió en la distancia.

La lámpara crujió sonoramente cuando Wendy se sobresaltó. Tropezó y chocó de espaldas con el hombro de Peter. El chico se tambaleó, pero la cogió por los brazos para estabilizarse.

—¿Qué ha sido eso? —preguntó ella. ¿Había algo escondido entre los árboles? ¿Una persona? ¿Alguien los observaba? Wendy tragó con fuerza. Solo quería salir de ese maldito bosque.

—Iba a preguntar lo mismo. —Peter liberó a Wendy, pero la chica volvió a retroceder y se acercó a él.

—He escuchado algo entre los árboles. —Aunque le temblaba todo el cuerpo, Wendy podía sentir la calidez que Peter irradiaba a través de su camiseta.

—No pasa nada —dijo con tono gentil. Wendy quería creerlo—. Déjame llevar esto. —Le cogió la lámpara y, de forma automática, Wendy se abrazó. Peter levantó la luz por encima de su cabeza para que pudiera ver mejor—. Ahí no hay nada —le dijo—. Seguro que solo era una lechuza o algo así.

En ese instante, un ulular resonó entre los árboles. La joven suspiró aliviada.

Pero entonces sonó uno mucho más fuerte a sus espaldas y Wendy se alejó de Peter de un salto. Se giró y vio como el chico formaba una pequeña O con los labios. La lechuza volvió a ulular y Peter le respondió.

Wendy se presionó los dedos contra el pecho y sintió cómo le palpitaba el corazón.

—¿Cómo has hecho eso? —le preguntó. Imitaba el sonido de la lechuza a la perfección. A Jordan se le daba bien silbar y podía imitar el tono y la melodía de un ave, pero Peter sonaba igual que una lechuza de verdad.

—Supongo que es la práctica. —Sonrió y se encogió de hombros. Reanudó el paso y Wendy se mantuvo cerca de él. Sus brazos se rozaban a cada paso.

—Entonces has practicado mucho. —El tono sarcástico habitual en Wendy había desaparecido.

—Solo se me da bien imitar cosas —explicó Peter—. Animales. Personas.

—¿Personas? —¿Imitaba gente como los comediantes? ¿O caminaba por ahí fingiendo que era un pirata? Estaba a punto de preguntárselo cuando Peter golpeó la lámpara con una rama y el vidrio resonó contra el metal. Wendy volvió a saltar e hizo una mueca.

—Ups. Lo siento —se disculpó él.

Wendy no sabía cuánto más podría soportar.

—¿Estamos cerca de mi casa? —preguntó mientras cerraba los ojos con fuerza durante un segundo. Tenía todos los nervios al límite, retorciéndose bajo la piel.

—Eso creo.

—¿Eso crees? —gruñó—. Si hemos…

—¿Quieres oír qué más puedo hacer?

No, no quería. Quería salir de allí y volver a su casa. Pero antes de que Wendy pudiera decir algo, Peter le devolvió la lámpara, se cubrió la boca con sus manos y emitió un gorgojeo más agudo. Imitaba el sonido de otro pájaro. Wendy sabía que lo había escuchado antes, pero no recordaba dónde.

¿Una golondrina? ¿O quizá un ruiseñor? En realidad, no sabía nada de pájaros.

Peter dejó caer las manos, se puso el labio inferior debajo de los dientes superiores e imitó el sonido de los grillos.

Sonaba igual que los grillos que vivían debajo de la ventana de Wendy. Las noches de verano solía quedarse dormida con ese sonido. Peter levantó las comisuras y la luz de la lámpara le brilló en los ojos. El chico siguió emitiendo el sonido, que derritió la tensión de los hombros de Wendy.

En la cabeza de la chica bailaba el recuerdo de cuando solía atrapar grillos con sus hermanos por la noche. John esperaba en silencio con un vaso de cartón en la mano, escuchando con atención para encontrar a los insectos musicales. Michael corría entre los arbustos cuando atrapaba uno y ahuyentaba a los demás. John siempre se enfadaba.

Nunca fueron capaces de atrapar más de uno a la vez. Lo ponían en un envase de vidrio, apagaban las luces de su habitación y se sentaban en silencio —después de que Wendy le dijera a Michael, por lo menos tres veces, que se callara— hasta que el grillo se sentía lo suficientemente cómodo como para cantarles. Incluso en la oscuridad, siempre podía darse cuenta de que John y Michael sonreían tanto como ella.

Era uno de sus sonidos preferidos.

—Se te da muy bien imitar a los grillos —dijo en voz baja mientras miraba a Peter. Ya no caminaban.

Peter la miró, ya no canturreaba. La manera en que sus ojos estudiaban los suyos hizo que Wendy quisiera desviar la mirada, pero parecía imposible.

—¿De verdad no te acuerdas de mí? —preguntó lentamente, se le marcaban las líneas de expresión.

—¿Cómo iba a acordarme de ti? Acabamos de conocernos...

—mintió porque la verdad no tenía ningún sentido, aunque quería creerla con todas sus fuerzas.

—¿Ni siquiera en sueños? ¿Ya no sueñas conmigo? —insistió.

—¿Soñar contigo? —Wendy entrecerró los ojos.

El rostro de Peter se llenó de tristeza, diría que incluso de dolor.

—No puedes soñar con alguien que no conoces… —¿Verdad? El sonido de los grillos los envolvió a pesar de que el chico tenía los labios completamente quietos.

El pecho de Peter se hinchó y deshinchó con un suspiro.

—Soy yo, Wendy. Peter. Peter Pan. —Sus ojos azules perforaron los suyos con cariño. Le envolvió las manos con las suyas—. Sé que me recuerdas, tienes que…

Wendy quería llorar, reír y salir corriendo al mismo tiempo. Negó con la cabeza.

—Eso no es posible. Peter Pan no es real —le dijo. Pero mientras lo decía, se dio cuenta de que dudaba de sus propias palabras. Una parte de ella quería creerlo, aunque fuera una estupidez.

Una cosa era verdad: él sabía quién era Peter Pan. Así que, a pesar de que se resistiera, era evidente que el chico había escuchado las historias con anterioridad. En algún momento, ella se las había contado.

—¡Wendy Moira Angela Darling!

La voz de su padre irrumpió en el silencio de la noche. Wendy miró a su alrededor. Estaban en el límite del bosque. La valla blanca torcida de su jardín estaba a menos de cinco metros.

Podía ver la puerta trasera de su casa a través de los árboles. La luz de la cocina iluminó la silueta corpulenta de su padre.

—¿Dónde has estado? ¡Es medianoche! ¡Llevo horas llamándote!

Wendy llevaba el móvil en el bolsillo, en silencio, como siempre. El sonido de la llamada siempre la asustaba y la vibración le resultaba igual de estremecedora.

—Yo... —Se giró, pero Peter ya no estaba. La había dejado sola en el borde. Tenía las manos frías, el chico se había llevado la lámpara—. ¿Peter? —siseó en la oscuridad. Se puso de puntillas e intentó escudriñar entre los árboles—. ¿Dónde estás?

Pero no había nadie.

Wendy tragó saliva y se dirigió a su casa. Detrás de ella, la brisa del bosque le hacía cosquillas en la nuca. Era ligeramente más aterrorizante que su padre, que la esperaba en la puerta.

Casi corrió hasta la valla, trepó con torpeza y se preparó para enfrentarse a las miradas fulminantes de su padre y sus gritos mientras atravesaba el jardín.

Su padre estaba ahí de pie, con la cara roja, aferrándose al marco de la puerta. A Wendy no le hubiera sorprendido que lo arrancara de la pared.

—¡¿Estabas en el bosque?! —bociferó. Algo de saliva le salió disparada de los labios mientras gritaba.

Wendy intentó pensar una excusa razonable, pero su mente estaba en el bosque con Peter.

—No, me ha parecido ver algo, así que he salido a ver...

—¡No te atrevas a mentirme, Wendy! —replicó.

Wendy se puso roja. No sabía qué decir, no podía contarle la verdad. Si se enteraba de que había estado en el bosque con el chico del hospital —quien la policía creía que podría estar relacionado con su desaparición y la de sus hermanos—, bueno... Wendy no sabía qué haría su padre, pero seguro que nada bueno.

Se sintió culpable y, para su sorpresa, preocupada por Peter. Estaba solo ahí fuera y la cabaña era su único refugio. Por segunda vez en las últimas veinticuatro horas, se preguntó si volvería a verlo.

—Yo…

—¿Y qué te ha pasado? —Su padre hinchó el pecho y se puso más rojo, incluso púrpura.

Wendy se miró el pantalón roto y sintió un pinchazo en la cabeza. Por suerte, el dolor se había transformado en una ligera molestia.

—Estaba sentada en la valla y me caí —explicó.

—Te prohíbo que entres en el bosque. —La fulminó con la mirada, aunque esta le brillaba—. ¡Pensé que eras lo bastante inteligente para saberlo después de lo que pasó!

Wendy hizo una mueca.

No, no podía decirle la verdad. No hasta que descifrara qué hacer con Peter. Pero esta tampoco era una situación de la que podía salir con mentiras.

—Lo siento, papá —dijo en voz baja.

Su padre exhaló pronunciadamente por la nariz. Wendy se preparó para recibir más gritos, pero este simplemente bajó lo hombros.

—Ve a la cama —le dijo, su voz había pasado a ser un suave gruñido. Wendy casi prefería los gritos. El tono de resignación la hacía sentir peor.

Su padre se apartó de la puerta para dejarla pasar. Cuando lo hizo, el hombre levantó la mano. Wendy pensó que se la pondría en el hombro, pero vaciló y volvió a dejarla caer.

—Mantente alejada del bosque —repitió.

Wendy asintió y se cruzó de brazos.

—Lo haré.

No lo culpaba por estar enfadado.

Ella no había sido la única que había perdido algo en el bosque.

Capítulo 8

Recuerdos

Wendy escuchó los sonidos de frustración de su padre a través de la puerta de su habitación. Se había dado cuenta de que solo hacía las tareas domésticas cuando necesitaba canalizarla, incluso en mitad de la noche. Wendy sabía demasiado bien lo que era que alguien enrollara unos calcetines con furia o lavara la vajilla con resentimiento.

Cuando todo se quedó en silencio y se aseguró de que su padre no entraría de forma intempestiva para decir «¡Y para que conste!», Wendy entró al baño. Abrió el grifo de la bañera y se quitó los pantalones: tenían dos arañazos, pero no le molestaban porque eran viejos. Se sentó en el borde y cogió algo de agua para vertérsela sobre los cortes de la pierna. No eran muy profundos y apenas le ardían. Se había hecho heridas peores en la piscina, durante los entrenamientos de natación.

Hundió una toalla en el agua y observó como su sombra imitaba sus movimientos en la pared. Mientras dejaba que la pierna se humedeciera, se limpió la sangre seca del golpe de la cabeza. Era un desastre. Las últimas veinticuatro horas habían sido un desastre. ¡Todo era un desastre!

Mientras se remojaba la pierna en agua tibia, Wendy se estiró hacia el armario y cogió los elementos de costura. Hizo su mejor esfuerzo para enmendar la pernera del pantalón. Para ahorrar dinero, había pasado muchas tardes remendando agujeros y cosiendo una y otra vez los dobladillos de las prendas de sus padres. Los trajes de su padre no eran baratos, así que tenía más sentido coser un botón o arreglar un pliegue que comprar una chaqueta nueva.

Su madre era pequeña, lo que significaba que los pantalones quirúrgicos estándar le quedaban largos y enseguida se le desgastaban los dobladillos por el roce contra el suelo, así que Wendy los cosía cuando se raían demasiado.

Inspeccionó su trabajo, dándole un tirón para ver si los puntos de sutura aguantaban. Estaban un poco torcidos, pero esos pantalones servirían perfectamente para estar en casa. Con un suspiro, los lanzó al cubo de la ropa sucia.

¿Qué se suponía que debía hacer ahora? ¿Cómo iba a explicar el tema de Peter y su sombra a alguien?

«Ah, sí, la otra noche casi atropello a un chico con la camioneta. ¡Resulta que es un personaje de las historias que mi madre se inventó cuando éramos pequeños! ¿He mencionado que no tiene sombra? Quiero decir, literalmente no tiene sombra. ¡Y necesita que lo ayude a encontrarla!».

Wendy frunció el ceño. Lógicamente, no tenía sentido, pero lo había visto con sus propios ojos. No podía seguir negando quién era.

Intentó organizar sus pensamientos. ¿Qué sabía?

Sabía que era el chico que había estado dibujando inconscientemente. Era sus sueños hechos realidad, incluso aunque fuese mayor que el Peter de los cuentos de su madre. Definitivamente había escuchado sus historias antes, pero, lo más importante, conocía a sus hermanos. En medio de coincidencias increíbles y cosas imposibles como sombras ausentes, que Peter conociera a John y a Michael era lo más inquietante.

Wendy se secó y se puso una camiseta extragrande para dormir. Avanzó hasta su cómoda, abrió el joyero y cogió la única cosa que siempre había asociado con sus recuerdos faltantes: la bellota. Se sentó en medio de la cama y miró la bellota fijamente mientras la balanceaba en la palma de la mano.

Peter sabía cosas que ella no podía recordar. Él era la clave. Si podía rellenar los huecos que los recuerdos que le habían arrancado le habían dejado en la mente, entonces podría descifrar qué había pasado. Podría encontrar a sus hermanos y recuperarlos. La idea de que Peter supiera algo de lo que le había sucedido le parecía una invasión a la privacidad. Que fuera la clave de esos meses perdidos. Con él, quizá encontraría las respuestas a las preguntas que llevaban años carcomiéndola.

Pero, sobre todo, había otro interrogante: ¿realmente era Peter Pan?

Wendy hundió una mano en la pequeña papelera y alisó uno de los tantos dibujos que había hecho de la cara de Peter Pan. Se acostó sobre la colcha porque seguía haciendo demasiado calor para dormir tapada, después suspiró e intentó obligarse a calmarse. Se quedó dormida contando las luces y haciendo girar la bellota entre el pulgar y el índice.

Wendy estaba sentada en un tronco caído en medio de una masa de árboles, pero no se parecía al bosque que había detrás de casa. El tronco estaba cubierto de enredaderas gruesas, como si fueran cuerdas. La corteza era húmeda y suave. Gigantescos árboles verdes con hojas brillantes se erguían hacia el cielo. La luz del sol se filtraba entre las copas frondosas. Palmeras llenas de cocos nacían de arenas blancas. Estaba debajo de un árbol con hojas resplandecientes.

Aunque Wendy nunca había salido de Oregón, sabía que estaba en una jungla. Loros coloridos con plumas brillantes de color rojo, azul y amarillo cantaban en las ramas cercanas. En la distancia, podía escuchar los suaves golpes secos de la fruta madura cayendo al suelo. Seguro que había una playa cerca. Wendy podía reconocer la canción rítmica de las olas rompiendo contra la orilla. El aire era cálido y denso. Tenía la piel pegajosa y podía saborear la sal en los labios.

Se miró a ella misma. No tenía el cuerpo de nadadora que había desarrollado en los últimos años. Este era el cuerpo pequeño y delgado de una niña. Llevaba unas mallas blancas con dobladillo de encaje y una blusa blanca con mangas sueltas. A pesar de estar llenas de manchas de tierra, instantáneamente se dio cuenta de que era la ropa que llevaba el día que desapareció.

El corazón le latía a toda velocidad, pero no podía hacer nada. No podía levantarse o moverse. No tenía control sobre su cuerpo. El sonido de una lechuza le llamó la atención. En ese momento, giró la cabeza y vio a un chico joven sentado junto a ella que se cubría la boca con las manos. Tenía el pelo rojizo y unos ojos deslumbrantes, todavía más radiantes bajo el sol.

Se le escapó una risita. El chico dejó caer las manos y le sonrió. Tenía un diente un poco roto.

Wendy tenía la garganta tensa, pero se oyó decir:

—¡Se te da tan bien, Peter! ¿Me enseñarías a hacerlo?

Por supuesto que era Peter. Este era el Peter que siempre imaginaba en su cabeza. Mucho más joven de lo que había sido la noche anterior, pero no había dudas de que era él. Era el mismo chico.

—¡Por supuesto! —Se le puso la voz más aguda al chillar de entusiasmo, pero su tono confiado seguía ahí—. También puedo

hacer esto. —Peter frunció los labios y emitió una melodía de grillos. El mismo sonido que había hecho en el bosque.

La sensación de que había vivido ese momento antes era dolorosamente fuerte. Era más que un déjà vu, *era un recuerdo.*

—Ah, ¡me encantan los grillos! —dijo su voz, mucho más joven.

Peter sonrió y se sentó un poquito más cerca, con las largas piernas delgadas colgando del tronco.

—Lo sé —dijo y golpeó los pies descalzos con los de ella.

—¡Wendy! ¡Peter!

La bocanada de aire que tomó le partió el pecho por la mitad.

—Wendy, ¿dónde estás?

Hubiera reconocido esas voces en cualquier lugar.

Peter se alejó de Wendy. Ella volvió a escuchar su risa, pero se esforzó por oír las voces de John y Michael.

—¡Estamos aquí! —gritó Peter.

Wendy podía escuchar los ruidos secos de sus pisadas en la arena. El crujido de hojas mientras corrían. Podía escuchar la risa de John mientras Michael se quejaba.

—¡Espérame!

Estaban ahí, detrás de los árboles. En cualquier momento entrarían en el claro y volvería ver a sus hermanos.

—¿Wendy?

Se despertó de un salto. Una capa de sudor frío le cubría el cuerpo y el pelo empapado se le pegaba a la frente.

Estaba sola en su habitación. Abrió la mano. Se había quedado dormida sosteniendo la bellota. Quizá eran los nervios, pero Wendy podría jurar que la bellota vibraba con algún tipo de energía. Sacudió la mano con tanta fuerza que salió disparada y cayó en la cama. Se abrazó las piernas y hundió la frente en las rodillas mientras inhalaba de manera profunda y entrecortada.

Era real, tenía que serlo. No había sido un sueño, sino un recuerdo.

No sabía cuándo o dónde, pero sus hermanos y Peter habían estado ahí.

Peter.

Una risa delirante le burbujeó en la garganta. Su Peter. Peter Pan. Era real.

Y necesitaba encontrarlo.

Capítulo 9

Cuentos

Desafortunadamente, sus responsabilidades y turnos como voluntaria evitaron que Wendy pudiera buscar a Peter. Llegaba tarde al hospital y vestirse con prisa y salir de casa a toda velocidad no ayudó a calmar los nervios.

Ya había cruzado la mitad del jardín delantero y estaba buscando las llaves en la mochila cuando vio el coche de policía. Giró la cabeza con violencia, buscando a alguien con uniforme. ¡No era el mejor momento para que volvieran a inmiscuirse! Necesitaba encontrar a Peter y…

—No comprendo por qué me estáis interrogando. —La voz cansada provenía de la casa de al lado. El señor Davies estaba en el porche. Retorcía el periódico entre las manos inquietas, tenía los nudillos blancos de la fuerza. Junto a él, su esposa se aferraba a la bata que llevaba puesta. La detective Rowan estaba en el primer escalón, el detective James justo detrás de ella, a la derecha.

—Solo estamos hablando con las personas que viven por la zona, señor Davies —explicó Rowan en tono estable y sereno; tenía las manos entrelazadas detrás de la espalda, con una expresión impasible. La insignia de detective le colgaba brillante de la cadera.

El señor Davies seguía en pijama. El rostro le había adquirido una palidez fantasmal. Wendy se imaginó que ella habría tenido un aspecto muy similar cuando le tocó hablar con la policía.

—Creemos que secuestraron a uno de los niños desaparecidos en su casa, así que queremos recordarle a la gente, especialmente a quienes tienen hijos, que cierren las puertas y las ventanas por la noche y que se aseguren de que todas las armas estén almacenadas bajo llave. —La detective Rowan hizo una pausa—. ¿Tiene armas en la casa, señor Davies?

Su vecino negó con la cabeza rápidamente.

—Donald solía cazar, pero no lo hace desde hace años —explicó la señora Davies con brusquedad, como si la detective Rowan fuera una gran molestia para ella.

—Hace mucho que me deshice de las armas —confirmó el señor Davies. Miró detrás de los detectives James y Rowan y se fijó en Wendy. Desvió rápidamente la mirada, pero el detective James siguió su línea de visión y ahora la observaba.

La culpa hizo que se le tiñeran las mejillas de rojo. Hundió la cabeza, trotó la distancia que la separaba de la camioneta y se subió rápidamente. Mientras avanzaba por la calle, se obligó a no mirar.

¿La policía creía que alguien había secuestrado a Ben y a Ashley? Con razón el señor Davies parecía tan asustado. Todos los padres del pueblo estarían aterrorizados por sus hijos. ¿Y ahora iban puerta por puerta para hablar con la gente?

Wendy sabía que no era la última vez que vería a los detectives James y Rowan. Ni por asomo.

Cuando llegó al hospital, buscó su identificación mientras

caminaba en dirección al ascensor que llevaba a la tercera planta. Arrugó la nariz al ver su foto. Tenía una sonrisa forzada, los ojos azules dilatados por el *flash* y la camiseta arrugada.

Una manta hecha a mano colgaba detrás de la pared del mostrador de información. Habían alineado dibujos realizados por los niños en las paredes. Casi todas las enfermeras llevaban trajes quirúrgicos con estampados brillantes. El aroma punzante a químicos estaba suspendido en el aire, al igual que la fragancia dulce y ligera que parecía seguir a los niños pequeños allá donde fueran.

El último lugar en el que quería estar en ese momento era el hospital, pero si no se presentaba a sus turnos como voluntaria llamaría aún más la atención. Eso y que, de hecho, le gustaba estar con los niños; aunque todas las fibras de su ser anhelaban ir a buscar a Peter.

Wendy respiró hondo, se colocó los mechones sueltos detrás de las orejas y se dirigió a la sala de juegos. Hizo su mejor esfuerzo para evitar hacer contacto visual con las dos enfermeras que la observaban desde el mostrador de recepción y susurraban entre ellas. En un intento de evitar sus miradas, dejó de prestar atención por donde iba y acabó chocando con alguien que llevaba ropa quirúrgica de Snoopy.

—¡Cuidado! —Un par de manos la sujetaron por los hombros—. Mira por dónde vas.

—¡Lo siento mucho! —Para su alivio, era la enfermera Judy.

La enfermera jefe soltó una risita y desestimó la disculpa mientras recogía el estetoscopio que Wendy había tirado.

—No es grave. ¡No te preocupes! —La mujer levantó la mirada y frunció el ceño inmediatamente—. ¿Wendy? ¿Qué haces aquí? —indagó. Por su manera de hablar siempre parecía que te estaba gritando, pero Wendy había aprendido que regañar era su manera de demostrar afecto.

—Hoy… Me toca voluntariado —tartamudeó. Si algo más la sorprendía esta semana, tendría un maldito infarto.

—No hacía falta que vinieras hoy. —El ceño fruncido de la enfermera Judy se intensificó—. Puedes quedarte en casa, debes estar…

—Estoy bien —la interrumpió Wendy. No quería tener esa conversación, especialmente a la vista de todos—. Quiero estar aquí, en serio. Me ayuda a distraerme. —Lanzó una mirada nerviosa por encima del hombro.

La enfermera Judy siguió su mirada. Presionó los labios en una línea recta.

—Está bien, quédate. Y dime si alguien te molesta, ¿de acuerdo?

Wendy asintió a modo de respuesta. Se escabulló hasta la sala de juegos mientras la enfermera Judy les ladraba a sus colegas.

—¡Debéis estar muy aburridas si tenéis tiempo para husmear! ¡Hay un par de orinales que podríais limpiar!

Wendy dobló por una esquina y empujó la puerta de la sala de juegos. Una ola de ruido la envolvió cuando entró. Había bloques de construcción apilados en una esquina, mesas en el fondo cubiertas con papel de dibujo y rotuladores. Había pufs gigantes cerca de los libros y niños saltando por todos lados. En la esquina más alejada, había dos ordenadores viejos que los mayores a veces se aventuraban a usar. Siempre había al menos una enfermera supervisando el caos, pero en ese momento estaba intentando quitarle una barra de pegamento a Cindy, que se ponía todo lo que tocaba en la nariz.

Algo impactó contra las rodillas de Wendy. Dejó escapar

un grito ahogado y se tambaleó hacia atrás. Por suerte, pudo recuperar el equilibrio antes de caerse.

—¡Señorita Wendy! —chilló la pequeña mientras se le aferraba a las piernas.

—Rachel. —Wendy suspiró, aliviada. Hizo su mejor esfuerzo para esbozar una sonrisa, a pesar de que el esqueleto casi le sale disparado de la piel—. ¡Me has asustado!

—¿Nos contarás un cuento? —preguntó Rachel con una amplia sonrisa. Tenía un gran hueco donde deberían estar los dos dientes delanteros. Rachel tenía unos rizos castaños preciosos, aunque su madre se empeñaba en hacerle coletas de caballo, siempre las llevaba torcidas y con varios mechones sueltos en la parte de la nuca. A Rachel le gustaba colorear y solía mancharse las mejillas con los rotuladores. Seguro que sus padres se volvían locos cada vez que gesticulaba de forma descontrolada, ya que Rachel se estaba recuperando de varias intervenciones oculares.

—Por supuesto que sí —respondió Wendy. La guio hasta la esquina de la habitación que albergaba algunas estanterías bajas. Estaban repletas de libros con lomos de colores.

Encontrar a Peter tendría que esperar. En ese momento necesitaba concentrarse y sobrevivir a su turno.

—¡Sí! —Rachel aplaudió antes de lanzarse sobre un puf.

Wendy se sentó en la silla de plástico roja.

—Entonces… —comenzó Wendy—. ¿Qué queréis…? —Se detuvo. Había un niño boca abajo, con los brazos y las piernas extendidas, sobre el puf contiguo al de Rachel—. Eh, Tristan, ¿estás bien? —preguntó. El niño, que solo tenía siete años, era muy dramático.

—Soy una estrella de mar. —Su gruñido sonó amortiguado. Sí, era muy dramático.

—¿Estrella de mar? —repitió Wendy incapaz de esconder la risa, Rachel se cruzó de brazos y resopló.

—Estábamos jugando al mundo submarino y Tristan quería ser el tiburón, pero decidimos que sería Alex porque es nuevo. Entonces Tristan se enfadó y le dijimos que tenía que ser una estrella de mar. Ahora no quiere hablar con nadie.

Tristan emitió un gruñido a modo de respuesta.

—Ya entiendo. —Wendy asintió solemnemente y respondió tan seria como pudo. Rachel no estaba contenta.

—Tristan, ¡si sigues siendo así de malo, no jugaremos más contigo!

—No me importa.

Rachel lo fulminó con la mirada y se giró de manera elegante.

—¡Alex! Siéntate a mi lado. —Le hizo señas con la mano manchada de pintura azul a un niño pequeño que Wendy no había visto hasta entonces. Estaba de pie, lejos de los demás; tenía una mata de pelo oscuro y grandes ojos castaños, aunque su mirada era de preocupación. Era pequeño, pero el hecho de que llevara una sudadera con capucha azul dos tallas más grande lo hacía todavía más exagerado.

—Hola, Alex. Soy Wendy —lo saludó con una sonrisa. Más niños se unieron al círculo.

Alex se puso rojo y se sentó casi corriendo. Apoyó el mentón en la mesa y espió a Wendy entre las mangas de su sudadera.

—Alex es tímido —explicó Lucy, que se sentó al lado de Rachel. Lucy había nacido con los huesos de la muñeca fusionados y estaba atravesando una serie de cirugías correctivas. Wendy había descubierto que era una de esas niñas que, sin motivo aparente, tienen las manos pegajosas—. No es un muy buen tiburón —susurró sin disimulo.

Rachel le dio un empujón a Lucy y Alex escondió toda la cara.

—¡Por eso yo debería haber sido el tiburón! —declaró Tristan mientras se giraba boca arriba. Todos, menos Alex, empezaron a hablar al mismo tiempo.

—¡Bueno, bueno! —Wendy levantó la voz. Claramente los tiburones eran un tema sensible—. ¿Qué libro queréis que os lea? —preguntó pasando un dedo por los libros de la estantería.

—¡Peter! —gritó Lucy. El nombre hizo que Wendy se congelara—. ¡Cuéntanos una historia de Peter Pan! —siguió la niña. Los demás asintieron con entusiasmo.

Wendy se mordió el labio. ¿En serio? Este turno se suponía que la ayudaría a pensar en otra cosa, pero, aparentemente, era imposible escapar de Peter.

Le entraron ganas de reírse, pero no por diversión, sino más bien una risa de «me estoy volviendo loca».

—Pero ¡señorita Wendy, Alex no sabe quién es Peter Pan! —dijo Rachel muy preocupada.

—¿Y qué? —murmuró Tristan.

—Bueno, no pasa nada. —Wendy intentó ignorar sus pensamientos—. Solo tengo que ponerlo al día —dijo. Aunque en ese momento Alex estaba concentrado frotando una hoja azul entre el pulgar y el índice, de vez en cuando la miraba de reojo.

Wendy se inclinó hacia delante y apoyó los codos en las rodillas, su pequeña audiencia se quedó callada. Hasta Tristan, la estrella de mar desolada, se sentó con la espalda recta.

—Como la mayoría sabéis, Peter Pan es un niño mágico —comenzó Wendy—. Nunca se hace mayor y lleva siendo un niño desde que las estrellas nacieron. Utiliza el polvo de sus amigas las hadas para volar a la Tierra y encontrar a los niños perdidos: niños y niñas que viajan con él al país de Nunca Jamás, donde pueden quedarse y compartir aventuras con él. Puedes llegar al país de Nunca Jamás siguiendo…

—¡La segunda estrella a la derecha! —canturreó el grupo y Wendy sonrió. La familiaridad de la historia era reconfortante.

—Correcto. La segunda estrella a la derecha y todo recto hasta el amanecer. —Era una frase bien ensayada, la misma que su madre le había contado, la misma que les decía a sus hermanos y ahora a los niños del hospital—. Peter y los niños perdidos buscan tesoros, construyen casas en los árboles, vuelan con hadas, luchan contra piratas…

—¡Y conocen sirenas! —añadió Rachel.

—¡Sí! Y conocen sirenas. —Wendy asintió—. Un día, Peter Pan estaba explorando las rocas de la laguna de las sirenas y recolectando caracolas de las pozas de marea cuando escuchó que alguien pedía ayuda a gritos. —Bajó la voz hasta adoptar un tono siniestro—. La voz provenía de una cueva profunda y oscura rodeada de rocas puntiagudas. Pero como Peter Pan era muy valiente, entró para ayudar a quien fuera que estuviera en peligro. Dentro, vio a una sirena atrapada en una roca, la había capturado un…

—¡Pirata!

—¡No, un oso!

—Los osos no pueden nadar, tonto. ¿Cómo podría…?

—Sí pueden. Lo vi por la tele…

—¡Un tiburón! —continuó Wendy. Todos los niños se quedaron sin aliento—. La sirena lloraba y le dijo a Peter que el tiburón no la dejaría ir hasta que le entregara su collar de perlas. Pero la sirena llevaba muchos años buscando perlas perfectas en las costas de Nunca Jamás para hacer el collar y le rompería el corazón tener que renunciar a él.

»Entonces, Peter le lanzó una caracola al tiburón, ¡que le dio justo en la nariz! —Los niños se rieron—. Peter le gritó: "Ey, ¡no molestes a esta sirena! Solo porque eres grande y des miedo no significa puedas darles órdenes a los demás". Pero el tiburón agitó su gran cola puntiaguda y salpicó a Peter.

»"¡Quiero regalarle esas perlas a mi esposa!", dijo el tiburón. "Olvidé que era su cumpleaños, así que necesito hacerle un regalo muy especial para que deje de estar enfadada y ¡quiero esas perlas!".

»Peter se dio cuenta de que el tiburón no lo escucharía y, aunque era un excelente luchador, era imposible ganar a un tiburón. Y, aunque podía volar, no podía cargar con la sirena. Afortunadamente, Peter Pan era un chico muy inteligente.

»"¡Ey, tiburón!", gritó. "Si te consigo un collar de perlas, ¿la dejarías en paz?". El tiburón lo pensó y nadó en círculos un par de segundos. "Si puedes conseguirme otro collar de perlas, lo aceptaré y la dejaré ir. ¡Pero tienes que encontrar uno rápido! ¡Ya casi es hora de cenar y tengo que volver a casa!".

»Así que Peter le prometió a la sirena que volvería enseguida y salió disparado hacia la playa. Encontró la arena más blanca de la isla, y usó su saliva para formar pequeñas bolitas del tamaño de perlas y las unió con un alga finita. Voló rápidamente de regreso a la cueva y agitó las perlas falsas en el aire.

»"¡Ey, señor tiburón! ¡He encontrado un collar de perlas!".

»"¡Bien! ¡Dámelo!", el tiburón agitó la cola, emocionado. Peter Pan sabía que los tiburones tienen una vista pésima, así que antes de entregarle el collar falso gritó: "Primero libera a la sirena. ¡Después te daré el collar para tu esposa!".

»El tiburón estaba molesto, pero accedió. La sirena saltó hacia el agua y se escapó de la cueva. "¡Ahora dame esas perlas!", dijo el tiburón.

»Peter lanzó el collar al aire, que cayó con fuerza al agua. El tiburón lo atrapó con los dientes, pero las perlas de arena se disolvieron en cuanto tocaron el agua. Cuando se lo entregó a su esposa, solo quedaba el hilo de alga. Como la señora tiburón solo recibió un alga marina como regalo de cumpleaños, se enfadó tanto con su marido que lo persiguió por el océano y ¡le mordió la cola!

»Peter y la sirena lo observaron desde la orilla y se rieron de lo tonto que había sido. Hasta el día de hoy, un tiburón merodea por las aguas de Nunca Jamás con la marca de un mordisco en la aleta trasera.

El final de la historia hizo que los niños estallaran en risas.

—¡Qué estúpido! —dijo Tristan.

—No digas «estúpido», ¡es una palabrota! —replicó Lucy—. Además, ¡tú querías ser el tiburón!

—¡Ya no!

Wendy se rio y negó con la cabeza mientras se desataba un debate intenso sobre si Tristan debería ser un tiburón o una estrella de mar. A todos los niños del hospital les encantaban los cuentos de Peter Pan. Sin importar si ya los habían oído una docena de veces antes o si era su primera vez, todos querían al personaje. ¿Quién no lo haría? Era mágico e increíble. Nunca crecía y podía hacer lo que quisiera. Wendy lo envidiaba.

Se levantó de la silla y se estiró. Se preguntó si a Alex le habría gustado el cuento. Parecía ser muy tímido. Esperaba que Rachel y Tristan no lo hubieran ahuyentado.

Cuando se giró hacia la mesa en la que Alex estaba sentado, Wendy vio que ya no estaba solo. Peter estaba sentado al lado del niño, que se había inclinado y miraba algo que el chico tenía en las manos. Peter llevaba ropa quirúrgica y tenía una sonrisa de satisfacción en la cara. Alex se había quedado boquiabierto y tenía los ojos abiertos de par en par.

Wendy tropezó con los pufs y esquivó a los niños que corrían.

—¿Qué haces aquí? —preguntó de mala manera, moviendo la cabeza de un lado a otro para ver si alguien lo había visto. Había un par de padres y una enfermera en la habitación, pero, por algún motivo, ni siquiera le echaron un vistazo. Lo que era raro, considerando que últimamente la gente no paraba de mirarla. El pánico le aceleró el pulso. Si alguien lo reconocía, Wendy tendría muchos problemas. ¿Cómo demonios lo explicaría? ¿Y Peter?

Alex saltó, pero Peter la miró con una sonrisa, como si todo fuera completamente normal y entrara a hospitales sin permiso cada dos por tres. Tenía un tiburón de papel azul, sencillo pero delicado, en las manos.

—Hola —la saludó con entusiasmo.

—¿De dónde has sacado esa ropa? —preguntó gesticulando hacia el traje azul.

—La encontré —respondió quitándole importancia con la mano.

—¿Qué estás haciendo aquí? —repitió Wendy, molesta por lo tranquilo y despreocupado que estaba. Pensaba que volver a encontrarlo sería imposible, pero ahí estaba, sentado haciendo origami.

—He venido a escucharte contar historias —dijo antes de girarse hacia Alex. El niño miraba el tiburón de papel con intensidad mientras lo tocaba con un dedo—. Me ha encantado el cuento, pero las sirenas suelen ser las que molestan a los tiburones.

Wendy resopló. No era el momento indicado para que criticara sus cuentos.

—Pueden ser muy desagradables. ¿No recuerdas a la sirena que intentó ahogarte? —preguntó Peter, que por fin la miró.

—¿Qué? —preguntó Wendy, incrédula—. No...

—Mmmm... Bueno, probablemente sea mejor así —afirmó y asintió. Wendy quería tirarlo de la silla.

—Alex, ¿por qué no juegas con los demás un ratito? —sugirió.

Necesitaba sacar a Peter del hospital sin que lo vieran. O sin que lo viera alguien más.

—¡Estaba nadando! —exclamó Alex señalando el tiburón.

—¿Nadando? —Wendy frunció el ceño.

—¡Sí, ha hecho que nadara! —insistió Alex.

Peter esbozó una sonrisita, complacido con él mismo mientras se reclinaba en la silla.

—Si quieres, puedes quedártelo —le dijo a Alex mientras colocaba su creación en la mano del pequeño.

Alex lo apoyó en la mesa y lo miró con tanta intensidad que Wendy creyó que la tensión le dañaría los ojos.

—¿Qué quiere decir que «has hecho que nadara»? Un segundo, no. —Wendy levantó la palma e interrumpió a Peter antes de que pudiera hablar. No podía dejar que la distrajera—. ¿Cómo has entrado? ¿De dónde has sacado la ropa? —demandó entre dientes, señalando otra vez el traje quirúrgico que llevaba puesto.

—Había un montón en el pasillo. —Se encogió de hombros y tiró del cuello de la camiseta.

Wendy se frotó la frente con la palma y soltó un pequeño gruñido. Se había pasado la mañana preguntándose cómo encontraría a Peter y, ahora que había entrado bailando el vals, no tenía ni idea de qué hacer con él. Sin embargo, sabía que, si alguien lo reconocía y lo veía con ella, estarían perdidos.

—Necesito hablar contigo —dijo mientras lanzaba una mirada nerviosa a su alrededor—. Tenemos que salir de aquí antes de que alguien te vea. —No le gustaba tener que esconderlo de la gente del hospital o de la policía que lo estaba buscando, pero Wendy tenía sus propias preguntas y necesitaba respuestas antes de que alguien más le pusiera las manos encima.

Rachel volvió a colisionar contra Wendy y le tiró del dobladillo de la camiseta.

—¡Señorita Wendy! —chilló—. ¡Cuéntanos otra historia!

—Ahora no, Rachel —respondió e intentó liberarse del fuerte agarre de la niña—. Mi amigo y yo tenemos que hablar. —Le dirigió a Peter una mirada mordaz y señaló la puerta con la cabeza.

Rachel se giró para ver a Peter, parecía que no se hubiera dado cuenta de que estaba ahí.

—Hola —la saludó con una sonrisa.

Wendy nunca había visto a Rachel tan callada como en los segundos posteriores al saludo. La niña estudió a Peter con atención, con las cejas arrugadas por la concentración. Peter parecía completamente impávido. Wendy se quedó ahí de pie mientras el silencio se estiraba por un largo momento incómodo. Estaba a punto de preguntarle a Rachel si se encontraba bien cuando sonrió de oreja a oreja, mostrando que le faltaban un par de dientes.

—¡PETER! —prácticamente chilló mientras le saltaba encima.

—¡Rachel, no!

Wendy intentó alejarla, pero Rachel se libró de ella y se aferró a la camiseta de Peter con sus pequeñas manos.

Peter se rio con fuerza y energía.

—¡Wendy, es Peter Pan! ¿Eres amiga de Peter Pan? —Alternaba la mirada entre Peter y Wendy—. Ahh, ¡sabía que eras real! —le dijo mientras le tiraba del brazo.

—¿Ves? Rachel sabe quién soy —replicó Peter con una expresión presumida.

Wendy tuvo que luchar contra el impulso de cogerlo de la oreja y arrastrarlo fuera de la habitación. Lo apuntó con el dedo.

—¡No estás ayudando! —Llamarían la atención de alguien—. Rachel, no es Peter Pan. Peter Pan no es real… Es solo una historia.

Aunque ya no estaba tan convencida.

La expresión de dolor que puso el chico hizo que Wendy casi se arrepienta de sus palabras, pero ¡no tenían tiempo para eso!

De todos modos, Rachel no se lo creyó.

—¡Por supuesto que es real! —dijo mientras se liberaba del agarre de Wendy para estrujarle las mejillas a Peter con sus pequeñas manos—. ¿Ves?

Sí, lo veía. Fue difícil no reírse de su cara aplastada, pero lo veía. Los ojos, el diente roto y el pelo rojizo. Todo estaba ahí, sin importar si Wendy lo admitía abiertamente o no.

—Es un poco mayor —siguió Rachel, como si fuera un argumento en su contra—. Pero sigue siendo él. ¡Se ve en los ojos! —afirmó mientras los señalaba—. Y la boca. —Le tocó el labio inferior con un dedo—. Y, mira, ¡esa es la cicatriz de cuando luchó contra el capitán Crash McCreevy! —Señaló una cicatriz con forma de V que Peter tenía en el brazo. La mención del capitán Crash McCreevy le recordó al cuento de Peter Pan que le había contado al menos una docena de veces. Era sobre un viejo pirata demente que quería robar todos los cachorros de tigre para hacer una manta, hasta que Peter lo desafió a un duelo. En la historia, el capitán Crash McCreevy luchó contra Peter con el hocico de un pez espada que le dejó un corte con forma de V en el brazo.

La evidencia hizo que Rachel volviera a explotar de emoción.

—¡Es Peter Pan!

—Tiene buenos argumentos —confirmó Peter, asintiendo con la cabeza.

—Pero, Peter, ¿por qué eres tan viejo? —preguntó Rachel, se le oscureció la sonrisa por culpa de la preocupación.

—Bueno, se lo he intentado contar a Wendy, pero parece que le cuesta creerme —respondió. Rachel miró a Wendy de manera acusatoria.

Wendy lo fulminó con la mirada. Lo último que necesitaba era que Rachel le contara a todo el mundo que había conocido a Peter Pan. Pero, aparentemente, Peter ya iba dos pasos por delante.

—Rachel, ¿podrías hacerme un favor? —preguntó mientras se inclinaba hacia ella. La niña asintió vigorosamente—. No puedes contarle a ningún adulto que estoy aquí porque me meteré en problemas, ¿de acuerdo? Esto tiene que ser un secreto entre nosotros tres y…, ah, Alex. —Señaló con la cabeza hacia el niño, que seguía mirando el tiburón de papel fijamente.

—No diré nada. —Rachel asintió, solemne—. Lo prometo. ¿Volverás a visitarnos pronto?

—Sí…

—¡No! —interfirió Wendy, que logró separar a Rachel de Peter—. Ahora tenemos que hablar, Rachel. Ve a jugar con Alex.

Peter se puso de pie y despeinó el pelo encrespado de Rachel.

—¡Adiós, Peter! —se despidió la niña, que rodeó al chico con los brazos y lo abrazó antes de tomar asiento al lado de Alex.

—Vamos —gruñó Wendy, que le lanzó una mirada asesina a Peter.

Mientras lo guiaba hacia la puerta, escuchó que Alex le decía a Rachel:

—¡Ha conseguido que flotara!

—Por supuesto, ¡es Peter Pan! —replicó ella.

Wendy caminó todo lo rápido que pudo por el pasillo, arrastrando a Peter por la muñeca. No podía dejar de mirar a su alrededor, temía que alguien los viera y se metieran en problemas. Tiró del chico por unas escaleras y atravesaron las puertas de vidrio de la recepción hasta un patio vacío.

Cuando se giró para quedar cara a cara, se dio cuenta de que Peter parecía divertirse. Tenía las cejas levantadas y estaba reprimiendo una sonrisa.

Eso no mejoró el humor de Wendy.

—¿Cómo demonios has entrado en el hospital sin que nadie te detuviera? —preguntó. Había una recepción en cada planta y todos los visitantes debían registrarse y utilizar una identificación, incluso si llevaban ropa quirúrgica—. ¿Cómo es que no te ha visto nadie? —No pasaba desapercibido precisamente. Había algo en Peter que desde luego era… sobrenatural, a falta de un término mejor. No sabía qué era, pero el chico emitía una especie de aura.

¿Aura? Wendy se presionó el puente de la nariz. ¿En qué estaba pensando?

—Porque no quería que me vieran —respondió Peter como si fuera una respuesta obvia a una pregunta muy tonta—. Puedo escabullirme entre los adultos sin problemas, nunca prestan demasiada atención. Puedo moverme sin que nadie me vea, ya lo sabes —añadió con una risa.

—No, no lo sé. ¡Ni siquiera te conozco! —replicó Wendy mientras los ojos le salían disparados hacia la puerta. Podía escuchar la vacilación en sus propias palabras.

Peter gruñó e inclinó la cabeza hacia atrás.

—¿En serio seguimos jugando a ese juego? —preguntó. Dio un paso hacia adelante con el ceño fruncido—. Soy yo, Peter… ¡Me conoces, Wendy! Soy real, Nunca Jamás es real. Solo te has olvidado de mí… ¡Es lo que pasa cuando creces!

Su tono la sorprendió… Era casi una súplica.

—Tienes que recordar algo —insistió mientras la cogía del codo.

—¡No puedo recordar! —espetó mientras se liberaba. Estaba cansada de que la gente se lo dijera una y otra vez—. ¡No puedo recordar nada!

Los hombros de Peter se desplomaron.

Aunque eso no era completamente cierto, ¿o sí?

—Quiero decir… —Wendy tragó saliva—. Ayer tuve un sueño. Quizá… Quizá era un recuerdo. —Qué Dios la ayudara, ¿realmente lo estaba admitiendo?

—¿Sí? —Peter se animó.

Wendy asintió.

—Soñé contigo. Y conmigo. —Sentía que se quedaba sin aire—. En Nunca Jamás.

Una sonrisa brillante, inmediata y absorbente estalló en el rostro de Peter, golpeándola en el pecho.

—¡Entonces sí lo recuerdas!

Pero Wendy no estaba tan lista para aceptarlo.

—Si realmente eres Peter Pan, entonces deberías poder volar. Sin olvidar mencionar que deberías ser un niño

—añadió—. Lo que define la existencia de Peter Pan es que nunca crece, ¿no? —Wendy no podía creer que estuviera discutiendo aspectos lógicos.

—Sí, bueno… —Peter arañó el suelo con el pie—. Esas cosas son parte del problema. Por algún motivo estoy envejeciendo… y rápido. —Parecía genuinamente preocupado. Desde su primer encuentro, Wendy solo lo había visto sonriente y engreído, hasta delirante. Pero ahora no podía quedarse quieto y no dejaba de jugar con las manos—. Desde que mi sombra se marchó, mi vuelo ha sido un desastre —añadió señalándose los pies.

Como era de esperar, la sombra de Wendy se asomaba en el hormigón debajo de ella, pero todavía no había nada debajo de Peter, como la noche anterior.

—Esto es ridículo. —Wendy exhaló una risa.

—Si no encontramos a mi sombra, más chicos desaparecerán —soltó Peter, impaciente.

—¿Qué? —preguntó incrédula—. ¿De qué estás hablando? —Las piezas del rompecabezas comenzaron a unirse—. Espera… ¿Sabes lo que les ha pasado a esos niños desaparecidos? —Señaló la sala de juegos con la mano, donde suponía que seguían hablando del tema en las noticias.

—¡Es lo que he estado intentando de decirte! —soltó Peter, levantando las manos con frustración—. Se supone que soy quien encuentra y ayuda a los niños perdidos, como en los cuentos, ¿verdad? —Ella asintió—. Pero desde que os encontré a tus hermanos y a ti en el bosque…

Wendy sintió que acaban de darle una bofetada. La mención casual de sus hermanos era violenta y desgarradora. Se le erizaron los pelos de la nuca y el corazón le saltó hasta la garganta. Aparentemente, Peter no se dio cuenta porque continuó:

—… todo se estropeó.

A Wendy le pareció que se ahogaba en sus palabras. Era demasiada información, demasiado rápido. Ya no tenía la impresión de ser valiente y no podía aguantar la expresión de escepticismo. Sintió una ola de náuseas, como cada vez que alguien mencionaba el nombre de sus hermanos.

—¿Qué? —dijo sin aliento.

—Ese día… —Peter se puso muy serio—. John, Michael y tú vinisteis conmigo a Nunca Jamás. Cuando todo el mundo se pensó que habíais desaparecido, estabais conmigo.

—Yo… ¿Cómo…? —Le costaba encontrar las palabras. Confundida y presa del pánico, no pudo evitar sentir una ráfaga de esperanza por John y Michael—. ¿Sabes algo acerca de mis hermanos? —preguntó con urgencia.

Peter hizo una mueca y miró el suelo.

Wendy dio un paso hacia él y demandó más información.

—¿Los has visto? ¿Sabes dónde están? —Las pocas palabras de Peter habían despertado esperanza, algo peligroso y fugaz.

Un par de segundos antes, Peter hablaba demasiado rápido, pero ahora hizo una pausa.

—Es una larga historia… Es complicado. Sería más fácil si pudieras recordar…

—Tienes que contármelo —ordenó Wendy mientras lo cogía de la mano. Necesitaba respuestas y las necesitaba ya.

Las orejas de Peter se tiñeron de rojo e inhaló profundamente.

—Como ya te dije, solía ir a tu casa y escuchar las historias que contabas sobre mí. Salía de Nunca Jamás en búsqueda de niños perdidos que necesitaran mi ayuda —explicó—. Y, una vez, te escuché contándoles historias a tus hermanos, así que me quedé al otro lado de la ventana…

—Cierto, la costumbre totalmente espeluznante de la ventana —lo interrumpió Wendy mientras lo soltaba.

—En realidad, sí, pero… —Peter se rascó la nuca y se le encendieron las mejillas—. ¡Solo era para oírte narrar historias sobre mí! Cuando regresaba, se las contaba a los niños perdidos de Nunca Jamás. Suena mucho más espeluznante de lo que era, te lo prometo.

Wendy lo miró entrecerrando los ojos.

—Sea como sea, una noche hablamos, cuando mi sombra escapó por primera vez —dijo casualmente—. Y luego, bueno… Cuando os perdisteis en el bosque.

El corazón de Wendy palpitaba, exigía que lo sintieran. Durante los últimos cinco años, se había preguntado qué les había pasado a sus hermanos y a ella. No tuvo nada durante años y ahora las respuestas que había estado buscando caían del cielo. No sabía si era por la desesperación, pero en ese momento, ni siquiera se cuestionaba si Peter decía la verdad.

—¿Sabes qué nos pasó? —preguntó ahogada. Peter la miro de la misma manera que todos la miraban cuando mencionaban a sus hermanos: con ojos tristes y el ceño fruncido. La expresión universal de la lástima. Odiaba esa mirada.

—Quizá deberíamos hablar de esto en otro lugar —dijo en voz baja.

—No, ¡tienes que decírmelo ahora! —replicó Wendy mientras lo volvía a coger de la mano. No sabía si podría pasar otro segundo sin enloquecer, mucho menos el tiempo necesario para recolocarse.

—Está bien, de acuerdo —accedió Peter e hizo un gesto con la mano libre para que Wendy bajara la voz—. Cuando os encontré, estabais en el medio del bosque. No… No sé qué pasó antes de eso —vaciló durante un segundo—. Pero casi era de noche y estabais asustados, así que os llevé conmigo a Nunca Jamás.

—¿Nunca Jamás? ¿Como la isla mágica que flota en el aire que aparece en mis cuentos? —preguntó ella. Todavía le costaba aceptar todo eso, pero quería que le contara lo demás.

—Supongo que es la manera más sencilla de describirla. —Peter entrecerró los ojos—. Sí.

—¿Por qué no nos llevaste a casa?

—Yo… —Otra pausa larga—. No querías ir a casa, querías venir conmigo —respondió encogiéndose de hombros.

Si no fuera tan imposible, hasta tendría sentido. Una de las últimas cosas que Wendy recordaba era que justo antes de que sus hermanos y ella desaparecieran, se había peleado con su padre. Él quería que tuviera su propio cuarto. Le había dicho que era hora de que creciera y que no podía seguir jugando con sus hermanos todo el tiempo.

Wendy recordaba que estaba muy enfadada con su padre. Sabía que él pensaba que habían desaparecido por ese motivo, que habían huido porque él quería separarlos.

Pero ¿y Nana? Había corrido hacia el bosque, y sus hermanos y ella la habían perseguido. Wendy recordaba esa parte.

—Que vinierais a Nunca Jamás fue genial —continuó Peter. Wendy era muy consciente de lo cerca que estaba, del calor de la mano que envolvía la suya—. Tuvimos aventuras, conocisteis a los otros niños perdidos y podía oír tus historias todo el tiempo. —Esbozó una sonrisa débil que desapareció rápidamente—. Pero después empezaron a suceder un montón de cosas extrañas. Al principio, eran cosas pequeñas. Las hadas empezaron a asustarse… Ya no venían a jugar con nosotros. Se escondían en los árboles. Intenté hablar con ellas, pero no me decían cuál era el problema, como si estuvieran demasiado asustadas.

Wendy se dio cuenta de que estaba asintiendo.

—Cuando llegasteis a la isla, me di cuenta de que me costaba volar, cosa que no había pasado antes. Cuanto más tiempo pasabais ahí, más difícil era. Como si ya no pudiera controlarlo. Luego, una noche, me desperté y mi sombra había desaparecido.

Se detuvo. Claramente esperaba que reaccionara de alguna forma exagerada, pero Wendy no dijo una palabra. Estaba demasiado ocupada intentando asimilarlo todo…, la magia, las hadas, Nunca Jamás.

Cuando Wendy no respondió, Peter suspiró profundamente.

—Hay un motivo por el cual se supone que las sombras deben estar unidas a la gente. Son cosas oscuras y macabras —explicó—. No son como las hadas, esas causan problemas porque les parece divertido. Las sombras están formadas por todas las partes malas y oscuras de uno mismo. Se alimentan de malos pensamientos, miedos, preocupación, tristeza y culpa. —Peter se mordió el labio inferior—. Cuando esos sentimientos empiezan a consumirte, la sombra tiene poder sobre ti. Si se hace lo suficientemente fuerte, puede huir y hacer cosas terribles. Especialmente mi sombra —explicó—. Cuando escapó, empezó a robar niños perdidos.

—Pero ¿cómo una sombra puede robar a alguien? —preguntó Wendy—. ¡Solo es la ausencia de luz! —O algo así. Ahora que lo pensaba, no creía que pudiera definir de manera concisa qué era una sombra. En realidad, nunca había pensado en ello.

—Bueno, sí, tu sombra no puede —le dijo Peter—. Todos los que vivís aquí, en este mundo, sois afortunados. La magia abandonó este lugar hace tanto tiempo que vuestras sombras son débiles y no pueden huir. Pero sí pueden dominar a una persona normal. Esos pensamientos oscuros pueden devorar a una persona y robarle la felicidad. Quieren hacerte sentir aislado y solo. Es como si drenaran toda la felicidad de tu cuerpo y quisieran dejarte sin nada.

Wendy pensó en los años que se pasó noches llorando. La culpa por la desaparición de sus hermanos le causaba dolor físico. Pensó en su padre quedándose dormido en su escritorio con una botella en la mano. En su madre hablando dormida.

—Pero ¿mi sombra? —Peter negó con la cabeza—. Toda mi existencia está repleta de magia. Nunca Jamás la mantuvo despierta.

—Pero ¿qué nos pasó a mis hermanos y a mí?

—Cuando los niños perdidos empezaron a desaparecer, me di cuenta de que ya no era seguro que estuvieras en Nunca Jamás, así que te traje de vuelta. —Peter se movió en su lugar—. Te dejé en el bosque.

—¿Solo a mí? —replicó Wendy—. ¿Y mis hermanos? ¿Qué les pasó?

Peter habló lentamente, estaba midiendo sus palabras con cuidado.

—No podían volver… —No acabó la frase.

—¿Qué? ¿Por qué? —Si todo eso era cierto y Peter la había traído de vuelta para protegerla, entonces, ¿por qué no había traído a sus hermanos también? Le vino una idea a la mente—. ¿La sombra? ¿Los secuestró como a los otros niños perdidos?

Peter asintió en silencio.

—¡Entonces tenemos que encontrarlos! —No eran buenas noticias, pero al menos era algo con lo que podía avanzar—. ¿Dónde se los llevó?

—No lo sé… Pensé que los encontraría después de traerte de vuelta —confesó consternado—. Creí que, si volvías a tu mundo, quizá las cosas volverían a la normalidad, pero solo empeoraron. Empecé a crecer. —Tuvo un escalofrío—. Podía sentir como mi magia desaparecía. Sabía que necesitaba encontrar a mi sombra, evitar que siguiera secuestrando niños y recuperar mi magia. Le he seguido el rastro hasta aquí. Creo que te buscaba, ya que todo esto empezó cuando viniste a Nunca Jamás. —Peter la miró fijamente—. La sombra está secuestrando a los niños del pueblo —explicó—. Y los mantiene cautivos en el bosque.

El bosque.

A pesar de que desafiaba toda lógica —y las leyes de la física— era lo más parecido a una respuesta que alguien le había dado acerca de la desaparición de sus hermanos.

—Cuando me encontraste en medio de la carretera, estaba persiguiendo a mi sombra. Casi la atrapo, pero no pude aferrarme a ella y caí —siguió Peter.

Entonces sí había caído del cielo.

De repente, Wendy recordó qué fue lo que la hizo desviarse del camino en primer lugar: la masa negra.

—Yo… —Frunció el ceño, intentando comprenderlo todo—. Antes de encontrarte, algo cayó sobre el capó de mi camioneta —explicó lentamente—. Era algo negro… Parecía una persona, pero era oscura y como… translúcida.

—¿La viste? —pregunto Peter, animándose de forma repentina—. ¿Viste mi sombra?

—No sé qué vi —aclaró Wendy rápidamente—. En realidad, podría haber sido cualquier cosa. Pero…, si era tu sombra y todo esto es real, entonces, ¿todavía tiene a John y Michael?

Peter no dijo nada, pero luego asintió.

Wendy soltó una risa cansada y liberó a Peter. Se pasó las manos por el pelo y cerró los ojos con fuerza.

—¡Esto no puede ser real!

—Wendy. —Algo llamó la atención de Peter detrás de ella y habló rápidamente—: Tienes que creerme.

La cogió por las muñecas.

—Pero ¿cómo puedo creer algo de lo que dices? ¡Todo lo que me has contado es imposible! —replicó. Su cabeza nadaba en una desesperación abrumadora. Quería creerlo, creer que todo esto era posible y real, y que sabía dónde estaban sus hermanos. Que podía recuperarlos.

Peter emitió un gruñido de frustración. Se acercó a ella y la miró a los ojos. Wendy contuvo la respiración.

—Tienes que ayudarme o los niños seguirán desapareciendo.

—¿Wendy?

Se giró cuando Jordan atravesaba la puerta hacia el patio; con dos tazas de café de Dutch Bros en las manos y mordisqueando una de las pajitas verdes. Miró a Wendy, extrañada.

—¿Estás bien? —preguntó mientras cruzaba el patio.

—¿Qué? —Wendy volvió a mirar el lugar donde Peter había estado, pero ya no estaba ahí. Miró a su alrededor.

—Te he preguntado —repitió Jordan con una sonrisa ansiosa— si estás bien. Parece que acabas de ver un fantasma.

Su amiga llevaba ropa quirúrgica y su identificación colgada del cuello. Siempre compraba café antes de ir al hospital y tenía el horrible hábito de bebérselo durante todo el día, aunque llevase horas frío. Seguro que acababa de terminar su turno.

—Sí, estoy… Estoy bien —tartamudeó Wendy. ¿Dónde se había ido? Solo había una puerta en el patio y Jordan la estaba bloqueando.

—¿Quién era ese chico con el que estabas hablando? —Wendy tuvo que contenerse para no replicar «¿lo has visto?».

—Mmm… ¿Qué chico? No estaba hablando con nadie —mintió.

—Pensaba que te había visto con un chico —replicó la otra mientras miraba a su alrededor—. Un momento… —Jordan inhaló dramáticamente y esbozó una sonrisa maliciosa—. No estabas teniendo un rendez vous secreto, ¿no?

—Yo… Eh…

—¡Wendy Darling te estás poniendo roja! —Se rio.

—¡¿Qué?! —chilló Wendy—. No… Yo… No, no estaba hablando con nadie. Solo necesitaba un poco de aire fresco. —Se tiró del cuello de la camiseta, tenía la piel caliente y sudorosa.

—Ajá, claro que sí. —Jordan se bebió lo que le quedaba de café y retorció la pajita—. De todos modos, ya me lo contarás. —Le lanzó una mirada incisiva—. Se te da fatal mentir.

—Espera… —La mejor opción era distraerla—. ¿Qué estás haciendo aquí?

Jordan arqueó las cejas.

—¡Te estaba buscando para ir a cenar! Como hacemos todos los miércoles después de nuestro turno en el hospital.

—Ah, cierto. —Tenía el cerebro completamente revuelto. Apenas podía concentrarse en otra cosa que no fuera lo que Peter acababa de contarle.

—Ey, ¿estás segura de que estás bien? —El tono de Jordan era serio. Apoyó una mano en el hombro de Wendy—. No tienes buen aspecto, ¿le digo a algún doctor que te eche un ojo?

—No, no, estoy bien. —Se secó el sudor de la frente y se alejó de la mano de Jordan—. Anoche no dormí muy bien —dijo—. Ya sabes, después de todo lo que pasó…

No acabó la frase.

Jordan esbozó una pequeña sonrisa, la sonrisa de «pobre Wendy». Afortunadamente, sabía cuándo retroceder y no insistir.

—Pues salgamos de aquí. Podemos pasar por Coffee Girl y comprar algo para comer.

Sostuvo la puerta abierta.

Antes de avanzar, Wendy levantó la mirada. Casi esperaba encontrar a Peter ahí, volando debajo de las nubes. Pero solo vio a un pájaro blanco.

Capítulo 10

La sombra

Estuvieron unas cuantas horas en Coffee Girl. Era un café acogedor en un pequeño muelle de Astoria Riverwalk. Cuando no hacía horas de voluntariado en el hospital, Jordan pasaba la mayor parte de su tiempo trabajando en el café. Estaba decidida a ahorrar tanto dinero como pudiera antes de empezar la universidad en otoño.

Las paredes eran de color naranja y todas las mesas y sillas, diferentes. Una pequeña tetera con una suculenta mantenía el menú de pie en la mesa. Se sentaron en el fondo, al lado de una de las tantas ventanas que daban al río. Guirnaldas de luces adornaban las paredes y las ventanas todo el año. Wendy podía escuchar los chillidos distantes de las focas.

Solo le había dado un par de mordiscos a su sándwich y la taza de té no ayudaba mucho al retortijón que sentía en el estómago. Estaba exhausta y no tenía ganas de entablar una conversación y fingir que todo iba bien cuando no era verdad y ella no lo estaba.

Afortunadamente, Jordan se pasó la mayor parte del tiempo hablando, con la boca llena de *panini* de pavo, sobre su equipo de natación de ese verano, la lista de cosas que necesitaba antes de mudarse a la universidad y la última película de miedo que había visto con Tyler. Wendy acarició el logo de Coffee Girl de su taza —el perfil de una mujer bebiendo de una taza— y miró fijamente por la ventana que daba al río Columbia.

—¿Seguro que estás bien? —volvió a preguntar Jordan cuando estaban en el coche, camino al hospital para recoger su camioneta. Wendy miraba como los buques de carga avanzaban por el río cuando la pregunta la distrajo de sus pensamientos.

—Sí, estoy bien —respondió mientras se frotaba la sien. Estaba cansada y la pregunta le hizo sentir un cosquilleo de fatiga y molestia.

Pero Jordan estaba bien entrenada en el arte de leer a Wendy Moira Angela Darling.

—Aunque… no has hecho contacto visual desde que salimos del hospital. —Empezó a contar con una mano mientras la otra permanecía en el volante—. Y lo único que has dicho han sido variedades de «sí», «mmm» y «oh». —Frunció el ceño.

Wendy no estaba acostumbrada a ver a Jordan así de molesta. En general, cuando se cerraba, Jordan era gentil y no la presionaba, pero ahora su amiga estaba frustrada con ella.

—No has comido nada y sigues tirándote del pelo. Eso solo lo haces cuando te pasa algo.

Los dedos de Wendy estaban a medio camino de un mechón. Se detuvo y apoyó las manos en el regazo. Miró a su amiga de reojo, tenía las cejas levantadas a la espera de una respuesta.

Jordan era la única persona en el mundo en quien podía confiar de verdad. Nunca la había juzgado ni había creído los rumores que circulaban por el pueblo. Jordan era la primera línea de defensa de Wendy, la única persona que intercedía cuando sus padres retrocedían.

Era la única persona con quien Wendy podía hablar de las cosas que la atormentaban: sus hermanos, el bosque y sus padres. Pero los eventos de los últimos dos días eran algo completamente distinto. ¿Cómo iba a contarle lo de Peter? Si le decía que el chico había aparecido en su jardín trasero y en el ala pediátrica del hospital, Jordan se alarmaría. Cualquier persona cuerda lo haría. Lo vería como un chico que se había escapado del hospital y a quien la policía estaba buscando.

Y la peor parte era que, cuando lo pensaba de esa manera, eran motivos perfectamente lógicos para tenerle miedo a Peter. O, por lo menos, para ser cautelosa.

¿Y qué pasaba con todo lo que le había dicho? ¿Qué diría Jordan si Wendy le contara que Peter decía ser Peter Pan? ¿Y sobre el hecho de que ella empezaba a creerlo? Wendy casi se ríe.

Era imposible que Jordan la creyera. Estaba sola.

—¿Wendy? —Jordan parecía preocupada mientras intentaba observarla y seguir prestando atención a la carretera. Wendy sabía que, si no la tranquilizaba pronto, podría estrellar el coche. O, peor, decirle algo a sus padres.

—¿Alguna vez…? —Wendy se aclaró la garganta para encontrar la voz—. ¿Alguna vez te has preguntado si hay… algo más que el mundo que conocemos?

Jordan aparcó en el hospital, cerca de la camioneta de Wendy. Se giró en su asiento para observar a su amiga y ladeó la cabeza.

—¿Cómo qué? ¿Alienígenas?

—No, extraterrestres no…

—Porque definitivamente creo en los alienígenas.

Wendy la miró, desanimada.

—Con todo el espacio y los planetas sin explorar que hay ahí afuera —siguió Jordan, agitando las manos—, no puedes decirme que no hay otros tipos de vida…

—No, no hablo de extraterrestres —la interrumpió Wendy, frustrada.

Jordan dejó de reír.

—Como magia —dijo al fin mientras jugaba con una tira de su mochila.

—¿Como…? —Jordan estaba confundida.

—Como hadas y esas cosas —añadió Wendy. Dijo las últimas palabras antes de poder arrepentirse.

—¿Como Peter Pan? —adivinó Jordan.

—¡Sí! —Wendy se sentó erguida.

Las cejas de Jordan salieron disparadas hacia arriba.

—Supongo que he estado pensando mucho en eso —confesó tras aclararse la garganta y pasarse los dedos por el pelo—. Llevo tiempo dibujándolo a él y otras cosas extrañas… sin siquiera darme cuenta de lo que hago —intentó explicar.

Jordan asintió, pero no parecía que lo entendiera.

—Y también he tenido sueños muy raros. —Las mejillas le ardían y tenía la mirada clavada en las manos—. Me ha hecho preguntarme si la magia es real, si Nunca Jamás existe. —Se lamió los labios—. Si Peter Pan es real.

Por un momento, ninguna dijo nada. En algún lugar cercano, un perro ladró.

—Vaya. —Jordan soltó una pequeña risa incómoda—. Parece que tu imaginación está desenfrenada, ¿no? —Sonrió, pero era forzado—. Te hace soñar cosas extrañas y…

La decepción hundió los hombros de Wendy.

—Ey. —Jordan le tocó el brazo a su amiga con gentileza y el rostro teñido de preocupación—. ¿Qué pasa?

Por supuesto, su amiga no iba a creer algo que sonaba tan imposible. Wendy tampoco lo haría si se invirtieran los roles.

—No es nada, en serio —afirmó—. La desaparición de estos niños está empezando a afectarme. —Eso era verdad—. Y no estoy durmiendo bien. —Intentó forzar una sonrisa—. Como te he dicho, solo estoy muy cansada.

Jordan no parecía muy convencida, pero su expresión se suavizó. La manera en que se mordía el labio inferior le hizo pensar que insistiría un poco más, pero, después de un momento, solo suspiró.

—Bueno… —Sonó más convencida—: Está bien.

Jordan apagó el motor. Sin el aire acondicionado encendido, la temperatura empezó a subir bajo el sol de la tarde. Inmediatamente, gotas de sudor empezaron a bajarle por la espalda.

—Ve a casa y acuéstate temprano esta noche —dijo. Esbozó una pequeña sonrisa y arrugó la nariz—. Bébete una manzanilla de esas tan horribles que tanto te gustan.

—De acuerdo, mamá —dijo Wendy, intentando seguir el juego y rebajar la tensión. Se colgó la mochila del hombro y salió del coche.

—No eres graciosa —gritó Jordan detrás de ella. Su humor de siempre estaba ausente. No se marchó hasta que Wendy se subió a su camioneta y encendió el motor.

Wendy se aferró al volante, el cuero estaba caliente y pegajoso. Estaba aparcada en el ángulo preciso en el que el sol resplandecía sobre los rayones del parabrisas.

Optó por tomar el camino largo de vuelta a casa.

La puerta principal no estaba cerrada con llave. El coche de su madre no estaba, pero el de su padre descansaba en el garaje. Entró a la sala de estar y lo vio en el sofá. Tenía la cabeza inclinada hacia atrás y los ronquidos resonaban debajo de su tupido bigote. El televisor transmitía las noticias, Benjamin Lane y Ashley Ford sonreían desde la pantalla.

Wendy se giró y fue hacia la cocina. La culpa y el miedo estaban evolucionando en furia. Si lo que había dicho Peter era cierto, entonces tenían que hacer algo.

Lanzó su mochila sobre la mesa, abrió el grifo y lavó los platos que había en el fregadero. Eran tazas de café y la taza de té que su madre solía beber antes de ir a trabajar.

Mientras frotaba un recipiente sucio, intentó descifrar cómo podría encontrar a Peter. Sí, se estaba escondiendo en una cabaña de caza en el bosque, pero ¿dónde? Incluso si supiera su ubicación, no iría a buscarlo por su cuenta, ni siquiera a plena luz del día. El corazón le palpitaba de forma errática de tan solo pensarlo. Por suerte, Peter solía aparecer de la nada, así que quizá no tendría necesidad de ir a buscarlo... quizá simplemente aparecería. Wendy cerró el grifo y echó un vistazo por las puertas de vidrio que daban al jardín trasero, esperando encontrarlo ahí de pie. Intentó no pensar en cuán extraño era que pudiera dar con ella con tanta facilidad.

Aunque Peter no le había dado ningún motivo de peso para tenerle miedo, ¿o sí? A decir verdad, no era intimidante. No había manera de que alguien con tanta energía positiva fuera peligroso. Alguien que sonreía con ese..., con ese abandono y falta de vergüenza no podía ser peligroso.

Frunciendo el ceño, Wendy se secó las manos en una toalla. ¿Ahora qué? Estaba oscuro, pero era demasiado temprano para irse a la cama, a pesar de las órdenes de Jordan. No iba a poner algo en la tele porque no quería molestar a su padre. Y no se veía capaz de concentrarse para leer un libro. Quizá hacer más tareas domésticas era la solución.

Tenía que vaciar la bolsa de natación que seguía debajo del asiento del copiloto. No entrenaba con un equipo de verano como Jordan, así que la había dejado medio abandonada. Ese verano solo la había usado para esconder las docenas de dibujos que había hecho de Peter. Necesitaba entrenar y hacer un par de largos para estar lista para presentarse a las pruebas del equipo de natación que se harían en otoño. Quizá una toalla fresca y un traje de baño limpio la motivarían.

Con cuidado de no despertar a su padre, Wendy se escabulló por la puerta principal hacia donde había aparcado la camioneta. Abrió la puerta del copiloto y se agachó para coger la bolsa púrpura cuando la luz del porche de su casa se apagó sin hacer ruido. Wendy tiró de la bolsa y se puso de pie. Todo estaba sumido en la oscuridad. Incluso las farolas no parecían alumbrar mucho.

El corazón enseguida le empezó a palpitar a toda velocidad. Se reprendió por dentro: ¿tanto miedo le daba la oscuridad?

Pero era más que eso. Algo… no iba bien.

Le costaba respirar. Algo le recorrió la columna, como una uña sobre la piel. Sintió un escalofrío. El aire se movió como si tuviera a alguien detrás. Wendy contuvo la respiración y se giró para volver a entrar rápidamente.

—Hola.

El saludo repentino le disparó todas las alarmas. Wendy se giró y se aferró a la bolsa.

Un chico de su edad estaba de pie a pocos metros. Wendy entrecerró los ojos. En la oscuridad, solo podía distinguir su figura y rasgos vagamente, pero no podía ver los detalles de su rostro.

—¿Hola? —respondió con recelo.

—Eres Wendy Darling, ¿verdad? —preguntó. Cuando

Wendy se acercó a la puerta principal, el chico dio un paso hacia ella.

Había algo extraño en su voz. Era agradable y casi holgazana. Tenía un timbre grave y profundo, como el de alguien que acababa de despertarse. Llevase la ropa que llevase, era negra. Tenía las manos metidas en los bolsillos. Su postura y comportamiento eran casuales… Demasiado relajados para la manera en que le palpitaba el corazón, advirtiéndola del peligro.

—Yo… Sí. —vaciló.

¿Peter?

—¿Qué haces aquí a estas horas de la noche? —preguntó.

Apenas podía distinguir la forma de sus cejas mientras se arqueaban con curiosidad. Wendy había visto a Peter hacer el mismo gesto, pero, no, definitivamente no era Peter. Este chico tenía el pelo negro carbón, mucho más oscuro que el resto de la cara, que todavía mantenía escondida en las sombras.

—Vivo aquí —respondió cortante.

El chico se rio y, por primera vez, Wendy pudo distinguir un rasgo: dientes blancos y sonrisa afilada; demasiado blanca y pronunciada, como la de una caricatura.

—¿Te conozco? —Wendy volvió a entrecerrar los ojos. Se le erizó el pelo de la nuca, como si supiera algo que ella desconocía.

—No, no me conoces. —Su sonrisa se extendió de manera antinatural—. Pero te he visto por ahí.

Algo en sus ojos le resultaba perturbador; eran negros como los de un tiburón, pero seguro que era un truco de la oscuridad.

—Iba a dar un paseo por el bosque, ¿quieres venir? —ofreció alargando una mano—. Podríamos conocernos.

Tenía los dedos largos y las articulaciones angulares.

—No. —Wendy retrocedió y respondió con firmeza, levantando el mentón—. Tengo que entrar. Por favor, márchate.

—Probablemente sea lo mejor. —El chico volvió a reír—. No deberías deambular por ahí, no con todas esas desapariciones de niños. —Una luz lejana le resplandeció en los ojos—. Supongo que no quieres volver a perderte en el bosque, ¿verdad?

Por un momento se asustó tanto que no podía respirar, pero detrás del miedo crecía una furia vigorosa.

—¿Qué acabas de decir? —La invadió la valentía, incentivada por la ira—. No sé quién te crees que eres, pero...

El grito de un niño irrumpió en la noche. Wendy saltó y se giró hacia el gemido. Parecía proceder de su jardín trasero.

El extraño volvió a reírse, pero cuando Wendy se giró para quedar cara a cara, ya se había marchado.

Escuchó otro llanto, pero esta vez no se detuvo. Era un niño.

Y definitivamente provenía de su jardín trasero.

Sin pensárselo dos veces, Wendy soltó la bolsa y corrió hacia la valla. Avanzó a toda velocidad por el lateral de su casa, los pies impactando contra el cemento. Tropezó con el mango de un rastrillo y salió disparada hacia el jardín. Apareció ante ella. Los viejos columpios se agitaban con la brisa y, de pie justo al otro lado de la valla, había un niño pequeño. Seguía llorando. Wendy redujo el paso y avanzó con cautela.

Al acercarse, reconoció la parte trasera de la pequeña cabeza del niño y su sudadera azul con capucha.

—¿Alex? —dijo Wendy. El llanto se detuvo abruptamente. Se quedó quieto, mirando el bosque y dándole la espalda a ella. Su propia respiración le rugía en los oídos—. Alex, ¿qué estás haciendo aquí? —Avanzó hacia él.

Alex por fin se giró.

Tenía pequeñas ramas y hojas enredadas en el pelo. Tenía los ojos muy abiertos. Las pupilas negras devoraban cualquier rastro marrón del iris. Las lágrimas le caían por las mejillas manchadas de tierra.

—Alex, ¿qué ha pasado? —preguntó con gentileza mientras alargaba una mano temblorosa hacia el niño.

Algo no iba bien; no solo era el hecho de que no debería estar ahí, en su patio trasero, sino su expresión de conmoción, el aroma a tierra y hasta la quietud mortal del aire.

Los ojos de Wendy salieron disparados hacia el bosque. La oscuridad de los árboles acechaba el pequeño cuerpo de Alex. Wendy no podía ver más allá de la vegetación, pero la sensación de que había algo esperando en la oscuridad le provocó un escalofrío.

—Alex. —El pánico le subía por la garganta—. Cógeme la mano... —Wendy se abalanzó hacia delante para cogerlo, dándose en las caderas con la valla, pero antes de que pudiera alcanzarlo, Alex abrió mucho la boca.

Gritó con todo el cuerpo.

Wendy se retorció mientras el filo del sonido la atravesaba. Tropezó y casi cayó sobre la valla mientras intentaba llegar al niño. Acompañado de una ráfaga violenta de viento frío, algo parecido a dedos largos y retorcidos hechos de alquitrán salieron de la línea de árboles, rodearon las piernas de Alex y lo hicieron caer. El niño se aferraba a la tierra e intentaba gatear hacia Wendy, pero los dedos lo arrastraron hacia el bosque.

—¡Alex! —gritó Wendy.

Sus miradas se encontraron. Por un momento, pudo verle la cara claramente: estaba pálido y aterrorizado. Hundió los dedos en la tierra antes de que el bosque lo engullera.

Sin vacilar, Wendy saltó por encima de la valla y corrió tras él.

El bosque estaba vivo.

Era difícil ver el camino entre los arbustos y las raíces retorcidas. Wendy no dejaba de tropezarse; el impulso de seguir avanzando era lo único que la mantenía erguida. Las ramas de los árboles se extendían hacia ella como brazos espinosos que intentaban encerrarla en un abrazo doloroso. Se le estampaban contra las mejillas, se le enredaban en el pelo y le mordían las piernas, pero Wendy se obligó a seguir adelante. Cada paso sobre el terreno irregular la hacía temblar desde el tobillo hasta la rodilla. Tenía que encontrar a Alex. No dejaría que el bosque o lo que sea que fuera esa cosa se lo llevara.

Corrió tan rápido como pudo detrás de Alex, aguzando el oído para que su voz la guiara. No podía verlo, pero sí oía como lloraba.

Se obligó a correr más rápido, a mantener el ritmo, a no perderlo en el bosque.

—¡ALEX! —intentó llamarlo, pero le ardían los pulmones.

Al principio, Wendy no pudo distinguir las voces.

Eran silenciosos susurros que venían del bosque. Podrían ser el crujido de las ramas. Después sintió el suave sonido de pisadas, como si personas —o cosas— corriesen a su alrededor. Lo único que podía distinguir era una fila de ramas bajas y figuras oscuras que se movían a toda velocidad entre la hilera interminable de árboles. Voces serpenteaban en los troncos gigantes cubiertos de hiedra venenosa. Le susurraban en el cuello, pero Wendy no podía entender qué decían. Cada respiración traía una nueva ola de miedo.

Era desorientador. Todo estaba torcido. Wendy estaba perdida. ¿Estaba corriendo hacia Alex o la estaban persiguiendo?

—¡Wendy, ayúdame! —El llanto de Alex irrumpió entre los murmullos.

Un grito ahogado le salió de la garganta y Wendy se lanzó hacia delante con todavía más desenfreno.

Se aferró a la voz del niño como si fuera un salvavidas y corrió hacia él. Su cerebro le gritaba que diese media vuelta y se marchara, pero no podía abandonar a Alex. No lo haría.

De repente, algo se le cerró alrededor del tobillo y la hizo tropezar. Wendy perdió el equilibrio y se estrelló contra el suelo. La fuerza la hizo deslizarse sobre un costado. Hojas y rocas le rasparon el hombro.

Gruñó. Sentía el sabor metálico de la sangre y tierra en la lengua. Con esfuerzo, se impulsó sobre las rodillas. Su cuerpo protestaba, pero no podía detenerse. Tenía que levantarse, tenía que seguir corriendo, tenía que encontrar a Alex.

Wendy se tambaleó hasta ponerse de pie.

Se encontraba en un claro. Árboles altos la rodeaban en un círculo. Se erguían por encima de ella con las ramas extendiéndose en lo alto. Una capa de hojas espesa bloqueaba toda vista del cielo nocturno. Succionando aire, Wendy intento recuperar la compostura. Estaba completamente desorientada.

¿De qué dirección había venido? ¿Y dónde estaba Alex? Ya no podía oír su voz. De hecho, no podía oír nada; ni grillos, ni lechuzas. El silencio la rodeaba, interrumpido solo por su respiración agitada.

Entonces sintió un leve sonido, algo que no pudo distinguir, pero que crecía por segundos. Cuando cerró los puños, se le hundieron las uñas en las palmas.

El sonido de respiraciones la rodeó. Era como si estuviera en una habitación repleta de gente que no podía ver. Solo podía oír sus respiraciones, solo podía sentirlos exhalar contra su piel. Algunos respiraban lentamente, otros de manera errática. Unos sobre otros y cada vez más fuerte.

Wendy movía la cabeza de un lado a otro, buscando desesperadamente el origen del ruido, pero ahí no había nadie. Las respiraciones se transformaron en susurros indescifrables.

Wendy hizo una mueca por el ruido. ¿Qué le estaba pasando?

—¡ALEX! —gritó e intentó encontrar su voz entre los murmullos. Quizá si el niño la escuchaba, volvería a gritar—. ALEX, ¡¿DÓNDE ESTÁS?!

Algo frío y húmedo se le deslizó por el tobillo. Al mirar hacia abajo, vio que algo negro se había escabullido entre los de árboles. Wendy se tambaleó hacia atrás, pero se le hundió el pie en la tierra y casi perdió el equilibrio. Los tentáculos se alargaron y le envolvieron las piernas, eran fríos como el hielo. Se hundía lentamente, la tierra se la estaba tragando.

—No, no, ¡no! —El pánico se apoderó de ella. Intentó liberar la pierna, pero las sombras la cogieron por las muñecas. Garras pegajosas intentaron rodearle el cuello. Wendy sentía que la aplastaban mientras se hundía por la cintura. Lágrimas calientes le caían por las mejillas mientras intentaba alejar la sombra, pero esta extendió las garras, la sujetó por las manos y se abrió camino hacia su boca.

Mientras empezaba a acariciarle los labios, Wendy tiró la cabeza hacia atrás, inhaló profundamente y gritó el nombre de la única persona que se le ocurrió.

—¡PETER!

La oscuridad le cubrió la boca. Mientras la envolvía, un pensamiento se coló entre el pánico y el terror abrasador: ¿esto era lo que les había pasado a sus hermanos?

Justo cuando las sombras se le deslizaron por encima de los ojos, hubo una explosión de luz.

De repente, Wendy pudo volver a ver. Chispas doradas crepitaban cuando tocaban esa oscuridad. Un chillido rompió el aire mientras la sustancia se marchitaba, se despegaba de la chica y le caía a los pies como montones de ceniza. Las chispas desintegraban la oscuridad, pero no lastimaban a Wendy.

Un fuerte brazo la rodeó por el pecho y la liberó. Se tropezó y cayó de rodillas. Retrocedió y pateó frenéticamente todo rastro de cenizas.

Estas y una alfombra de chispas doradas encendieron el llano. Bailaban y titilaban a su alrededor. ¿Estaba soñando?

Peter estaba de pie en el centro. Las chispas parpadeaban bajo sus pies descalzos. Tenía la palma derecha levantada hacia delante, a modo de precaución, y una espada en la otra mano, pero no era una espada normal. Aunque Wendy nunca había visto una en persona, sabía que no era una espada normal. Esta estaba hecha de las mismas chispas doradas que los rodeaban. Parecía sólida y pesada, con la larga hoja curvada. Resplandecía y brillaba. La luz iluminó las profundas líneas de preocupación en el rostro de Peter. Buscaba los ojos de Wendy con intensidad. La luz se reflejaba y bailaba en ellos.

—Wendy, ¿estás bien? —Peter dio un paso hacia delante y Wendy retrocedió bruscamente. Su mirada siguió la de la chica, que permanecía clavada en el arma que llevaba en la mano. Peter maldijo entre dientes y, con un movimiento de muñeca, la espada desapareció en una lluvia de chispas.

Wendy se sintió un poco mejor. Estaba en trance, el pecho le subía y bajaba. Cualquier rastro de esa cosa había desaparecido.

—¿Qué ha sido eso? —graznó. Podía ver que, lo que fuera que la hubiera atacado, ya no estaba, pero las chispas empezaban a desaparecer. No quería volver a quedarse sola en la oscuridad. Se levantó como pudo, pero le temblaban las piernas. Se tropezó y esta vez dejó que Peter se acercara para ayudarla.

—Peter, por favor, tenemos que salir de aquí. Hay algo en el bosque —suplicó con la voz ronca y rota. Se aferró al brazo del chico con manos temblorosas. Miraba a su alrededor frenéticamente. No estaban solos. Había algo ahí. Iba a llevársela. Las lágrimas distorsionaron la visión de Wendy.

—Shhh, ya ha pasado, ya se ha ido —dijo Peter mientras le acariciaba la mejilla con una mano cálida, pero su voz suave no la tranquilizó.

Wendy negó violentamente con la cabeza. Las rodillas le cedieron. Su única fuente de luz se desvanecía por segundos.

Se aferró con más fuerza al brazo de Peter.

—Tenemos que salir de aquí… ¡No podemos quedarnos! ¡No puedo! —Sintió que el bosque la acechaba. En cualquier momento, los dedos volverían a aparecer y se la llevarían. Quedaría atrapada y perdida entre los árboles para siempre.

Tenían que irse. Tenían que huir…

El motivo por el que estaba en el bosque regresó con violencia.

—Alex —dijo atragantada—. ¡Se ha llevado a Alex! —Se giró para mirar en todas direcciones—. ¡ALEX! —El gritó le desgarró la garganta. Miraba a todos lados. El pelo se le pegaba a la boca mientras gritaba su nombre.

¿En qué dirección había ido? ¿Dónde se lo había llevado?

—Tenemos que encontrarlo —dijo Wendy mientras encaraba el bosque, pero Peter la cogió por el codo.

—Tenemos que llevarte a casa —la contradijo. Su voz era estable, lo que solo enfadó a Wendy.

Peter estaba tranquilo y eso la ponía furiosa.

—No, tenemos que encontrar a Alex —insistió—. ¡No podemos abandonarlo aquí! —Intentó liberarse, pero Peter se mantuvo firme.

—Ya se han ido —dijo. Parecía derrotado, pero seguro—. Está oscuro, no sabemos qué dirección han tomado, tenemos que volver...

—¡No! —le gritó Wendy. Retorció el brazo para soltarse y lo empujó—. ¡Está solo! —Cerró las manos en puños—. ¡No sabes lo que es estar en este bosque! ¡No podemos abandonarlo sin más!

A Wendy le ardían los ojos y tenía la visión borrosa. Se los frotó con furia. ¿Peter no podía darse cuenta? ¿No lo entendía?

El chico dejó caer los brazos. El ceño fruncido y la expresión de lástima que puso hicieron que Wendy quisiera darle una bofeteada.

—Wendy —dijo con gentileza.

Pero ella no necesitaba gentileza. Necesitaba enfadarse y gritarle a la noche.

—¡Tenemos que encontrarlo! —Wendy se acordó del llanto aterrorizado de Alex. Se lo imaginó solo y perdido. Era su culpa que hubiera desaparecido. Debería haberlo rescatado. Debería haberlo mantenido a salvo. Wendy se imaginó a sus hermanos—. ¡NO PODEMOS ABANDONARLOS! —gritó antes de que el llanto la dominara. Cayó de rodillas y hundió la cabeza entre los brazos, intentando protegerse. Enredó los dedos en el pelo. Estaba aterrorizada y exhausta. Quería encontrar a Alex. Quería encontrar a sus hermanos.

Quería ir a casa.

Wendy sintió que Peter se arrodillaba a su lado. Entre los codos pudo ver que tenía un puño cerrado. Justo cuando el último vestigio de luz estaba a punto de morir en el suelo del bosque, justo antes de que quedaran inmersos en la oscuridad, Peter abrió la mano y le saltaron chispas de la palma. Todo se quedó en silencio unos segundos antes de que, lentamente, los grillos volvieran a cantar en las profundidades del bosque.

Wendy observó las luces resplandecientes. Brillaban y bailaban en las puntas de los dedos del chico. No emitían calor y no parecía que quemasen.

Era hipnotizante. Wendy las miró fijamente y se limpió la nariz en el hombro.

—¿Qué es eso? —sollozó sobre la tela de su camiseta.

Peter sonrió débilmente.

—¿Me creerías si digo que es polvo de hadas?

Capítulo 11

Viejos amigos

A la luz del polvo de hadas, Peter los guio a través del bosque. Le dijo que no podían quedarse más tiempo, que debían salir antes de que la sombra volviera. Wendy quería discutir, pero el chico tenía razón: estarían buscando a ciegas. Notaba el cuerpo tan pesado y rígido por el dolor y el cansancio que simplemente no tenía fuerza suficiente para seguir objetando. Necesitó reunir toda la energía que le quedaba para caminar hasta su casa.

Peter marcaba el camino y, aunque le hirió el orgullo, Wendy se aferró a su brazo mientras esquivaban árboles e inclinaban la cabeza para sortear las ramas. Le costaba mirar hacia dónde iban. Seguía hipnotizada por el polvo de hadas que Peter tenía en la mano.

Las pequeñas motas de luz le saltaban y rebotaban en la piel. Parecía que estuvieran bailando o temblando de emoción. Le recordó a Michael sentado en la cama, rebosante de alegría, cuando ella le contaba cuentos.

La luz le bailaba en la cara, proyectándole un cálido resplandor en los pómulos y la punta de la nariz, haciendo que los ojos le brillasen todavía más. Algunas volaban por el aire y formaban espirales antes de desvanecerse, como las brasas en una hoguera, pero con más vida. Wendy se preguntó si le harían sentir cosquillas en la mano.

El bosque ya no susurraba, pero Wendy todavía sentía como si estuviera siendo observada. Después de lo que pareció una eternidad, saltaron la valla de su patio trasero. En el momento en que se preguntaba qué haría Peter con el polvo de hadas, el chico aplaudió y las luces desaparecieron.

Wendy no quería estar cerca del bosque ni un minuto más. La sensación aplastante de pérdida amenazaba con llevarla por un camino del que intentaba alejarse.

Con algo de persuasión, logró convencer a Peter de que entrara.

El señor Darling ya no estaba dormido en la sala de estar y, después de comprobar que su coche no estaba, Wendy asumió que su padre habría ido al supermercado o algo por el estilo. Nunca dejaba notas para decir dónde iba, así que solo podía adivinar cuándo volvería. De todos modos, sabía que se había metido en problemas. Wendy le había dicho que no saldría después del atardecer.

Pero tenía asuntos más urgentes entre manos.

—Polvo de hadas —repitió Wendy mientras se limpiaba la nariz con el dorso de la mano.

Peter asintió y tamborileó con los dedos.

—Sip.

Al verlo inclinado sobre la mesa, Wendy se dio cuenta de cuán extraño era todo. Ahora creía que era Peter Pan —su Peter— porque ¿cómo podría explicar si no lo que acababa de pasar? Se percató de que lo estaba mirando fijamente y sin disimulo.

Tenía a Peter Pan en la cocina. Contra todo pronóstico, esto la puso más nerviosa, como si estuviera conociendo a su cantante favorito.

Debajo de las luces fluorescentes, pudo ver el desastre que era Peter.

Había encontrado otra ropa. Llevaba un par de vaqueros desgastados con un agujero en la rodilla izquierda y una camiseta verde. Se preguntó de dónde lo habría sacado. Quizá lo había robado de algún patio trasero o de una oficina de objetos perdidos.

Peter tenía la cara roja y llena de pequeños cortes. Llevaba el pelo completamente revuelto y tenía tierra en la mejilla. Wendy estaba segura de que ella no tenía mejor aspecto. Llevaba las manos asquerosas.

Caminó hacia el fregadero y se las limpió con agua caliente.

—¿Como la cosa que te hace volar? —siguió. En los cuentos de su madre, Peter y los niños perdidos utilizaban el polvo de hadas para volar.

—Se supone que sí —dijo mientras se tocaba un corte cubierto de sangre seca que tenía en la sien. Hizo una mueca. Seguro que se había cortado con una rama—. En general, ni siquiera lo necesito, pero desde que te llevé a Nunca Jamás… —explicó desviando la mirada y jugando con el pimentero con forma de faro que había encima del horno—… tengo que utilizar grandes cantidades solo para despegar. —Arrugó las cejas. Tenía una expresión tensa mientras pasaba el dedo alrededor de la base del pimentero.

Wendy escurrió el paño que había utilizado para secarse las manos y mojó una punta en agua tibia.

—Entonces, ¿qué? ¿Guardas polvo de hadas en los bolsillos? —preguntó.

Peter caminó hasta la nevera y empezó a mover los imanes.

—¿Qué? ¡No! —Soltó una risita mientras examinaba el imán del parque Fort Stevens State Park—. No necesito polvo de hadas... Quiero decir, el polvo de hadas es parte de mí. Supongo que estoy hecho del mismo material.

Peter frunció el ceño y se rascó el mentón. Aparentemente, tampoco había pensado mucho en ello. Volvió a intentar explicarse:

—Es como... Es como si ya estuviera en mis venas, ¿entiendes?

Wendy asintió levemente cuando Peter se giró hacia ella para ver su afirmación.

—¿Y la espada?

—Puedo invocarla con el polvo de hadas. Es una manera de concentrar mi magia y defenderme a mí y a los niños perdidos.

—¿De qué? —Wendy frunció el ceño.

—No lo sé... —Peter se encogió de hombros y cogió una manzana roja del frutero—. Cosas.

—¿Cosas? —repitió Wendy, molesta.

Al ver que Wendy no cambiaría de tema sin algún tipo de respuesta, Peter resopló.

—Como mantener las cosas malas alejadas... Como los malos pensamientos —dijo y siguió la manzana con los ojos mientras la lanzaba de una mano a otra—. Los malos pensamientos de los niños perdidos pueden manifestarse de muchas formas en la isla, como arañas gigantes, hipopótamos asesinos o...

—¿Piratas? —lo dijo sin siquiera pensar. Peter atrapó la manzana en el aire y la miró fijamente.

La intensidad de su mirada incomodó a Wendy.

Después de que la encontraran en el bosque, recordaba haber tenido pesadillas durante meses donde un pirata con barba negra, una capa roja y un revolver de plata la perseguía. Wendy se despertaba en medio de la noche, llorando hasta que su madre lograba tranquilizarla.

¿El pirata había sido el pensamiento malo que la acechaba en Nunca Jamás?

Peter se aclaró la garganta.

—Sí. Como piratas. —Hizo girar la manzana despacio mientras hablaba—. La espada es como protejo a los niños perdidos y mantengo las manifestaciones de sus malos pensamientos a raya.

—¿Puedes convertirla en algo más? —preguntó ella mientras se imaginaba la espada—. ¿Como una red?

—Podría hacerlo. —Peter esbozó una sonrisa—. Pero las espadas molan más.

Una risa de sorpresa burbujeó en la garganta de Wendy.

—Y son más divertidas —añadió el chico.

—De acuerdo. —Wendy puso los ojos en blanco, pero no pudo evitar sonreír.

—El polvo de hadas es mi magia —dijo Peter mientras retomaba la conversación—. Es lo que me permite volar, cuidar de los niños perdidos y mantenerme joven… —Se miró a sí mismo—. O lo que solía hacerlo. —Se le hundieron los hombros—. Puedo sentir como me debilito, como se drena la magia, ¿sabes?

Peter dejó la manzana y se acercó a Wendy.

—Para deshacerme de esa cosa que estaba intentando llevarte necesité mucha energía. Si no recuperamos mi sombra pronto, no tengo ni idea de qué pasará, pero te aseguro que nada bueno.

Wendy exhaló profundamente. Sabía que eso era un problema, pero no sabía cómo solucionarlo.

Peter la miraba con los ojos muy abiertos, como si esperara que se le ocurriera una solución para todos sus problemas, pero ¿cómo podría hacer eso? Apenas comprendía lo que le estaba diciendo, y apenas podía cuidar de sí misma. No pudo ayudar a sus hermanos tantos años atrás, ¿cómo se suponía que lo ayudaría a él ahora?

Wendy dio un paso hacia delante, acortando la distancia entre ellos.

—Ven, déjame limpiar eso —ofreció sosteniendo el paño húmedo. Por lo menos, el corte era algo que podía arreglar.

Peter entrecerró los ojos y se alejó.

—No te haré daño, bebé gigante —dijo con una leve exasperación.

—No soy un bebé —gruñó Peter, pero se quedó quieto.

Wendy hizo su mejor esfuerzo para ignorar el manojo de nervios en el que se convertía al estar tan cerca de él. ¿Era la primera persona sobre la faz de la Tierra que descubría que su amigo imaginario era real? Presionó el paño contra su sien y Peter hizo una mueca. Inhaló y contuvo la respiración.

—¡Escuece! —dijo entre dientes, tensando su mandíbula.

—No seas tan dramático —se quejó. Peter hizo una mueca, pero dejó que Wendy le presionara el paño con suavidad hasta que la sangre desapareció y solo quedó una pequeña línea roja—. Listo —afirmó Wendy antes de retroceder hasta el otro lado de la cocina. Abrió un armario con fuerza y rebuscó entre tijeras viejas, cupones caducados y broches hasta encontrar su pequeño costurero rojo.

—¿Para qué es eso? —Peter retrocedió como si Wendy estuviera blandiendo algún tipo de arma.

—Para el agujero de tus pantalones —explicó señalando la pernera rota.

Peter parecía un poco menos preocupado.

—Siéntate, por favor —dijo mientras apoyaba una mano en la mesa.

El chico la miró, dubitativo, antes de sentarse en el borde de la superficie fría.

—De acuerdo, pero ten cuidado. No me apuñales —indicó.

—Entonces no te muevas —replicó. Peter dejó de balancear la rodilla y Wendy empezó a coser la tela con dedos hábiles.

Peter se tocó el corte de la sien y se retorció.

—Tengo que ahorrar energía y no utilizar la magia para cosas como volar, ¿sabes? La necesito para luchar contra la sombra. El polvo de hadas es su opuesto. —Hizo un gesto que simulaba una balanza con las manos—. Las sombras están hechas de oscuridad. Se nutren de tristeza y desesperación. Manifiestan tus mayores temores y los utilizan como un arma para alimentarse de tu miedo. Por eso está secuestrando a todos esos niños. —Dejó caer las manos a ambos lados—. Los mantiene cautivos y utiliza su miedo como fuente de energía. Cada vez se hace más fuerte.

—Eso es… aterrador —suspiró Wendy. Miró la puerta trasera. En lo profundo del bosque, una sombra atormentaba a niños asustados y solos.

—Necesitamos el polvo de hadas para luchar contra la sombra —siguió Peter—. Porque está hecho de luz, risas y felicidad. Por eso cuando utilizas polvo de hadas y piensas en cosas alegres, te haces más ligero y puedes volar. Por eso soy el único que puede luchar contra la sombra. Puedo usar mi luz y debilitarla lo suficiente para capturarla, así podrás volver a unirla como antes.

—Entonces, ¿eso era tu sombra? —Wendy hizo un nudo en el extremo del hilo—. ¿Lo que se llevó a Alex y me atacó? —No podía explicar lógicamente lo que le había pasado en el bosque. Solo eso ya la aterrorizaba.

—Sí. —Peter se frotó los ojos—. Y cuanto más fuerte se hace, más me debilito. Puedo sentir como la magia abandona mi cuerpo. —Parecía tan cansado y derrotado que se preocupó todavía más.

Mientras tiraba de la costura para evaluar su trabajo —que por ahora era bastante bueno— se le ocurrió una idea.

—El bosque. —El calor le subió por el cuello. Wendy guardó la aguja y el hilo en el costurero—. ¿Por eso mantiene ahí a los niños desaparecidos y a mis hermanos? ¿Por mí?

A Wendy la aterraba el bosque y la sombra lo estaba utilizando en su contra. La había engañado para entrar y atormentarla con Alex, con la promesa de encontrar a sus hermanos, solo para alimentarse de su miedo. Era culpa suya. Todo era culpa suya. Se pasó los dedos por el pelo.

—Pero ¿por qué? ¿Por qué mis hermanos? ¿Por qué yo?

—No lo sé —murmuró Peter en voz baja y tocando la rodilla de los vaqueros—. Solo sé que eres la única persona que puede ayudarme a atrapar a mi sombra y retenerla.

Peter tenía un aspecto… bastante malo. Estaba más pálido de lo normal. Se le empezaban a formar bolsas bajo los ojos. Le faltaba su chispa habitual. El cambio era inquietante.

Wendy se preguntó cuándo había dormido y comido por última vez.

—Si no podemos detenerla, ¿qué pasará? —indagó—. ¿Con los niños y mis hermanos?

Peter se encogió de hombros y clavó la mirada en el suelo. A Wendy le dolía verlo así. Le despertaba algo en el pecho. Al mismo tiempo, se sentía frustrada. Si iba a ayudarlo, necesitaría más indicaciones y respuestas. No podía resolver mágicamente este misterio por su cuenta. Esos niños los necesitaban; tenían que encontrarlos y rescatarlos. Necesitaba volver a ver a sus hermanos, traerlos de vuelta.

—Peter… —Wendy vaciló, le daba miedo la respuesta que podía recibir—. ¿Qué pasará si sigues debilitándote y la sombra sigue haciéndose más fuerte?

El chico levantó la mirada y la observó. Wendy podía ver cómo pensaba. Físicamente era muy joven, aunque crecía muy rápido. Pero sus ojos dejaban entrever que tenía la misma edad que la galaxia que bailaba en sus pupilas. Era una estrella encerrada dentro del cuerpo de un chico.

—Nada bueno. —Volvió a encogerse de hombros. Intentó esbozar una sonrisa, pero no se parecía en nada al brillo de sus sonrisas de verdad—. Así que no podemos dejar que pase.

La chica se presionó los dedos contra la boca e intentó pensar. Cuando habló, ni siquiera se creía que lo estuviera considerando, pero ¿quién más podría ayudarlos?

—Tenemos que llamar a la policía, necesitamos su ayuda —dijo.

—Wendy. —Peter arqueó una ceja y negó con la cabeza—. Tú apenas me crees, ¿realmente piensas que un montón de adultos creerán una palabra de todo esto? ¡Me encerrarán y perderán la llave! —Hizo una mueca, Wendy había tocado un punto sensible—. No pueden ayudarnos.

—¡Pero necesitamos decirles lo de Alex! —Wendy sacó el móvil del bolsillo trasero. Su mente iba a toda velocidad, sus pensamientos se amontonaban entre sí. Necesitaba hacer algo. Necesitaba encontrar una solución inmediata para estas tareas abrumadoras e infranqueables—. Tienen que saber que ha desaparecido. ¡Sus padres tienen que saberlo! Al menos podrán salir a buscarlo —insistió. Caminaba de un lado a otro, aferrándose con fuerza al teléfono—. No... No sé qué decir... Cómo sé que ha desaparecido —reflexionó—. Tendré que inventarme algo...

Entonces se iluminó la pantalla. Era una alerta AMBER con el nombre de Alex.

—Demasiado tarde —dijo y Peter se inclinó para mirar—. Ya lo saben.

Cogió el mando de la mesa y encendió el televisor. Como era de esperar, también aparecía en las noticias. El rostro de Alex le sonreía desde la esquina de la pantalla. En el centro, aparecía el detective James en medio de la calle. Las luces brillantes de las cámaras le iluminaban la cara y hacían que entrecerrara los ojos.

—La señora Forestay presenció el momento en que secuestraron a Alex en su jardín trasero esta noche, pero no logró ver al secuestrador para facilitar una descripción —dijo el detective James.

La culpa le retorció los intestinos a Wendy.

—Cuando estaba en el bosque, oí voces —dijo girándose hacia Peter—. No entendía qué decían, pero definitivamente eran niños. No podía verlos, pero sentía que estaban justo ahí, aunque fuera de mi campo de visión. —Sintió un cosquilleo en la piel al pensar en las voces, la respiración, las pisadas—. Tiene que estar reteniéndolos ahí.

—Yo también la había rastreado hasta ese lugar cuando me encontraste en la carretera —afirmó Peter mientras se ponía a su lado. Su hombro rozó ligeramente el suyo—. Después de lo que viste, creo que es una suposición bastante sólida.

—¿Lo sabe la policía? —preguntó Wendy mientras

observaba al detective James hablar sobre una línea telefónica especial que el departamento de policía había preparado para cualquiera que tuviera información sobre los niños desaparecidos—. ¿Deberíamos contárselo?

Miró a Peter, que tenía la mandíbula tensa.

—Los adultos pueden ser muy lentos cuando se trata de descifrar cosas —replicó él sin emoción. Siempre que hablaba de adultos, un tono de desdén le impregnaba la voz—. Pero tarde o temprano atarán cabos.

Wendy se mordió el labio inferior. Se sentía obligada a decírselo a la policía, pero ¿cómo se lo explicaría? Los detectives ya la miraban esperando respuestas; sospechaban que mentía o que ocultaba algo. Por eso se habían presentado en su casa. Si hablaba con ellos y empezaban a investigarla más… Si empezaban a buscar en el bosque, ¿encontrarían a Peter? ¿Y cómo les explicarían su conexión con todo esto?

—Los buscarán en el bosque —dijo Wendy, porque era obvio que lo harían—. Encontrarán la cabaña en la que estás viviendo. Podrían encontrarte, Peter.

El chico, que estaba arañando el suelo con el pie, se congeló. Aparentemente, tampoco había pensado en eso. Inclinó la cabeza hacia atrás y soltó una risa desanimada.

—Entonces, será mejor que nos demos prisa —dijo mirándola con una sonrisa triste.

Wendy se presionó las manos contra el abdomen. Sentía que iba a vomitar.

En la sala de estar, la toma del detective James cambió y llamó su atención. Era el boceto de otra persona desaparecida.

—Oh, no —gruñó Wendy.

—También nos han avisado de que otro niño desapareció del hospital anteayer —explicó el detective James—. Lo encontraron inconsciente en Williamsport Road, pero desapareció del hospital poco después. Su nombre y su paradero son desconocidos, pero tenemos motivos para creer que está conectado con la serie de desapariciones locales.

Wendy puso unos ojos como platos. «¿Motivos para creer que está conectado con la serie de desapariciones locales?».

—¿Qué pasa? —preguntó Peter. Dio un paso hacia ella, la miraba con cuidado—. Parece que estés a punto de vomitar.

—Si creen que tú tienes algo que ver con los niños desaparecidos —explicó Wendy mientras el pánico que se le asomaba por la garganta empujaba las palabras a toda velocidad—, y piensan que estás involucrado con lo que nos pasó a mis hermanos y a mí, ¡significa que también creen que yo estoy involucrada!

Peter la miró inexpresivo, pero luego todo pareció encajar.

—Ah —dijo con una mueca—. Oh…

¿Qué podría decirle a la policía? «Sí, detective, de hecho, mis hermanos y yo huimos a una isla mágica llamada Nunca Jamás. A ellos los secuestró una sombra malvada, pero a mí me rescató un niño mágico que ¡me trajo de vuelta a casa! Ah, ¿y los niños que han estado desapareciendo? Sí, bueno, los ha secuestrado la sombra. ¡Y ahora el chico mágico y yo tenemos que rescatarlos!».

—Tienes razón —dijo Wendy con los ojos clavados en la televisión—, creo que estoy a punto de vomitar.

Peter retrocedió.

El boceto ocupó toda la pantalla.

No era muy bueno, pero definitivamente era él. La nariz era bastante precisa y las orejas se parecían, hasta eran puntiagudas y un poco de soplillo. Pero las mejillas y la mandíbula eran demasiado redondas; parecían más las de un niño. Se habían basado en su aspecto cuando lo había encontrado en la carretera... pero, ahora que lo observaba mientras se inclinaba sobre la mesa y miraba la televisión con intensidad, Wendy se dio cuenta de que estaba envejeciendo rápidamente.

Y los ojos, por supuesto, no le hacían justicia.

El detective James siguió hablando:

—Según lo describieron, tiene el pelo rojizo, ojos azules y mide un metro sesenta y cinco aproximadamente. Creemos que tiene entre doce y catorce años y podría estar confundido o desorientado. Si lo ven, por favor llamen al...

Wendy estudió a Peter. Ella medía un metro setenta y cinco y, de pie uno al lado del otro en la cocina, resultaba evidente que él era unos cuántos centímetros más alto. Volvió a mirar la pantalla. Recordaba qué aspecto tenía cuando lo encontró por primera vez en medio de la carretera. Pero ¿ahora? Sin duda era más alto y no tenía las mejillas tan redondas. Todavía tenía muchas pecas, que se extendían por los pómulos definidos y se fundían en la línea recta de la mandíbula. ¿Realmente había envejecido tanto en solo un par de días?

—¿Por qué me miras de esa forma? —preguntó Peter entrecerrando los ojos mientras fruncía el ceño.

—No te estoy mirando de ninguna forma —replicó Wendy mientras se ponía roja y empujaba el hombro de Peter—. Supongo que, si sirve de algo, aún nos resultará útil que estés perdiendo la magia, nadie te reconocerá si sigues envejeciendo —dijo en un intento de encontrar el lado positivo.

—Sí, pero no me ayuda a recuperar la sombra. —Frunció el ceño—. Cuanto más se debilita mi magia, más envejezco. Se supone que no debo crecer, Wendy. Si no podemos arreglar esto pronto... —Parecía no encontrar las palabras—. No sé qué pasará, pero esos niños se perderán para siempre.

—Y mis hermanos también —añadió.

Peter se llevó las palmas de las manos a los ojos.

El sonido de una llave en la puerta de entrada hizo que a Wendy casi le diera un infarto.

—¡Mierda! —siseó e inmediatamente cogió a Peter por el brazo y tiró de él.

—¡Ay! ¡¿Qué pasa?!

—¡Shh! ¡Ha llegado alguien! ¡Mi padre se volverá loco si te ve! —Wendy empujó a Peter hacia las puertas correderas de cristal que daban al jardín trasero.

Ay, Dios, ay, no, necesitaba sacar a Peter de su casa. Si su padre lo veía, no sería la única que tendría problemas. La cerradura hizo un ruido y la puerta principal empezó a abrirse.

—Tienes que irte, ¡sal por la puerta trasera! —Lo empujó, pero Peter no cedía.

—¿Wendy? —Escuchó la voz cansada de su madre en la sala de estar—. ¿Eres tú?

—¡Vete! —suplicó tan bajo como pudo, pero Peter ni siquiera la miraba. Estaba concentrado en el sonido de la voz de su madre. De repente, estaba alerta.

Wendy le apretó el brazo a modo de petición silenciosa, pero fue en vano. El chico se puso de puntillas y se asomó en dirección a la sala de estar, como si fuera un zorro intentando atrapar un pájaro. Los ojos le brillaban de un modo que no pudo identificar. ¿Qué estaba haciendo? Si no se movía, su…

La señora Darling dobló la esquina y entró en la cocina.

—Hum, ¡hola, mamá! —saludó Wendy intentando sonar informal, pero la verdad es que nunca había llevado a alguien a su casa, a excepción de Jordan.

Peter retrocedió unos pasos hasta quedar a su lado y entrelazó las manos detrás de la espalda.

Wendy lo miró, sorprendida por su extraño comportamiento repentino.

La señora Darling llevaba el uniforme azul del trabajo y un moño medio deshecho. Llevaba gafas, pero Wendy podía ver las ojeras bajo sus ojos.

—Ah, tienes un invitado —dijo y esbozó una sonrisa simpática, pero cansada, mientras se giraba hacia Peter. Sin embargo, cuando lo vio, vaciló.

De repente, la señora Darling puso unos ojos como platos y mostraron una alarma que Wendy no había visto en años. Se llevó una mano a la base de la garganta y formó una O silenciosa con los labios... ¿Qué era? ¿Sorpresa?

Peter se quedó quieto y ladeó la cabeza con curiosidad.

—Eh, ¿mamá? —Wendy preguntó en voz baja. ¿Su madre había visto a Peter en el hospital? ¿Por eso lo miraba de esa manera? ¿Por qué de repente Peter actuaba de una forma tan rara? La intensidad silenciosa de la situación la hizo sentir como si estuviera interrumpiendo un momento privado—. ¿Estás bien?

—¿Mmm...? Ah, sí... Estoy bien —dijo la señora Darling. Eso pareció romper el trance, pero seguía mirando fijamente a Peter. Wendy podía sentir una energía extraña entre los dos. La señora Darling entrecerró los ojos, se le formaron delicadas arrugas alrededor de los ojos mientras lo observaba a través de las gafas—. Lo lamento, ¿nos conocemos? —le preguntó a Peter.

Antes de que el chico pudiera abrir la boca, Wendy intercedió.

—¡No! —Prácticamente gritó. Después se aclaró la garganta y bajó la voz—. Quiero decir, no. Él es... Eh... Barry —mintió.

—¿Eres un compañero de instituto de Wendy? —replicó la señora Darling—. Me resultas familiar…

—¡Nop! —volvió a responder Wendy—. Es nuevo, de otro pueblo, está visitando a unos familiares… ¡solo durante el verano! —Estaba hablando demasiado rápido y fuerte—. Nos hemos encontrado en el centro y pensé que podría enseñarle el pueblo. —Retorcía las manos en el aire mientras intentaba inventar una explicación lógica.

A Wendy se le daba fatal mentir, pero esperaba haber sonado convincente. De todos modos, su madre no parecía estar prestando demasiada atención.

—Es un placer conocerla, señora Darling —dijo Peter. Se inclinó hacia delante en una pequeña reverencia, con una mano en el pecho, y volvió a erguirse. Le sonrió, mostrando los hoyuelos. Esa sonrisa era deslumbrante, te hacía sentir única, y se la regaló a su madre.

Una risa burbujeó en los labios de la señora Darling.

—Un placer conocerte a ti también, Barry —replicó mientras se pasaba una mano por el pelo.

Era extraño ver a su madre interactuar con Peter. Sintió un dolor en el pecho. Hacía mucho que no la veía sonreír. Cinco años atrás, cuando le dieron el alta, se pasaba los días ideando formas para alegrar a su madre con dibujos, collares que hacía con retazos de revistas y chistes. Wendy llevaba un registro de la cantidad de veces que lograba hacerla sonreír. Cuando se lo contó a su terapeuta, casualmente su madre empezó a sonreír más. Pero era un gesto forzado que no le llegaba a los ojos.

Wendy no pudo evitar sentirse celosa de cómo Peter había obtenido con tanta facilidad algo que ella ansiaba. Al mismo tiempo, sentía que Peter era su secreto, su propio retazo de magia, pero era obvio que ellos compartían algo.

—¿Quieres quedarte a cenar? —ofreció la señora Darling mientras se apartaba un par de mechones rebeles que le caían sobre la cara—. No estoy segura de qué tenemos, pero podría pedir comida…

—No te preocupes —interrumpió Wendy, agitando una mano con una risa nerviosa—. Barry tiene que irse a casa, ¿verdad, Barry?

—Eh… —balbuceó.

Wendy le cogió el bíceps y lo estrujó.

—Sí, supongo que sí —añadió. Parecía decepcionado, pero a Wendy no le importaba. Necesitaba sacarlo de allí. No estaba lo suficientemente lúcida como para mantener la farsa y Peter había demostrado ser de poca ayuda.

—Ah. —El rostro de la señora Darling se ensombreció—. Bueno, ¿por lo menos nos dejaras llevarte a casa? Es peligroso andar solo por la calle con todo lo que está pasando.

Peter miró a Wendy con las cejas levantadas, expectantes. Esperaba que ella le diera una respuesta.

—No pasa nada, mamá. Vive supercerca, ¿verdad, Barry? —replicó.

Peter asintió vigorosamente.

—Sí, supercerca.

Wendy notó que estaba intentando no reírse de ella. Quería empujarlo, pero se contuvo.

—De acuerdo, si estás seguro —respondió la señora Darling, pero Wendy ya estaba guiándolo hacia la puerta principal.

—¡Lo acompaño al porche! —gritó por encima del hombro. Tiró de la puerta principal. Mientras Peter se giraba para despedirse de la señora Darling con la mano, Wendy le apoyó las manos en la espalda y lo empujó.

Fuera, todo estaba en silencio, salvo por el sonido de los coches en la carretera principal.

Wendy cerró la puerta con fuerza y exhaló, aliviada.

—Casi nos pilla —dijo presionando las palmas contra la frente mientras obligaba a sus palpitaciones a normalizarse. Fue una suerte que no hubiera sido su padre, pero haberse encontrado con su madre era igual de malo. Peter tenía que ser discreto; cuantas menos personas lo vieran, mejor.

Peter no dijo nada. Clavó la mirada en la puerta cerrada, justo por encima de su hombro. Tenía el ceño fruncido y, por el movimiento de su mandíbula, juraría que se estaba mordiendo la cara interna de la mejilla. Wendy recordó la interacción de Peter con su madre. Él parecía curioso y ella perdida en un recuerdo lejano. Fue como si estuviera escuchando una conversación privada. Wendy se cruzó de brazos y se inclinó hacia delante.

—¿Conociste a mi madre? ¿Cuándo era una niña? —preguntó suavemente mientras lo observaba.

—Sí. —Peter asintió—. Esas historias que solía contarte no eran solo historias. De hecho, era mejor espadachín que tú —añadió con una sonrisa corta mientras se metía las manos en los bolsillos—. Quiero decir, obviamente ahora no me recuerda. —Se encogió de hombros como si no fuera importante, pero había una clara nota de dolor en su voz—. Eso es lo que pasa cuando creces… olvidas la magia que has visto.

Wendy se preguntó cómo sería ser Peter, conocer a las personas en su niñez, cuando todavía creen en la magia. Llevarlas de aventuras, a lugares que ni siquiera se imaginarían en sus sueños más descabellados, para caer en el olvido con el tiempo y la edad. Debía ser una existencia solitaria…

Peter asintió.

—Probablemente por eso lo olvidaste. Cuando cumpliste

trece años, dejaste de ser una niña, así que cuando te rescaté y te volví a traer al bosque, te olvidaste de Nunca Jamás… y de mí.

Wendy se mordió el labio. ¿Eso explicaba por qué no podía recordar qué le había pasado en esos seis meses?

—¿Crees que por eso las cosas empezaron a cambiar en Nunca Jamás? —preguntó.

Peter frunció el ceño y negó con la cabeza, sin comprender la pregunta.

—Cumplí trece el día que me trajiste de vuelta, ¿no? ¿Y si todas las cosas extrañas que empezaron a pasar en la isla fueron porque yo era demasiado mayor? Si crecer implica perder la magia, quizá llevarme allí fue lo que inició todos los problemas.

—Puede ser. —Peter lo analizó con vacilación—. Pero eso no explica lo de mi sombra. Que fueras demasiado mayor y estuviéramos desafiando las reglas de Nunca Jamás podría haber causado que los animales y las hadas actuaran de manera extraña, pero ¿por qué iba yo a envejecer y a perder mi magia? —preguntó.

—No lo sé. —Wendy suspiró y se encogió de hombros—. Pero es un inicio. —Sintió un escalofrío. Se levantó una brisa—. ¿Podrás volver a la cabaña?

Ahora, más que nunca, la aterrorizaba la idea de estar en el bosque, especialmente sola y de noche. Tampoco le gustaba que Peter fuera al bosque. ¿Y si la sombra intentaba atacarlo? Quería pedirle que se quedara, pero las palabras se le atascaron en la garganta.

—Eh, sí. —Peter se rio y arqueó una ceja—. Gracias, mamá, pero puedo cuidarme solo.

Wendy lo miró de mala manera y le dio un codazo.

—Ay, cállate. ¿Cuándo puedo verte mañana? Necesitamos pensar en un plan. ¿Deberíamos quedar en algún sitio? —Esto sería mucho más sencillo si Peter fuera un adolescente normal y tuviera móvil.

—No te preocupes —replicó él. Movió las cejas y habló en un tono siniestro—. Te encontraré cuando sea el momento indicado.

—Espera… —Wendy lo escudriñó—. ¿Lo dices en serio?

Peter se rio, una gran sonrisa se le estampó en el rostro y exhibió el diente roto. Era la primera sonrisa genuina que le dedicaba que no estuviera mezclada con preocupación o aprensión. Era un alivio bienvenido.

—Eh, a decir verdad, no —replicó meciéndose sobre sus pies, satisfecho consigo mismo por haber sido tan inteligente—. Probablemente deberías decirme dónde quieres quedar.

Wendy puso los ojos en blanco, pero no pudo esconder la sonrisa que se abría camino en sus labios.

—Quedamos mañana al mediodía en esta misma calle, cerca de la casa naranja, ¿de acuerdo?

—Sí, capitán. —Se despidió con un saludo militar. Saltó del porche y empezó a caminar por el jardín.

Mientras lo observaba, Wendy no pudo contenerse.

—Ten cuidado en el bosque, ¿vale? —le gritó tan suave como pudo.

Peter se giró y sonrió, divertido.

—¿Sabes que, si sigues preocupándote así, te saldrán arrugas? —dijo mientras caminaba hacia atrás y llegaba a la calle—. Justo aquí.

Se tocó el entrecejo con un dedo.

Wendy negó con la cabeza y conjuró su mejor expresión de desdén.

—Buenas noches, Peter —le dijo.

—Dulces sueños, Wendy.

Lo observó mientras se giraba y caminaba por la calle. El sonido de los grillos se incrementaba a cada paso.

Cuando volvió a entrar, la señora Darling estaba delante de la nevera.

—¿Te apetecen sobras? —preguntó la mujer mientras cogía un recipiente con pollo, queso y arroz que Wendy había preparado unas noches atrás.

—Por mí está bien —dijo mientras se sentaba en la mesa. Tenía las piernas doloridas de correr por el bosque. Sentía que todavía estaba cubierta de tierra y cenizas. Realmente necesitaba darse una ducha y limpiarse, pero, en ese momento, la idea de subir las escaleras era abrumadora y la promesa de queso derretido hizo que le rugiera el estómago.

Se dio cuenta de que su madre la observaba, pero intentó disimular cuando Wendy levantó la mirada y se entretuvo con unos tenedores.

Wendy pensó en lo que Peter había dicho. Que, en algún momento, su madre lo había conocido y que hasta había luchado con espadas. La idea le parecía ridícula al verla despeinada, con ropa quirúrgica y esa sonrisa eternamente cansada.

Incluso antes de que ella y sus hermanos desaparecieran, su madre siempre le había parecido la dama perfecta. Siempre había llevado el pelo largo, con los rizos cayéndole por la espalda. Wendy estaba enamorada de esos mechones sedosos y solía peinarlos con los dedos una y otra vez cuando estaba molesta y su madre la abrazaba. También solía caminar de manera tan elegante, como una bailarina. Y cuando les contaba historias, su voz adoptaba una melodía gentil, como si estuviera cantando. Esas eran las únicas dos versiones de su madre que conocía. La idea de que fuera una niña pequeña que correteaba por ahí con Peter Pan con una espada en la mano parecía imposible.

Pero últimamente muchas cosas que parecían imposibles estaban resultando ser muy reales.

—Barry parece buen chico. —La afirmación devolvió a Wendy al presente.

—¿Eh? Ah, sí, es simpático —respondió desprevenida.

—Nunca habías traído un chico a casa. ¿Estáis…? —La señora Darling bajó la voz y le lanzó una mirada furtiva a Wendy—. ¿Saliendo?

—¿Qué? —Wendy casi grita—. No… Nosotros… No, definitivamente no —tartamudeó, nerviosa—. ¡Hace poco que lo conozco!

Podía sentir como las mejillas se le teñían de rojo.

Ay, Dios, no estaban a punto de tener esa conversación, ¿no?

—Está bien, está bien. —La señora Darling levantó las manos, dándose por vencida—. Solo preguntaba —dijo con una expresión divertida. Mientras ponía el microondas, Wendy intentó derretirse en su silla—. Solo parecías nerviosa cuando os pillé…

Wendy se golpeó la frente con una mano.

—No nos pillaste. No estábamos haciendo nada…

—Y no dejabas de tocarle el brazo y mirarlo de manera extraña —siguió la señora Darling. Casi estaba sonriendo… Una sonrisa se escondía en la comisura de sus labios.

Wendy gruñó y hundió la cara en las manos. ¡Solo lo tocaba porque quería sacarlo de casa! ¿Y de qué mirada estaba hablando? ¡Solo era la expresión de una chica al borde del pánico! Apoyó las manos en la mesa.

—Créeme, no hay nada entre Pe..., entre nosotros.

La señora Darling caminó hacia ella y le dejó un plato con pollo y arroz, junto con un vaso de agua, delante.

—Bueno, de todos modos, parece buen chico —replicó mientras volvía a la cocina.

Wendy resopló mientras clavaba el tenedor en el pollo y se lo llevaba a la boca. No era la mejor cocinera del mundo —nada se comparaba con lo que su madre solía cocinar cuando ella era pequeña—, pero el pollo estaba sazonado con la cantidad correcta de picante y el queso se había derretido en el arroz.

—Me resulta familiar —siguió la señora Darling. Le frunció el ceño a su plato mientras se servía una porción—. ¿Quizá fui al colegio con su padre? ¿Se parecen?

—No. —Wendy comió otro bocado y negó con la cabeza—. Ya te he dicho que se acaban de mudar —respondió con la boca llena—. Vienen de Florida. —Odiaba mentir, sobre todo porque se le daba de pena—. Supongo que solo tiene una de esas caras...

La señora Darling asintió lentamente, perdida en sus pensamientos.

En ese momento, Wendy se dio cuenta de que la televisión seguía encendida.

—Supongo que te has enterado de lo de Alex —se aventuró y miró su plato mientras tocaba el arroz con el tenedor.

Eso recuperó la atención de la señora Darling; frunció el ceño y un gran suspiro le hundió los hombros.

—Sí —dijo—. La policía ha estado en el hospital toda la

noche para revisar los registros de entrada y las cámaras de seguridad.

Wendy tosió. Fue como si un bocado de pollo se le hubiera atascado en la garganta.

—¿Cámaras de seguridad? —repitió.

—Sí —continuó la señora Darling sin notar el repentino cambio de humor de su hija—. Pero solo hay en las entradas, así que no estoy segura de cuánto ayudarán en la búsqueda. —Suspiró y cerró los ojos por un momento—. Supongo que intentarán detectar a alguien sospechoso, quizá alguien que haya seguido a Alex y a sus padres hasta el hospital.

Eso debería haber aliviado a Wendy —por lo menos no habría un vídeo de Peter interactuando con ella o con Alex—, pero ¿y si las cámaras habían detectado a Peter entrando y saliendo? Nunca le había preguntado cómo lo había hecho sin que nadie lo viera. ¿Alguien lo reconocería? La señora Darling apoyó el recipiente vacío en el fregadero, pero hizo una pausa en vez de sentarse con Wendy en la mesa.

—También están buscando al chico del hospital, el que encontraste en la carretera —agregó con vacilación.

«Oh, no...».

—Creen que está relacionado de alguna manera —siguió—. No lo has visto, ¿verdad?

Wendy negó con la cabeza.

—Bueno, mantén los ojos abiertos. Si lo ves, llama a la policía inmediatamente, ¿de acuerdo? —La señora Darling hizo girar su anillo de bodas, algo que hacía cuando estaba ansiosa. Wendy asintió.

—La... la policía, quiero decir, ¿os ha dicho... algo nuevo?

Wendy observó los ojos de su madre deslizarse por la habitación hasta la puerta del estudio de su padre.

—No estoy segura…

—¿Dónde está papá?

—Después de que me interrogasen otra vez en el hospital… —La señora Darling volvió a suspirar—. Me preguntaron por la noche que desapareciste. —Wendy se retorció por la falta de mención de sus hermanos—. También le pidieron a tu padre que fuera a la comisaría. Ahora está allí. —Seguro que vio su expresión de alarma, porque añadió—: Pero no deberíamos preocuparnos, solo están intentando reunir tantos datos como sea posible.

La señora Darling cogió su plato y se sentó al lado de Wendy.

—Es probable que quieran volver a hablar contigo —dijo mientras le apoyaba una mano en el brazo—. Quién sabe —dijo mirando su plato de sopa—. Quizá por fin descubrimos qué pasó…

Wendy apartó su plato de comida.

—Creo que me voy a la cama —dijo en voz baja mientras se levantaba.

Era posible que Wendy hubiera visto una ráfaga de decepción en el rostro de su madre, pero esbozó una pequeña sonrisa y asintió.

—Buenas noches, mamá. —Quería estirarse y abrazar a su madre, pero le parecía que se había olvidado de lo que era abrazar o hasta de cómo poner los brazos. En cambio, cogió su plato de pollo a medio terminar.

—Buenas noches, Wendy.

Subió las escaleras hasta el segundo piso y, como siempre, se encontró con la puerta de su vieja habitación. Se quedó allí unos segundos, con el plato en la mano, y miró fijamente el picaporte. A pesar de que John y Michael no estaban, todavía sentía que, si abría la puerta, los encontraría sentados en la cama, rebuscando entre sus materiales para colorear para hacer un mapa del tesoro o dibujar bestias inventadas.

Apoyó la mano en el picaporte. Sentía algún tipo de electricidad bajo de los dedos. Si Peter tenía razón y lograban detener a su sombra, finalmente recuperaría a sus hermanos.

Una ola de energía le corrió por la columna hasta la mano. Por primera vez en años, Wendy se aferró al picaporte y tiró de él.

Pero estaba cerrado.

Desanimada, dejó caer la mano. Por supuesto que estaba cerrado. ¿Cómo no lo había pensado? Seguro que su padre la había cerrado después de que ella se negara a entrar y llevase todos esos años así.

Wendy se frotó los ojos, que le ardían. A pesar de que estaba sola, se sintió tonta y avergonzada. Sin mirar dos veces a la puerta, se giró y fue hacia su habitación. Dejó la cena en la cómoda, había perdido el apetito. Necesitaba ducharse, así que fue al baño y se frotó la piel hasta que el aroma a tierra y ceniza fue reemplazado por jazmín y té verde.

Se puso su camiseta gigante para dormir y encendió la guirnalda de luces que tenía colgada encima de la ventana. Pero antes de acostarse, hizo una pausa. Desde que había entrado al bosque esa noche, había sentido un fuerte peso. No solo por la ansiedad que le causaba mantener a Peter oculto o la responsabilidad de tener que detener a su sombra para poder salvar a sus hermanos. Era algo distinto. Algo oscuro. No podía evitar sentir que la observaban.

Wendy miró por la ventana. Las luces de las calles principales del pueblo parpadeaban en la distancia. Por primera vez en todo el verano, se arrodilló sobre la cama y cerró la ventana con fuerza. Todavía hacía calor y había demasiada humedad para dormir, pero estaba dispuesta a dormir incómoda si eso significaba no preocuparse de que alguien entrara por la ventana mientras dormía.

Cerró las cortinas y quitó la colcha de la cama, dejando solo las sábanas blancas de algodón.

La bellota seguía en la mesita de noche, justo donde la había dejado por la mañana. Wendy la cogió, se dejó caer sobre las almohadas y la hizo girar con gentileza entre los dedos.

Incluso con la ventana cerrada y las cortinas echadas para evitar que alguien pudiera verla, no se sentía mejor. Era como si, lo que fuera que estuviese en bosque se le hubiera adherido a la espalda y le arañase la piel, sin importar cuánto intentara deshacerse de ello. Sintió un escalofrío y se aferró bien fuerte a la bellota.

Si quería dormir, necesitaría distraerse.

Con la bellota en el puño, cogió el cuaderno de la mesita de noche, un rotulador rojo y una pila de panfletos. La universidad le había envidado un sobre gigante lleno de información sobre residencias y aspectos académicos.

Jordan la había convencido para pedir plaza en la residencia destinada a los estudiantes de ciencias. Su amiga sabía lo que quería hacer y ya se había puesto en contacto con estudiantes de Medicina para hacerles preguntas.

Wendy deseaba tener esa confianza.

Mientras masticaba la tapa del rotulador, Wendy fue hasta una página del cuaderno que había dejado marcada. En el centro de la hoja había escrito *Enfermería*. En las siguientes páginas tenía listas, fechas y calendarios. Después de leer detenidamente la sección académica de la página web de la universidad, había programado todas las clases de los cuatro años que le llevaría graduarse. Wendy había usado su colección de rotuladores de punta fina para planear horarios y coordinar los colores con las respectivas asignaturas. Había tardado semanas.

Lo había planeado todo al detalle. Si seguía esos pasos, se graduaría en Enfermería y estaría lista para entrar al mundo laboral. Tendría un trabajo estable en un ámbito con mucha demanda. Pero…

Wendy buscó una página en blanco y escribió en letras rojas pequeñas: *Medicina*.

Era una locura. El camino era demasiado largo: cuatro años de universidad, cuatro años en la escuela de Medicina y luego de tres a siete años de residencia. Eso implicaba mucho tiempo y dinero. Dependía de las becas. ¿Cómo sería capaz de pagar la carrera de Medicina?

Enfermería era una opción respetable. Se graduaría antes y tendría un buen sueldo. A veces consideraba la idea de ser doctora, sobre todo pediatra, pero solo jugaba con la idea. Siendo realista, era un riesgo y un coste demasiado grandes.

Ser pediatra significaría que el bienestar de niños —sus vidas— estaría en sus manos. Wendy empezó a sudar solo de pensar en tomar la decisión equivocada o en perder a un paciente por una confusión. No creía que fuera capaz de soportar ese tipo de responsabilidad. Ni siquiera pudo mantener a sus hermanos a salvo, ¿cómo iba alguien a confiarle sus hijos?

Cogió el panfleto de deportes y ocupó la mente leyendo sobre las instalaciones deportivas del campus.

La bellota seguía en su mano.

«Desearía que Peter estuviera aquí», pensó mientras empezaba a quedarse dormida. Nunca lo admitiría en voz alta, pero se sentía atraía por la calidez que emitía, la misma que la bellota que sostenía.

Capítulo 12

Advertencia

Wendy sintió un escalofrío mientras estaba en lo profundo del bosque. La luz del atardecer teñía los árboles de un gris frío. La vegetación era densa, como la que había en el corazón del bosque. Una ligera capa de nieve cubría los árboles y se acumulaba en el suelo bajo sus pies. La ropa húmeda se le pegaba a la piel. El aire olía a tierra húmeda. Intentó recordar cómo había llegado hasta allí, pero los recuerdos estaban ocultos tras una niebla. Sabía que estaba buscando a alguien. ¿O alguien la estaba buscando a ella?

Quería gritar para pedir ayuda, pero algo le dijo que necesitaba quedarse callada y no perturbar el silencio mortal que espesaba el aire, tapándole las orejas. Wendy giró la cabeza y buscó entre los árboles, llegando a ver el cielo plateado que se intuía entre las ramas desnudas. Se dio la vuelta y vio como estas se erguían en el aire. Cuando se detuvo, quedó frente a un árbol viejo.

El tronco era más bajo que los demás. Su corteza era de un marrón profundo y sus ramas se curvaban y retorcían en el cielo, desprovistas por completo de hojas. Sus raíces eran gruesas y nudosas, se enredaban entre sí antes de hundirse en la tierra helada.

Era un árbol. El árbol. El que había dibujado cientos de veces. Estaba tan torcido y era tan espeluznante en persona como en papel.

El corazón le palpitaba en la garganta. Una capa de sudor frío le cubría la piel. Hundió las uñas en las palmas. Respiraciones forzadas y entrecortadas formaron una niebla delante de ella. Le empezó a temblar la columna.

En la base, las raíces formaban una pequeña apertura, como si fuera la entrada a una jaula oscura. Estaba llena de hojas podridas y Wendy podía oír murmullos a pesar del sonido de las hojas.

Conocía este lugar.

El cuerpo entero le gritaba que huyera. Necesitaba salir de ahí. Alejarse del árbol. Pero era como si no tuviera control sobre su cuerpo porque, de repente, empezó a caminar hacia él. Los susurros se intensificaban al acercarse, un pie tras otro.

Eran voces de niños. Wendy solo podía observar mientras alargaba una mano hacia la apertura.

Las voces cada vez sonaban más alto y parecían más desesperadas. Los susurros se transformaron en llantos suaves y gemidos desgarradores, de esos que están mezclados con un miedo despavorido. Wendy quería gritar para ahogar el llanto, pero sus labios permanecieron cerrados mientras se agachaba.

—Si fuera tú, tendría cuidado —dijo una voz a sus espaldas.

Wendy se giró y vio al chico que la abordó cuando fue a buscar la bolsa de natación a la camioneta. Casi se había olvidado de él.

—¿Quién eres? —preguntó. Su voz sonaba distante.

No le podía ver la cara. La luz seguía atenuándose y no podía distinguir sus rasgos.

Cuanto más intentaba enfocarse en ellos, más se movían y cambiaban. Ojos negros. Dientes blancos. Una sonrisa antinatural. Sus facciones mutaban y se retorcían.

—Nunca sabes qué encontrarás en la oscuridad —añadió la voz, ignorando la pregunta mientras se acercaba a ella.

Las sombras de los árboles empezaron a moverse y a converger entre sí. Wendy retrocedió un paso, pero la forma no se detuvo. Las sombras blancas se transformaron en figuras altas que se inclinaban en la oscuridad.

—Si insistes en hurgar, Wendy… —Estiró una mano y la cogió por la muñeca. Los largos dedos afilados se le hundieron en la piel.

Wendy gritó de dolor e intentó liberarse, pero tiró con fuerza hacia él y pudo verle la cara con claridad.

Era el rostro de Peter. Pero algo estaba mal, muy mal: tenía la piel pálida y los ojos negros como la tinta.

—No te gustará lo que encontrarás —susurró. Olía a hojas podridas y tierra húmeda.

Las sombras se unieron y formaron largos dedos afilados. El sonido de su risa hizo temblar a Wendy. Intentó luchar, pero él la sostenía con fuerza. La sombra salió disparada e impactó contra la chica.

Wendy se sobresaltó y se sentó. Estaba en su casa, en su propia cama, cubierta de sudor. La ropa se le pegaba a la piel y el pelo, a la frente. Jadeos temblorosos le sacudían el cuerpo mientras se aferraba a las sábanas. «Solo ha sido un sueño», se dijo a sí misma y cerró los ojos con fuerza mientras intentaba estabilizarse. Pero parecía tan real.

Inhaló profundamente, pero cuando bajó la mirada, soltó un grito estrangulado. Retrocedió tan rápido que se golpeó la cabeza contra el cabecero de la cama.

Todo estaba cubierto de rojo.

Al principio, creyó que la tinta era sangre, pero después del terror inicial, se dio cuenta de que se había quedado dormida con el rotulador rojo en la mano.

Eran dibujos del árbol, uno tras otro. Las líneas aleatorias cubrían y se extendían sobre todo lo que la rodeaba; su camiseta para dormir, sus piernas, sus sábanas. Las páginas del cuaderno también estaban cubiertas de rojo; las había arruinado y arrancado. Sus notas impolutas habían quedado enterradas debajo de las ramas y las raíces retorcidas.

En la otra mano, tenía la bellota.

Wendy soltó el rotulador, se llevó la bellota al pecho y la sostuvo con fuerza mientras intentaba estabilizar su respiración acelerada. ¿Había hecho todo esto dormida? Cerró los ojos con fuerza. ¿Qué le estaba pasando?

Se sentía atrapada rodeada de las páginas sueltas y la tinta roja. Las sombras, los dibujos, los murmullos…, todo la acechaba.

Dejó la bellota en la mesilla de noche. Se levantó de un salto y arrancó las sábanas de la cama. Algo de tinta había traspasado la tela y manchado el colchón. Hizo un ovillo con las sábanas y corrió hacia el baño, donde lo empujó hasta el fondo de su canasto de ropa sucia, junto a su camiseta para dormir.

No podía dejar que sus padres vieran lo que había hecho. Ella era la única que lavaba la ropa en casa, así que este era el lugar perfecto para esconderlo hasta que pudiera tirarlo a la basura.

Mientras escondía la pila de sábanas y las hojas de su cuaderno entre la ropa para lavar, Wendy se fijó en sus manos. Estaban manchadas de rojo. La tinta hasta se había filtrado debajo de las uñas.

En el baño, abrió el grifo de agua caliente y, con manos temblorosas, se las frotó con jabón y una toalla.

Ese árbol le había resultado tan familiar cuando lo había visto en sus dibujos. Había algo ahí, algún tipo de conexión que no podía descifrar, pero después de verlo con sus propios ojos, ya no podía negarlo. Conocía ese árbol. Lo había visto en persona. Había estado de pie junto a él.

Decir que lo que había experimentado había sido un sueño no era verdad. Fue más que un sueño. Podía oler la tierra y sentir el frío de la nieve. El bosque tenía el mismo aspecto que en el invierno en que ella y sus hermanos desaparecieron. No era un sueño; era un recuerdo.

Un escalofrío la recorrió de pies a cabeza, le temblaban tanto las manos que le cayó el jabón. Luchó para cogerlo y se centró en las marcas de sus piernas.

Un recuerdo. Había pasado años con un agujero negro en la mente donde le habían arrancado esos seis meses. Era un recuerdo, sin importar cuán breve hubiera sido.

Y el chico de su sueño... Wendy no tenía dudas de que era la misma persona que la había abordado justo antes de que Alex desapareciera.

Era Peter, pero, a la vez, no era Peter.

Tenía su cara, pero era una versión salida de una pesadilla.

¿Era la sombra de Peter? Wendy había asumido que su sombra era solo eso… una cosa negra sin forma. ¿Podía tomar la forma de un humano? ¿Peter lo sabía?

Necesitaba encontrarlo y contárselo. Si la sombra de Peter podía caminar y hablar y sabía dónde vivía…

Cerró el grifo y se aferró al lavabo. Tenía las manos rojas y los nudillos blancos. Gotitas de sangre se asomaban por las grietas de las manos secas. Se había quemado con el agua caliente y le ardía la piel, pero se había deshecho de la tinta. Hasta tenía manchas rojas en las piernas de lo fuerte que se las había frotado.

Una respiración temblorosa llenó sus pulmones en un intento de tranquilizarse. Miró su propio reflejo. Tenía el pelo de la sien y el de la nuca cubierto de sudor. Sus ojos grises le devolvieron la mirada, hinchados y rojos.

Necesitaba encontrar a Peter y contarle lo que había pasado. Él era el único que podría comprenderlo. El reloj que tenía encima de la cómoda marcaba las once de la mañana pasadas.

—¡Mierda! —maldijo. Le había dicho a Peter que se encontrarían a mediodía.

Se dio una ducha rápida para eliminar el sudor rancio y pegajoso de la piel. Secarse el pelo le llevaría mucho tiempo, así que sintió las gotas frías en el cuello mientras se movía a toda velocidad por la habitación. Cogió unos pantalones cortos verdes y una camiseta azul marino antes de ponerse las deportivas. Cogió la mochila y bajó las escaleras tan rápido que casi tropezó con los cordones.

Estaba cruzando la sala de estar cuando escuchó la voz de su padre.

—¿A dónde vas con tanta prisa?

Wendy se giró y encontró a su padre de pie en la puerta del despacho. Llevaba un traje azul oscuro que le quedaba un poco ajustado en el pecho. De alguna manera, había logrado peinarse el pelo con gel hacia un lado. Hasta se había recortado el bigote.

Wendy frunció el ceño. Su padre nunca se arreglaba tanto para ir a trabajar. ¿Y por qué estaba en casa a esta hora?

—¿Por qué no estás en el trabajo? —preguntó, distrayéndose un segundo de su misión por la aparición repentina de su padre.

—No he ido a trabajar porque tengo que llevarte a la comisaría, ¿recuerdas? —refunfuñó mientras se pasaba un dedo regordete por el nudo de la corbata e intentaba aflojarla—. Me he tomado medio día libre.

—¿Qué? —Estaba sorprendida. Entró en pánico y empezó a pensar en esposas, fotos policiales de frente y de perfil, y salas de interrogatorio oscuras.

—Esos detectives todavía quieren hablar contigo. —El señor Darling frunció el ceño.

—Ah, cierto. —La invadió una ola de alivio. De puntillas, revisó el reloj que había al lado del televisor: las doce menos cuarto. Se suponía que debía encontrarse con Peter en cualquier momento y tenía demasiadas cosas que contarle—. ¿Podemos ir un poco más tarde? —se aventuró e hizo una mueca mientras esperaba una respuesta.

—No. —El señor Darling frunció aún más el ceño—. No podemos ir más tarde —ladró y agitó una mano en el aire—. ¿A dónde tienes que ir que es tan importante?

—A ningún lado —respondió rápidamente y se pasó las manos por el pelo mojado—. Le había dicho a Jordan que nos veríamos en el hospital, ya sabes, después de su turno. —Otra mentira. Cuantas más decía, más fácil le resultaba.

—Esto es más importante —le dijo. Agitó la mando desdeñosamente—. Envíale un mensaje y dile que llegarás tarde. Después puedo llevarte al hospital. —El señor Darling cogió sus llaves de la mesa de la cocina y se dirigió a la puerta—. Vamos.

Wendy asintió y cogió el móvil para pretender que le enviaba un mensaje a Jordan mientras lo seguía hacia la puerta. Sus propias mentiras la habían acorralado. Quería ver a Peter y, sobre todo, no quería que él tuviera que esperarla, pero ¿qué opción tenía? No podía salir de esa situación con palabras.

En el coche, Wendy intentó buscar a Peter mientras conducían por la calle, pero no había ni rastro de él. ¿Cómo lo encontraría cuando volviera? Tendría que esperar en el hospital hasta que su madre terminara de trabajar para que la llevara a casa. Además, el chico no tenía móvil y no entraría en el bosque gritando su nombre.

Pero ahora tenía que lidiar con asuntos más urgentes. Como lo que el detective James quería preguntarle. ¿La acusarían de estar involucrada en la desaparición de Alex? ¿Era sospechosa? ¿Y Peter?

La mente le iba a mil por hora. Intentó distraerse concentrándose en el suave ritmo de la música. Su padre solo escuchaba *rock* clásico.

La comisaría estaba en la calle principal, que avanzaba paralela a la costa. El océano se encauzaba en una gran bahía que se transformaba en el río Columbia. Con la ventanilla bajada, la brisa resultaba refrescante bajo el calor de mediodía. El aire olía a agua salada. Pasaban grandes barcos cubiertos de contenedores y, al otro lado del río, se alzaban las montañas azules de Washington.

Su padre no dijo nada, así que Wendy tampoco habló. El

silencio los envolvió hasta que aparcaron delante del viejo edificio de ladrillo.

—Vamos —dijo el señor Darling, intentando aflojarse la corbata mientras salía del coche. Wendy lo siguió.

Mientras caminaban por el recibidor, intentó encogerse detrás de su padre. Temblaba y se entretenía con la correa de su mochila. No le gustaba volver a estar ahí. Era como entrar en un cementerio repleto de fantasmas.

El departamento de policía no tenía color. Todo el mundo llevaba trajes grises, negros o un uniforme de policía. Los escritorios estaban dispuestos en filas y los detectives y los policías caminaban y hablaban entre ellos, respondían llamadas y se entregaban documentos. En general, la policía no tenía mucho de qué preocuparse en este pueblo pequeño, pero los casos de niños desaparecidos parecían mantenerlos ocupados.

Wendy se paró en medio de la entrada, abrazándose el estómago mientras su padre pedía hablar con el detective James. En la pequeña pared que había detrás del escritorio de recepción estaba el tablón de anuncios, con las imágenes de Benjamin Lane, Ashley Ford y ahora Alex Forestay. También estaba el boceto policial de Peter.

Rápidamente, Wendy desvió la mirada. Evitó hacer contacto visual, pero ya había visto al oficial Smith. Cuando él la vio, dejó de hablar con una policía. La miró fijamente antes de tocar el brazo de su compañera para señalar en dirección a Wendy, quien clavó la mirada en el suelo. Le ardían las mejillas por la vergüenza y la furia.

—Ah, señor Darling, Wendy. —El detective James dobló la esquina y se acercó a ellos. Iba exactamente como el día anterior, cuando se había presentado en casa, con un traje perfectamente planchado, el pelo negro peinado hacia un lado y una sonrisa forzada en la cara. Llevaba un archivo en las manos. Wendy se dio cuenta de que llevaba un anillo en el dedo corazón—. Gracias por venir, no les robaré mucho tiempo.

El señor Darling gruñó a modo de respuesta. Wendy se mantuvo callada, pero el detective se giró hacia ella.

—Wendy, ¿serías tan amable de seguirme a la oficina? —Ella asintió y empezó a caminar. Su padre la siguió de cerca, pero el detective James alargó una mano—. Lo lamento, señor Darling, tendrá que esperar aquí hasta que terminemos.

Wendy no estaba acostumbrada a que la gente le dijera a su padre qué hacer. Sus ojos iban de su progenitor al detective. Claramente, el señor Darling tampoco lo estaba porque hinchó el pecho.

—Es mi hija, no puede hablar con ella sin que esté presente —bramó. Cada vez los miraban más personas. El señor Darling era grande en comparación con el detective James; un oso enfadado ante un hombre con un traje elegante.

El detective James permaneció sosegado e impasible.

—De hecho, hace cuatro días Wendy dejó de ser menor, así que necesito hablar con ella a solas —dijo restándole importancia.

Wendy observó como su padre se ponía rojo, empezó en la nariz protuberante y se le extendió por las mejillas. Arrugó el bigote y Wendy supo que estaba listo para discutir con el detective.

—No pasa nada, papá —intervino, intentado apaciguar la situación antes de que fuera un desastre.

Para ser honestos, quería que su padre se quedara a su lado para sentirse menos asustada. Pero, a su vez, no quería que escuchara acusaciones o las pruebas que podía haber en el gran expediente que el detective llevaba en las manos.

—Te aviso si te necesito —añadió. Intentó mirar a su padre con confianza, aunque estaba segura de que probablemente estaba pálida, ojerosa y era un manojo de nervios.

Los pequeños ojos oscuros del señor Darling salieron disparados de Wendy al detective James.

—De acuerdo —dijo a regañadientes después de unos segundos.

—Como ya he dicho, no deberíamos tardar demasiado —replicó el detective James—. Por favor, tome asiento señor Darling. Sírvase un café si lo desea.

El padre de Wendy no se movió. En cambio, se cruzó de brazos para mostrarle al detective que no tenía intención de seguir sus instrucciones.

El detective James no dijo nada. Levantó la ceja antes de girarse hacia Wendy.

—Por aquí.

La oficina del detective James era pequeña, pero no estaba abarrotada. Tenía una ventana por la que se veía un destello del río entre los edificios. El sol se filtraba a través de unas persianas. Todos los estantes estaban repletos de libros, papeles y archivos. Había un par de cajas en el suelo. El escritorio en sí estaba ordenado y tenía un ordenador muy viejo y una placa con su nombre. Detrás del escritorio había un dibujo antiguo de un barco con las velas extendidas. Pequeñas anotaciones hechas a mano detallaban las partes del barco en papel amarillento.

El detective James se sentó detrás del escritorio en una silla de madera con cojines de cuero gastado.

—Por favor, toma asiento —dijo con un gesto.

Wendy se sentó en la única silla de la habitación que quedaba. Era de metal, fría e incómoda. Sus manos descansaban inquietas sobre el regazo.

El detective James puso una libreta y una pluma en el escritorio, pero luego se reclinó de manera informal en la silla.

—Entonces... —empezó y volvió a sonreírle; Wendy se aferró al borde de su silla—. Vayamos directos al grano. Asumo que ya sabes que Alex Forestay desapareció ayer por la noche.

—Lo he escuchado en las noticias. —Asintió, era verdad.

—Lo viste ayer antes de que desapareciera, ¿correcto?

—Sí, les leo a los niños del hospital —dijo Wendy. Se preguntó si el detective podía escuchar la culpa que le golpeaba el pecho desde el otro extremo del escritorio.

—¿Con cuánta frecuencia lo haces? —Empezó a escribir en su libreta y le dio un descanso de mirada heladora.

—Una vez por semana. —¿Debería dar respuestas más largas? ¿Las respuestas cortas eran sospechosas? ¿O sonaría culpable si no dejaba de hablar?

—¿Habías visto a Alex antes de ese día?

—No. —Negó con la cabeza—. Fue la primera vez que vino a la hora de lectura. ¿Creo que era su primera visita para el tratamiento? —El detective debería saberlo, ¿no? ¿Era una táctica para detectar mentiras? El detective James asintió.

—¿Hablaste con él?

—Sí.

—¿Sobre qué?

—Tiburones.

—Ah, tiburones. —Arqueó las cejas, divertido, pero siguió escribiendo—. ¿Actuaba de forma extraña? ¿Parecía asustado?

—¿Asustado? —Los recuerdos de Alex llorando y la expresión de puro terror que puso mientras lo arrastraban hacia el bosque le inundaron la visión—. No, no parecía asustado —respondió y tragó para aplacar la sequedad de su garganta—. Pero sí tímido, definitivamente era tímido…

Le picaban los dedos.

—Cuando estabas en el hospital, ¿viste a alguien sospechoso en el ala de pediatría? ¿Alguien que no debería estar allí?

Wendy se dio cuenta de que estaba intentando usar un tono informal y ligero, pero tenía una severidad distintiva en los ojos mientras la observaba.

—No. —Negó con la cabeza—. Conozco a casi todos los que trabajan en el ala infantil —afirmó.

—Pueblo pequeño —el detective James murmuró para él—. Os conocéis entre todos, ¿no?

—Sí… —Wendy se aclaró la garganta—. Solo había enfermeras, doctores y algunos padres.

—Entonces, ¿no había nadie desconocido en la habitación? ¿Nadie que pensaras que no pertenecía allí? —preguntó mientras la observaba.

Wendy tenía las palmas sudorosas y le temblaban las manos.

¿Sabían lo de Peter? ¿Sabían que estaba en la habitación? Peter dijo que los adultos no se daban cuenta de que estaba ahí, pero ¿tenía razón? ¿Y si alguien lo había visto hablar con Alex y luego con ella? Wendy no sabía cómo responder a esa pregunta, pero estaba tardando demasiado. Tenía que decir algo, así que volvió a sacudir la cabeza.

—No, no vi a nadie desconocido. —Técnicamente no era una mentira. Ahora sabía quién era Peter, así que no era un extraño. Pero sin lugar a dudas no debería haber estado en el hospital…

El detective James se tomó varios segundos para anotar más cosas. ¿Sabía que estaba mintiendo? Tenía que saberlo.

Wendy enderezó la espalda y se preparó para las consecuencias. Para que el detective James revelara sus cartas.

Después de lo que pareció una eternidad, el detective apoyó la pluma y volvió a reclinarse en su asiento.

—Debo decir, señorita Darling, que me parece muy curioso que, tras lo que sucedió con el chico misterioso que encontraste en la carretera, Peter, si no me equivoco, y ahora la desaparición de Alex, las cosas parecen seguir apuntándote a ti.

Su expresión era seria. Ni siquiera intentó esbozar esa sonrisa de plástico.

Wendy no sabía qué decir, así que no dijo nada.

—¿Has visto a alguien extraño en el pueblo, Wendy? —continuó—. ¿Alguien te ha estado siguiendo o molestando?

Notaba como empezaba el temblor, apenas una vibración en el centro del pecho.

—No, no, nada por el estilo —dijo y un escalofrío le sacudió los hombros.

El detective James se inclinó hacia delante.

—¿Estás segura? —preguntó atrapándola con la mirada—. Wendy…

Miró el borde del escritorio y arrugó las cejas. Wendy miró hacia abajo. Cogía la pluma como si estuviera a punto de escribir algo. La mano le temblaba furiosamente, la pluma estaba a un centímetro del escritorio, se movía en el aire como si estuviera escribiendo por su cuenta.

O dibujando.

Wendy estampó la pluma contra el escritorio y escondió las manos debajo de los muslos.

El detective James la observaba con una expresión indescifrable. Wendy se obligó a devolverle la mirada. Respiró hondo.

Después de una larga pausa, el detective James preguntó:

—¿Has visto a Peter desde que desapareció del hospital?

—No —vaciló—. ¿Creen que está relacionado con todo esto? —No pudo evitar preguntarlo y el detective analizó su pregunta antes de responder.

—En este momento, solo sabemos que los niños están desapareciendo, se desvanecen de sus hogares, y este chico, Peter, también desapareció. Aunque en este momento no puedo decir que tengamos pruebas para hacer una conexión… —lo dijo de una manera que sonaba muy ensayada—, sí puedo decir que Peter y tú, en algún momento, estuvisteis en el mismo lugar. No sabemos en qué circunstancias, pero no puedo negar que todas estas desapariciones podrían estar conectadas porque vosotros dos estáis conectados. Es posible que lo tengan encerrado con los demás niños que han desaparecido.

Wendy se mordió el labio inferior. Entonces, todavía no sabían dónde encajaba Peter en todo esto. Eso era tranquilizador. Demonios, ella tampoco sabía qué pensar de él. Por ahora, no acusaban a Peter de nada, lo que era bueno. Hasta lo consideraban una potencial víctima.

De una manera u otra, todo seguía guiándolos a ella. A sus hermanos. A lo que sucedió en el bosque.

La expresión del detective James se endureció. Apoyó los codos en el escritorio.

—Hay una posibilidad real de que, quien sea que haya

secuestrado a esos niños, también secuestrase a Peter y, posiblemente, a tus hermanos y a ti. Debes tener cuidado, Wendy —dijo en un tono grave y serio—. Esto no es un juego y ya no se trata solo de ti.

Wendy quería responder de mala manera, recordarle que nunca se había tratado solo de ella. Que también estaban John y Michael. La enfurecía la manera en la que la gente hablaba de ellos como si nunca fueran a volver.

El detective James se sacó una tarjeta del bolsillo y se la entregó.

—Si se te ocurre algo que pueda ayudar, si ves a alguien sospechoso, a Alex, a Peter, o necesitas ayuda, llámame.

Wendy cogió la tarjeta. Las esquinas eran afiladas y se le hundieron en los dedos. Respiró hondo y asintió.

—Lo haré.

Capítulo 13

Chicle

La comisaría estaba a pocas calles de distancia del hospital, pero el padre de Wendy insistió en llevarla. Echó varios vistazos en su dirección, pero no dijo nada hasta que aparcó en la entrada. Se giró hacia ella con expresión seria.

—Ya no saldrás de casa sola —le dijo.

Wendy asintió, sabía que lo mejor era no discutir con él, especialmente sobre eso. Todos los niños desaparecidos, los detectives y las menciones de sus hermanos hacían que su padre estuviera más intenso de lo normal y no podía culparlo. A decir verdad, pensó que bebería más, pero había notado que había menos botellas en la basura.

—Nada de volver a casa cuando ya esté oscuro, cierra con llave cuando tu madre y yo no estemos y lleva el móvil siempre encima. Si te llamamos, espero que respondas inmediatamente —ordenó su padre. Levantó un dedo y la señaló—. ¿Lo has entendido?

Wendy asintió y se limpió las palmas sudorosas en los pantalones.

—Sí, papá.

No quería decir nada que lo enfadara todavía más.

Genial. Ahora debería tener más cuidado a la hora de quedar a escondidas con Peter. Su padre estaría alerta, se daría cuenta de más cosas y haría preguntas. Estaba rodeada de interrogadores. Sus padres solo querían lo mejor para ella, pero, de todos modos, había cosas que necesitaba hacer sin ellos.

Durante unos segundos, su padre la miró fijamente, su rostro seguía contorsionado por un marcado ceño fruncido. Wendy pensó que le diría algo más, pero suspiró, se recostó contra el asiento y asintió con la cabeza de manera cortante.

Wendy lo interpretó como su señal para marcharse y bajó del coche. Caminó hacia las puertas de vidrio de la entrada trasera como si fuera a trabajar. Se giró y saludó a su padre con la mano.

Satisfecho, volvió a asentir y se marchó.

«Qué día». No llevaba despierta ni dos horas y ya estaba exhausta. Se sentía culpable por no haberle contado al detective James todo lo que sabía, pero ¿cómo podría hacerlo? Estaba segura de que no la creería. Probablemente, creería que Wendy estaba teniendo una crisis nerviosa por revivir el trauma de perder la memoria y a sus hermanos. La encerrarían y tirarían la llave si empezaba a hablar de niños mágicos, sombras malvadas y otros mundos.

Necesitaba mantener la compostura y ayudar a Peter. Lo importante era saber que todavía existía la oportunidad de volver a ver a sus hermanos. Cuanto antes descifraran cómo detener a la sombra, antes podría recuperar a John y Michael y seguir con sus vidas.

Por el momento, necesitaba encontrar a Peter.

Wendy miró la hora en el móvil: la una del mediodía. Debajo tenía una lista de mensajes de texto sin leer de Jordan.

Le respondería más tarde. En ese momento, se había quedado tirada en el centro y necesitaba una manera de volver a casa. Abrió la aplicación del transporte.

Su patio trasero parecía un buen lugar para empezar a buscar a Peter, ya que era el punto más cercano al bosque. Mientras esperaba que la aplicación le mostrara los conductores cercanos, un silbido agudo y unas risas le llamaron la atención.

En la calle de enfrente había una hilera de casas que daban al bosque. Había una casa azul a la sombra de los árboles gigantes.

Ahí, en el medio del jardín, Peter estaba sentado con una niña pequeña que Wendy reconoció al instante. ¿Qué demonios estaba haciendo? Prácticamente cruzó la calle corriendo para llegar hasta ellos.

—Ahora inténtalo tú —estaba diciendo Peter.

El dúo estaba sentado cara a cara con las piernas cruzadas. Estaban concentrados en un puñado de césped que Peter tenía en la mano. La niña llevaba un vestido púrpura y tenía una pila de césped y flores pequeñas en el regazo.

Peter llevaba una corona de capullos amarillos marchitos en la cabeza. Sonrió holgazanamente y asintió para incentivar a la niña.

La niña cogió una brizna, la tensó con los pulgares, sopló y causó un chillido agudo. Estalló en risas; Peter también soltó algunas carcajadas, parecía complacido consigo mismo.

—¡Peter! ¿Qué estás haciendo aquí? —Wendy los interrumpió, totalmente asombrada.

—Ah, hola. —Le echó un vistazo fugaz—. Llegas muy tarde. —Se puso serio antes de señalar con la cabeza a la niña que tenía sentada delante—. No estabas en casa, así que pensé que quizá estarías en el hospital —explicó de forma relajada—. Pero después me encontré con Cassidy. —Peter le dedicó una sonrisa de oreja a oreja—. Estamos haciendo silbatos de hierba.

—Silbatos de hierba —repitió Wendy. Luchó contra el impulso de empujar al chico.

Cassidy la miró, sonriente.

—Le he hecho una corona a Peter —dijo tímidamente. Su padre era técnico de rayos X y trabajaba con la madre de Wendy, que solía cuidarla tanto a ella como a su hermana mayor, Rebecca, cuando eran más pequeñas.

Peter alzó la mirada hacia Wendy y esbozó una sonrisa torcida que le arrugaba las pecas de la nariz.

Wendy se aclaró la garganta y se puso el pelo detrás de las orejas. Peter tenía que dejar de mirarla de esa manera.

—Estás ridículo —le dijo.

—Solo estás celosa porque a ti no te he hecho ninguna —replicó y se encogió de hombros, restándole importancia.

Cassidy soltó una risita detrás de las manos.

Wendy negó con la cabeza. ¡Peter parecía tan satisfecho!

—Cass, no deberías hablar con extraños, y ¡no deberías decirles cómo te llamas! —la regañó. Cassidy acaba de empezar la primaria, ¿todavía no le habían enseñado a no hablar con extraños?

La niña intentó silbar sobre la brizna.

—Lo sé, pero no lo he hecho. ¡Él ya sabía cómo me llamaba! —respondió con una expresión de concentración.

Wendy miró al chico, confundida. Él se apoyó en una mano y se señaló de arriba abajo con la otra.

—Peter Pan, ¿recuerdas? —preguntó y guiñó el ojo de manera conspiratoria—. Es algo así como mi trabajo.

Wendy resopló.

—Eres imposible —dijo entre dientes antes de volver a centrarse en Cassidy—. Bueno, ¿dónde están tus padres, Cass? Deberían estar cuidándote.

—Están trabajando. Se supone que Rebecca me está cuidando —explicó fulminando su casa con la mirada. Como era de esperar, Rebecca estaba sentada en una silla grande en el porche. Parecía estar inmersa en un libro y un par de cascos le cubrían las orejas.

La frustración de Wendy entró en ebullición. ¿Por qué Rebecca no había visto que su hermana estaba hablando con un desconocido?

—A veces, a los adolescentes se les da igual de mal que a los adultos ver la magia —dijo Peter como si pudiera leer sus pensamientos, levantó una ceja y le lanzó una mirada mordaz a Wendy, que ella ignoró intencionadamente.

Wendy fulminó a Rebecca con la mirada y sintió un impulso protector por Cassidy.

—Bueno, esta adolescente necesita hablar de muchas cosas contigo. Vamos príncipe de las flores.

—Solo si prometes continuar llamándome príncipe —replicó y ayudó a Cassidy a poner bien los pulgares.

—Peter.

—También acepto Su Alteza.

—Peter.

Por fin se dio cuenta del tono de Wendy y levantó la mirada. La miró sorprendido y ladeó la cabeza. Se quitó la corona de la cabeza con ambas manos y se la dio a Cassidy.

—Creo que deberías guardar esto —dijo y la niña estiró una mano para cogerla, pero, antes de que pudiera, Peter añadió—: Pero creo que necesita ser un poco más apropiada para una princesa.

Lentamente, los pequeños capullos se cubrieron de un suave brillo dorado. Cassidy contuvo la respiración y a Wendy se le aceleró el corazón.

Todas las flores se abrieron, los tallos se endurecieron y entrelazaron entre sí. Rotando lentamente, la diadema flotó por el aire. La pequeña la observó con los ojos como platos mientras descendía alrededor de su cuello: era demasiado grande para su cabeza.

—Ahora sí —dijo Peter mientras se limpiaba las manos en los vaqueros desgastados, satisfecho con su trabajo.

Polvo de hadas.

Cassidy chilló emocionada y aplaudió.

—¿Eres mago? —preguntó. Literalmente vibraba por la felicidad que sentía.

—A decir verdad… —empezó a responder, pero Wendy lo interrumpió rápidamente.

—¡Sí! Pero no puedes contárselo a nadie. Es un secreto, ¿de acuerdo?

Peter resopló. Wendy lo miró entrecerrando los ojos y el chico suspiró. Se giró hacia la niña, le dirigió una mirada de seriedad exagerada y asintió solemnemente.

—No diré nada. ¡No lo haré! —insistió Cassidy.

Wendy dudaba que, de hecho, pudiera mantener esa promesa, lo que significaba que tenían que salir rápido de allí.

—Vamos, Peter —dijo Wendy mientras le tiraba del brazo. Antes de marcharse, Wendy gritó—: ¡Hola, Rebecca!

La hermana mayor de Cassidy dio un salto y se arrancó los auriculares. Parecía sobresaltada, resultaba obvio que acababa de darse cuenta de su presencia.

Wendy la saludó con la mano con entusiasmo y esbozó la sonrisa más amplia y falsa que pudo. Por fin prestaba atención.

Wendy se marchó pisando fuerte y Peter la siguió. Miró por encima del hombro y se despidió de Cassidy con la mano, gesto que la niña repitió alegremente.

—¡Cassidy, vuelve al porche! —Wendy escuchó como Rebecca llamaba a su hermana.

Cuando estuvieron lo suficientemente lejos, Wendy le hundió el codo en las costillas a Peter.

—¡No puedes jugar con niñas pequeñas en medio de la calle! —dijo entre dientes.

Peter se rio, se frotó las costillas y frunció el ceño.

—¿Por qué? —preguntó sin saber si hablaba en serio.

Wendy gruñó. ¿En serio no lo entendía?

—¡Porque no! —respondió de mala manera mientras se cogía el puente de la nariz. Claramente vivir en Nunca Jamás significaba que no conocía las convenciones sociales del mundo real—. La gente pensará que tramas algo, que quizá quieres hacerle daño —le explicó—. Podrías meterte en muchos problemas; podrías meternos en muchos problemas.

—¿Qué? —Ahora parecía genuinamente confundido—. Pero yo nunca haría eso. —El dolor que le teñía la voz hizo que Wendy se sintiera mal por echarle la bronca.

—Lo sé, pero la gente, otras personas, los adultos, no lo saben. Solo asumirían lo peor —aclaró intentando ser más gentil—. Sobre todo con lo que está pasando. Si un adulto te viera hablando con niños en la calle, probablemente creería que tú eres el secuestrador.

Llegaron a la esquina. Peter se detuvo y se giró hacia ella.

—¿Por qué tengo la sensación de que hay algo que no me estás contando?

—Los detectives piensan que puedes estar involucrado con las desapariciones. —Wendy se mordió el labio inferior.

—¿Qué quieres decir? —Peter dejó caer los brazos y se balanceó.

—He llegado tarde porque la policía me llamó a declarar. —Wendy inhaló profundamente—. El detective James, el de las noticias, ¿te acuerdas de él? Me hizo preguntas sobre Alex, los niños desaparecidos y sobre ti... —añadió con vacilación.

Peter gruñó como un niño al que acababan de pillar en el juego del escondite.

—¿Les has dicho algo? —indagó.

—No, ¡por supuesto que no! ¿Qué les iba a decir? —espetó mientras levantaba las manos—. Tampoco me creerían. Ya llegamos a la conclusión de que no podían ayudarnos.

Si la policía no pudo encontrar a sus hermanos cuando desaparecieron, ¿cómo iban a ayudar ahora? Esto dependía de Peter y de ella.

Wendy miró con preocupación a ambos lados de la calle.

—Sigamos caminando —dijo.

Peter se puso a su lado. Cada vez se sentía segura en menos sitios y lo último que necesitaba era que Jordan, la policía o, peor, sus padres, la escucharan hablando con Peter.

—Piensan que, de alguna manera, estás involucrado con los niños que han desaparecido —siguió.

—Ya lo dijeron en las noticias —señaló Peter.

—No creen que seas sospechoso. —El chico hizo una mueca—. Sino que también te secuestraron —añadió rápidamente—. Como han encontrado pruebas que te conectan con mi desaparición, creen que la persona que se está llevando a los niños es la misma que nos secuestró a mis hermanos y a mí.

Peter solo asintió. Era difícil leer su expresión mientras se miraba los pies, perdido en sus pensamientos.

Wendy suspiró y se frotó la frente.

—Supongo que técnicamente tienen razón —pensó en voz alta—. Tu sombra se llevó a mis hermanos y ahora está secuestrando a más niños.

Una vez más, Peter no dijo nada.

—No les ha hecho daño, ¿verdad? —Wendy entrelazó las manos, nerviosa por escuchar la respuesta.

—No, los necesita vivos. —Sacudió la cabeza, abatido.

A Wendy no le gustó esa respuesta.

—Para que la sombra pueda alimentarse de su energía, tienen que estar despiertos.

—Despiertos y muertos de miedo —acotó. Peter volvió a asentir. Ya le había contado que las sombras se alimentaban de los miedos de las personas. De su terror y tristeza, su sensación de desesperanza. John y Michael llevaban años atrapados. ¿Cómo sería para ellos? ¿Qué tipo de existencia era que el miedo te consumiera?

Wendy sintió un dolor en el pecho. No podía soportar la idea de que estuvieran sufriendo, sobre todo durante tanto tiempo. Peter y ella tenían que rescatarlos.

—¿Sabes dónde están? —preguntó.

—No... Bueno, en el bosque —se corrigió—. Definitivamente en el bosque, pero podría usar la magia para esconderlos.

Cruzaron la calle y empezaron a caminar por la carretera que llevaba al pueblo y rodeaba el bosque. La misma en la que Wendy había encontrado a Peter. Caminaban por el arcén, pero, incluso de día, a Wendy se le erizaron los pelos de la nuca. Cada vez andaba más lento y con más vacilación. Los árboles y las ramas se asomaban por encima de sus cabezas.

Peter se puso entre ella y el bosque, empujando las ramas rebeldes mientras avanzaban. Su presencia la hacía sentir... mejor. Menos asustada, como si por fin hubiese conocido a alguien que comprendiese lo que estaba viviendo. Alguien que la acompañara. Pero también experimentaba una innegable calidez cuando estaba cerca de él.

Wendy apretó el paso para alcanzar a Peter y caminar a su lado a una distancia prudencial como para no tocarlo, pero lo suficientemente cerca como para rozarle la mano si quisiera.

Lo miró de reojo: ya no tenía la nariz tan respingona, la mandíbula formaba una línea recta y las pecas le llegaban hasta las orejas. Llevaba los pantalones que Wendy le había cosido y una camiseta rosa pálido que estaba desteñida por el sol, pero hacía que sus ojos fueran todavía más encantadores.

Wendy se preguntó si el calor que sentía era parte de la magia de Peter o si solo era… él.

Era reconfortante, pero todavía podía sentir la presión del bosque en la mente. Era como el zumbido que le estallaba en los oídos cuando se zambullía en la parte profunda de la piscina cuando entrenaba. Sentía que la observaban, igual que en casa. El recuerdo volvió de manera repentina.

—Olvidé contarte algo que pasó ayer por la noche, antes de que me encontraras en el bosque —dijo lentamente.

—¿Qué pasó? —Peter se giró hacia ella con el ceño fruncido, como si estuviera preparándose para recibir un golpe.

—Fui a buscar la bolsa de natación a mi camioneta. Estaba oscuro y mientras la buscaba, sentí… —Hizo una pausa mientras intentaba poner la experiencia en palabras—. Sentí algo a mi espalda. Me giré y un chico apareció de la nada y empezó a hablarme. —Wendy observó a Peter, esperando su reacción. Se frotó el brazo de manera inconsciente mientras recordaba el cosquilleo que había sentido en la piel.

—¿No acabas de decirle a Cassidy que no hable con extraños? —preguntó Peter, levantando una ceja.

Wendy sintió una oleada de furia. No era momento para bromas.

—Él sabía quién era, Peter —replicó—. Sabía cómo me llamaba, dijo que me había visto en el hospital, hasta me preguntó si quería dar una vuelta con él por el bosque. —Wendy sintió un escalofrío. Ahora Peter parecía preocupado—. Y me dijo que debía tener cuidado porque seguro que no quería volver a desaparecer.

Hizo su mejor esfuerzo para recordar exactamente qué había pasado.

La frente de Peter se llenó de arrugas cuando frunció el ceño.

—¿Tal vez te vio por las noticias? —ofreció—. Es un pueblo pequeño, quizá solo recordaba que habías desaparecido... —Era como si estuviera intentando convencerse a él mismo.

—No. —Wendy negó con la cabeza—. Como has dicho, es un pueblo pequeño. Nunca lo había visto —explicó—. No solo eso, también había algo muy raro en él. Era espeluznante. Parecía... —Hizo una pausa, intentaba pensar una manera de describirlo—. Peligroso. Tampoco pude verle la cara. Estaba oscuro, sí, pero era más que eso. Lo tenía justo delante, pero no le podía ver la cara. Como si no pudiera concentrarme en ninguno de sus rasgos porque no dejaban de... moverse, como si lo viera a través de agua, ¿sabes? Pero oscuro.

Peter negó con la cabeza, sin comprender la descripción.

Wendy tragó, notaba la boca seca.

—Era como si estuviera hecho de sombras.

—¿Sombras? —repitió él. Dejó de caminar, poniéndose en alerta. Wendy asintió y Peter clavó la mirada en el bosque, absorto en sus pensamientos.

—Sí. —Wendy se balanceó. No le gustaba la expresión

de Peter. Quería seguir caminando, le daba miedo la respuesta a la pregunta que necesitaba hacer.

—Peter, tu sombra no puede… —¿Cómo podía ponerlo en palabras?—. No puede… tomar forma humana, ¿no?

—Nunca había pasado. —Negó con la cabeza. Parecía aturdido—. Nunca se había convertido en algo sólido.

—¿Por qué está pasando esto, Peter? —Se sentía desesperanzada.

El chico parecía que estuviera conteniéndose de decir algo mientras se mordía el labio inferior. Pero solo suspiró y se encogió de hombros.

—No tengo ni idea.

Eso no era lo que Wendy quería oír.

—Cuando escuché la voz de Alex, él… La sombra… desapareció, ¿o quizá seguía ahí? No lo recuerdo. Solo salí corriendo hacia el bosque —siguió—. Y luego… otra cosa pasó después de que te marcharas y me fuese a la cama…

—¿Otra cosa? —Peter gruñó y preguntó afligido.

—Creo… Creo que apareció en mi sueño —empezó a explicar, aprensiva. Peter la miró con intensidad mientras esperaba que continuara, así que siguió—: Cuando me quedé dormida, soñé que estaba en el bosque. Había nieve, así que debía ser invierno y estaba empezando a oscurecer. Estaba de pie delante de un árbol gigante…

—¿Un árbol? —la interrumpió abruptamente. Los hombros se le tensaron mientras fijaba sus ojos azules en ella.

Wendy asintió. Por algún motivo, la reacción del chico la inquietó.

—Sí, no se parecía a los demás árboles del bosque —explicó. Casi podía sentir el aroma de las hojas muertas—. Era gigante y las ramas se doblaban en ángulos extraños. Estaban completamente desnudas y casi parecía que estaba muerto. Tenía una gran maraña de raíces.

Peter estaba tan quieto que Wendy se preguntó si respiraba.

—Y podía oír algo que provenía del árbol. Como las voces que oí anoche en el bosque, ¿tú las oíste?

Peter solo respondió asintiendo con la cabeza.

—Antes de que pudiera acercarme al árbol, apareció la sombra, pero esta vez pude verla.

—¿Que aspecto tenía? —indagó, pero su voz estaba entrelazada con preocupación, como si ya supiera la respuesta.

—Era…, bueno, como tú —dijo y se movió donde estaba, incómoda—. Pero no eras tú. Tenía el pelo oscuro, la piel pálida y mirarla a los ojos era como entrar en una habitación que está completamente a oscuras —Wendy intentó explicar. Buscaba en el cielo despejado las palabras correctas—. Era una versión distorsionada de ti que solo podría aparecer en una pesadilla, pero no creo que lo fuera.

—¿Qué quieres decir? —preguntó Peter cautelosamente.

—Que no creo que fuera un sueño. —Tragó saliva y se humedeció los labios—. Creo que fue un recuerdo de cuando estuve en el boque.

El rostro de Peter empalideció.

—Y cuando desperté, había dibujado el árbol por todas partes mientras dormía… en las sábanas, piernas, manos… —Wendy gesticuló hacia ella misma y extendió las manos para que pudiera verlo. Estaban menos rojas, pero seguían secas e irritadas por la fuerza con la que se las había frotado.

Peter se acercó y miró las marcas, asombrado.

—Llevo semanas dibujando el mismo árbol —murmuró Wendy incapaz de encontrar la voz con Peter tan cerca—. Pero no a propósito. —El chico la miró, confundido—. Es como si no me diera cuenta de lo que estoy haciendo. Si me distraigo un segundo mientras hago la lista de la compra, cuando vuelvo a darme cuenta, hay dibujos por todos lados.

Peter cogió a Wendy por el brazo con cuidado y pasó los dedos con suavidad por encima de las marcas rojas. Había un pliegue profundo entre sus cejas. La cercanía repentina hizo que la calidez se expandiera por el pecho de Wendy.

—Creo que una parte de mí recuerda qué pasó y está intentando guiarme en la dirección correcta. Creo que por eso sigo dibujando al árbol… —Hizo una pausa y juntó valor antes de añadir—: Y a ti.

Los ojos de Peter saltaron a los de ella, seguían preocupados, aunque con una pizca de curiosidad.

—¿A mí?

Wendy solo pudo asentir. Las mejillas se le habían teñido de rojo.

Era demasiado consciente de que no habían estado tan cerca desde que lo encontró en la carretera. Las manchas de sus ojos azules brillaban bajo la luz del sol.

No podía pensar claramente si lo tenía tan cerca. Se aclaró la garganta, retrocedió un paso y alejó el brazo de él.

Peter no se inmutó y dejó caer las manos. Seguía inmerso en su propia cabeza.

Wendy conocía ese sentimiento. Empezó a caminar otra vez y Peter la imitó.

—Esto es malo —dijo mientras se metía las manos en los bolsillos—. Nunca había sido tan fuerte. Esto es por todos los niños que ha secuestrado —intentó explicar—. Cada día que pasa me debilito y se hace más fuerte. Tenemos que detenerla, Wendy. Y pronto. Si no lo hacemos, quién sabe qué es capaz de hacer.

Wendy pensó durante unos segundos. Todavía necesitaban respuestas y, en realidad, solo había una manera de obtenerlas, ¿no? Negó con la cabeza y se frotó la clavícula.

—No me creo lo que estoy a punto de decir —murmuró para ella misma—, pero deberíamos entrar al bosque y encontrar ese árbol.

—¿Qué? —Peter se sorprendió.

—Si lo que vi fue un recuerdo, entonces obviamente ese árbol es importante —respondió—. ¿Y todos esos dibujos? Tienen que ser algún tipo de pista. Quiero decir, también vi tu sombra en ese lugar... ¿Quizá es allí donde los esconde? ¿Quizá es allí donde están los niños que han desaparecido y mis hermanos? —Se odiaba por siquiera sugerirlo, pero si eso significaba que iba a recuperar a sus hermanos, entonces no tenía otra opción.

—Quizá solo sea un árbol imaginario —insistió Peter—. Puede que no signifique nada en absoluto. ¿Y si mi sombra nos ha tendido una trampa? —gesticuló hacia el bosque.

—No puedo asegurar que no sea una trampa —confesó—. Pero tenemos que intentarlo.

Peter echó un vistazo sobre su hombro hacia los árboles.

—No lo sé, Wendy —dijo inquieto.

—¿Qué otra opción tenemos? —Peter no parecía tener una respuesta—. Debemos intentarlo. ¿Qué te parece si lo hacemos hoy? Todavía hay suficiente luz como para empezar a buscar.

El chico seguía poco convencido.

—Mira, fuiste tú quien dijo que necesitabas mi ayuda para detener a tu sombra, ¿lo recuerdas? —señaló—. ¿Y desde cuándo Peter Pan tiene miedo al peligro?

—No le tengo miedo a nada. —La miró con el ceño fruncido y Wendy no pudo evitar sonreír.

Se detuvieron en la esquina de la calle. Habían llegado a una pequeña zona comercial que quedaba entre la casa de Wendy y el centro. Había un pequeño supermercado, una gasolinera y algunas tiendas. Un par mujeres paseaban con cochecitos, pero la mayoría de las personas que merodeaban por allí eran adolescentes disfrutando sus vacaciones de verano.

—¿Deberíamos volver y empezar a buscar? —preguntó Wendy mientras se giraba hacia Peter—. Creo que tendremos que adentrarnos bastante por lo viejo que parecía ese árbol…

Ni siquiera la escuchaba; estiraba el cuello y observaba las calles.

—¿Deberíamos buscar pistas en algún lugar? —No tenía ni idea de cómo empezar a resolver el misterio. Le parecía que había aterrizado en medio de un episodio de *Scooby-Doo*. ¿Cómo buscas pistas que lleven a una sombra supernatural?—. Todo esto es nuevo para mí.

Y el chico no ayudaba para nada.

—Peter, concéntrate —espetó mientras le hundía un dedo en el brazo.

—Mmm… Sí, ya sé qué deberíamos hacer —dijo Peter y asintió con firmeza, buscando algo en la distancia.

—¿Qué? —Wendy preguntó. Cada vez estaba más molesta.

—Comernos un helado —respondió esbozando una gran sonrisa.

—¿Qué? —lo miró fijamente, no podía estar hablando en serio.

Peter señaló un lugar en la calle de enfrente y Wendy se giró para ver el Frite & Scoop que le había llamado la atención. En el escaparate principal se exhibía la imagen de un cono de helado y patatas fritas envueltas en papel.

—Peter, no —objetó Wendy. ¿Cómo podía pensar en comer helado en un momento como ese? A pesar de que sonara bien, sobre todo con el sol del verano quemándole los hombros.

—Wendy, sí —replicó asintiendo con energía.

Apoyó las manos de manera testaruda en las caderas.

—¡No podemos ir a tomar un helado, sentarnos en el parque y hacer coronas de flores todo el día! —estalló.

—¡Sí podemos! —La cogió de la mano y empezó a caminar hacia atrás, tirando de ella. Tenía una sonrisa pícara y gigante en la cara—. ¡Solo serán unos minutos! —quiso convencerla. Wendy dejó que tirara de ella a regañadientes.

—¡No! —susurró severamente mientras miraba a las personas que seguían con su día y sus tareas normales—. Tenemos que descifrar cómo evitar que tu sombra secuestre niños. —Le tiró de la mano.

—Será solo un momento —la desestimó Peter y rápidamente se colocó detrás de ella y apoyó las manos en los hombros de la chica para guiarla hacia la puerta—. Lo prometo —le dijo al oído. Su respiración le causó un cosquilleo en el cuello; podía escuchar la sonrisa en su voz.

—Eres un fastidio, Peter Pan —dijo.

El chico empujó la puerta de la cafetería y la guio hacia el interior. Era peor que un dolor de muelas, pero, de todos modos, Wendy tuvo que apretar los labios para reprimir una sonrisa.

La tienda era bastante pequeña, pero pintoresca. Las paredes estaban recubiertas de paneles de madera cálida. Había una barra con taburetes color turquesa contra la ventana con vistas al muelle y los ríos. Los sabores del día estaban escritos en una pizarra detrás del mostrador. Una nevera exhibía una gran variedad de botellas de refrescos antiguos. Junto con los premios que había recibido la heladería, había un montón de cuadros de artistas locales. La terraza estaba justo al lado del muelle y tenía algunas mesas de picnic desgastadas y recipientes plateados con agua para los perros. El aire olía a nata y patatas grasientas.

Cuando entraron, la frescura del aire acondicionado los envolvió. Peter cerró los ojos y se deleitó con la brisa helada, esbozando una pequeña sonrisa.

Wendy no pudo evitar soltar un suspiro de placer. Inclinó la cabeza hacia abajo y dejó que el aire frío le llegara al cuello. Tenía la espalda bañada en sudor. Ni siquiera quería averiguar cuán grandes eran las manchas de sudor que tenía en las axilas.

Cuando levantó la vista, vio que Peter la miraba de reojo con una ceja arqueada.

—¿Estás segura de que no quieres quedarte un rato? —Lo dijo con demasiada arrogancia para el gusto de Wendy.

—Odio cuando haces eso. —Frunció el ceño.

—¿Cuando hago qué? —preguntó fingiendo inocencia.

—Sabes exactamente a qué me refiero. —El estómago de Wendy gruñó con fuerza. No había comido nada desde la cena—. De acuerdo —dijo—. Pero solo porque necesito comer algo.

Peter caminó hacia el mostrador y estudió los grandes recipientes con helado. Prácticamente estampó la nariz contra el vidrio mientras tamborileaba con los dedos.

—¿Qué sabor de helado te gusta? —preguntó. Su respiración dejó marcas en el vidrio, no podía despegar los ojos de los colores brillantes.

—No soy muy fanática del helado —respondió Wendy. Dio un paso hacia delante para quedar hombro con hombro.

Peter retrocedió, parecía que lo hubiera insultado.

—¿A qué clase de persona no le gusta el helado? —preguntó incrédulo.

—¡No a todo el mundo le gusta el helado!

—De acuerdo. —Le lanzó una intensa mirada de desaprobación—. Cuando sí comes helado, ¿qué sabor pides?

—Vainilla.

—¿Vainilla?

—¡¿Qué?!

—¡La vainilla es el sabor más aburrido! —afirmó mientras gesticulaba con los brazos. Después golpeó su hombro con el suyo—. Dios, suenas como una señora mayor.

—¡La vainilla es un clásico! —replicó Wendy, que respondió al movimiento de Peter con un codazo.

Él inclinó la cabeza hacia atrás y emitió un sonido de repulsión. Los clientes sentados en la barra se giraron para mirarlos. Wendy se puso roja y empujó al chico.

—¡Shhh! —siseó.

Inmutable, Peter negó con la cabeza.

—Necesitas probar cosas nuevas... Expandir horizontes.

—La vainilla no tiene nada de malo —masculló seria.

—Lo que tú digas, Wendy.

La chica resopló e hizo su mejor esfuerzo para ignorar el estúpido rostro de Peter y esa condenada sonrisa.

—Entonces, ¿cuál es tu sabor de helado preferido? —preguntó poniendo los ojos en blanco.

—Chicle.

—¿Tienes ocho años? —se burló.

—A veces. —Peter se encogió de hombros mientras sus ojos vagaban hacia el menú escrito a mano.

Wendy entrecerró los ojos, no estaba segura de si estaba bromeando o no.

—Guau —dijo Peter de repente mientras señalaba algo detrás del mostrador—. Quiero eso.

Era una imagen que mostraba tres bolas de helado de chocolate con salsa de caramelo, nata y una cereza. Debajo ponía: ¡PRUEBA NUESTRO NUEVO TRIPLE HELADO DE MOCA! ¡HECHO CON VERDADEROS GRANOS DE CAFÉ STUMPTOWN!

—Lo último que necesitas es azúcar y cafeína —resopló.

—Es lo que voy a pedir. —Peter se giró hacia la cajera—. Quisiera uno de esos, por favor.

Wendy reconoció a la chica del instituto, pero no se acordaba de su nombre. Llevaba el pelo castaño recogido en un moño bajo y le caían algunos mechones sobre la cara. El *eyeliner* marcado le acentuaba el color marrón de los ojos. Un diamante de imitación púrpura le brillaba en la nariz.

Wendy se pasó las manos por el pelo corto y simple, de repente se sintió muy corriente.

Como un helado de vainilla.

—Claro —respondió la chica, que se inclinó sobre el mostrador y le sonrió a Peter—. ¿Cuántas bolas?

—¡TRES! —replicó con entusiasmo.

—Dos —interrumpió Wendy. Cuando Peter hizo una mueca, tuvo que añadir—: Pago yo, ¿recuerdas? —Volvió a centrarse en la chica—. Y yo quiero unas patatas fritas y un vaso de agua con hielo. —Wendy volvió a mirar los helados—. Y una bola de London Fog —añadió.

Peter esbozó una sonrisita cómplice y triunfante. Ella puso los ojos en blanco.

—Me gusta el Earl Grey.

La sonrisa de la cajera hacia Wendy era notablemente menos cálida. Wendy deslizó su tarjeta de débito sobre el mostrador. Cuando bajó la mirada, vio a Benjamin Lane, Ashley

Ford y Alex Forestay sonriéndole. Habían pegado pósteres con sus caras y la frase ¿ME HAS VISTO? encima de cada uno.

La culpa le retorció el estómago vacío.

Cuando tuvieron los helados, se sentaron en una de las mesas de la terraza, donde podían sentir la brisa fresca del río Columbia. En la distancia, los leones marinos canturreaban en los muelles. Wendy se bebió el agua helada a grandes tragos. El frío era refrescante.

Tan pronto como se sentó, Peter pasó un dedo por la nata y se lo llevó a la boca.

—Mmmm… —murmuró mientras ponía los ojos en blanco y revoloteaba los párpados con euforia. Se lo tendió a Wendy y empezó a levantar y bajar las cejas.

—¿Quieres probarlo?

—¿Cuándo fue la última vez que te lavaste las manos? —preguntó ella, mirándolo con desconfianza.

—No quieres saberlo —respondió, sonriendo con el tallo de la cereza entre los dientes.

Wendy negó con la cabeza, pero le encantaba la nata. Apoyándose en el codo, hundió la punta del dedo y lo lamió. Era nata montada casera, espesa y con mucho sabor. No era de la que viene en bote y sabe a aceite.

Peter hundió la cuchara de plástico en su helado. Empezó a tararear para sí mismo y Wendy se preguntó si siempre hacía eso cuando comía.

Ella decidió empezar por las patatas. Estaban recién hechas y calientes. Cogió una patata con el dorado ideal y tuvo que soplar para enfriarla antes de darle un bocado. Estaba crujiente por fuera y suave y esponjosa por dentro. Tenía la cantidad perfecta de sal. Eran las mejores patatas del pueblo con diferencia. Se enfrió la lengua con el helado. El London Fog tenía una dulzura fresca, con un toque de bergamota y vainilla que eran la mezcla perfecta.

—¿Cómo está? —le preguntó a Peter mientras mordía otra patata.

Él presionó los labios, pero su sonrisa seguía siendo lo bastante grande como para arrugarle la comisura de los ojos.

—Muy rico —respondió con la boca llena de helado de chocolate y granos de café.

Wendy se rio con fuerza y negó con la cabeza.

—Qué asco. —Era evidente que Peter no tenía buenos modales en la mesa. Wendy volvió a llenar la cuchara de helado.

—¿Venías aquí con John y Michael?

La pregunta desgarró a Wendy e hizo que le temblara la mano en el aire y el helado goteara.

Nadie le hacía preguntas sobre sus hermanos, sobre todo en público y sobre algo tan… normal. Los nombres de John y Michael siempre se pronunciaban entre susurros. En general, la gente pensaba que Wendy no los oía. O, como los últimos días, se relacionaban con algo terrible.

Pero Peter lo preguntó como si nada. Esperó pacientemente la respuesta, resiguiendo con la lengua el chocolate que se le derretía por la mano.

Wendy se aclaró la garganta para quitarse el nudo y volvió a hundir la cuchara en el helado.

—Sí, de hecho… Solíamos pasear por la orilla del río durante el verano. —Señaló el camino que se extendía paralelo al río y los muelles—. Siempre comprábamos patatas y helado. —Wendy jugó con la pajita de su agua con hielo—. ¿Sabes qué? El de chicle era el favorito de Michael.

—Michael tiene un gusto excelente. —Peter dejó de limpiar el final de la tarrina. Su suave sonrisa animó a Wendy a seguir hablando. Él era la única persona que no la miraba con lástima, como si fuera un perro herido, cada vez que hablaban de sus hermanos.

Wendy sonrió y negó con la cabeza.

—Cuando veníamos, quitaba los chicles del helado y los guardaba en un pequeño vaso de plástico —explicó—. Cuando acababa de comer, se los metía todos en la boca. —Wendy arrugó la nariz—. Era asqueroso. —Se permitió soltar una pequeña risa—. Cuando se le pasaba el efecto del azúcar, acababa tan cansado que papá tenía que llevarlo en brazos al coche.

Recordó el pequeño cuerpo de Michael descansando en los fuertes brazos de su padre, rizos castaños que se mecían con cada paso, completamente dormido. John y ella caminaban detrás, de la mano de su madre, y bailaban con las sombras del atardecer mientras el sol se ponía tras las colinas.

—Típico de él. —Peter se rio—. Michael siempre succionaba el néctar de las madreselvas en Nunca Jamás. Los colibríes se enfadaban mucho.

Wendy dejó la cuchara y prestó atención, ansiosa por oír historias de cuando estuvo en la isla mágica con John y Michael.

—Juntaste todas las flores y las ataste al cabecero de tu cama —explicó—. Dijiste que te gustaba cómo brillaba la luz a través de los pétalos rosados. ¿Lo recuerdas?

—No. —Negó con la cabeza—. En realidad, no. A veces veo ráfagas cuando duermo, pequeños fragmentos. Te recuerdo a ti, aunque eras mucho más joven.

Peter emitió un sonido de comprensión. Era obvio que no podían sacarse de la cabeza el hecho de que estuviera envejeciendo.

—La jungla —continuó—. ¿Y una playa?

—A John le gustaban las playas —añadió Peter—. Tuvimos que vencer a unos lobos marinos en el juego de la cuerda para poder disfrutar de las mejores playas —dijo como si fuera un hecho completamente normal y cotidiano.

—Todavía me cuesta asimilar todo esto —confesó ella mientras fruncía el ceño y bajaba la voz para que nadie pudiera oírla—. Sigue sonando como una historia para niños. Un cuento. —Y era justamente eso. Las historias que su madre le había contado a ella, y ella a sus hermanos y a los niños del hospital—. Como si fuera un invento.

—De eso se trata, ¿no? —dijo Peter—. Puedes hacer todo aquello que te imagines. —Sonaba nostálgico mientras miraba fijamente el río con el fantasma de una sonrisa en los labios.

Wendy se preguntó si echaba de menos su hogar.

—Desearía poder recordarlo —dijo jugando con el papel de su cono de patatas—. Quizá cuando recuperemos tu sombra y salvemos a John, Michael y los otros niños, también recuperaré mis recuerdos.

—Es probable. —A Peter le flaqueó la sonrisa y se encogió de hombros mientras jugaba con el tallo de su cereza.

Wendy bajó la mirada hacia sus manos, secas y agrietadas. Pensar en los niños que la sombra se había llevado hacía que se le retorciera el estómago. No podía soportar la idea de que estuvieran asustados y perdidos. Con suerte, se tenían entre sí, alguien en quien confiar en una situación que parecía desesperanzadora y aterrorizante.

Wendy no se había dado por vencida, y no lo haría. Estaba determinada a traer a sus hermanos a casa.

Cuando los rescataran, ¿tendrían el mismo aspecto que cuando desaparecieron? ¿O habrían crecido? La idea de que John tuviera dieciséis años y Michael, trece era desgarradora. ¿Los reconocería? ¿Y ellos a ella?

Wendy se tocó las líneas rojas de la mano e hizo un gesto de dolor. Los hombros de Peter se desplomaron y el pelo le cayó en la cara. Entrecerró los ojos con una pequeña mueca.

—¿Duele? —preguntó.

—Un poco. —Se encogió de hombros—. Sobre todo molesta. —Wendy se sentó erguida. La sequedad y las grietas eran un recordatorio constante de que no podía evitar lavárselas a cada rato. La gente las veía y a veces los niños le preguntaban cómo se había hecho daño. Era vergonzoso y sentía que la señalaban por ser rara, pero cada vez que le daba la impresión de que tenía las manos sucias, sentía un cosquilleo en la piel.

Se mordía las uñas hasta el dedo, pero no podía impedir que se le metiese suciedad debajo. La crema para manos de Burt's Bees que tenía en la mochila no ayudaba mucho con la piel irritada.

Exhaló profundamente y estiró los dedos sobre la mesa.

—Tampoco tiene importancia.

—Toma. —Peter se estiró hacia delante, cogió el vaso de plástico con agua y la sujetó por el brazo. Con gentileza, presionó el vaso frío contra las grietas de los nudillos de la chica. Gotas de condensación le cayeron por la muñeca y le causaron escalofríos.

—¿Ayuda? —preguntó y la miró con esos enormes ojos azules. El aliento le olía a chocolate.

—De hecho, sí…

Peter apoyó un codo sobre la mesa y puso el mentón sobre la palma. Su sonrisa se asomaba por encima del puño y Wendy no pudo evitar devolverle el gesto.

Hacía mucho que no sonreía y se reía tanto. Le empezaban a doler las mejillas.

—¿Wendy?

Oyó la voz a sus espaldas. Wendy miró por encima del hombro y encontró a Jordan de pie en la entrada de la terraza con Tyler, su novio, al lado. Su amiga llevaba una camiseta granate y pantalones cortos color caqui. Encima llevaba su delantal negro con la silueta de una chica bebiendo una taza de café rodeada de las palabras COFFEE GIRL. Llevaba el pelo recogido en un moño. Jordan estaba boquiabierta y sus ojos sorprendidos saltaban entre Peter y Wendy.

Tyler tenía el móvil en una mano y, en la otra, la correa de su husky, Bucky, que respiraba de forma entrecortada a causa de la emoción. Bucky estaba ciego de un ojo y la piel que le rodeaba el hocico era gris pálido.

—Jordan, Tyler, ¡hola!

El novio de su amiga asintió con la cabeza, casi sin mirarla, mientras que los ojos de Jordan se detuvieron fijos en su brazo extendido en la mano de Peter.

Wendy lo apartó y se puso de pie. Se pasó los dedos por el pelo y una sonrisa incómoda se le atascó en la garganta.

—¿Qué hacéis aquí? —preguntó.

—Voy de camino al trabajo —dijo con una sonrisa extraña y se señaló el delantal.

—Claro… ¡Por supuesto! —Qué pregunta más tonta, Wendy.

—Hemos picado algo en la cervecería antes de mi turno. Tyler y Bucky me están acompañando al muelle. —Los ojos de Jordan regresaron a Peter.

De repente, el chico dio un paso adelante. Wendy casi lo sujetó, anticipando que podría hacer o decir algo incriminador.

—¿Puedo acariciar a tu perro? —Peter le preguntó a Tyler, lleno de esperanza.

—¿Mmm…? —Tyler despegó los ojos de su móvil para echarle un vistazo rápido—. Claro, amigo.

Peter se puso de cuclillas, hundió los dedos en el collar dorado de Bucky y esbozó una gran sonrisa. Bucky, a su vez, se sentó y agitó la cola mientras sacaba la lengua.

Tan pronto como Peter se inclinó, Jordan empezó a señalarlo y a gesticular de manera exagerada «¡¿Quién es?!».

—Ah, eh, él es Barry —dijo Wendy—. Es de otro pueblo, ha venido a visitar a su familia durante el verano. —La mentira era sencilla siempre y cuando Jordan no hiciera muchas preguntas. Odiaba mentirle, pero Wendy no podía decirle la verdad, sobre todo delante de Tyler—. Le he estado enseñando el pueblo. Siendo buena vecina y todo eso.

Wendy esperaba que Peter no dijera nada raro, pero parecía que no hacía falta que se preocupara. El chico estaba sentado con las piernas cruzadas en el suelo, distraído y riéndose mientras Bucky le lamía la cara.

—Ajá. —Jordan le lanzó a Wendy una mirada desconfiada—. Buena vecina…

La sonrisita que puso su mejor amiga le reveló exactamente lo que estaba pensando. Pero, solo para asegurarse, Jordan dijo sin emitir ni un sonido: «Es muy guapo».

—Jordan —siseó Wendy mientras el calor le inundaba las mejillas. Se sentía tonta y avergonzada por el interés poco sutil de su amiga. La sonrisita de Jordan solo se intensificó, pero se guardó sus pensamientos para sí misma. Sin embargo, cuando volvió a hablar, su tono cambió.

—Mi padre me ha dicho que esta mañana te ha visto en el centro —dijo y desvió su atención de Peter para mirar a

Wendy. Una arruga delicada apareció entre sus cejas perfectamente delineadas.

Wendy sabía, sin que Jordan lo dijera de manera directa, que eso significaba que el señor Arroyo la había visto entrando o saliendo de la comisaría.

—Fui a tu casa antes del trabajo, pero no había nadie. También he intentado mandarte un mensaje, como un millón de veces —añadió y su sonrisa comenzó a desvanecerse.

—Ah, sí, lo siento —balbuceó Wendy. Jordan siempre era la primera persona a la que recurría, sobre todo después de algo tan importante como declarar en comisaría. No la culpaba por tener sus sospechas o preocuparse, o lo que fuera que sintiera en este momento—. Quería responderte, pero he estado un poco… distraída.

No era típico de Wendy y le debía algo más que eso.

—Me he dado cuenta. —Arqueó una ceja y más calor inundó el rostro de Wendy. Por suerte para ella, Jordan le echó un vistazo a su reloj—. Ugh, tengo que ir a trabajar —gruñó.

—Sí, nosotros también nos íbamos —dijo Wendy, aceptando la salida.

—Tú. —Jordan la miró muy seria. Dio un paso hacia delante y bajó la voz—. ¿Me llamas más tarde o pasas a verme? Termino a las cinco.

Sus ojos estudiaban los de Wendy, pero no sabía qué buscaban. También sabía que Peter la observaba.

—Sí, claro —Asintió y respondió con voz suave. Sabía que Jordan estaba preocupada por ella. Había estado tan distraída con Peter y con todo a lo que se enfrentaban que se había olvidado de la persona que siempre estaba ahí para ella.

—Bien. —Jordan asintió de manera brusca y tiró de Tyler para llamar su atención—. ¡Encantada de conocerte, Barry!

Peter siguió rascando a Bucky detrás de las orejas mientras le murmuraba cosas.

Wendy lo tocó con el dedo del pie.

—Barry.

—Ah, sí —dijo y miró a Jordan con una sonrisa—. El placer es mío.

Bucky saltó del regazo de Peter y caminó detrás de Jordan y Tyler. Peter se levantó y soltó un suspiro nostálgico.

—Adiós, Bucky.

Jordan agitó la mano por encima del hombro.

—¡Nos vemos en un rato, Wendy Lou Who! —cantó antes de desaparecer por la esquina. Wendy puso los ojos en blanco. Era un apodo terrible que Jordan había elegido por la película navideña que menos le gustaba a Wendy.

Peter la miraba con una sonrisa en los labios.

—¿Qué? —preguntó.

—¡Nos vemos, Wendy Lou Who! —repitió lo que Jordan había dicho, salvo que era la voz de su amiga.

Exactamente su voz. Al escucharla salir de la boca de Peter, Wendy se asustó tanto que dio un salto.

—¿Cómo lo has hecho? —demandó.

—¿Qué? —Peter la miró como si fuera una pregunta extraña—. Te dije que se me da genial imitar cosas. Como los grillos, ¿recuerdas?

—Bueno, sí, ¡pero no sabía que también podías imitar personas! —Frunció el ceño—. ¡Ha sonado exactamente igual! Es un poco espeluznante.

—¿Quieres que te imite a ti? —Sus labios formaron una sonrisa.

—Dios mío, no.

Lo que quedaba del helado de Wendy se había derretido,

así que lo tiró junto con el resto de la basura. Irguió los hombros e invocó su valentía. Tiró del dobladillo de la camiseta de Peter.

—Vamos —dijo y cruzaron la calle hacia la carretera que bordeaba el bosque y llevaba a su casa—. Tenemos que encontrar a una sombra.

Capítulo 14

En el bosque

Peter y Wendy estaban de pie, uno al lado del otro, delante de la pequeña valla blanca que separaba el jardín de la casa de los Darling del bosque. Una brisa se escabulló entre los árboles y acarició con delicadeza las mejillas, el pelo y las muñecas de Wendy. Inhaló y exhaló tres veces. Le ardían los ojos mientras miraban fijamente y sin pestañear hacia las profundidades del bosque. Peter la observaba de reojo. Wendy podía sentir el recelo del chico, pero levantó el mentón y exhaló una última vez a través de los labios fruncidos.

Tenían que hacerlo. Ella tenía que hacerlo. John y Michael dependían de ella y no volvería a fallarles.

Miró la hora en el móvil. La pantalla estaba llena de mensajes de texto sin leer y llamadas perdidas de Jordan. Le supo mal, pero cerró las notificaciones y se aclaró la garganta.

—Son las tres de la tarde —le dijo a Peter, mirándolo por fin—. Solo tenemos que asegurarnos de volver antes de que mis padres lleguen a casa o mi padre me matará. No tenemos mucho tiempo, pero es suficiente para empezar.

—¿Estás segura de que quieres ir a buscar ese árbol?

—preguntó él. No dejaba de masajearse la palma izquierda con el pulgar derecho y de cambiar el peso de pierna, como si no pudiera quedarse quieto—. Por lo que sabemos, podría ser como buscar una aguja en un pajar… O una trampa.

Pero hasta Wendy veía, por la tensión en la mandíbula del chico, que él sabía que no podría hacerla cambiar de opinión.

—Sí, estoy segura —respondió. Deseó que se mostrara menos reticente porque la ponía todavía más nerviosa—. Significa algo, lo sé —afirmó.

Aunque la presión que sentía en el pecho y las palpitaciones de su corazón —algo primitivo e instintivo— le decían que debía tener miedo, Wendy lo superaría para encontrar a sus hermanos y a los otros niños desaparecidos; detendría a la sombra.

—Además, es la única pista que tenemos.

Peter la miró como si estuviera intentando decidir si quería seguir discutiendo. Wendy se cruzó de brazos y lo observó con una expresión seria. Peter gruñó, inclinó la cabeza hacia atrás y cerró los ojos.

—Ugh, de acuerdo —masculló antes de enderezarse. Saltó por encima de la pequeña valla y Wendy lo siguió—. Ya empiezo a orientarme por el bosque —dijo mientras se abrían camino entre los árboles—. Por lo menos entre mi cabaña y tu casa. —Señaló el este—. Podemos ir hasta donde le perdiste la pista a Alex y donde te encontré cuando la sombra te atacó —ofreció—. ¿Te parece un buen lugar para empezar?

—Es el único plan que tenemos —concedió y trotó unos pasos para acortar la distancia entre ellos.

El bosque parecía diferente durante el día, pero no menos perturbador. En vez de distinguir solo las cosas más cercanas, ahora podía ver la vasta expansión de árboles, que se extendía hasta donde le llegaba la vista. La hacía sentir pequeña y en desventaja.

Los árboles formaban una secuencia errática de distintas formas, tamaños y colores. Algunos eran gruesos, con cortezas color caoba y parches de musgo verde. Otros eran altos y delgados, con hojas redondas y pálidas que crujían con la brisa. Un mar de hiedra se desparramaba por el bosque, se agrupaba alrededor de las bases de los árboles y trepaba hasta las copas. Árboles caídos se inclinaban unos sobre los otros. Hojas moteadas por la luz ofrecían algo de sombra sobre la tierra caliente. Luces bailaban entre los helechos y los zarzales. Las piñas cubrían el suelo del bosque como baratijas perdidas.

Wendy caminaba tan cerca de Peter como podía, pero, como no dejaba de lanzar miradas furtivas por encima del hombro, le pisaba los talones todo el tiempo y chocaba contra su espalda.

—¡Ay!

—¡Lo siento! —dijo Wendy mientras recuperaba el equilibrio.

—¿Estarías más cómoda en mi espalda? —preguntó Peter, saltando a la pata coja mientras se recolocaba el zapato—. Quizá si te llevo a caballito nos ahorraríamos algunos problemas. —Le sonrió, pero Wendy no le devolvió el gesto.

—Solo estoy un poco asustada, ¿de acuerdo? —replicó frotándose las palmas sudadas contra los muslos.

—¿Un poco? —repitió arqueando una ceja.

—El bosque y yo no estamos pasando por nuestro mejor momento. —Cerró los ojos con fuerza e inhaló profundamente. Tenía todos los músculos en tensión y empezaba a temblar.

La sonrisita de Peter se desvaneció y sus labios esbozaron una sonrisa de culpa.

—Al menos camina a mi lado. —Ya no bromeaba. Dio un paso al lado mientras Wendy lo alcanzaba y cerró la distancia entre ellos. Sus brazos estaban lo suficientemente cerca como para que Wendy pudiera sentir la calidez que irradiaba de su piel. El roce de su hombro con el de ella era un ritmo tranquilizador mientras caminaban.

Avanzaron en silencio. Wendy envidiaba la manera en que Peter evitaba tropezarse con las raíces o arañarse con las ramas bajas; movía los pies con destreza y gracia. Mientras tanto, ella no paraba de tropezarse con el suelo irregular, las rocas y las raíces. Aunque debía reconocer que Peter se detenía y la esperaba cada vez que ella se tambaleaba.

Cuando llegaron al claro, Peter se detuvo. Los árboles que se erguían a su alrededor formaban un círculo casi perfecto. Inclinó la cabeza hacia atrás mientras giraba, con los ojos entrecerrados por culpa del sol.

—Aquí es donde te encontré anoche —dijo mientras asentía para sí mismo.

—Reconozco este claro… —coincidió ella mientras seguía la mirada de Peter—. O algo así. El bosque me resulta indescifrable… pero definitivamente recuerdo este claro y que estaba rodeado de árboles y sombras. —Miró el suelo. Se preguntó si todavía estarían las cenizas que aparecieron cuando el polvo de hadas destruyó las sombras, pero solo vio capas esponjosas de agujas de pino y ramas.

Sintió un escalofrío. En la distancia, los árboles crujían.

—Mi cabaña queda en esa dirección. —Señaló a lo lejos—. Hay un arroyo a pocos metros. Quizá podemos seguirlo para adentrarnos en el bosque —sugirió.

Si contenía la respiración, Wendy podía oír el murmullo del agua.

—De esa manera podremos volver sobre nuestros pasos. —Peter la estaba mirando. En realidad, tenía los ojos clavados en ella, un poquito demasiado cerca. Parecía como si estuviera midiendo cuidadosamente su reacción. Él podía insistir demasiado y distraerse, pero Wendy también empezaba a darse cuenta de que era perceptivo. Y lo peor de la gente perceptiva es que es difícil esconderse de ellos.

—Buena idea. —Asintió con la cabeza y siguió a Peter unos metros más hasta que llegaron al arroyo. Medía pocos centímetros de ancho y el agua resbalaba sobre las rocas y ramas caídas. Empezaron a seguir la corriente, el suelo se inclinaba levemente en el barranco.

—¿Cómo me encontraste? —preguntó Wendy, que todavía pensaba en la noche anterior. La inquietaba, era como una vocecita en un rincón de su cabeza. Había tantas cosas de Peter que no sabía ni comprendía. Su habilidad para encontrarla cuando se perdía en medio del bosque era de lo más desconcertante—. Cuando te llamé, apareciste mágicamente. —Frunció el ceño al escuchar sus propias palabras. ¿Eso era todo?—. ¿Todavía puedes volar?

Peter se rio, pero no era una risa relajada.

—No, no tengo suficiente magia para volar. —Se miró las manos y Wendy lo imitó. ¿Esperaba verlas brillar otra vez? ¿Que apareciera la espada hecha de polvo de hadas?— Tengo que reservarla para luchar con mi sombra —continuó—. Podía escucharte gritar el nombre de Alex como a un kilómetro de distancia. —Se subió un árbol caído cubierto de musgo y siguió avanzando. Esquivaba los nudos y las enredaderas con facilidad. Extendió los brazos para mantener el equilibrio, avanzaba lentamente para que Wendy pudiera seguirle el ritmo mientras se tropezaba con las rocas húmedas—. Así que corrí. Fue bastante fácil porque no parabas de estrellarte por el bosque. —Frunció el ceño y la miró de reojo—. Ha estado extrañamente silencioso durante la noche. No se oyen las lechuzas ni los grillos; ni siquiera los animales escabulléndose entre los árboles. De todos modos, cuando llegué, vi que las sombras estaban intentando cogerte, así que usé lo único que se me ocurrió que podría detenerlas: polvo de hadas. Pero si tenemos que depender de eso para detener a mi sombra, creo que tenemos problemas.

Peter dejó caer las manos mientras saltaba al siguiente árbol podrido.

—Como dije, mi magia está debilitándose. Cuanto más tiempo estoy aquí, más rápido se desvanece. Ayer, estos zapatos me iban grandes —dijo balanceándose sobre un pie mientras levantaba el otro para remarcar la evidencia—. Ahora me aprietan.

Wendy intentó mirarlo con más detenimiento mientras Peter avanzaba por encima del árbol caído. Era casi imposible darse cuenta de cuánto cambiaba día a día.

Ahora, nadie podría confundirlo con un niño de primaria. De hecho, podría pasar por uno de los chicos de último año que nadaban en su equipo: alto, tonificado y bronceado. En realidad, eran buenas noticias. Significaba que era mucho menos probable que algún médico de urgencias o uno de los policías lo reconociera.

Pero la realidad apremiante era que se estaban quedando sin tiempo. Wendy no quería pensar en qué podría suceder si Peter perdía toda su magia. ¿Se convertiría en un anciano? ¿Desaparecería? ¿Se transformaría en polvo? ¿Algo peor?

—Peter, ¿y si era el plan de la sombra? —preguntó.

Saltó del árbol y aterrizó con sencillez al lado de la chica.

—¿A qué te refieres? —preguntó frunciendo el ceño mientras la miraba e inclinaba la cabeza hacia un lado.

—¿Y si usó a Alex para hacerme entrar al bosque porque sabía que vendrías a buscarme y usarías tu magia? —dijo Wendy—. ¿Y si solo está haciendo tiempo hasta que te quedes sin polvo de hadas y pierdas tu magia?

No quería pensar en esa posibilidad. Peter resplandecía con energía, desde su sonrisa rápida hasta su risa relajada. Cada vez que se acercaba, la bañaba con su luz. Incluso ahora podía sentir la calidez en las mejillas. ¿Podría la sombra drenar toda esa energía?

Peter no dijo nada. Sus ojos se enfocaron en la distancia y parpadearon con intensidad y reflexión. Cuando se puso pálido y se desmoronó, Wendy deseó no haber dicho nada.

—Entonces supongo que será mejor que nos demos prisa y la detengamos —afirmó intentando esbozar una sonrisa confiada. No le salió bien.

Mientras continuaban con su caminata, Peter no levantó los ojos del suelo. Wendy quería estirarse, tocarle el brazo y decirle que encontrarían la manera de volver a casa. Pero ¿y si la duda que sentía se le notaba en la voz? Así que no dijo nada.

Ahora los árboles eran más densos. Se erguían más cerca uno del otro, las ramas se extendían y entrelazaban entre sí. Peter se detuvo repentinamente y miró a su alrededor.

—¿Algo te recuerda al lugar de tu sueño? —preguntó antes de exhalar y pasarse una mano por la frente sudorosa—. ¿Recuerdas si oías el sonido del agua?

—No —dijo Wendy. Se frotó la sien e intentó recordar cada detalle, pero cuanto más tiempo pasaba, más fragmentos olvidaba. Estaba molesta consigo misma por no haberlo escrito todo al despertar—. El sol estaba poniéndose y todo estaba cubierto de nieve —le dijo a Peter—. Al principio, no podía oír nada. Luego, cuando me detuve frente el árbol, empecé a escuchar susurros como los que oí mientras perseguía a Alex y a tu sombra… —El calor intenso no la ayudaba a concentrarse. Suspiró, negó con la cabeza y dejó caer la mano—. Pero no escuché el sonido del agua.

Peter caminó lentamente en círculos mientras estudiaba lo que los rodeaba. La luz que se escabullía le hacía brillar el pelo rojizo.

—Si ese árbol era tan viejo como dices y los árboles que lo rodeaban tan densos, entonces tenemos que ir al corazón del bosque —explicó. Se detuvo y se giró hacia Wendy—. Pero necesitamos algo más que un par de horas.

Por más que odiara la idea de adentrarse todavía más en el bosque, Wendy sabía que Peter tenía razón. Se abrazó el estómago.

—Tienes razón. —Una fuerte decepción la inundó. No había manera de burlar el bosque—. Pero hoy no tenemos tiempo. Deberíamos volver.

Peter asintió.

Wendy cerró los ojos e intentó luchar con la sensación de terror inminente que le gateaba bajo la piel.

Sintió el crujido de unas hojas y la leve presión de la mano de Peter sobre el brazo.

—Ey. —Wendy abrió los ojos y encontró los suyos, brillantes y azules, observándola—. Tengo una idea. Vayamos por aquí —le dijo con una sonrisa serena, señalando la pendiente con la cabeza.

Como no tenía ni idea de dónde estaban, mucho menos de cómo volver a casa, Wendy asintió. En vez de avanzar por donde habían venido, Peter la llevó hacia el barranco. Hizo su mejor esfuerzo para no tropezar con las rocas irregulares.

Peter era una criatura completamente diferente. En vez de moverse lentamente y con desgana, tomándose su tiempo mientras se tambaleaba por el terreno, estaba alerta. Saltaba entre las rocas y los troncos, parándose de vez en cuando antes de volver a moverse.

Wendy estaba nerviosa, hacía su mejor esfuerzo para mantener el ritmo, pero cuanto más avanzaban hacia el corazón del bosque, más rápido se movía Peter. A Wendy se le pegaba el pelo en la frente sudorosa y se le atascaba en los labios.

—¿Este camino nos llevará a casa? —preguntó entre bocanadas de aire—. ¿A dónde vamos?

—¡Ya lo verás! —dijo Peter y le sonrió por encima del hombro.

Wendy lo fulminó con la mirada a modo de respuesta. Tenía demasiado calor y estaba demasiado cansada como para discutir.

Gradualmente, vio ligeros cambios en el paisaje. El follaje era más oscuro en esta parte del bosque. La tierra estaba húmeda y Wendy casi cayó de culo al resbalar con unos hongos. Poco a poco, pudo oír un sonido estable, como truenos, que rugía aún más fuerte que su respiración agitada. ¿Eran coches?

—Peter, ¿a dónde estamos yendo? —demandó al fin, fatigada y molesta.

Él estaba a pocos metros, de pie sobre una gran roca. Se enderezó y soltó un silbido.

—¡La he encontrado! —Celebró y la miró radiante antes de desparecer.

—¡Ugh, Peter! —Wendy se apresuró a ir tras él.

Cuando llegó, estaba encima de una roca plana que sobresalía, dándole la espalda. Una cascada espumosa caía desde un acantilado escondido detrás de la pendiente hacia un estanque antes de escurrirse entre las rocas y hundirse en el bosque en forma de arroyo. Wendy se quedó boquiabierta. No era una cascada gigante, apenas medía diez metros, pero el estanque era de un verde azulado reluciente. La neblina tocó las mejillas de Wendy; era fresca y acogedora.

Peter se giró para mirarla y alargó los brazos. La sonrisa de emoción le resaltaba los hoyuelos. Era contagiosa. Wendy no pudo evitar devolverle el gesto.

—¿No es increíble? —Las palabras se entremezclaban con su risa.

—¡No tenía ni idea de que esto existía!

—¡Yo tampoco!

—¿Nos has hecho entrar en el bosque a ciegas? —Wendy puso unos ojos como platos.

—A ciegas no —negó y se encogió de hombros, despreocupado—. Obviamente he seguido el sonido del agua.

—Obviamente —repitió sin emoción y observó a Peter mientras bordeaba el estanque. Ella avanzó entre las rocas resbaladizas con cuidado.

Mientras tanto, Peter encontró una cuerda vieja, desteñida por el sol y raída, atada a una rama. Tiró de ella. Algunas hojas cayeron al agua, la rama crujió, pero se mantuvo firme.

A Wendy no le gustó la sonrisa traviesa que puso Peter.

—¿Qué estás haciendo? —demandó, pero él ya se estaba quitando la camiseta rosa.

El chico se rio y lanzó la prenda a un lado.

—¿Qué te parece que estoy haciendo? —Se quedó donde estaba, con los puños sobre las caderas y una ceja levantada.

Wendy le miró el pecho desnudo. Estaba bronceado y tonificado, con pecas en la clavícula. Un pequeño camino de vello rojizo le bajaba por el estómago plano.

Se obligó a volver a mirarlo a los ojos.

—¿Có… cómo sabes que el agua es lo suficientemente profunda? —tartamudeó y examinó el estanque. La espuma de la cascada hacía imposible ver la profundidad.

—¡No lo sé! —Se encogió de hombros y volvió a girarse hacia la cuerda.

—Pero ¿y si se rompe?

—Entonces caeré al agua. —Peter se rio y se aferró a la cuerda con las dos manos.

—Pero…

—Peter Pan, ¿recuerdas? —la interrumpió y se señaló con el pulgar—. ¡No le tengo miedo a nada!

Antes de que Wendy pudiera pensar otra objeción, Peter empezó a correr por la roca. Sus manos se encerraron alrededor de la cuerda con fuerza y flexionó las rodillas. Salió disparado hacia el agua. Cacareó con fuerza y el grito resonó contra el lado rocoso del acantilado antes de que se zambullera en el agua.

Wendy subió como pudo hasta el borde de la roca. Debajo, el agua burbujeaba donde el chico había desaparecido. Wendy contó hasta tres en su cabeza y los segundos no se acababan nunca.

—¡Peter! —gritó. El pánico la inundó. Se puso de pie en un instante, lista para saltar tras él. Formaba parte del equipo de natación y había hecho un cursillo de socorrista en primavera. Si se zambullía lo suficientemente lejos, podría…

Salpicando, el pelo cobrizo de Peter se asomó por el agua. Farfulló y gritó, agitando los brazos con fuerza.

—¡Argh! —gritó con voz tensa.

—¡Peter! —El corazón de Wendy palpitaba erráticamente—. ¿Estás bien? —Buscaba desesperadamente alguna señal de sangre o de una extremidad fracturada.

Y Peter estaba… riéndose. Peter se estaba riendo.

—¡Dios! ¡Qué fría está! —gritó con la cabeza sobre la superficie mientras se reía y se movía en el agua.

El alivio la inundó, aunque automáticamente fue remplazado por el enfado.

—¡Me has dado un susto de muerte!

Estaba furiosa.

Peter le sonrió y flotó relajado sobre la espalda.

—¡Vamos! —Le hizo señas para que se sumergiera—. ¡El agua está increíble! Al menos después del impacto inicial del frío…

—Peter Pan, ¡te mataré con mis propias manos! —ladró Wendy.

—¡Primero tendrás que meterte y atraparme!

Wendy le lanzó una mirada poco impresionada.

—Crees que eres muy inteligente, ¿no?

La cabeza de Peter subía y bajaba, el pelo húmedo le salía disparado en ángulos extraños.

—En eso tienes razón.

Wendy lo fulminó con la mirada.

—Ah, vamos, ¡vive un poco, Wendy! —la persuadió—. ¡Ni siquiera es tan alto! ¡Y es lo suficientemente profundo!

Salpicó hacia arriba y le mojó el brazo. Tenía que admitir que era refrescante.Gruñó y se pasó una mano por la cara.

—No me creo lo que voy a hacer —dijo más para ella misma que para Peter. Se quitó los zapatos y los dejó al lado de la camiseta de Peter. Ni por asomo iba a desvestirse. Si realmente lo hacía, tendría que volver a casa empapada.

—¡Sí! —festejó Peter triunfal desde el agua.

Ella se aferró a la cuerda con fuerza. Intentó calcular la manera más segura de mecerse y tiró fuerte solo para estar segura.

—¡Síííííí!

Wendy no podía creer que realmente fuese a hacerlo. Retrocedió dos pasos y corrió hasta el borde de la roca antes de saltar. Se aferró con fuerza a la cuerda y flexionó las rodillas. Cuando estaba lo más lejos posible, apretó los ojos y soltó la cuerda.

La sensación de caer al vacío le causó un escalofrío. Un grito se le atascó en la garganta, pero quedó ahogado rápidamente cuando se zambulló. El agua helada le corría como electricidad por el cuerpo y le robó la respiración que contenía. Dio algunas patadas y resurgió en la superficie, desesperada por respirar.

Peter lo celebró aún más.

—Mier…

—¡Te he dicho que estaba fría! —dijo el chico mientras nadaba hacia ella. Tenía una expresión salvaje y emocionada en los ojos—. ¿Ves? No ha estado tan mal, ¿no? —bromeó.

No, no había estado tan mal. Era más bien excitante. Wendy no podía recordar la última vez que había sentido una ola de adrenalina como esa; de la clase que hace se te retuerza el estómago y se te detenga el corazón. En el buen sentido.

El agua golpeteaba en la sonrisa de Peter mientras la miraba. Quizá sí lo recordaba.

—¿Y? —preguntó el chico.

Wendy se estiró y se apoyó en los hombros del chico. Su expresión se transformó rápidamente en sorpresa cuando la chica lo empujó debajo del agua. Reapareció balbuceando y quitándose el agua de la cara. Wendy se rio, fue una de esas risas fuertes que nacen en la barriga.

—Vamos, ¡a ver quién llega primero arriba! —gritó.

Wendy se sumergió, deslizando los brazos por el agua mientras nadaba hasta la orilla.

—¡Ey, eso es trampa! —se quejó Peter.

El agua se sentía fría y dulce en su sonrisa.

Hicieron una carrera hasta el borde de la roca y empezaron a saltar. Algunas veces con la cuerda y otras sin nada. Wendy se apegó a la seguridad del salto vertical, pero gradualmente empezó a lanzarse con menos cautela y más velocidad. Peter intentó varios trucos, desde dar una vuelta de espaldas hasta colgarse boca abajo de la cuerda. La mitad de las veces aterrizaba sobre la espalda o el estómago.

Wendy se reía con fuerza cada vez. Después de un rato, se preguntó si lo estaba haciendo a propósito.

Exhausta y satisfecha, Wendy flotó sobre la espalda mientras miraba el cielo azul, enmarcado por el follaje verde. Nubes blancas paseaban sin destino. Su camiseta azul se inflaba a su alrededor, le hacía cosquillas en la cintura y las muñecas. Debajo del agua, los truenos rítmicos de la cascada le inundaban los oídos. Respiró hondo, disfrutando de todas esas sensaciones.

Cuando volvió a abrirlos, Peter estaba ahí, con una expresión curiosa en la cara. Movía los labios, pero no pudo oír lo que decía.

Wendy se movió y sacó la cabeza del agua.

—¿Qué? —preguntó.

—Nada.

Una extraña risita le hizo bailar los hombros mientras negaba con la cabeza.

Wendy le tiró agua a la cara. Como respuesta, Peter la levantó, pasó los brazos por la parte posterior de las rodillas de Wendy y la parte baja de su espalda. La empezó a arrastrar por el agua mientras giraba sobre sí mismo.

El agua le acariciaba los hombros y le hacía cosquillas en

el cuello. Empezó a arrastrar los dedos por la superficie. La risa le burbujeaba en los labios.

Peter se reía con ella, con los ojos arrugados, mientras pequeñas gotitas se aferraban a sus pestañas. Cuando se detuvo, Wendy seguía sintiendo que estaban dando vueltas.

—Guau. —Peter soltó una carcajada y parpadeó con fuerza—. Me he mareado.

Wendy lo miró, no la había soltado.

—Sí. —Estaba mareada y aturdida—. Yo también.

Le sonrió, notaba las vibraciones en el brazo que tenía sobre el pecho de Peter. La luz resplandecía contra su pelo húmedo. Una gota de agua le brillaba en la punta de la nariz. Peter se humedeció los labios. Wendy vio como la nuez le subía y bajaba. El chico abrió la boca como si quisiera decir algo, pero las palabras parecieron morir en su garganta. En cambio, soltó una risa fuerte e irregular.

Wendy sintió que volvía a balancearse en el acantilado, ligera y sin aliento. Ni siquiera podía sentir el agua.

Con el ceño fruncido, bajó la mirada. Ya no estaban en el agua. En cambio, levitaban suspendidos en el aire sobre la superficie. Gotas de agua le caían de la ropa húmeda hacia el estanque, unos cuantos metros más abajo.

Wendy se quedó sin aire y se aferró a los hombros del chico.

—¡Peter!

—No pasa nada —afirmó él con calma. Las palabras le cosquillearon en el oído. La piel de Peter era cálida y tranquilizadora bajo sus manos frías. Wendy despegó los ojos del agua y lo miró. Estaba sonriendo—. Te tengo.

La luz del sol lo iluminó y le hizo brillar los ojos azules mientras la miraba. Wendy encerró el cuello de Peter con los brazos y se aferró con fuerza. No le importaría pasarse la eternidad observando el cosmos en los ojos del chico, buscando respuestas ocultas en sus estrellas y encontrando sus propias constelaciones, como los astrólogos de la antigua Grecia.

—¿No deberías guardarte la magia? —preguntó casi susurrando.

—Probablemente. —Los hoyuelos de Peter salieron a jugar.

Estaban casi nariz con nariz. El agua goteaba desde el pelo cobrizo del chico hasta la mejilla de Wendy.

¿Él también estaba conteniendo la respiración?

Un disparó resonó en la distancia.

El corazón de Wendy se contorsionó. Un sobresalto violento le atravesó el cuerpo. Se alejó de Peter y le hizo perder el equilibrio; ambos volvieron a caer al agua.

Cuando Wendy salió a la superficie, respiraba con dificultad. El corazón le latía a mil por hora, con todo el cuerpo rígido mientras intentaba mantenerse a flote. Juraba que todavía podía oír el eco del disparo desvaneciéndose en el aire.

—¿Qué ha pasado? —Peter nadó hacia ella con el rostro teñido de intranquilidad—. ¿Estás bien?

—S… sí. —A Wendy le castañeaban los dientes—. So… solo me ha sorprendido —tartamudeó.

Las líneas de preocupación se asentaron en el rostro de Peter. Se estiró hacia ella, pero Wendy retrocedió. La culpa caliente se entremezclaba con el hielo que le corría por las venas.

—Vamos, deberíamos ir… irnos —dijo Wendy y, sin mirar atrás, nadó hacia la orilla.

El camino de vuelta fue silencioso. Peter parecía perdido en sus pensamientos y Wendy intentaba concentrarse en la nuca del chico y no mirar a su alrededor. Empapada hasta los huesos, temblaba y sentía escalofríos mientras atravesaban el bosque. Peter le ofreció su camiseta seca, pero Wendy la rechazó.

Cuanto más tiempo pasaban en el bosque, más volvía a sentir que los estaban observando. Casi esperaba levantar la mirada y encontrar una figura de pie sobre los árboles. El camino de vuelta era cuesta arriba y avanzaban todavía más lento que de ida. Las zapatillas de lona le provocaban ampollas en los pies húmedos.

Después de lo que pareció una eternidad, los árboles se dispersaron y Wendy pudo distinguir la valla que separaba su jardín del bosque. La atravesó un suspiro de alivio.

—Por fin —susurró.

Peter se detuvo y se giró hacia ella.

—Deberías tratar de conseguir un mapa del bosque. —Metió las manos en los bolsillos de sus pantalones empapados—. Sería mucho más sencillo movernos y tachar los lugares en los que ya hemos buscado —sugirió.

—Es una buena idea. —Wendy asintió, estaba de acuerdo—. Veré si hay alguno en casa. Probablemente debería entrar… Mis padres volverán pronto —explicó. Pero no se movió, miraba a Peter.

Él se quedó ahí de pie, frotándose el brazo y meciéndose sobre los pies. Aparentemente, sus zapatos eran muy interesantes.

—Te invitaría a pasar, pero tengo miedo de que mi madre te reconozca de los bocetos de la policía —dijo con una risita incómoda—. Y no creo que a mi padre le guste mucho que lleve a un chico a casa cuando está pasando todo esto —añadió.

—Sí. —Soltó una risa corta y arqueó las cejas—. Tampoco me gusta mucho esa idea.

Wendy se peinó el pelo húmedo con las manos y encontró una ramita mientras lo hacía. No le gustaba la idea de que Peter estuviera solo en el bosque.

—¿Estás seguro de que estarás bien solo de noche? —preguntó.

—Estaré bien —aseveró desestimando su preocupación—. Intentaré pasar desapercibido y practicaré mi origami.

La sonrisa había vuelto, acompañada por un baile de cejas.

—¿No te da miedo tu sombra? —insistió. No la tranquilizaba su aparente despreocupación.

—¿Yo? ¿Asustado? —Peter le sonrió y bajó la cabeza hacia ella—. Nunca —susurró.

—Bueno… —Wendy se mordió el labio—. Si te pasa algo o me necesitas, solo… tírame piedrecita a la ventana o algo; es la de la derecha del piso de arriba, en la parte frontal de la casa.

—Me aseguraré de despertarte con una serenata y una flor entre los dientes —respondió y asintió solemnemente.

Wendy puso los ojos en blanco y golpeó su hombro con el de ella.

—No eres gracioso —le dijo, aunque esbozó una sonrisa.

La sonrisa de Peter volvió a ensancharse, sus hoyuelos reaparecieron para jugar. Justo en ese momento, algo le llamó la atención. Su sonrisa se desdibujó.

Wendy se giró y vio a Jordan avanzar por la verja que rodeaba su casa. Incluso desde el otro extremo del jardín, pudo ver que los ojos oscuros de su amiga se detenían en Peter antes de fruncirle el ceño a Wendy.

Se le formó un nudo en el estómago.

—Probablemente deberías irte —le dijo a Peter en voz

baja. No necesitó decirlo dos veces. El chico asintió con la cabeza, pero cuando se giró hacia el bosque, Wendy lo sujetó por el brazo—. Da la vuelta a la casa —dijo en un susurro tenso. Verle entrar en el bosque solo despertaría más preguntas en Jordan.

Wendy y Peter treparon la pequeña valla blanca. Wendy se detuvo en mitad del jardín, esperando a Jordan. Ella y Peter se cruzaron, no podía verle la cara a Peter, pero su amiga lo saludó.

—Hola, Barry. —Su tono carecía de la calidez de siempre.

Peter agitó levemente la mano y se escabulló.

—Pensé que ibas a llamarme —dijo Jordan cuando llegó donde estaba Wendy. Era más una acusación que una pregunta.

—Sí, de hecho, estaba a punto de hacerlo. —Intentó forzar la sonrisa más inocente del mundo, pero no le parecía bien. Nunca le había mentido a Jordan de esa manera—. Barry y yo solo estábamos…

—¿Dando un paseo por el bosque? —sugirió Jordan, levantando una ceja con escepticismo. Miró a Wendy de arriba a abajo—. ¡Estás empapada! —Le quitó una hoja del pelo y luego resopló—. ¿Qué pasa contigo, Wendy? —preguntó. Jordan tenía su propio estilo de «enfado», que carecía de fuerza real y más que nada escondía su preocupación.

—¿A qué te refieres?

A Wendy no le gustaba que la reprendieran.

—¡No estás siendo tú misma! Y me estás evitando…

—¡No te estoy evitando!

Ahora era su turno para cruzarse de brazos.

—Escucha… —Jordan la ignoró y levantó las palmas—. Apoyo que salgas de tu zona de confort y que tengas un novio secreto…

—¡No es mi novio! —escupió Wendy—. Es… Solo es…

—¿Un extraño con el que paseas por el bosque? —insistió Jordan—. No lo entiendo, ¡tú no eres así! No me devuelves las llamadas, ¿y no me cuentas que te han llamado a declarar?

—Solo querían hacerme algunas preguntas sobre Alex.

—Sí, el mismo Alex que va al hospital en el que ambas trabajamos como voluntarias —señaló y dejó caer los brazos—. ¿Cómo no me lo contaste en el momento en que te enteraste de que había desaparecido? —preguntó. Sus ojos café buscaban una explicación en los de su amiga.

Wendy no tenía ninguna.

—Soy tu mejor amiga —añadió Jordan con voz temblorosa—. Decías que era la única persona en la que podías confiar, ¿lo recuerdas? Y ahora, ¿qué? ¿Entras al bosque con un tío al que acabas de conocer? ¡Wendy, el bosque te aterra!

La peor parte era que Jordan tenía razón.

Wendy gruñó y se frotó los ojos. ¿Qué podía decirle? No podía explicárselo, de ningún modo. No quería herirla, pero tampoco podía decirle la verdad. Jordan creería que estaba teniendo una crisis nerviosa o que mentía descaradamente.

—No lo entenderías —fue lo único que pudo decir.

—Mira, sé que estás viviendo un infierno ahora mismo; los niños desaparecidos, tus hermanos... —A Wendy le ardían los ojos—. El otro día viniste a mi casa prácticamente llorando por los niños desaparecidos y los detectives que habían venido a buscarte. ¡Siempre has podido hablar conmigo de todo lo que te pasa!

—Lo sé, ¡pero esto es diferente!

No le gustaba que Jordan le gritara y quería defenderse. Nunca discutían. Parecía que estaba hablando con su padre y no con su mejor amiga.

—Dices que sabes lo que estoy viviendo, pero ¡no tienes

ni idea, Jordan! —Wendy no quería gritar, pero no pudo evitarlo. Se sentía atrapada en una esquina.

—Siempre lo hemos hablado todo —insistió Jordan—. Cuando estamos estresadas por la universidad, cuando Tyler y yo peleamos. —Frunció el ceño y se le rompió la voz cuando siguió—. O cuando echo de menos a mi madre…

La tensión estalló.

—¡Pero estamos hablando de algo más gordo, Jordan! —gritó. Su amiga retrocedió un paso, como si Wendy le hubiera dado una bofetada.

Wendy se arrepintió de sus palabras tan pronto le salieron de la boca, pero no podía detenerse. Soltó todo lo que había estado reteniendo.

—¡Y no espero que lo entiendas! Solo porque me escuches, no significa que puedas comprenderlo porque no puedes, ¡simplemente no puedes!

Jordan retrocedió otro paso. Tenía las mejillas rojas y le brillaban los ojos bajo la luz del sol menguante.

—No te encierres, Wendy —dijo. Su tono era tranquilo y resignado—. Si no quieres contarme qué está pasando en realidad, no puedo obligarte. Pero estoy preocupada por ti. —Levantó la mirada hacia su amiga—. Tienes que ir con cuidado. Todavía no han encontrado a los niños desaparecidos y, por lo que sabemos, podrías estar en peligro.

Se giró y empezó a marcharse.

Esto estaba mal. Wendy tenía que detenerla y disculparse.

—Jordan… —Se estiró para cogerla por el codo, pero su amiga fue más rápida.

—Llámame cuando creas que puedes decirme la verdad —dijo por encima del hombro, frotándose los ojos. Bordeó la verja y desapareció.

Wendy se quedó sola en su jardín trasero, sentía como si alguien le hubiera arrancado un pedazo de entrañas. No podía contarle a Jordan lo que estaba pasando. No la creería y, si lo hiciera, Wendy solo la arrastraría hacia el peligro. ¿Cómo podía estar segura de que la sombra no intentaría utilizar a Jordan en su contra? Se odiaba por herir a su mejor amiga de esa manera, pero también estaba molesta con ella por hacerla sentir culpable. En ese momento, lo más importante era proteger a Jordan, y eso incluía protegerla de sí misma.

Wendy cruzó el jardín dando zancadas hasta la puerta trasera. Entró y cerró con fuerza a su espalda. Cuando se giró, vio a alguien de pie al lado del fregadero y saltó con tanta fuerza que se trastabilló.

La señora Darling estaba ahí de pie, vestida con su ropa quirúrgica y con dos vasos en las manos.

—Hola, mamá —dijo Wendy, suspirando profundamente. Hizo una pausa. ¿Cuánto tiempo llevaba ahí? ¿La había visto llegar con Peter? ¿O su pelea con Jordan?—. ¿Cuándo has llegado a casa?

La señora Darling esbozó una pequeña sonrisa y se estiró para guardar los vasos.

—Hace unos minutos. Tu padre está dándose una ducha —dijo secándose las manos con un trapo. Miró al jardín y se alisó la camiseta—. Vi que estabas hablando con Jordan y pensé que sería mejor no molestaros. —Levantó las cejas—. Parecía una discusión acalorada. —La inflexión en su voz marcaba una pregunta.

—Estábamos peleando —dijo y la frustración reapareció debajo de su piel.

La señora Darling hizo una mueca.

—No soléis pelearos. No es normal…

La madre de Wendy tenía razón, por supuesto. Las mayores discusiones que tenía con Jordan eran sobre qué película mirarían el viernes por la noche.

—Últimamente, muchas cosas no son normales —murmuró.

Hacía una eternidad que Wendy no le pedía consejos a su madre. Ya casi no sabía cómo hacerlo y la señora Darling no estaba segura de cómo darlos. Se entretuvo con el trapo, hizo girar una esquina alrededor de su dedo.

—Estoy segura de que pasará. Quizá solo necesitáis algo de tiempo para tranquilizaros.

—Es probable —suspiró, aunque no lo pensaba. Quizá solo necesitaba mantenerse alejada de Jordan hasta que todo acabara. Por el bien de su amiga.

La señora Darling presionó los labios entre sí. Wendy pensó que tal vez quería decir algo más, pero solo suspiró y se puso un mechón de pelo rebelde detrás de la oreja.

—Iba a hacer sándwiches de queso y sopa de tomate, ¿qué te parece?

—¿En serio? —Wendy estaba sorprendida.

La señora Darling asintió a modo de respuesta.

En general, Wendy era la única que cocinaba. No podía recordar la última vez que su madre había cocinado algo, sin contar recalentar las sobras. Incluso si se trataba de pan de molde con una loncha de queso en medio o sopa de lata, era… extrañamente doméstico.

—Suena genial, mamá.

—Muy bien. —La señora Darling se giró hacia los estantes y cogió una lata de sopa de tomate—. Deberías ponerte ropa seca antes de comer —dijo y le lanzó una mirada perspicaz.

Wendy bajó la vista, seguía empapada. Se había formado un pequeño charco de agua a sus pies.

Un par de horas después, Wendy subió a su cuarto, olía a jabón y estaba llena de delicioso queso fundido. El señor Darling había cenado en su despacho, dijo que tenía que trabajar para compensar haber empezado el día más tarde. Mientras ella y su madre cenaban en la mesa del comedor, oyeron el sonido de copas detrás de la puerta.

A la madre de Wendy le gustaba leer mientras cenaba, con sus pequeñas gafas cuadradas acomodadas en la punta de la nariz. La elección de esta noche era *Otra vuelta de tuerca*. Solo levantó la mirada para decir «buenas noches» cuando Wendy anunció que se iba a dormir.

Ya en su habitación, Wendy se lanzó encima de la cama. Se tumbó boca arriba, mirando su guirnalda de luces. Se preguntó si Jordan le habría enviado un mensaje. Se sacó el móvil del bolsillo, pero no había nada.

¿Qué esperaba? ¿Una disculpa? Jordan no tenía por qué disculparse. Por más que odiara admitirlo, todo lo que había dicho su amiga era verdad. Ella era la que había empezado a actuar de forma extraña de la nada y había liberado sus frustraciones con Jordan. Lanzó el móvil sobre la mesita de noche.

Su mente deambuló hasta Peter. Se preguntaba si estaría bien, escondido en el bosque, mientras la sombra ganaba poder con cada segundo que pasaba. Se preocupó, no podía evitar pensar que estaba solo en esa cabaña lóbrega. Quizá debería haberle pedido que se quedara. La idea la hizo sentir incómoda. Eso sería extraño. ¿Dónde dormiría sin que se enterasen sus padres? ¿En su camioneta? Eso no parecía mucho mejor. Le había quedado claro que la sombra no tenía problemas en aparecer en su garaje.

De todos modos, no había nada que pudiera hacer esa noche. Peter y ella no habían tenido tiempo de decidir dónde y cuándo se verían al día siguiente porque Jordan había llegado, así que, una vez más, tendría que esperar.

Wendy se preocupaba por Jordan, luego por Peter, la sombra y los niños desaparecidos. Después volvía a empezar: Jordan, Peter…

Necesitaba una distracción. Sacó un libro de la mochila e intentó leer, pero cada vez que empezaba una oración, su mente divagaba y olvidaba lo que acababa de leer y tenía que empezar otra vez. Después de leer la misma oración cinco veces, se rindió.

Cuando dejó el libro en la mesita de noche, los dedos se movieron por impulso hacia el cajón. Dudó antes de abrirlo y coger la bellota. Recostada, la hizo girar en la palma. Le recordaba a cómo se sentía cuando estaba con Peter. Era reconfortante.

Eso le dio una idea.

Wendy fue hasta su armario, se arrodilló y empezó a buscar entre las pilas de cajas que había al fondo. Pasó algunos minutos abriendo tapas y hurgando hasta que encontró lo que estaba buscando.

Cogió una caja amarilla de plástico. Dentro guardaba elementos para hacer bisutería que solía usar cuando hacía collares y brazaletes de pequeña; la mayoría eran regalos para su madre y para Jordan. Había pequeñas cuentas e hilos de distintos colores. Tenía ganchos sueltos y varias argollas. Cogió una plateada y un hilo largo de cuero.

Se sentó con las piernas cruzadas sobre la cama y utilizó todo lo que tenía para transformar la bellota en un collar. Cuando se la puso alrededor del cuello, la bellota reposó sobre el pecho. El collar era lo suficientemente largo para poder esconderlo debajo de la camiseta.

Wendy se recostó contra las almohadas. El cansancio la invadió, desde los pies adoloridos hasta la frente quemada por el sol. El peso de la bellota contra el esternón la tranquilizaba. La calidez que provocaba donde tocaba su piel parecía irradiar hasta el resto del cuerpo. Wendy suspiró y cerró los ojos. ¿Qué tenía esa bellota que la tranquilizaba tanto? Por lo menos ahora podría llevarla a todas partes. Eso pareció calmar sus preocupaciones lo suficiente para poder conciliar el sueño.

Capítulo 15

La bellota

Wendy estaba en Nunca Jamás. A su izquierda, los árboles del borde de la jungla eran gruesos y frondosos. Un par de refugios toscos, construidos con ramas y hojas de palmera casi tan grandes como ella, se erguían entre ellos. Arriba, montañas escarpadas se alzaban hacia el cielo azul. Las cascadas que caían de los acantilados parecían franjas plateadas en la distancia. A su izquierda, una playa de arena blanca besaba el vasto océano azul cristalino. Pájaros pequeños con vibrantes tonos neones perseguían las olas, buscaban caracolas y cantaban.

Wendy, de doce años, estaba sentada en la arena. Llevaba los mismos *leggins* blancos y les estaba cosiendo un parche hecho de una hoja verde gruesa en la rodilla.

Y allí, justo delante de ella…

—John, ¡tienes que compartir el color blanco!

—¡Aún no he acabado! Y seguro que lo vuelves a tirar.

—¡No lo haré!

Michael y John estaban sentados de la misma manera en que los recordaba antes de que desaparecieran en el bosque.

Michael tenía el mismo pelo castaño claro, rizado y despeinado, con un par de hojas pegadas. Tenía la nariz de su padre. Llevaba unos pantalones caqui que había transformado en pantalones cortos y luchaba por coger un recipiente con pintura blanca que John sostenía fuera de su alcance.

John estaba sentado con las piernas cruzadas, con su postura cuidadosamente elegante como siempre. Ignoró a Michael y siguió pintando un retazo de yute con el dedo índice. Se había bajado las gafas hacia la punta de la nariz mientras realizaba cada trazo con deliberación. Todavía llevaba su camisa blanca, aunque estaba desgastada, y tenía el pelo oscuro peinado hacia un lado.

Wendy quería gritar, lanzarse encima de sus hermanos y abrazarlos, pero, en este recuerdo, no tenía control de su cuerpo. Podía sentir el llanto acumulándosele en el pecho, pero no emitió ningún sonido. Los miraba a ambos, intentando atesorar cada detalle, intentando obligarlos a que la miraran para que pudiera verles los ojos una vez más.

Era un sueño, uno muy cruel.

—Dejad de pelear —dijo la voz de Wendy desde su propia boca—. Hay suficiente pintura para todos. Michael, ¿por qué no usas el azul de las bayas que recolectaste?

Había una gran variedad de líquidos espesos en pequeños recipientes, fabricados con cocos, con los colores azul, verde, blanco, amarillo y negro.

—¡Porque quiero el blanco!

Tras esa última palabra, se abalanzó hacia el brazo de John, pero su hermano mayor se movió en el último segundo y Michael se cayó.

—Lo estáis ensuciando todo. —Wendy se oyó suspirar, había manchas de pintura de diferentes colores en la tela de yute y en la arena que los rodeaba. Wendy vio una mancha roja en el pecho de Michael, que le goteaba hasta el ombligo. Mientras se reía, John se giró y Wendy vio que tenía una mancha en el cuello, justo debajo de la oreja. Frunció el ceño.

El crujido de las hojas hizo que Wendy levantara la mirada. Peter estaba volando… de verdad. Bueno, algo así. Parecía haber perdido el equilibrio y descendía a toda velocidad. Aterrizó bruscamente sobre los pies y se tropezó, pateó algo de arena, pero recuperó el equilibrio y no se cayó.

Wendy se puso de pie y corrió hacia él.

—¡Peter! ¿Estás bien? —se oyó preguntar.

«¡No! ¡Vuelve con John y Michael!». Quería verlos; necesitaba verlos un poco más.

—Estoy bien —respondió Peter, pero la preocupación se asomaba en sus rasgos jóvenes. El chico echó un vistazo en dirección a Michael y John, Wendy todavía podía oírlos discutir a sus espaldas, antes de mirarla—. Tengo algo para ti —dijo e hizo una de esas caras que la gente hace cuando intenta sonreír y transmitir tranquilidad, pero había algo raro.

Peter le cogió la mano y le colocó la bellota en la palma.

Tenía que ser su bellota; a la que se aferraba cuando la encontraron en el bosque, la que escondía en su joyero.

La que llevaba colgada del cuello cuando se quedó dormida. Wendy la encerró con cuidado con sus pequeñas manos.

—Las hadas me ayudaron a elegirla. —Las mejillas pecosas de Peter se sonrojaron—. Es para que no te olvides de mí…

—¿Olvidarme de ti? —Wendy se rio—. ¿Por qué me olvidaría de ti? ¡No iré a ningún lado!

Peter se miró los pies descalzos.

—Wendyyyy —Michael se quejó detrás de ella—. No me encuentro bien.

Se giró para mirar a sus hermanos, pero antes de que pudiera volver a verles las caras, las sombras impactaron contra ella, le inundaron la visión y lo sumergieron todo en oscuridad.

Wendy se incorporó de golpe en la cama. El sol de la mañana se filtraba por la ventana. Respiraciones temblorosas le sacudían el cuerpo mientras luchaba por inhalar. Hundió la cara en las palmas e intentó tranquilizarse. Tenía las mejillas pegajosas por las lágrimas. Un dolor insoportable la recorría de arriba a abajo, un golpe de nostalgia que parecía que la consumiría por completo.

John y Michael.

Había visto a sus hermanos; o por lo menos, un recuerdo de ellos. Un momento que le habían arrebatado años atrás, que se había convertido en un gran agujero negro en su memoria. Esta era la segunda vez que recordaba algo de su visita a Nunca Jamás. Había sido tan vívido. Podía oler el océano, saborear la sal en el aire y sentir la arena cálida entre los dedos.

¿Por qué sus recuerdos estaban volviendo? ¿Era por Peter? ¿Por la sombra?

Sus hermanos estaban justo allí. Necesitaba volver a verlos. Tenía que recuperarlos. Le parecía que sus recuerdos se burlaban de ella, manteniendo rehenes a sus hermanos, justo fuera de su alcance.

Si ella y Peter encontraban a la sombra, a sus hermanos y a los otros niños desaparecidos, podría recuperar a John y a Michael al fin. Todo iría bien.

Se aferró a la bellota que le colgaba encima del pecho. Estaba caliente, casi parecía vibrar, como una colmena llena de abejas, pero era muy leve.

Peter se la había dado. Por eso se aferraba a ella con tanta desesperación y la había conservado todos estos años. De alguna manera, algo dentro de ella recordaba qué significaba.

Wendy frunció el ceño e intentó recordar todo lo que había pasado en el sueño. Peter parecía tan culpable cuando Wendy le dijo que no se iría. ¿Sabía que algo iba mal? ¿Que tendría que traerla de vuelta? ¿En qué momento la sombra secuestró a sus hermanos e impidió que pudieran volver con ella?

«Es para que no te olvides de mí».

Wendy se llevó la mano a la boca, las palabras se repetían en su cabeza mientras miraba fijamente la bellota.

La última vez que había recordado algo, se había quedado dormida con la bellota en la mano. La hizo girar entre los dedos. ¿Esta era la clave? ¿La bellota era el secreto para recuperar su memoria?

Necesitaba encontrar a Peter y preguntárselo.

Después de una ducha rápida, se puso unos vaqueros cortos y una camiseta blanca holgada para combatir el calor. Esta vez, eligió un par de zapatillas viejas de correr por si volvían a aventurarse por el bosque. Si iba a tropezar con los árboles, las raíces y los arroyos, necesitaba el calzado correcto. La caminata del día anterior le había provocado ampollas en los talones y los dedos.

Se colgó la mochila del hombro y bajó las escaleras de dos en dos. Cuando llegó a la planta baja, caminó hasta la sala de estar y encontró a sus padres mirando la televisión, sentados en el sofá uno al lado del otro.

—Buenos días —los saludó cuando cruzó la sala de estar

mientras intentaba sacarse el cansancio de los ojos. Su madre saltó y se giró hacia ella, con una mano sobre la clavícula. Tenía los ojos rojos y vidriosos. Su padre estaba inmóvil, con la mirada perdida. Aferraba la taza de café con tanta fuerza que tenía los nudillos blancos.

Había cierta pesadez en el aire que hizo que Wendy desacelerara. Cuando se acercó, sintió que caminaba en arenas movedizas. El corazón le palpitaba en las venas.

—¿Mamá? ¿Papá? ¿Qué ha pasado? —preguntó.

La señora Darling no dijo nada, pero gesticuló hacia el televisor. Wendy levantó la mirada y el impacto le explotó en el pecho.

Eran las noticias. La presentadora estaba sentada detrás de la mesa. Una imagen de dos niños flotaba en la pantalla. El niño mayor estaba sentado detrás del menor. Ambos llevaban ropa roja, blanca y azul, y pequeñas banderas de Estados Unidos en las manos. Tenían una sonrisa de oreja a oreja. Estaban sentados en su patio trasero, en la barbacoa anual del Día de los Caídos . Wendy lo sabía porque había estado allí.

Eran la viva imagen de su padre.

La frase JOEL DAVIES, 10 AÑOS, Y MATTHEW DAVIES, 7 AÑOS aparecía debajo de la foto. Los hijos del vecino habían desaparecido.

Wendy pensó en el callado señor Davies, que siempre estaba pendiente de ella. Y recordó que tanto él como su esposa habían hablado con los detectives. El señor Davies parecía muy preocupado y asustado, y ahora le habían arrebatado a sus hijos.

Una ola repentina de náuseas hizo que Wendy se sintiera mareada. Todo a su alrededor se mecía como si estuviera en un bote. Se aferró al respaldo del sofá para mantener el equilibrio.

Una vez más, los niños desaparecidos estaban relacionados con Wendy. Eran sus vecinos, niños a los que solía cuidar, sobre todo durante el verano.

La presentadora seguía hablando:

«El padre de los niños, Donald Davies, dijo que sus hijos estaban jugando en el jardín trasero de su casa ayer por la noche cuando vio que un hombre joven los cogía y corría con ellos hacia el bosque. El señor Davies intentó perseguirlo, pero no fue capaz de alcanzarlos. Aunque no pudo proveer una descripción física del secuestrador, la policía está organizando una unidad especial para…».

El silencio dominaba la habitación mientras los tres seguían con la mirada clavada en el televisor. Pero, en realidad, no hacía falta que lo hicieran. Wendy sabía que sus padres estaban pensando lo mismo que ella: esos chicos tenían la misma edad que John y Michael cuando desaparecieron. Sus hermanos eran amigos de Joel y Matthew, y conocían al señor y la señora Davies de toda la vida. Y habían desaparecido en el bosque que había detrás de casa, al igual que John y Michael.

Para los padres de Wendy, era como volver a ver las noticias de hacía cinco años.

Para ella, era como una pesadilla.

La sombra lo había hecho a propósito. Peter tenía razón. La sombra la estaba provocando, intentaba herirla, enfadarla. Y estaba funcionando.

«La policía ha establecido un centro de operaciones al norte del bosque. Empezarán la búsqueda de los niños Davies y de los otros niños desaparecidos y de rastros del secuestrador».

Un mapa apareció en la pantalla, con un punto que indicaba dónde se iniciaría la búsqueda. Prácticamente saldrían de la casa de Wendy.

«Las unidades de búsqueda y rescate empezarán en el norte y avanzarán hacia el sur. La policía recomienda que todos los que vivan en las inmediaciones del bosque cierren las puertas con llave y aseguren las ventanas cuando no estén en casa, y que mantengan a los niños bajo supervisión constante. Todo aquel que desee colaborar, debe ponerse en contacto con…».

Se estaban quedando sin tiempo. Wendy sabía que no era seguro que Peter siguiera quedándose en el bosque. ¿Y si los policías lo encontraban escondiéndose en la cabaña? Seguro que lo arrestarían. Wendy dudaba de que Peter fuera capaz de fugarse de la cárcel, sobre todo ahora que estaba perdiendo la magia a una velocidad alarmante. Y si lo encerraban, era probable que la policía no pudiera detener a la sombra y todos esos niños se perderían para siempre. Y Peter…, bueno, todavía no estaba segura de qué le pasaría, pero seguro que algo malo. Muy malo. A Wendy le dio un vuelco el corazón. Se negaba a correr ese riesgo. ¿Había cometido un error al dejarlo solo la noche anterior?

Necesitaban encontrar ese árbol antes de que el bosque se llenara de policías y voluntarios. Ahora, más que nunca, se estaban quedando sin tiempo.

—Voy al hospital —dijo de manera abrupta. Pensó que sus padres estarían tan inmersos en las noticias que tal vez no la escucharían, pero ambos se giraron para mirarla.

—¿El hospital? —preguntó la señora Darling, confundida—. Pero no tienes voluntariado los fines de semana.

—¡Por supuesto que no! —El señor Darling echaba chispas, miraba a Wendy como si estuviera loca—. No quiero que salgas de esta casa, ¡y menos sola! —Por la manera en que se le agitaba el bigote, sabía que tenía la mandíbula tensa.

Estaban al límite y preocupados.

Necesitaba una excusa sólida.

—Le prometí a la enfermera Judy que la ayudaría —intentó explicar Wendy—. Están cortos de personal en la sala de juegos y necesitan que alguien cuide de los niños.

—No —replicó el señor Darling con un gruñido grave.

—Estaré en el hospital, rodeada de personas —razonó Wendy—. No me va a pasar nada. Hasta te llamaré cuando vuelva a casa. —¿Qué podía decir para que accediera a dejarla sola todo el día?—. Sin mencionar que la enfermera Judy me vigilará todo el tiempo.

El señor Darling emitió un sonido áspero por la nariz, pero no objetó. Sus padres respetaban a la enfermera Judy, pero era más que eso.

Había un motivo por el cual era la jefa de las enfermeras y por el que los padres le confiaban a sus niños enfermos y heridos. Era directa y no se andaba con rodeos, pero, lo más importante, protegía a sus pacientes ferozmente y luchaba con uñas y dientes para darles el mejor tratamiento. Incluso cuando Wendy estuvo hospitalizada, recordaba estar asustada y llorando sola en su habitación mientras, en el pasillo, la voz resonante de la enfermera Judy discutía con los doctores cuando no estaban de acuerdo con su plan de tratamiento.

Insistió para que disminuyeran los sedantes y, cuando Wendy se sentía abrumada por el miedo, el dolor y era completamente incapaz de seguir adelante, era la enfermera Judy quien la ayudaba con palabras amables y distracciones.

Cuando su madre y su padre estaban demasiado hundidos en su propio duelo, su madre se pasaba el día en la cama y su padre se unía a los grupos de búsqueda hasta que no aguantaba de pie; la enfermera Judy se había hecho cargo de la situación y había cuidado de Wendy.

Compartían un sólido vínculo de confianza que Wendy necesitaba explotar para poder ver a Peter y detener a la sombra.

La madre de Wendy miró a su marido de reojo. Esperó tres latidos mientras intercambiaban una mirada silenciosa antes de que la señora Darling se volviera hacia ella.

—¿Por qué no le pides a Jordan que vaya contigo? —sugirió.

Wendy gruñó por dentro. Sabía que su madre estaba intentando ayudarla, que su padre se sentiría mejor si Jordan iba con ella. Seguro que lo había sugerido en un intento de que se reconciliaran.

Su madre había adoptado un rol maternal en el momento más inoportuno.

El señor Darling no dijo «sí», pero tampoco «no».

—De acuerdo, le preguntaré a Jordan si quiere venir conmigo —accedió Wendy.

Podía decirle a su padre que no había querido ir. Honestamente, no lo culpaba. También le gustó —aunque más que nada fue extraño— verlo actuar de manera protectora. Una vez más, no era el mejor momento. También hacía que mentirle le resultara más difícil.

—Mantén el móvil con sonido —dijo al fin—. Si te llamo, será mejor que respondas o iré yo mismo a buscarte al hospital.

Wendy sacó el móvil y lo giró para que sus padres pudieran ver que subía el volumen al máximo.

—Listo —asintió.

—¡Y llámame cuando vuelvas a casa! —añadió su padre.

La señora Darling le apoyó una mano en el hombro.

—Lo haré, lo prometo —dijo Wendy. Salió disparada de casa antes de que su padre pudiera cambiar de opinión.

Ahora que estaba fuera, podía ir a buscar a Peter. Tendría que pulir los detalles de la mentira sobre Jordan más tarde.

Por ahora, solo podía esperar que sus padres no llamaran al hospital para confirmar su coartada. Y, con suerte, Jordan todavía estaría lo suficientemente enfadada para no presentarse en su casa.

Tan pronto puso un pie en el porche, se congeló. Dos coches de policía y una camioneta de criminalística estaban aparcados delante de la casa de los Davies. El señor Davies estaba de pie en medio de su jardín delantero, vestido con una bata roja brillante y rodeado de policías, hablando con el detective James. Tenía un brazo sobre el pecho y el otro sobre la boca. Llevaba el pelo rizado despeinado. El detective James hablaba casi en susurros. El señor Davies asentía o negaba con la cabeza de manera intermitente. Detrás de él, la puerta estaba abierta de par en par y policías entraban y salían de la casa. Wendy pudo oír a la señora Davies llorando en el interior, era un grito animal de dolor que le provocó escalofríos.

Sentía su dolor, esta escena era demasiado familiar.

Fue hasta su camioneta, casi sin prestar atención por donde pisaba. Tenía los ojos pegados a la escena de la casa de al lado. ¿Su casa había estado así? ¿Su madre y su padre habían tenido esas mismas expresiones? Era casi como un *déjà vu*, el mismo eco horrible resonaba en el universo.

Antes de que pudiera empezar a preocuparse por cómo encontraría a Peter, vio un destello de alguien de pie detrás de su camioneta. Se detuvo de golpe. Había demasiados extraños deambulando por la zona, pero reconoció el tono rojizo de pelo: era Peter.

Estaba apoyado contra la puerta de su vehículo, fuera de la línea de visión de los policías. Estaba inclinado de tal manera que, al principio, sugería que se escondía, pero algo no iba bien. Estaba tenso y se abrazaba el estómago.

Wendy rodeó la camioneta, buscando los ojos del chico.

—Peter, ¿qué pasa?

Parecía enfermo, como si llevara días sin dormir. Tenía ojeras tan oscuras debajo de los ojos que parecían moretones. Tenía los párpados hinchados y los ojos rojos y vidriosos. Su pelo era un desastre, como si cualquier esfuerzo para domarlo fuese inútil.

Peter, que irradiaba luz y se movía como un colibrí, había cambiado. Tenía un pequeño pliegue entre las cejas y estaba tan encogido que los hombros le tocaban las orejas. Además, tenía la espalda tan curvada que parecía que estuviera intentando protegerse de un fuerte viento. El labio inferior estaba extremamente hinchado y una línea de sangre lo recorría por el centro.

A Wendy se le paró el corazón.

—Dios mío, ¿qué te ha pasado? —susurró y se estiró para inclinarle el mentón. Cuando Peter hizo una mueca, vio una marca roja en su mandíbula que anunciaba un moretón.

—No es nada. Estoy bien —dijo Peter. Intentó esbozar una sonrisa, pero hasta eso parecía doler. Mientras se alejaba de la puerta del coche, se balanceó sobre los pies. Wendy se abalanzó hacia delante y lo sujetó, intentando estabilizarlo, pero Peter inhaló con fuerza entre los dientes apretados. Puso una mueca de dolor y se abrazó el estómago.

Wendy apartó las manos rápidamente.

—¿Qué te ha pasado? —repitió con voz áspera por la preocupación. Echó un vistazo por encima del hombro y dio un paso hacia Peter mientras intentaba ocultarlo de la gente—. Vamos —dijo intentando sonar más gentil mientras lo guiaba hacia su casa, donde nadie podría verlos—. Dime qué ha pasado. —Sus ojos saltaron de sus hombros a sus brazos y luego a su cara.

Peter bajó el mentón y el pelo le cayó sobre la frente, ocultándole los ojos.

—Anoche busqué a mi sombra —murmuró.

—¿Qué? —Wendy siseó. Su mano salió disparada inmediatamente hacia el brazo de Peter y estrujó con fuerza antes de darse cuenta de lo que estaba haciendo—. ¡Lo siento! —se disculpó y retrocedió rápidamente. Gruñó y se pasó los dedos por el pelo—. ¿Por qué lo hiciste, Peter?

El chico se encogió de hombros. Tenía un aspecto miserable y arrepentido apoyado contra el cubo de basura.

—Pensé que podría vencerla por mi cuenta. Pensé… —Le echó una mirada furtiva a Wendy—. Pensé que, si lo hacía, entonces no tendrías que…

—¡No! —lo interrumpió—. ¡Se suponía que lo haríamos juntos! ¡Que te ayudaría! Te podrían haber herido… ¡Has acabado herido! —Wendy gesticuló hacia él y Peter hizo una mueca. Quería estallar y gritarle por haber hecho algo tan increíblemente estúpido e imprudente, pero no podía hacerlo con toda esa gente en la casa de al lado.

—Creí que podría —repitió—. Pero es muy fuerte.

La respiración de Peter era irregular y entrecortada. Vaciló antes de levantarse la camiseta. Sobre su piel bronceada, justo encima de la cadera, había una gran variedad de golpes violetas, azules y rojos agrupados en galaxias.

Inmediatamente, Wendy se sintió como una completa idiota por haberle gritado.

—Ay, Peter… —Le tocó los golpes con cuidado, pero él retrocedió. La piel de Wendy vibraba con una mezcla de enfado y miedo. ¿La sombra era capaz de hacer eso? ¿Qué más podría hacer? ¿Qué le haría a ella? ¿A él? ¿A los niños que había secuestrado? ¿A sus hermanos?

—Cada vez se hace más fuerte —dijo Peter antes de volver a bajarse la camiseta—. Y yo solo me debilito. —Un escalofrío le recorrió el cuerpo, era como si admitirlo le repugnara físicamente. Tenía los párpados algo cerrados mientras miraba el suelo—. Me apaleó como si no fuera nada. —Se frotó el ojo—. Puedo sentir como mi magia se desvanece —murmuró—. Como si llevase semanas sin dormir. —Frunció el ceño y miró el cuerpo de Wendy—. ¿Estás bien? No ha venido a buscarte, ¿no? —Una chispa de intensidad le iluminó la cara.

—No —afirmó Wendy rápidamente.

Había estado sana y salva en su habitación, pero eso no la reconfortó demasiado. La idea de la sombra atacando a Peter mientras estaba solo en el bosque era suficiente para provocarle ganas de vomitar. Debería haber estado allí para protegerlo. No debería haberse separado de él. Debería haberlo acogido en su casa. Wendy se tragó el nudo que se le había formado en la garganta. Se odiaba a ella misma por haber dejado que se fuera.

—Estamos juntos en esto, ¿de acuerdo? —insistió y dio un paso hacia Peter mientras lo obligaba a mirarla a los ojos—. Nada de irte por tu cuenta. La derrotaremos juntos o no lo haremos, como dijiste, ¿me oyes? —Peter tenía un aspecto horrible y parecía poco convencido—. No eres el único con algo que perder —le dijo.

Peter le sostuvo la mirada. Wendy se dio cuenta de lo cerca que estaban. Peter apoyado en el cubo de basura y ella entre sus rodillas. Sintió una ráfaga en la barriga y como le subía la temperatura de la cara.

Los ojos de Peter pasaron de sus ojos a su boca y luego a su cuello. Una sonrisa cansada apareció en la comisura de sus labios

—La has encontrado —murmuró.

Miraba la bellota que Wendy llevaba colgada.

—Sí, la… la he encontrado —tartamudeó y volvió a la realidad—. Quiero decir, siempre la he tenido —se corrigió y la sostuvo en la palma de la mano—. La guardaba en un joyero. —Un poco de la luz de Peter volvió—. Anoche la puse en un collar y cuando me dormí tuve un sueño, pero era un recuerdo, de Nunca Jamás, mis hermanos y tú. —Lo miró a la cara—. Recordé cuando me la diste. ¿Tú lo recuerdas?

Los hoyuelos se marcaron delicadamente en las mejillas de Peter mientras sujetaba la bellota entre el pulgar y el índice.

—Por supuesto que sí —respondió. Sus cabezas inclinadas y sus cuerpos formaban un pequeño rincón—. Te la di para que no me olvidaras, ya sabes, cuando volvieras. Claramente no funcionó —añadió con una risa ligera. Levantó la mirada hacia ella. Estaban muy cerca. La miró con tanta intensidad que Wendy casi se apartó—. Pero ahora que la has encontrado, supongo que te está ayudando a recuperar la memoria…

La sonrisa de Peter era pequeña y rígida.

Wendy se mordió el labio inferior. ¿Eso significaba que todo ese tiempo podría haber utilizado la bellota para recuperar sus recuerdos? Se odiaba a sí misma por no ser capaz de recordar cuando los demás le hacían preguntas para las que no tenía respuestas, cuando la acusaban de mentir, cuando se convirtió en una marginada de la sociedad. Esto podría cambiarlo todo. Ahora podría recuperar sus recuerdos. Por algún motivo, empezó a sentir palpitaciones mientras la cabeza le daba vueltas.

—Cuando me la diste —cambió de tema, pensando en qué aspecto tenía Peter en su sueño, cuando se la entregó—, ¿ya sabías que tendrías que llevarnos a casa?

Asintió.

—Me di cuenta de que las cosas no iban bien en Nunca Jamás —respondió, observándola cuidadosamente—, ya no era seguro que estuvieras allí.

—Fue tan extraño verlos con tanta claridad —le dijo y Peter sonrió. Ella suspiró y retrocedió un paso—. Tengo muchas cosas que contarte. Anoche desaparecieron otros dos niños y la policía empezará una partida de búsqueda en el bosque. —La sonrisa de Peter se desvaneció—. Necesitamos encontrar ese árbol y a tu sombra pronto. —Wendy le echó un vistazo a la parte delantera de la casa y, con repentina determinación, tiró del brazo de Peter—. Vamos —dijo mientras lo guiaba. Se aseguró de que nadie estuviera mirando en esa dirección y abrió la puerta de la camioneta.

Peter se deslizó en el asiento del copiloto. Se sentó erguido y, de repente, parecía mucho más despierto.

—Nunca había estado en un coche —confesó, acariciando los botones de la radio.

—Técnicamente, estuviste en una ambulancia —señaló Wendy.

—Eso no cuenta. —Peter la miró, serio—. Estaba inconsciente.

Los labios de Wendy se retorcieron mientras suprimía una sonrisita. Giró la llave y la vieja camioneta cobró vida. Peter se aferró al salpicadero. De no haber estado tan preocupada por él, se hubiera reído por la expresión de profunda preocupación que puso.

—Abróchate el cinturón de seguridad —le dijo mientras se pasaba el suyo por encima del pecho.

Peter lo cogió e imitó el movimiento de Wendy, pero cuando se puso a luchar con la hebilla, la chica le apartó los dedos con gentileza y lo abrochó.

Cuando empezó a retroceder, Peter volvió a agarrarse al salpicadero.

—No pongas esa cara de miedo —le dijo cambiando de marcha y avanzando por la calle—. Conduzco muy bien.

—Casi me atropellas. —Peter la miró de mala manera, pero cuando el coche dobló la esquina, empezó a relajarse en su asiento—. Es como volar, pero mucho más… movido —bromeó mientras miraba las casas pasar.

Su plan era conducir por uno de los caminos que se adentraban en el bosque. De esa manera, podían investigar sin ser vistos y nadie vería su camioneta.

Solo pasó un minuto antes de que Peter descubriera cómo bajar la ventanilla. Se inclinó hacia fuera todo lo que el cinturón de seguridad le permitió. Entrecerró los ojos por el sol mientras el aire le agitaba el pelo. El viento capturó su risa y la extendió. La calle soleada se extendía delante de ellos y abrazaba la línea de árboles. Las señalizaciones blancas de la cuneta casi se perdían entre la hierba alta.

—Entonces, ¿qué niños han desaparecido y por qué la policía estaba en casa de tu vecino? —preguntó Peter de vuelta en la cabina y frotándose los ojos.

—Han sido dos niños —empezó Wendy—. Diez y siete años, la mima edad que tenían mis hermanos cuando desaparecimos. Los secuestraron en su jardín trasero, como a nosotros. Su padre vio cómo se los llevaban, pero no pudo ver bien al secuestrador.

—Mi sombra —afirmó Peter y ella asintió.

—Tiene que estar jugando con nosotros, ¿verdad? —La ira le subía la temperatura de la piel—. Por eso se llevó a esos niños. Es demasiado similar a lo de mis hermanos para ser una coincidencia.

—Es probable. Sabe que hemos estado en su territorio, que la hemos estado buscando. Sabe que el bosque te aterra. Quiere que tengas miedo. —Peter la miró de reojo. La preocupación envejecía su rostro ya pálido—. Puede estar guiándonos hacia una trampa, Wendy —dijo—. ¿Estás segura de que quieres buscar ese árbol? ¿Y si eso es exactamente lo que quiere? Probablemente puede oler tu miedo desde el momento en que entras al bosque. —Negó con la cabeza y un gruñido frustrado le surgió del fondo de la garganta—. Quizá debería...

—No —intervino Wendy, punzante y sucinta—. Mantiene a mis hermanos como rehenes. No te dejaré luchar solo.

Peter se miró el regazo.

Wendy no quería señalar que, en su condición, apenas podría explorar el bosque, mucho menos luchar con su sombra. Él necesitaba su ayuda y ella necesitaba recuperar a sus hermanos.

—Además, dijiste que soy la única capaz de volver a uniros, ¿lo recuerdas? —añadió.

—Valía la pena intentarlo —murmuró Peter. Se hundió en su asiento. Apoyó la cabeza contra el vidrio fresco de la ventana y cerró los ojos.

A Wendy le dieron ganas de seguir dando vueltas alrededor del bosque y dejarlo descansar, pero debían encontrar su sombra cuanto antes.

Tomó un camino. La hierba estaba aplastada por el paso de los coches. Wendy se adentró y aparcó la camioneta para que no fuera visible desde la carretera principal.

Peter se sentó erguido y el asiento lo sacudió cuando Wendy detuvo el motor.

—¿Has conseguido un mapa? —preguntó y su mirada se perdió en el bosque.

—Tengo uno aquí. —Se inclinó y tiró dos veces de la guantera antes de poder abrirla. Peter intentó apartarse cuando un par de gafas de natación y una botella de protector solar le cayeron en los pies—. Lo siento —se disculpó Wendy. Hundió una mano en la guantera y extrajo un mapa del pueblo—. Mi padre me compró esto cuando empecé a conducir —le dijo—. No confiaba en el GPS del móvil. —Era obvio, por la expresión de Peter, que no sabía de qué estaba hablando—. Así que me compró este mapa para que pudiera ubicarme si alguna vez me perdía.

Señaló a una gran mancha verde en el centro del mapa.

—No tiene muchos detalles. —Mostraba los límites del bosque, los arroyos y algunos caminos—. Es tan viejo que está desactualizado, pero es mejor que nada. —Se giró hacia Peter—. ¿Crees que nos ayudará? ¿Sabes leer un mapa?

—Por supuesto que sé leer un mapa. —Peter resopló, lo cogió e infló el pecho—. Uso mapas de piratas todo el tiempo en Nunca Jamás. Tengo una colección.

—Mapas de piratas —Wendy puso los ojos en blanco—. Por supuesto, cómo he podido olvidarlo.

—Podemos usar los arroyos y estos caminos como puntos de referencia —dijo pasando el dedo sobre una línea azul—. No debería ser muy difícil.

—Genial. —Wendy cogió el móvil y le envió un mensaje a su madre para decirle que estaba con Jordan y que llegaría más tarde. Respiró hondo—. ¿Estás listo?

Peter se lamió el labio superior y la miró. Wendy no pudo interpretar muchas de las cosas que le brillaron en los ojos. El chico forzó una sonrisa, aunque era más bien una mueca.

—Tan listo como puedo estar.

Capítulo 16

El árbol

Plantas y helechos se erguían a ambos lados del camino, formado por el paso de los coches. Wendy y Peter lo siguieron hasta que se desvió y se desvaneció entre los árboles.

—Solo tenemos que seguir avanzando hacia el norte —dijo Peter, barriendo el terreno con los ojos—. Creo que tenemos que cruzar uno de estos senderos y luego avanzar hasta el arroyo.

—También deberíamos estar alerta por si nos cruzamos con un equipo de búsqueda —añadió Wendy y se detuvo al lado de Peter—. No sé cuánto tardarán en inspeccionar el bosque, pero empezarán en el norte y avanzarán hacia el sur. No me gustaría encontrarnos a mitad de camino —terminó y se guardó el mapa en la mochila—. Sobre todo si no encontramos el árbol.

—Deberíamos poder oírlos desde lejos —contempló Peter. Sacudió la cabeza y esbozó una pequeña sonrisa—. Vamos.

La hierba alta se estampaba contra las piernas de Wendy mientras se adentraban en el bosque. Podía sentir cómo se le quemaban los hombros, el calor del sol se filtraba entre los árboles. El aire olía a cedro dulce y a la savia que cubría las cortezas. Escarabajos se tambaleaban sobre los troncos y el chirrido agudo de las aves rapaces resonaba en el cielo. El sonido de Peter y Wendy cruzando el terreno se unió a la sinfonía.

Wendy frunció el ceño. Observó como Peter se abría camino entre los troncos caídos y el follaje, y se dio cuenta de que no se movía con la misma facilidad que la última vez que habían estado en el bosque. Tenía los ojos clavados en el suelo, sus pisadas eran tan pesadas como las de ella. Peter solía estar muy cómodo en la naturaleza, pero ahora estaba tan fuera de lugar como ella.

¿Quizá era por su crecimiento drástico y repentino? Prácticamente le sacaba una cabeza a Wendy. Tenía los brazos y las piernas notablemente más largos y, por sus movimientos, daba la impresión de que todavía estaba acostumbrándose a su cuerpo. La manera en que caminaba le recordó a un ciervo recién nacido que intentaba encontrar el equilibrio.

Lo siguió de cerca, observaba mientras el chico se movía por el bosque. Los tendones de los antebrazos le inflaban los bíceps antes de desaparecer debajo de las mangas de su camiseta. Wendy podía ver los músculos de la espalda de Peter moverse debajo de la tela. El sol que se escabullía entre los árboles hacía resplandecer los mechones rojos de su pelo cobrizo. Una pequeña línea de sudor le caía por la nuca y desaparecía en el cuello de su camiseta. Tenía los labios separados y respiraba a un ritmo estable.

El rostro de Wendy adquirió tal temperatura que tuvo que desviar la mirada. Le frunció el ceño al suelo. Estos cambios que Peter estaba experimentando la… distraían. Wendy estaba acostumbrada a ver a los chicos de su equipo de natación en traje de baño. La anatomía de un chico adolescente no le era desconocida, pero no le afectaba en lo más mínimo y apenas miraba dos veces a sus compañeros cuando intentaban presumir. Peter no debería ser diferente. Wendy solo necesitaba calmarse. Estaba enfadada con ella misma por estar tan nerviosa. Se enfrentaban a asuntos importantes, cosas en las que tenía que concentrarse.

Mientras la mirada de Wendy deambulaba por el suelo, se dio cuenta de que el chico iba descalzo.

—Peter, ¿dónde están tus zapatos?

—Mis pies han crecido demasiado y se me han quedado pequeños —respondió y se encogió de hombros, como si caminar por el bosque descalzo fuera una solución perfectamente razonable.

—¿No te duele? —preguntó. Puso una mueca de confusión. Ella ni siquiera soportaba sacar la basura sin sandalias, y solo tenía que andar por el hormigón del patio trasero.

—No tiene importancia. No utilizaba zapatos en Nunca Jamás —señaló y la miró levantando una ceja—. Tengo unos callos bastante importantes. —Los labios de Peter esbozaron una sonrisa.

—De acuerdo, pero ahora estás aquí —replicó—. Llamarás la atención si vas sin zapatos.

Si la gente lo viera, probablemente creería que era un vagabundo o que había huido de casa.

—Ah, no había pensado en eso.

Pareció sorprenderse.

—¿Deberíamos volver a la cabaña y buscarte otro par? —sugirió Wendy—. Ya no podrás volver.

Ese era otro pensamiento preocupante. Otro problema en su lista interminable de cosas que necesitaban soluciones.

—No tengo más zapatos. —Peter no parecía muy preocupado—. Podría intentar buscar un par por algún lado —analizó.

—No —replicó la chica con firmeza—. Nada de robar. Lo último que necesitamos es que alguien te vea robar un par de zapatos de su porche trasero.

Wendy se exprimió el cerebro en búsqueda de una solución. La idea de llevar a Peter a comprar zapatos le resultaba ridícula. Ni siquiera podía imaginárselo en medio de un supermercado. Sería como ver a Bigfoot en un café hípster: no pertenecía allí y resultaba cómico.

—Podrías usar algún par viejo de mi padre. —Seguro que le iban grandes, pero a ese ritmo, le quedarían bien en cuestión de días. La idea no la reconfortó ni un poquito.

Peter asintió. Tenía el ceño fruncido. Parecía molesto por algo, pero no dijo nada y Wendy pensó que sería mejor no preguntar. Había cierta tensión y pesadez en el aire.

Quizá él ya sabía lo que ella estaba pensando.

Wendy había estado dándole vueltas a cómo le estaba afectando todo esto, pero no se había parado a considerar cómo se sentía Peter. Debía ser aterrador estar solo tan lejos de casa; salvo por Wendy, pero dudaba que ella lo consolara mucho. Debía ser agotador cargar con la responsabilidad de la seguridad de todos esos niños. Sin mencionar todas las incertidumbres sobre su propio destino. A Wendy le dolió el pecho ante la mera idea de Peter pasando solo por todo aquello. ¿Cómo se había permitido hundirse tanto en sus propias pesadillas que no había considerado cómo todo esto afectaba a Peter? Al mirarlo, los efectos parecían claros. Los veía en sus ojeras y en la manera en que las comisuras de sus labios tiraban hacia abajo cuando él no se daba cuenta.

Wendy quería estirarse y tocarlo, decirle que todo iría bien y que encontrarían una solución. Pero ¿escucharía la duda en su voz? Wendy se mordió el labio. ¿Qué tenía Peter que mantenía a la oscuridad alejada? Cuando salieran del bosque, encontraría una manera para mantenerlo a salvo.

Cruzaron el primer sendero, solo era un poco de gravilla sobre tierra dura, compactada por los camiones que transportaban troncos. El arroyo estaba a poca distancia, siguieron la corriente y se adentraron más en el bosque. Wendy volvió a caminar cerca de Peter, pero esta vez tuvo cuidado de no pisarlo. El bosque era gigante. Incluso con un plan, tenían que cubrir una superficie demasiado extensa. Sin mencionar que el terreno se volvía hostil, lo que los ralentizaba, tanto a ellos como a su progreso.

Cuanto más se adentraban, más silencioso era. Ya no había aves cantando o ardillas hundiendo las garras en los árboles mientras se perseguían. El único sonido solido era el burbujeo del agua del arroyo.

—¿Echas de menos Nunca Jamás? —preguntó Wendy. Quería romper ese silencio espeluznante.

Peter inclinó la cabeza hacia atrás, mirando las copas de los árboles mientras analizaba la pregunta.

—Un poco. Es mucho más bonito que esto —dijo—. Extraño las playas, jugar con los niños perdidos, poder estar todo el día descansando en una hamaca cerca de la cascada —dijo con un tono distraído y un suspiro.

—Sin duda suena mejor que adentrarse en el bosque en búsqueda de tu sombra. —Wendy rio suavemente—. Cuán aburrido debe ser Oregón en comparación con Nunca Jamás.

—No es tan malo. Estar aquí tiene sus ventajas. —Golpeó su hombro contra el de Wendy. La chica presionó los labios cuando estos amenazaron con esbozar una sonrisa—. Lo que realmente echo de menos es poder volar. Este cuerpo —dijo mirándose a sí mismo— se me hace extraño.

Wendy se obligó a mirarlo a la cara y evitar evaluar su cuerpo. Otra vez.

—¿Qué crees que inició todo esto? —preguntó—. Me refiero a que estés creciendo y perdiendo la magia.

—En realidad, no lo sé —confesó Peter—. Solo asumí que lo hizo la sombra, pero todo empezó cuando viniste a Nunca Jamás conmigo… —Le escudriñó los ojos y le lanzó una mirada curiosa a Wendy—. Está relacionado contigo, pero no estoy seguro cómo.

—¿Tienes un plan? —indagó Wendy—. ¿Para cuando la encontremos? ¿Cómo…? —Luchó por encontrar las palabras indicadas—. ¿Cómo volveremos a unirla a tu cuerpo?

—Bueno, tenemos que debilitarla de alguna manera. ¡Y luego puedes volver a coserla!

Wendy lo miró. No era un gran plan. Ella era una costurera decente. Uno de los doctores del hospital hasta le había enseñado como hacer suturas en una naranja, pero ¿cómo funcionaría con una sombra?

De repente, Peter se giró para mirar por encima del hombro. Wendy siguió su mirada, pero no vio nada en la mezcla de verdes y marrones. Se acercó más a Peter y enredó los dedos en la parte trasera de la camiseta del chico. Su mirada saltaba del rostro atento de Peter a los árboles inmóviles.

—¿Qué pasa? —preguntó.

El bosque se oscurecía a medida que los árboles crecían a menor distancia entre sí y bloqueaban la luz del sol con su maraña de ramas. ¿Cuándo había empezado a hacer tanto frío? Wendy se acercó más a Peter, tocando la espalda cálida del chico con el hombro.

Peter seguía con la mirada fija en la distancia, inmóvil como los árboles. El miedo se expandió por el cuerpo de Wendy, palpitándole en las venas. Tiró de la camiseta de su acompañante.

—¿Peter?

¿Respiraba siquiera?

—Me había parecido oír algo —murmuró. Inclinó la cabeza y oyó algo que Wendy no pudo identificar sobre las palpitaciones de su propio corazón. Al cabo de unos segundos, Peter sacudió levemente la cabeza y suspiró, aunque seguía teniendo los hombros tensos—. No era nada.

Una risa nerviosa escapó de la garganta tensa de Wendy.

—Pensé que no le temías a nada —dijo en un intento de aliviar la tensión.

Peter solo la miró. Cuando el chico siguió caminando, ella soltó la tela de su camiseta.

—¿Qué pasará si no podemos hacerlo? —preguntó Wendy, clavada en su lugar y con las manos cerradas en puños a ambos lados.

Peter se giró hacia ella, suavizando la expresión.

—Se supone que mi magia me mantiene joven para siempre para que pueda ayudar a los niños perdidos a encontrar su camino —explicó—. Si sigo creciendo, entonces perderé mi magia y no podré volar, encontrar a los niños o llevarlos a Nunca Jamás conmigo. Sin mí, no habrá nadie que los guíe. Solo… —Se encogió de hombros—. Permanecerán perdidos.

Wendy quería preguntar qué significaba eso, pero el cosquilleo de su nuca le llamó la atención.

Seguro que Peter también lo había sentido porque se tensó y empezó a mirar a su alrededor.

Un largo silencio se estiró entre ellos. Wendy sintió escalofríos en la piel.

—¿Los niños perdidos se quedan en Nunca Jamás para siempre? —indagó. Quizá, si seguía hablando, esa sensación desaparecería.

Algo le respiró en el cuello, como un susurro delicado. Wendy dio un salto y se giró. Solo encontró árboles inmóviles, alineados y esperando, hasta donde le llegaba la vista.

Un silencio espeso y pesado estaba suspendido en el aire. Wendy se sentía sumergida, como si el aire ejerciera fuerza contra su piel y necesitara liberar la presión de los oídos.

—A veces. —El aire detrás de ella se movió. Notó la calidez de Peter en las clavículas—. Pero la mayoría es capaz de encontrar su camino y seguir adelante —añadió en voz baja.

La respiración de Wendy se volvió entrecortada y acelerada. La criatura dormida entre sus costillas y su columna empezaba a despertarse y a temblar. Se llevó una mano a la bellota que llevaba colgada del cuello.

—Creo que estamos cerca —murmuró y estrujó la bellota con fuerza. Una sensación de *déjà vu*, el fantasma de un recuerdo, se asomaba en los límites de su mente.

Peter se puso a su lado. Por primera vez, la presión de su brazo desnudo no la tranquilizó; tenía los ojos alerta.

—¿También puedes sentirlo? —Wendy apenas susurró y Peter asintió lentamente.

—Quizá deberíamos marcharnos, Wendy —dijo en voz baja, como si estuviera intentando no despertar a los árboles. Entrelazó su mano cálida y callosa con la de ella.

Wendy volvió a oír el susurro, esta vez más fuerte, pero indescifrable de todos modos. No podía distinguir de qué dirección venía. El corazón le palpitaba en el pecho.

Retrocedió un paso y la mano de Peter estrujó la suya. Un llanto suave hizo que Wendy mirase hacia arriba. Clavó la mirada en las ramas en un intento de detectar algo, no sabía qué.

—¿Puedes oírlos? —le preguntó a Peter. Sollozos silenciosos, un llanto lejano—. Cada vez son más fuertes. Creo que provienen de allí... —Tiró de la mano del chico y dio un paso tentativo hacia esa dirección.

Cuando Peter no respondió ni se movió, Wendy despegó los ojos del bosque para mirarlo. El chico estaba inmóvil y pálido. Tenía los ojos abiertos de par en par y miraba algo a su espalda. Su mano se había desplomado en la de ella.

—Wendy, aléjate de él —dijo Peter, sus ojos seguían clavados en el espacio detrás del hombro de ella. Lo dijo en voz baja, pero prácticamente fue un grito en el bosque silencioso.

La chica se giró lentamente.

Ahí se erguía el árbol. Su tronco era grueso, se retorcía hacia arriba y se dividía en ramas desnudas y puntiagudas que se extendían como dedos afilados. La corteza del árbol sobresalía entre las demás; era pálida como un fantasma en comparación con los verdes y los marrones. Las raíces se entrelazaban en nudos a través de los arbustos. El aire olía a hojas podridas y tierra.

El bosque zumbaba. A Wendy se le puso la piel de gallina. Ahora escuchaba las voces con más fuerza. Provenían del árbol. No, de las raíces que se retorcían y se hundían en la tierra; formaban cuevas y agujeros. Una brisa cobró intensidad y agitó las hojas. Las voces eran cada vez más fuertes y estaban más asustadas.

Wendy dio un paso hacia delante, soltó la mano de Peter y se estiró hacia el árbol. Los susurros la advirtieron. ¿Había algo ahí, escondido entre las raíces?

Las voces se intensificaron.

—Hay algo ahí —murmuró Wendy. Se inclinó hacia abajo, pero de repente, Peter se puso delante, agarrándola por los hombros.

—Tenemos que salir de aquí. —Estaba tenso y tenía las líneas de expresión marcadas. Le suplicaba con los ojos que lo escuchara.

—Tiene razón, ¿sabes? —Una voz holgazana flotó hacia ellos entre los árboles.

Wendy y Peter levantaron la cabeza.

La sombra estaba sentada en una rama gruesa, con la espalda contra el árbol.

Wendy pudo distinguirle claramente los rasgos. Era una versión distorsionada de Peter. En lugar del tono cálido que brillaba bajo el sol, su pelo era negro y brillante como el petróleo. Tenía la nariz y el mentón puntiagudos, la piel blanca y sus ojos vacíos y negros parecían succionar toda la luz. Esbozó una sonrisa cruel y reveló una hilera de dientes anormalmente blancos. La sombra estaba repleta de ángulos afilados, Wendy podría cortarse con esos pómulos y esa mandíbula.

De la misma manera que Peter era luz y calidez, la sombra era oscuridad y tinieblas.

Parecía tan sólido y real como Peter.

—Deberías ir con cuidado… no hay manera de saber qué encontrarás en este bosque.

Enrolló una hoja muerta entre sus dedos pálidos.

Wendy se congeló, pero la ira emergente la impulsó hacia delante.

—Déjalos ir —demandó, intentando liberarse de Peter.

La sombra se rio y se disolvió, cayó como una niebla pesada. Una risa estrepitosa le resonó en los huesos. La sombra formó un charco delante de ella y se materializó en su forma humana.

—¿Dejar ir a quién? —replicó, arrastrando las palabras.

—Tienes que parar. —Peter dio un paso hacia delante y habló con voz firme—. Libera a los niños. —Levantó una mano y, con una explosión de luz, la espada apareció. Con los hombros rectos, se enfrentó a la sombra. La espada brillaba, era un arma hecha de pequeñas partículas doradas. Pero enseguida empezó a titilar.

La sombra inclinó la cabeza hacia atrás y soltó una risa parecida a un ladrido punzante que resonó entre los árboles.

—Oh, Peter —ronroneó—. ¿Realmente crees que puedes detenerme? —preguntó con una gran sonrisa.

Peter sostuvo la empuñadura con ambas manos. La espada vibraba con energía y brilló con fuerza, pero solo un segundo antes de empezar a menguar y desvanecerse. Se le pusieron los nudillos blancos cuando blandió la hoja hacia la sombra.

—Te estoy advirtiendo —gruñó entre dientes.

—Ay, por favor. —La boca de la sombra se dividió en un ángulo sobrenatural—. ¿Es que aún no lo has captado? —preguntó—. Apenas tienes fuerza suficiente para pelear, Peter. —La sombra alargó la mano y tocó el filo de la espada. Como una bombilla, el arma parpadeó hasta desaparecer y se disolvió en un montón de chispas.

El chico tenía los hombros rígidos. Cerró las manos en puños.

—Pronto te quedarás sin magia y ni siquiera tú, el gran Peter Pan, podrás de detenerme —afirmó con un tono cantarín y agitó sus largos dedos en el aire.

Wendy se estremeció, le ardían los ojos, pero no se permitió huir. Este era el momento. Esa cosa se había llevado a sus hermanos y los tenía cautivos; era lo que los mantenía separados. Wendy se abalanzó hacia delante y apartó a Peter.

—¡Déjalos ir! —gritó.

La sombra se centró en ella.

—Wendy —susurró—. Qué amable por tu parte que hayas venido. —Hizo un fuerte ruido al inhalar. Puso los ojos en blanco y le temblaron los párpados—. Mmm... —tarareó antes de mirarla con la concentración de un tiburón—. Eres deliciosa, ¿lo sabías? —La sonrisa de la sombra partió su rostro en dos—. Todo ese miedo y culpa que emanas. —Soltó una risita—. ¡Casi es abrumador!

Puede que Wendy estuviera asustada, pero la ira le hervía a través del hielo que tenía en las venas.

—¿Dónde están mis hermanos? —Intentó moverse, pero Peter alargó el brazo para que se quedase en su lugar. Quería clavarle las uñas a la sombra y arrancarle esa sonrisita.

La sombra soltó un par de carcajadas resonantes.

—¡Están aquí, por supuesto! —Señaló a su alrededor.

Wendy apretó los dientes. ¿A qué estaba jugando?

—¿No lo recuerdas, Wendy? —preguntó, observándola con curiosidad y moviendo la cabeza a un lado y al otro. Empezó a caminar en un círculo alrededor de ellos.

—¿De qué estás hablando? —demandó. No podía confiar en nada de lo que dijera. Seguro que estaba intentando manipularla y engañarlos. Wendy sabía que se alimentaba de energía negativa; no podía permitir que sacara lo peor de ella.

La sombra fingió sorpresa.

—¡Aquí es donde el querido Peter te encontró con tus hermanos!

Una descarga eléctrica atravesó el cuerpo de Wendy. La pilló con la guardia baja y sintió que su resolución flaqueaba.

Echó un vistazo en dirección a Peter, no estaba dispuesta a que la sombra la distrajera.

—¿Es verdad? —le preguntó.

Peter asintió de manera cortante, con los ojos fijos en la sombra. Estaba en posición, listo para saltar, un brillo intenso le ardía en el rostro.

¿Por eso Wendy dibujaba el árbol una y otra vez? ¿Por eso había soñado con él? ¿Lo que la había guiado hacia allí era un recuerdo? El sitio donde Peter la había encontrado. Aquí fue donde ella y sus hermanos desaparecieron. Donde comenzó la pesadilla que habían sido los últimos cinco años.

—¿Dónde están mis hermanos? —Wendy se giró hacia la sombra, estaba perdiendo la paciencia y la compostura.

Las cejas de la criatura se arquearon y le arrugaron la frente.

—¿Peter no te lo ha contado? —Se mordió el labio inferior con esos dientes blancos brillantes mientras contenía la risa.

—Me dijo que los secuestraste, al igual que a todos los niños que han desaparecido —escupió entre dientes.

La sombra estalló en otra ronda de carcajadas que Wendy sintió en los huesos. Después de unos segundos eternos, se tranquilizó y la miró.

—Nunca volverás a verlos, Wendy —le dijo en voz baja y con una sonrisa.

Una explosión repentina de ira y angustia atravesó a Wendy como un cuchillo. Se abalanzó hacia la sombra, pero la criatura se disolvió en un charco negro y se disipó entre los árboles; su risa resonó en el aire.

—¡No! —gritó Wendy. No dejaría que huyera. Tenía que detenerla, tenía que recuperar a sus hermanos. Intentó correr tras ella, pero Peter la sujetó por la espalda.

—¡Wendy, para!

Sintió la respiración del chico contra el cuello. Le pasó los brazos alrededor del estómago para levantarla del suelo. Ella intentó luchar y resistirse. Lanzó patadas e intentó alejarse de él, pero Peter no cedió.

—¡Suéltame! —gritó hacia el bosque. Empujó los brazos de Peter e intentó liberarse de su agarre—. ¡Tengo que detenerla! —gritó. Golpeó los brazos del chico con los puños—. Tengo que recuperarlos. ¡Tengo que recuperar a mis hermanos! —Ahora estaba temblando—. John y Michael, ¡tengo que recuperarlos! —Se le rompió la voz. Le daba la sensación de que la habían partido en dos. Le dolía todo el cuerpo, el anhelo de ver a sus hermanos le cubrió la piel. Sentía un vacío en el estómago.

—Se ha ido, Wendy —le dijo Peter al oído.

Quería gritarle, pero cuando inhaló, un llanto inestable se le atascó en la garganta. Le cedieron las piernas, pero él la abrazó con fuerza. Se dobló en los brazos de Peter. Gemidos incontrolables le rasgaron la garganta y el llanto le hizo temblar todo el cuerpo.

—Shh, ya ha pasado —le susurró Peter, intentando calmarla. Apoyó la mejilla en el pelo de la chica. Sus palabras temblaban tanto como las manos de Wendy.

Les había fallado. Otra vez.

La culpa y el dolor la consumieron por completo. No podía respirar. No podía salir del trance.

Le pareció oír carcajadas lejanas. Se retorció en los brazos de Peter, hundió la cara en su hombro. Se aferró a la camiseta del chico y lloró con abandono.

Al principio Peter se tensó, pero enseguida relajó los músculos. Le puso una mano en la nuca y la otra en la cintura para acercarla más a él. Acomodó la cabeza de la chica bajo su mentón.

Habían tenido a la sombra justo delante. Deberían haberla detenido. Deberían haber hecho algo. Wendy debería haberla detenido. Por eso estaba allí, ese era su objetivo, pero no lo había hecho. No pudo hacerlo… No sabía cómo hacerlo. Había tenido a la criatura que mantenía cautivos a John y Michael justo delante, pero no estaba más cerca de salvarlos.

Wendy no sabía cuánto tiempo se quedaron ahí. Cuando empezaba a calmarse, volvía a pensar en sus hermanos asustados en una habitación oscura, en Alex llorando solo en el bosque o en la sombra atormentando a la pequeña Ashley, y una nueva ola de culpa la consumía.

Pero Peter se mantuvo firme, la sujetaba y le hablaba en el oído.

—Todo irá bien. Encontraremos a los niños perdidos. Lo solucionaremos, Wendy, todo irá bien.

Con el tiempo, el llanto se transformó en hipo. Quizá se había quedado sin lágrimas o su cuerpo sin energía para seguir. Cada sollozo drenaba su fuerza para luchar. El aire cada vez era más pesado. Estaba exhausta y abatida.

Su único consuelo era la calidez que irradiaba Peter. Cuando se alejó, vio que el chico tenía la camiseta llena de lágrimas y mocos. Se limpió la nariz con la mano e intentó quitarse la humedad de las mejillas. Le ardían los ojos. Todo estaba borroso. Le dolía todo el cuerpo por el anhelo.

—Salgamos de aquí —dijo Peter lentamente. Le puso un mechón de pelo detrás de la oreja—. Se está haciendo tarde. No queremos que los equipos de búsqueda nos encuentren…

Wendy solo pudo asentir mientras se limpiaba la nariz con el brazo. Empezó a seguir a Peter, con las manos entrelazadas, pero cuando llegaron al claro, Wendy no pudo evitar mirar al árbol una última vez.

Se erguía silencioso, gris como la pierda. Cualquier rastro de los susurros se había desvanecido.

Capítulo 17

Guirnalda de luces

Cuando volvieron a la camioneta, Wendy se sentó en el asiento del conductor y apoyó la frente contra el volante. Con los ojos cerrados, inhaló profundamente para tranquilizarse. Los resortes del asiento del pasajero gruñeron cuando Peter se sentó.

—¿Y ahora qué? —preguntó el chico en voz baja.

Buena pregunta.

Wendy giró la cabeza y descansó la mejilla sobre el cuero cálido mientras lo miraba: mejillas manchadas con pecas rojizas, hombros caídos, manos entrelazadas sobre el regazo. Tenía el pelo de la nuca húmedo por el sudor. Las cejas arqueadas de una manera que hacían que Wendy quisiera inclinarse y tocarle el brazo.

Peter no podía quedarse en el bosque. Pronto estaría repleto de policías y voluntarios. Además, se negaba a dejar al chico por su cuenta, no después de lo que la sombra le había hecho la noche anterior. Peter también necesitaba protección. Quería esconderlo en algún lugar seguro. La idea de que algo —o algo más— le sucediera no era debatible.

Wendy sintió un deseo fugaz y delirante de huir y desaparecer, pero no abandonaría a sus hermanos otra vez.

Suspiró y se obligó a sentarse con la espalda recta.

—Ahora vienes a casa conmigo —dijo con seguridad. Miró a Peter de reojo, casi esperaba que el chico objetara.

Peter solo miró por el parabrisas y, después de una pausa, asintió.

—De acuerdo. En realidad, no tengo otro lugar al que ir. —Una risa ligera se le escapó de los labios.

—Bien, entonces vamos a casa. —Se movió para arrancar el coche cuando vio como el sol se hundía detrás de los árboles y maldijo en voz baja.

—¿Qué? —indagó Peter, alerta. Sus ojos salieron disparados en dirección al bosque.

—Está anocheciendo y todavía no he llamado a mi padre —explicó, buscando el móvil frenéticamente.

—Ah. —El chico sonaba aliviado. Wendy deseaba sentirse igual que él.

Seleccionó el nombre de su padre, guardado en su lista de favoritos, y se llevó el teléfono al oído. Presionó los labios entre sí. Lo último que necesitaba era molestar todavía más a su padre o levantar sospechas cuando quería meter a Peter en casa sin que se enteraran. Esconder a una persona en su habitación era muy distinto a intentar esconder algo como un ratón como había hecho cuando era pequeña.

No. Peter era una persona. Un chico.

Ay, Dios, ¿realmente sería una de esas chicas que lleva a chicos a su cuarto a escondidas?

Solo sonó un tono antes de que su padre respondiera.

—¿Hola?

—Papá, hola —saludó Wendy mientras se ponía un

mechón detrás de la oreja—. Voy de camino a casa, acabo de salir del hospital.

—¿Jordan ha ido contigo?

Voces amortiguadas sonaban en el fondo e hicieron que Wendy no pudiera oír bien a su padre.

—Eh, no. —Hizo una mueca—. No me ha contestado —mintió. Esnifó y se frotó la nariz con la mano.

Hubo una pausa. La voz del señor Darling se volvió áspera.

—¿Qué pasa? —demandó.

—Nada. —Se aclaró la garganta—. Estoy bien. Solo tengo alergia —respondió. De reojo, vio que Peter jugaba con un hilo de sus pantalones.

Hubo otra pausa. Más voces amortiguadas. La exhalación del señor Darling resonó contra el oído de Wendy.

—Ve directa a casa. Seguro que tu madre te está esperando.

—¿A qué te refieres? —preguntó y frunció el ceño—. Un momento, papá, ¿dónde estás?

—Estoy en el bosque, con los equipos de búsqueda —explicó y Wendy se sentó erguida. Rápidamente miró a su alrededor, casi esperaba encontrar a su padre de pie justo delante de ellos.

Peter frunció el ceño y ladeó la cabeza con curiosidad.

—Le dije a Donald Davies que ayudaría.

Por supuesto: Donald Davies, el padre de los niños que habían desaparecido la noche anterior. Wendy había olvidado que trabajaban juntos en el banco. No eran solo vecinos, eran amigos.

—Pero como he dicho —siguió—, tu madre te espera en casa, así que date prisa. Ha tenido un día largo y necesita descansar. Volveré tarde, quizá por la mañana.

—De acuerdo.

—Buenas noches, Wendy.

—Adiós, papá.

Wendy guardó el móvil. Peter la observaba con una ceja levantada.

—Entonces… ¿qué pasa? —indagó.

—Mi padre está ayudando a los equipos de búsqueda. No volverá hasta tarde o primera hora de la mañana. —No pudo evitar sorprenderse. Su padre era muy reservado. En realidad, no pasaba tiempo con nadie fuera del trabajo; no que ella supiera. No era social o amigable.

Pero supuso que tenía sentido. Por supuesto que querría ayudar. El señor Davies había perdido a sus hijos de la misma manera que su padre había perdido a John y Michael.

Wendy se tragó el nudo de la garganta.

—Bueno, un padre menos del que preocuparse —intentó sonar relajada, pero fue más como un chillido.

Peter no dijo nada, solo asintió. Tenía la mandíbula tensa, los ojos fijos en el hilo.

—Estás demasiado callado. —No había espacio suficiente en la cabina para que los dos se comportaran de manera extraña. Wendy hundió un dedo en el hombro del chico—. No me gusta.

Peter levantó la mirada. La sombra de una sonrisa divertida le apareció en los labios.

—Lo siento, solo estoy pensando en qué parte de la pared del comedor colgará tu padre mi cabeza cuando me encuentre.

Wendy soltó una risa de sorpresa. Liberó algo de la presión que sentía en los pulmones.

—No seas ridículo. —Giró la llave y el motor de la camioneta rugió al cobrar vida—. Si te encuentra, no quedará nada que colgar en la pared.

Cuando aparcó en su casa, le dijo a Peter que fuera a la puerta trasera, sería más sencillo desde allí.

En cuanto entró, vio a su madre acostada en el sofá. La televisión seguía encendida, con el volumen bajo. Wendy avanzó silenciosamente y vio que tenía los ojos cerrados debajo de las gafas, su pecho subía y bajaba a un ritmo suave.

Bueno, al menos estaba dormida. Se preguntó si habría intentado quedarse despierta hasta que ella llegara a casa.

El telediario nocturno le llamó la atención. Un periodista estaba en el bosque y una fuerte luz le iluminaba la cara. Detrás de él, estaba la cabaña en la que Peter se había estado escondiendo, rodeada por un cordón policial.

Con toda esa luz blanca, la cabaña parecía pequeña y poca cosa comparada con cuando la había visto en persona. Hombres y mujeres examinaban algo que había en el suelo, otros buscaban huellas dactilares en el marco de la puerta. Casi no se escuchaba nada, pero en la pantalla había una descripción de lo que Wendy ya imaginaba que estaba sucediendo.

... TÉCNICAMENTE NO SE HA USADO EN LOS ÚLTIMOS SEIS MESES. PRENDAS, COMIDA Y RASTROS DE HABITANTES RECIENTES. LA COCINA A LEÑA SE HA UTILIZADO HACE POCO. SE HAN ENCONTRADO DOS JUEGOS DE PISADAS EN EL INTERIOR Y EL EXTERIOR DE LA CABAÑA. LA POLICÍA ESTÁ INTENTANDO ENCONTRAR HUELLAS DACTILARES O ADN. EN ESTE MOMENTO, NO HAY RASTROS DE LOS NIÑOS DESAPARECIDOS...

Wendy se preguntó si su padre formaba parte del grupo que había encontrado la cabaña. Peter y ella tenían suerte de haber salido de allí cuando lo hicieron.

La frustración empezó a intensificarse. La atención de la policía se estaba alejando del verdadero culpable. Estaban perdiendo un tiempo valioso al rastrear los pasos de Peter en vez de buscar a la sombra. Pero ¿cómo podrían hacerlo? Peter y ella estaban teniendo muchos problemas por encontrarla, y eso que sabían a qué se enfrentaban.

En silencio, Wendy atravesó la cocina hacia la puerta trasera. Peter estaba allí, esperando pacientemente. Quitó el pestillo de la puerta corredera de cristal y tiró de ella con cuidado, solo lo suficiente para que Peter pudiera pasar. Se llevó un dedo a los labios, no quería arriesgarse a hacer algún ruido que pudiera despertar a su madre.

Peter tenía el rostro tenso y el entrecejo fruncido. Se estrujaba el labio inferior con el pulgar y el dedo índice. A Wendy le sorprendió cuánto se parecía a Michael cuando quería entrar en casa después de jugar en los charcos del jardín y sabía que se metería en problemas por manchar el suelo con barro.

Wendy le tiró de la manga con impaciencia para que se escabullera. Señaló la sala de estar.

—Intenta no hacer ruido, mi madre está durmiendo en el sofá —susurró y el chico asintió a modo de respuesta. Tenía los ojos azules muy abiertos y alerta—. Mira —dijo señalando con la cabeza hacia el televisor—. Han encontrado tu escondite…

Peter avanzó en silencio hacia la sala de estar para verlo más de cerca. Entrecerró los ojos mientras leía la información que aparecía en la parte inferior de la pantalla y suspiró.

—Tomamos la decisión correcta justo a tiempo, supongo —dijo en voz baja. Sus ojos se deslizaron hacia la señora

Darling, dormida en el sofá. Tenía una almohada debajo de la cabeza y las gafas torcidas. Marcadas líneas de preocupación le arrugaban la frente y le tiraban de la comisura de los labios.

Los hombros de Peter se desplomaron.

Wendy le hizo un gesto para que volviera y señaló el pasillo que llevaba hasta las escaleras.

Los ojos del chico regresaron a la señora Darling y se detuvieron un segundo en ella antes de retirarse. Peter acababa de entrar en la cocina cuando Wendy cerró la puerta corredera y la goma contra el vidrio produjo un chillido agudo.

La señora Darling se movió en el sofá.

Wendy sujetó a un Peter desconcertado y lo empujó hacia el pasillo, fuera de vista.

—¿Wendy? —la voz ronca de la señora Darling balbuceó su nombre desde la sala de estar.

—¡Sí, mamá, soy yo! —gritó Wendy—. Acabo de llegar del hospital.

Peter presionó la espalda contra la pared con una mueca.

La señora Darling se sentó erguida y se puso bien las gafas.

—¿Ahora? —Miró el reloj de plástico que llevaba en la muñeca y frunció el ceño.

—Ha sido un día de locos —explicó Wendy, asintiendo vigorosamente—. ¡Necesitaban toda la ayuda posible! Pero estoy exhausta, así que me voy a la cama.

—Ah… De acuerdo. —La señora Darling se sentó en el sofá y esbozó una sonrisa cansada—. Que descanses, cariño.

Lo único que salvaba a Wendy de sus mentiras pobremente elaboradas era el hecho de que nunca les había mentido a sus padres, así que no tenían motivos verdaderos para dudar de ella o cuestionarla. Sobre todo cuando se trataba de salir a escondidas con chicos desconocidos. O con cualquier chico.

—Tú también, mamá.

Peter la estaba esperando en el pasillo, con las manos detrás de la espalda. Parecía un niño al que habían regañado en un museo para que no tocase nada. Wendy intentó no sonreír. Señaló hacia las escaleras y le tocó la espalda con un dedo, metiéndole prisas.

Cuando llegaron arriba, el chico giró hacia la puerta del antiguo dormitorio de Wendy y sus hermanos.

—Esa no —dijo ella en voz baja y lo cogió por el codo con gentileza. Señaló con la cabeza a la derecha—. Mi habitación ahora está por aquí.

Peter comprendió la situación y miró unos segundos el picaporte antes de asentir. Wendy abrió la puerta de su habitación e inmediatamente se alegró de haberla limpiado la noche anterior. La guirnalda de luces emitía un suave brillo sobre todas sus cosas. Peter caminó hacia el centro de la habitación y giró lentamente. Wendy cerró la puerta y se quedó ahí de pie, poniéndose el pelo detrás de las orejas, observándolo mientras el chico exploraba todo lo que lo rodeaba.

Aparte de Jordan, nunca había invitado a nadie a su habitación después de la desaparición sus hermanos. Era el único lugar en la faz de la Tierra que era de ella. El único lugar en el que podía esconderse y sentirse en casa. Y ahora, Peter estaba ahí, en medio de sus cosas. Sobresalía y encajaba al mismo tiempo.

Peter caminó hasta la cómoda, donde acarició los lomos de los libros con los dedos.

—¿Tu madre está bien? —preguntó de repente.

—¿A qué te refieres? —respondió ella mientras intentaba recordar si había tirado el sujetador al cesto de la ropa sucia o si seguía colgando del toallero.

—Parecía… —Hizo una pausa—. Triste.

—Ah. —Wendy escondió una novela romántica cursi debajo de la cama con el pie—. Ha estado trabajando mucho —explicó—. Y obviamente los niños desaparecidos la han afectado. A mi padre también. No creo que esté durmiendo mucho...

Recordó aquella vez en que la oyó hablar mientras dormía.

—Creo que ha estado teniendo pesadillas. —Se cruzó de brazos, frotándose el codo con el pulgar—. A veces la escucho hablar con John y Michael mientras duerme.

Peter se miró las manos. Su expresión era... de tristeza.

Wendy se preguntó si todavía se imaginaba a su madre como la niña pequeña con la que había compartido aventuras. Deseó haberla conocido en esa época.

—No me gusta ver sufrir a la gente —dijo Peter al fin. Había un tono extraño en su voz, casi una urgencia, como si estuviera intentando hacerla entender algo muy importante.

Pero por supuesto que no le gustaba ver sufrir a la gente. Lo sabía. Cuando los niños estaban solos y perdidos, Peter era quien los encontraba y cuidaba de ellos. Él era quien les quitaba los miedos. La naturaleza de su existencia era detener el dolor y sufrimiento de la gente. Así que, por supuesto que no podía soportar ver a la madre de Wendy de esa manera. Quizá tanto como ella.

Wendy no supo qué decir y Peter no dio más detalles. Solo se quedó de pie en medio de la habitación, con las manos entrelazadas detrás de la espalda y cambiando el peso de pierna. La única vez que lo había visto así de callado, había sido cuando se habían ido del claro. No era normal en él, pero, bueno, nada de todo esto era especialemente «normal».

—¿Quieres darte una ducha o algo? —sugirió Wendy—. Tengo mi propio baño y estás hecho un desastre.

Peter se miró a sí mismo. Tenía la ropa llena de tierra, al igual que las piernas y los brazos. Tenía una mancha oscura en la mejilla, hojas en el pelo y puntos en la camiseta por las lágrimas de Wendy. Al menos ya no tenía el labio tan hinchado, pero todavía tenía un pequeño corte.

—Puedo poner tu ropa a lavar y darte una camiseta vieja. Eh, y probablemente tengo un viejo par de pantalones que te irían bien —ofreció.

Peter le escudriñó los ojos y una sonrisa apareció en la comisura de sus labios.

—¿Estás intentando decirme que apesto?

Su humor había vuelto.

—Un poco —asintió y no pudo contener la sonrisa—, sí.

Wendy se aclaró la garganta y caminó hasta su cómoda. Cogió una camiseta y un par de pantalones que su madre le había comprado y eran demasiado grandes para ser cómodos. Se los dio a Peter y lo guio hasta el baño.

—Dame la ropa cuando te la hayas quitado —dijo detrás de la puerta.

Presionó una mano contra su sien y resopló. Esto era extraño. Era muy extraño. Se sobresaltó cuando la puerta del baño se abrió y el chico alargó un brazo y le dejó las prendas raídas en las manos.

Peter se asomó por la apertura y Wendy pudo ver su brazo y pecho desnudos.

—Ten cuidado con eso —le dijo con seriedad fingida—. Son prendas muy delicadas.

—No eres gracioso. —Puso los ojos en blanco.

Peter se rio. Su amplia sonrisa se asomó por el borde de la puerta antes de que la cerrara. Wendy estaba a punto de marcharse cuando el chico preguntó:

—Espera, ¿cómo enciendo esto?

—Gira la manecilla. —Wendy intentó no reírse. Oyó el agua y añadió—: Ah, y no…

Peter aulló.

—… abras demasiado el agua caliente —terminó. Se llevó una mano a la boca mientras la risa burbujeaba.

—¡Perfecto!

Wendy escuchó como cerraba la cortina y se quedó sola en su cuarto con las prendas de Peter. El chico estaba ahí, en su habitación. En su ducha, con su toalla de repuesto, y ella tenía su ropa.

Peter Pan estaba en su ducha y pasaría la noche en su cuarto.

Y estaba desnudo.

Wendy se puso roja No, no empezaría a pensar… Absolutamente no. Intentó refrescarse la cara. Nop. No está bien.

Salió rápidamente de su habitación y bajó las escaleras.

Su madre ya no estaba en el sofá. El televisor estaba apagado y todo estaba en silencio. Era un pequeño alivio saber que su madre se había ido a la cama. Necesitaba dormir y no pasar la noche en el sofá, con las noticias atormentándola.

Wendy fue a la cocina y entró en la pequeña habitación donde estaba la lavadora. Puso la ropa de Peter en el interior y añadió una cantidad generosa de detergente. Después, miró en la nevera y se llenó los brazos de todo lo que pudo encontrar: una variedad de sobras de comida china, dos manzanas y una naranja. Dudaba que a Peter le molestara. ¿Qué había estado comiendo en el bosque? Probablemente sería mejor no conocer la respuesta a esa pregunta.

Cuando volvió a subir, dejó la comida y algunas servilletas encima de la cama. Ahora que tenía comida delante, se dio cuenta de cuán hambrienta estaba, así que atacó los fideos fríos. Comió mucho y tan rápido que le empezó a doler el estómago. Se limpió las manos, se puso de pie y miró su cama.

¿Dónde dormiría Peter?

Se quedó perpleja. No dormiría en su cama con ella. No. Por supuesto que no. El armario era demasiado pequeño, tampoco cabía debajo de la cama. No lo haría dormir en el baño, incluso si era menos probable que sus padres lo encontraran. Era demasiado alto y no entraría en la bañera. Además, sus padres nunca entraban de manera intempestiva a su habitación. Su madre siempre llamaba a la puerta con gentileza y su padre gritaba desde la planta baja si la necesitaba.

El suelo parecía la mejor opción; en el lado más alejado de la puerta, solo por las dudas.

El agua dejó de correr. Wendy se alejó de la puerta del baño y se dirigió a su armario. Se estiró hacia el estante superior y cogió el saco de dormir. Hacía un mes que no lo usaba, pero todavía olía a humo de fogata. Lo estiró en el suelo y estaba alisando la tela cuando se abrió la puerta del baño.

—Te he preparado el saco de dormir. —Se levantó y se giró para mirar a Peter—. Y tengo… —Las manos de Wendy salieron disparadas hacia su boca—. Ay, por Dios.

Peter estaba de pie en la puerta del baño, con el pelo húmedo peinado hacia atrás. La miraba de mala manera, con los labios fruncidos. A Wendy, la camiseta gris con peces violetas le quedaba demasiado grande para llevarla en público, pero se aferraba a los hombros de Peter con tanta fuerza que los peces se distorsionaban sobre su pecho y apenas le cubría el estómago. Y luego estaban los pantalones cortos. Aunque técnicamente le entraban, solo le cubrían el tercio superior de las piernas. Claramente no tenía las mismas proporciones que ella.

—¿Cómo te has puesto la camiseta? —preguntó Wendy, aunque se le quebró la voz por contener la risa. Se tapó la boca con más fuerza mientras sus hombros empezaban a temblar.

Peter se ruborizó y le lanzó la toalla húmeda a Wendy.

—¿No tienes nada más grande? —Se tiró del cuello de la camiseta, incómodo.

Wendy negó con la cabeza, las puntas de sus dedos presionaban su labio inferior.

—Lo siento mucho, es lo único que tengo.

Le dolían las mejillas de tanto sonreír.

—Espero que te des cuenta de lo vergonzoso que es esto —dijo Peter, serio. Cruzó los brazos por encima de la piel que se asomaba debajo de la camiseta.

—Solo es… —Se aclaró la garganta e intentó recuperar la compostura—. Solo es hasta la mañana —le recordó. No pudo evitar mirarlo de arriba abajo una vez más.

Las risitas estallaron otra vez.

—¡Para! —Peter la regañó, intentando sonar serio, pero él también empezaba a reírse.

—Lo siento, ¡no puedo evitarlo! —se disculpó antes de taparse la boca otra vez. No tenía que hacer ruido o despertaría a su madre—. Ugh, vale —dijo mientras se secaba las lágrimas de risa—. He traído algo de comida. —Señaló todo lo que había encima de la cama—. Iré a… darme una ducha.

La incertidumbre volvió a gatearle por la columna. Se mordió el labio inferior y miró como Peter subía a su cama. Cruzó las piernas y cogió la comida china.

Wendy sacó un pijama del armario y se encerró en el baño. Se quitó la ropa pegajosa por el sudor rancio.

Cuando se metió en la ducha, vio una capa de tierra. Peter estaba más sucio de lo que pensaba. Wendy reguló la temperatura a lo máximo que podía soportar. El agua le corría por el cuerpo y se llevaba los restos del bosque con ella.

Apoyó la frente en los azulejos fríos e inhaló profundamente, dejó que el agua le cayera por el cuello y los labios secos. El golpeteo rítmico contra la piel era reconfortante. Le dolían los músculos, sobre todo los de los hombros. Se frotó el cuerpo con meticulosidad. Se lavó el pelo con champú dos veces. Cuando terminó, salió del agua y cogió una toalla limpia; la sacudió antes de envolvérsela con fuerza alrededor del cuerpo. Tenía el pelo lleno de nudos testarudos, pero el acondicionador y algunos movimientos bruscos del cepillo los suavizaron.

Wendy cogió la pila de prendas que había elegido al azar; una camiseta para dormir y pantalones cortos de algodón. Usó la toalla húmeda para limpiar el espejo empañado. Clavó la mirada en su reflejo borroso y se concentró en sus piernas, que quedaban expuestas.

Peter estaba justo al otro lado de la puerta y dormirían en la misma habitación.

El corazón le latía muy rápido, pero no sentía las palpitaciones desgarradoras como cuando estaba en el bosque. Esto era un aleteo ligero en la base de la garganta. Hizo su mejor esfuerzo para tragárselo. «Crece de una vez, Wendy Darling», se reprendió antes de entrar a la habitación.

Peter estaba sentado en la cama, al lado de un recipiente vacío de pollo frío. Se había tumbado de lado, con la mejilla apoyada en la almohada mientras la abrazaba. Se rozaba el hombro con la nariz, tenía los ojos cerrados y las pestañas descansaban sobre las mejillas cubiertas de pecas. Tenía una pierna doblada y el otro pie colgaba por el costado del colchón. La curva de su espalda era relajada y lánguida.

Sin hacer ruido, Wendy se adentró más en la habitación. ¿Ya se había quedado dormido?

Eran tan extraño tenerlo allí. Peter Pan —su Peter— estaba en su mundo, en su habitación, en su cama. El chico con el que soñaba despierta cuando era una niña. El chico que se suponía era un invento, una creación de la imaginación de su madre que solo existía en sus cuentos. Pero era real. Un poco abatido y más grande, pero estaba a su lado.

Con cuidado de no sobresaltarlo, Wendy se arrodilló al lado de la cama. Apoyó el mentón en las manos, justo en el límite del colchón. Nunca se atrevería a acercarse tanto a él mientras estuviera despierto. Sintió un escalofrío en la columna, como si estuviera cogiendo algo que no debería tocar.

Un calor le inundó el pecho, donde colgaba la bellota. La espalda de Peter subía y bajaba lentamente con cada respiración. Ese pliegue descansaba entre sus cejas, el que nunca parecía desaparecer, una marca del peso que cargaba sobre los hombros. Wendy levantó una mano, pero vaciló y se mordió el labio inferior. Quería sentir la suavidad de su pelo, tocar la calidez de su piel. Peter se sentía igual que el verano.

—No tienes ni idea de lo increíble que es esto —murmuró Peter por encima del hombro. Abrió los ojos y la repentina cercanía de esos ojos deslumbrantes hizo que Wendy retrocediera rápidamente. Se tropezó con sus propios pies y luchó unos segundos antes de volver a erguirse.

—¿Qué? —susurró mientras se pasaba una mano por el pelo húmedo.

Peter se apoyó en un codo. Durante unos segundos, se quedó ahí, mirándola con la cabeza ladeada con curiosidad.

—Tu cama —aclaró con la sombra de una pequeña sonrisa en los labios.

—Ah, sí, es la colcha. —Las palabras salieron de su boca a trompicones. Se aclaró la garganta y retrocedió un paso—. Puedes dormir en la cama si quieres —ofreció de repente—. No me importa dormir en el suelo.

Peter desestimó el comentario con la mano. Wendy retrocedió otros dos pasos.

—Ni de broma, dormirás en tu propia cama —le dijo. Se sentó en el suelo y se desparramó en el saco de dormir—. Eso sería muy poco caballeroso por mi parte —señaló arqueando la espalda y aferrándose al aire mientras se estiraba.

Wendy cogió una almohada y se la lanzó al chico, que la atrapó sin problemas.

—¿Desde cuando eres caballeroso?

—Tus palabras me hieren, Wendy Darling —respondió con una sonrisita antes de poner bien la almohada y tumbarse.

Wendy se rio; un gesto nervioso y tembloroso. Juntó la comida que quedaba y la puso en la mesita de noche.

—¿No vas a comer nada? —preguntó Peter, mirándola desde el otro lado de la cama.

—Ya he devorado la mitad del *chow mein* —replicó, pero cogió la naranja y la peló mientras Peter engullía lo que quedaba de comida china, la partió en dos y le lanzó a Peter una mitad, que atrapó sin problemas en el aire. Wendy se comió su porción y disfrutó del zumo dulce y fresco de la fruta.

Cuando terminó, se tumbó en su cama y se hizo una bolita de lado, lo suficientemente cerca del borde para poder ver a Peter. Su cama olía a él: césped, madreselva y tierra. Inhaló y exhaló.

Peter entrelazó las manos en la nuca. El movimiento levantó el dobladillo de la camiseta, demasiado pequeña para su cuerpo. Soltó un suspiro profundo mientras cerraba los ojos.

—¿Peter? —dijo Wendy en voz baja.

El chico abrió un ojo e inclinó la cabeza para mirarla.

—¿Mmm...? —tarareó.

—¿Estás...? —No estaba segura de cómo formular la pregunta—. ¿Crees que la sombra vendrá a buscarte? —preguntó—. ¿Estás más seguro aquí? ¿Conmigo?

El chico frunció el ceño, como si no lo hubiera pensado antes.

—No lo sé —confesó y se encogió de hombros.

Los dedos de Wendy acariciaron la bellota que descansaba en el centro de su pecho.

—No dejaré que te pase nada —añadió Peter con seriedad.

—No estoy preocupada por mí —replicó. Necesitaba que Peter estuviera a salvo. Si la sombra aparecía, ¿podría protegerlo? La incertidumbre no ayudó a tranquilizar los nervios—. ¿Me despertarás si algo pasa?

—Serás la primera en enterarte. —Asintió con la cabeza.

Wendy se estiró y apagó la guirlanda de luces, la habitación quedó a oscuras. Nunca dormía sin ellas, pero no quería que Peter pensara que era una niña que no podía dormir sin una luz de noche. Wendy se tapó con las sábanas. El peso era reconfortante, pero casi inmediatamente tuvo demasiado calor. El verano no era ideal para esconderse debajo de una manta, así que se destapó. Cerró los ojos e intentó obligarse a quedarse dormida, pero su imaginación no se lo permitía. Se giró. Cada ruido la sobresaltaba y cada sombra parecía moverse.

Todos los nervios de su cuerpo gritaban y estaban tensos. No podía relajarse. No había manera de que pudiera quedarse dormida.

La mano de Wendy salió disparada y volvió a encender las luces. Peter ya la estaba observando.

—Lo siento, no… puedo —balbuceó. La culpa le achicharraba la piel. Sentía que necesitaba dar una explicación—. Yo…

—No pasa nada —fue lo único que dijo Peter. Su voz era gentil, lo que solo hizo que se sintiera más patética.

Wendy se tumbó de espaldas e intentó quedarse dormida, pero su mente divagaba hacia el bosque.

Sintió el suave chirrido de los grillos. Miró a Peter de reojo. Tenía los ojos cerrados, los brazos debajo de la cabeza y la boca abierta. El delicado sonido de los grillos salía de sus labios. Wendy parpadeó lentamente y admiró el brillo de las luces sobre la piel del chico. Cerró los ojos. Se quedó dormida con los sonidos de Peter y su aroma envolviéndola, arrullándola a dormir pensando en Nunca Jamás.

Capítulo 18

Dolor

Wendy no sabía cuánto tiempo estuvo dormida o qué la había despertado. La guirnalda de luces brillaba sobre su cabeza y una suave brisa entraba por la ventana. Todo estaba oscuro y en silencio, ya que era plena noche. No se oía nada del exterior y no había grillos chirriando. Wendy se giró en su cama, buscando a Peter, pero solo encontró el saco de dormir vacío.

Rápidamente, se sentó erguida y miró a su alrededor.

—¿Peter? —susurró, pero no había nadie.

Semidormida, se le ocurrió una idea: ¿y si la sombra se lo había llevado? ¿Y si había entrado en su habitación y le había hecho algo a Peter mientras ella dormía?

Se aferró a las sábanas arrugadas.

Salió de la cama de un salto, corrió por el pasillo y se detuvo delante de las escaleras. ¿A dónde había ido? El corazón de Wendy se aceleró mientras luchaba por trazar un plan coherente. Estaba a punto de bajar las escaleras para ver si quizá —con un poco de suerte— solo había ido a buscar un vaso de agua a la cocina cuando escuchó una voz suave detrás de ella.

Se giró. Casi esperaba encontrarse a la sombra, esperándola, pero el pasillo estaba vacío. Solo vio la puerta cerrada de su vieja habitación. Volvió a oír el sonido. Esta vez, se dio cuenta de que provenía del otro lado de la puerta. Una vez más, se giró. El sonido de su propia respiración parecía ensordecedor en el silencio de la casa.

Se acercó lentamente. La anticipación le provocaba un cosquilleo en los dedos como si estuviera rompiendo una regla implícita sagrada. Con cuidado, apoyó la oreja contra la puerta.

Las voces provenían del otro lado. Los suaves murmullos del bosque. Los mismos susurros que la habían perseguido cuando corría detrás de Alex, los mismos que emitía el árbol. Ahora estaban al otro lado de la puerta, la llamaban. Cada vez eran más fuertes, más claros.

Presionó la oreja contra el marco de la puerta. Por un largo momento, solo hubo silencio. ¿Se lo había imaginado? Quizá solo estaba…

«Wendy».

La voz siseó justo contra su oído, con tanta cercanía que Wendy retrocedió de un salto. Se quedó sin aire y un escalofrío le subió por la columna. La esperanza se le retorcía en el pecho, peligrosamente punzante. Las cejas de Wendy se inclinaron mientras presionaba los dedos contra la madera fría con suavidad. Si pudiera abrir la puerta, podría oír lo que estaban diciendo las voces y comprenderlas.

La voz de su madre flotó por el pasillo. Wendy se sobresaltó. Echó un vistazo en dirección a la habitación de sus padres antes de volver a mirar la puerta cerrada.

Las voces se silenciaron.

Wendy dejó caer la mano. La esperanza cayó por su cuerpo hasta sus pies descalzos. La vergüenza le ardía en la nuca. Le dio la espalda a la puerta de su viejo cuarto y negó con la cabeza. Se frotó la nariz con la palma de la mano. Realmente tenía que controlarse.

Una vez más, la voz lejana de su madre le cosquilleó en los oídos.

Avanzó lentamente por el pasillo hacia la habitación de sus padres. La puerta estaba un poco abierta y pudo oír a su madre hablando con claridad.

—¿Estáis bien? —arrulló con suavidad. Wendy sujetó el marco de la puerta con más fuerza. Su madre volvía a hablar en sueños—. ¿No estáis heridos?

—Claro que no, mami.

Wendy se congeló. Sentía el corazón en la garganta.

Conocía esa voz. Era su hermano Michael, siempre al borde de la risa. Podía escuchar la sonrisa en su voz.

—Nunca dejaría que le pasase nada, lo sabes.

Y ese era John. Su voz era diferente. Siempre sonaba mucho mayor de lo que era, como si estuviera imitando el tono de su padre y hablase en términos absolutos. Wendy podía imaginarlo colocándose bien las gafas con el nudillo.

Eran John y Michael. Estaban al otro lado de la puerta. Estaban ahí, habían vuelto.

Wendy empujó la puerta sin hacer ruido, con los dedos temblorosos y los ojos bien abiertos.

Pero lo que vio no tenía sentido.

Su madre estaba tumbada, con los ojos cerrados. Tenía el ceño arrugado y los labios apenas separados y fruncidos de una manera que daba la sensación de que estaba sufriendo.

Y ahí, sobre la cómoda, estaba Peter.

Estaba sentado con las piernas cruzadas, mirando a la señora Darling con las manos en su regazo. La luz de la luna entraba por la ventana y le iluminaba el rostro con un brillo plateado. Tenía la cabeza inclinada hacia abajo, como si estuviera rezando, y los párpados caídos. Las sombras mostraban la tensión de su frente y le marcaban las ojeras de un tono azul todavía más oscuro. Se masajeaba el centro de la palma con el pulgar.

—¿Tenéis miedo? —dijo la señora Darling.

Peter separó los labios y se lamió el labio inferior antes de que la voz de John apareciera en el aire.

—Para nada. Intenta no preocuparte por nosotros —dijo.

—Sí, nos tenemos el uno al otro. —Ahora usó la voz de Michael—. Estamos a salvo.

A salvo.

A Wendy le pareció que el mundo desaparecía bajo sus pies. No podía comprender lo que estaba viendo. Hundió los dedos en la pared para estabilizarse.

El rostro de su madre empezó a relajarse.

—Os echo tanto de menos…

—Nosotros también, mami —dijo Peter con la voz de Michael.

—Pensamos en ti todo el tiempo —añadió con la voz de John.

Una sonrisa pequeña apareció en los labios de la señora Darling.

—Os quiero tanto, mis dulces niños… —Se giró y abrazó la almohada.

Peter se quedó sentado unos segundos más. Algo en la manera en la que miraba a su madre hizo que Wendy sintiera dolor. Peter cargaba su duelo como si fuera propio. Con los codos apoyados en las rodillas, el chico hundió la cara en las manos y se pasó los dedos por el pelo. Parecía tan pequeño, joven y exhausto.

Wendy entró con cuidado a la habitación.

—¿Peter? —susurró.

Sorprendido, alzó la mirada. La luz de la luna le tiñó el rostro de una palidez fantasmal. Líneas húmedas le brillaban en las mejillas. Peter bajó de un salto de la cómoda y rápidamente se secó los ojos.

Durante unos minutos, Wendy no supo qué decir. No podía comprender lo que acababa de ver o, tal vez, no quería hacerlo. Le habían arrebatado la esperanza tan rápido que todavía se tambaleaba.

—¿Qué estás haciendo? —preguntó al fin y se abrazó el estómago.

Peter bajó la cabeza. Le echó un vistazo a la señora Darling antes de mirar a los ojos confundidos de Wendy. Se encogió de hombros con incertidumbre.

—Intento ayudar —dijo en voz baja y vacía, resignado.

Wendy frunció el ceño con más fuerza y negó con la cabeza, confundida.

Peter se acercó a ella y habló en voz baja para no despertar a la señora Darling.

—Yo… Después de traerte de vuelta, a veces venía para ver como estabas. Ya sabes, para asegurarme de que mi sombra no te hubiera encontrado… —Se frotó la nuca. Si la luz estuviera encendida, ¿lo vería ruborizándose?—. Una noche, oí a tu madre hablando en sueños. Pensé… Pensé que, si podía hablarle con sus voces, tranquilizarla, no sentiría tanto dolor.

Sus ojos azules brillantes buscaron los de ella.

Wendy pensó en una noche, poco después de que le dieran el alta en el hospital. Recordaba haber escuchado a su madre hablando con sus hermanos. Había sentido la misma ráfaga en el estómago, la sensación desesperada de alivio.

—¿Ese eras tú? —preguntó.

Los ojos de Peter cayeron al suelo y asintió. Hizo una mueca y frunció levemente el ceño. Parecía que estuviera preparándose para recibir un golpe.

Wendy se llevó los dedos a los labios. Incluso entonces, Peter había intentado cuidarlas, tanto a ella como a su madre. Siempre intentaba cuidar de los demás, aliviar su sufrimiento y brindarles felicidad de la manera que pudiera.

—¿Cómo lo haces? —preguntó Wendy, sacudiendo levemente la cabeza—. ¿Cómo cargas con todo eso tú solo?

Dio un paso hacia adelante, recortando el espacio. Peter se quedó inmóvil.

—Con magia era más fácil —le dijo, con la mirada todavía en el suelo—. Ahora me cuesta un poco más...

—Si estás ocupado cuidando de todos los demás, ¿quién cuida de ti? —indagó Wendy.

Peter alzó la mirada, sorprendido. Wendy no creía que el chico tuviera una respuesta; se estiró levemente y le tocó la mandíbula.

Un suspiro alivió la tensión. Inclinó la cabeza y presionó la mejilla contra la palma de Wendy, su piel era suave y cálida.

¿Cuántas veces había vivido esto? ¿A cuántas personas había ayudado? ¿Cuántas cosas terribles había presenciado? ¿Qué había sacrificado para proteger a otros?

Wendy le hizo un gesto para que la siguiera. Lo llevó a su habitación y cerró la puerta con cuidado. Se sentó en la cama, pero Peter volvió al saco de dormir.

—¿Tienes otra opción? —le preguntó. Su voz parecía fuerte en la habitación apenas iluminada.

—No..., pero no es una carga —le dijo mientras se acostaba y entrelazaba las manos sobre las costillas, con la mirada clavada en el techo—. No espero que lo comprendas. Hay cosas que no tienen una explicación sencilla. —Hizo una pausa para pensar las palabras—. Para eso existo —dijo después de un momento de reflexión—. Haré lo que sea necesario para detener a mi sombra y salvar a esos niños. Y para mantener a otros niños a salvo.

Wendy no sabía qué decir. Peter cuidaba de los demás, desde la manera en que interactuó con Alex en el hospital o con Cassidy en su jardín hasta la manera en que tranquilizó a su madre con las voces de John y Michael mientras dormía. Encontraba niños perdidos, les quitaba los miedos y les daba un hogar en Nunca Jamás.

Peter se puso de lado, retorciendo la almohada con las manos.

¿Cómo era para él, priorizar la felicidad de todos los demás o causarles alegría incluso si eso significaba que él sufriera?

Wendy se acercó al borde de la cama. No podía verlo, pero estiró una mano y le tocó el hombro. Recorrió su brazo con los dedos hasta que encontró su mano. Sus dedos se entrelazaron con los de él y los estrujó con suavidad.

Se quedó así, conteniendo la respiración. Al cabo de unos segundos, Peter le sujetó la mano con fuerza. La bellota latió con intensidad.

Cuando despertó a la mañana siguiente, su mano estaba vacía.

El saco para dormir estaba enrollado, pero las tiras estaban mal atadas y hacían que se inclinara hacia un lado. Claramente era obra de Peter, así que no tenía que preocuparse por dónde estaba. Seguro que se había despertado temprano y… juzgando por el hecho de que ninguno de sus padres había entrado intempestivamente preguntando qué hacía con un chico en casa, seguro que no lo habían visto.

Cuando salió del cuarto, vio que la puerta de la habitación de sus padres estaba cerrada. Entró en la cocina y vio a la señora Darling delante de los fogones, cocinando huevos.

En la mesa había una pila de tostadas, una botella de zumo de naranja y un recipiente con fruta. Wendy se quedó boquiabierta.

—¿Estás haciendo el desayuno?

Eso era algo raro que solo sucedía en los cumpleaños, e, incluso entonces, Wendy era la encargada de cocinar. En general, el desayuno consistía en cereales o una barrita de granola.

La señora Darling la miró por encima del hombro.

—Buenos días —saludó con una sonrisa. Una sonrisa de verdad, no una de esas que solía forzar—. Me desperté y decidí que me apetecían tostadas con huevos. Se suponía que serían huevos fritos. —Miró la sartén con el ceño fruncido—. Pero he roto las yemas, así que… —Agitó la espátula—. Los he transformado en huevos revueltos.

Wendy cruzó la cocina y miró sorprendida a su madre; llevaba el pelo suelto. Nunca la había visto con el pelo suelto. Siempre lo llevaba recogido en un moño, incluso después de darse una ducha. ¡Pero ahora estaba suelto! Eran rizos de un tono castaño cálido que le caían hasta la mitad de la espalda.

—¿Te encuentras bien? —preguntó Wendy con una pequeña sonrisa.

—Me encuentro bien —respondió la señora Darling y le devolvió el gesto mientras movía los huevos—. De hecho, me encuentro genial. He dormido muy bien. Apenas recordaba cómo se sentía una buena noche de descanso.

Peter.

Wendy cogió una tostada y le dio un mordisco. Bostezó y se dejó caer en una silla mientras observaba a su madre cocinar. Cuán extraño era verla así, tan convencional y doméstica. Era inquietante, pero más… sorprendente, hasta un poquito agradable. Había un aturdimiento extraño en la cabeza de Wendy que no podía definir, algo como una ráfaga de emoción y una calidez tranquilizante.

Negó con la cabeza y le dio otro mordisco a la tostada. Que su madre hiciera el desayuno no debería emocionarla, pero ahí estaba, desviando la mirada para apaciguar la presión que sentía en el pecho.

Desafortunadamente, la televisión era la distracción más cercana. Y, otra vez, estaban las noticias. Las mismas fotografías de Benjamin Lane, Ashley Ford y Alex Forestay, ahora acompañadas por las de Joel y Matthew Davies, estaban alineadas sobre las imágenes de voluntarios y policías.

El trozo de tostada se le atascó en la garganta seca mientras intentaba tragarla. Miró la pantalla y dejó que la culpa la abrazara. Tenía que hacer algo. Tenía que recuperarlos. No solo sus hermanos dependían de ella. Si Wendy fallaba, las vidas de docenas de personas acabarían destruidas. No solo las de los niños desaparecidos, sino también la de sus amigos y, en especial, sus familias. Wendy no le desearía ni a su peor enemigo el sufrimiento constante y la destrucción gradual que causaba perder a un ser querido, sin saber qué les había pasado ni poder recuperarlos.

No quería que otros vivieran lo mismo que ella y su familia. Por culpa de Wendy, su familia se había roto, sus padres habían perdido a sus hijos y eso les había atormentado los últimos años. Ella no sería la razón por la cual otras familias pasasen por el mismo dolor y sufrimiento. Arreglaría lo que había pasado. Encontraría a sus hermanos y a los otros niños desaparecidos y los traería de vuelta. Fallar no era una opción.

La pantalla del televisor se apagó y Wendy miró sorprendida como su madre dejaba el mando a distancia en la mesa y un plato de huevos quemados delante de ella. Le ardían los ojos mientras miraba a su madre sentarse en la silla que tenía al lado. La pequeña sonrisa triste había vuelto.

Con esfuerzo, tragó la tostada, pero no ayudó a suavizar la tensión que tenía en la garganta.

—Desearía poder ayudar…, poder recordar. —Las palabras salieron de su boca antes de que pudiera pensárselo dos veces.

Una expresión de dolor casi imperceptible cubrió el rostro de la señora Darling. Wendy volvió a tragar con fuerza.

—Si pudiera recordar qué pasó, si pudiera ayudar, podríamos encontrar a John y a Michael…

Su voz no la dejó continuar, un temblor le sacudió el pecho. La madre de Wendy suspiró con suavidad, un sonido melódico como el inicio de una canción de cuna.

—Ay, cariño —dijo arqueando las cejas con preocupación.

Wendy se mordió el labio. ¿Por qué era tan ridícula? ¿Por qué arruinaba una mañana tan agradable con un ataque de lágrimas de esa manera? Se le encendieron las mejillas. La avergonzaba comportarse así delante de su madre, que probablemente pensaba que Wendy estaba al borde de otra crisis nerviosa. No era justo por su parte ser una carga más con todo lo que estaba pasando.

—La mente es algo complicado —dijo la señora Darling, analizando sus palabras mientras hablaba—. Actúa por su cuenta y muchas veces nos domina en contra de nuestra voluntad. Y creo que, a veces… —siguió mientras estiraba una mano y le ponía a Wendy un mechón detrás de la oreja. El suave toque de los dedos fríos de su madre contra la mejilla fue pasajero, pero eléctrico—. Nos aleja no cuando queremos, sino cuando lo necesitamos.

Wendy pensó en su madre durmiendo, en los sueños y las pesadillas que su mente solía lanzarle por la noche. En lo que pasaba en su subconsciente, que la hacía hablar dormida, y en Peter, ayudándola en las peores partes. Cómo la expresión de dolor de su madre se había relajado y transformado en una de paz.

Wendy sorbió con fuerza y se pasó la palma de la mano por nariz. Las manos de su madre regresaron a su regazo.

—Deberías comer antes de que se enfríe —le dijo a Wendy después de una larga pausa.

Llenar su tenedor con huevos quemados fue la única respuesta que se le ocurrió. Eran amargos, pero no horribles. No le molestaría comer comida un poco quemada todos los días si su madre la preparaba.

—Tu padre llegó a casa hace unas horas. Está arriba durmiendo, así que intentemos no despertarlo mientras limpiamos.

—¿Limpiar? —repitió Wendy con la boca llena de comida.

—Sí, limpiar. No tienes planes para hoy, ¿no?

—Eh… —Wendy vaciló, pero no pudo pensar en una respuesta lo suficientemente rápida que no involucrara a Peter.

—Bien, entonces puedes ayudar —dijo la señora Darling y se sirvió huevos revueltos en su plato—. Puedes empezar con la ropa mientras limpio la cocina y luego ambas podemos ponernos con la sala de estar.

Wendy se desplomó sobre la mesa.

—Genial —balbuceó.

¿Desde cuándo a su madre le importaba limpiar? En general, Wendy se ocupaba de ordenar la casa. Había descuidado las tareas del hogar últimamente, pero tenía un buen motivo. Por supuesto, ahora su madre quería ocuparse de ellas.

Encontrar a Peter tendría que esperar hasta que limpiara lo suficiente para satisfacer a su madre o hasta que la señora Darling tuviera que ir a trabajar. Wendy bajó la vista a su regazo. Esperar hasta poder ver a Peter no sería divertido. Tenía la sensación de que el día se estiraría.

Y así fue.

Cuando puso la lavadora, vio que la ropa de Peter no estaba. Revisó la secadora, que también estaba vacía. Bueno, al menos no había salido con la camiseta de Wendy y los pantalones que le quedaban pequeños, pero ¿eso significaba que se había ido con las prendas húmedas?

Wendy ordenó las revistas viejas que su madre había traído a casa del trabajo, puso las tazas en el lavavajillas y limpió la superficie del mueble del televisor.

—¿Podrías sacar la basura del despacho de tu padre? —preguntó la señora Darling mientras se limpiaba las manos de polvo en el fregadero de la cocina.

Wendy le echó un vistazo a la puerta.

—Eh… —¿En serio? ¿Quería que Wendy entrara en el estudio?—. Claro —dijo con vacilación.

Cogió una bolsa de basura y empujó la puerta. Nunca le habían prohibido de manera explícita entrar al despacho de su padre, pero siempre había sido un área vedada, otra regla tácita de su casa. Era la cueva de su padre, donde iba a hibernar lejos de su familia y del mundo real con una botella de *whisky*.

Abrió la puerta y entró. Estaba mucho más limpio de lo que esperaba. Dos de las paredes estaban pintadas de verde esmeralda y las otras dos repletas de libros, pero no del tipo de libros que les gustaba leer a su madre y a ella. Eran libros de contabilidad; algunos viejos con tapas raídas y otros más actuales. Hasta tenía una colección arcaica de enciclopedias. Wendy estaba segura de que ya no las imprimían.

Un sillón de cuero negro descansaba en una esquina de la habitación, con una lámpara de lectura sobre una mesita. En el fondo de la habitación había un escritorio de madera maciza. Había cartas abiertas, algunas pilas de papeles y una botella de *whisky* en una esquina, con tan solo un par de dedos del líquido ámbar.

Wendy cruzó la habitación hasta la papelera, situada debajo del escritorio. Solo había un par de botellas de cerveza.

La vació en la bolsa que tenía en la mano. Cuando se estiró para coger otra botella del escritorio, vio una pequeña bandeja de madera repleta de monedas, un abridor de cartas y un paquete de chicles empezado. Sin embargo, lo que le llamó la atención fue una llave; en realidad, su llavero. Era una circunferencia de cuero oscuro con la palabra *Papá #1* estampado en la superficie. Wendy se dio cuenta de que era el llavero que John, Michael y ella le habían hecho en un campamento de verano. Como el día del padre había sido mientras estaban de viaje, decidieron hacerle un llavero. Eligieron un retazo de cuero y Wendy había grabado *Papá #1* con la ayuda de un instructor.

Wendy miró la llave. ¿Qué abría? No era la llave de su casa, era demasiado pequeña, y no era la llave de su oficina; esa la llevaba con su identificación.

La única puerta con una cerradura era la de su vieja

habitación. Wendy cogió la llave y la giró en la mano. ¿Quizá era esta llave?

—¿Qué estás haciendo aquí?

Wendy dio un salto, levantó la mirada y encontró a su padre de pie en el marco de la puerta.

—¡Hola, papá! —Se guardó la llave en el bolsillo y cogió la botella de cerveza del escritorio. Se giró para quedar cara a cara—. Nada, mamá me ha pedido que sacara la basura —le dijo intentando sonar tan despreocupada como fuera posible.

El señor Darling la escudriñó durante unos segundos. Parecía cansado. Tenía los ojos rojos y el pelo apelmazado. En la mano llevaba un termo con estampado militar. Wendy pensó que diría algo más, pero solo refunfuñó, cruzó hacia el sillón y cogió la chaqueta que había colgada en el respaldo.

—¿A dónde vas? —preguntó Wendy y lo siguió hasta la sala de estar con la bolsa de basura en la mano.

—Con los equipos de búsqueda —le dijo bruscamente.

—De acuerdo. —Si eso significaba que estaría fuera toda la noche otra vez, sería más fácil escabullirse con Peter—. Vi la cabaña en las noticias. —Se aventuró Wendy y puso a prueba las aguas tormentosas del humor de su padre—. ¿Encontrasteis algo?

—Solo algo de ropa y comida. —El señor Darling emitió otro gruñido—. Parece que alguien se ha estado escondiendo ahí. Todavía había leños en la cocina —respondió sin hacer contacto visual mientras hablaba—. Dudo que esos detectives mediocres encuentren algo útil —refunfuñó—. Depende de nosotros traerlos de vuelta a casa.

Wendy sabía que la policía le caía peor que a ella. Esperaba que encontrasen a sus hijos desaparecidos y lo habían decepcionado. Con razón no confiaba en que fueran a ser de ayuda.

—Volveré tarde —añadió el señor Darling—. Ciérralo todo esta noche.

—Lo haré —asintió.

La miró durante unos segundos. Parecía que estaba intentando decidir entre decir algo más o no. Wendy estaba intentando adivinar qué iba a decir cuando su padre se estiró y la abrazó mientras le daba una palmadita extraña en el hombro con su mano gigante. Fue extraño. Antes de que Wendy pudiera comprender lo que estaba sucediendo, su padre se giró y salió por la puerta.

Se quedó congelada. Su padre no había intentado abrazarla en... no sabía cuánto tiempo. Los niños desaparecidos, estar de vuelta en la misma situación que Wendy había vivido hacía cinco años, claramente le había afectado.

Se sacudió el extraño sentimiento de los hombros.

Después de sacar la basura, su madre la hizo limpiar con una manguera las tumbonas del jardín, secarlas y volver a ponerles los almohadones. La señora Darling había decidido que era un buen día para acostarse bajo el sol y leer un poco. Decía que se merecían un descanso después de todo lo que habían limpiado. Wendy preparó unos sándwiches de mantequilla de cacahuete y miel para el almuerzo.

Sentía el peso de la llave en el bolsillo. Necesitaba que la tarde pasara más rápido para poder encontrar a Peter.

Mientras su madre se tumbaba tranquilamente con un libro, los ojos de Wendy no podían permanecer en la hoja. No dejaba de pensar en el bosque. A medida que avanzaba el día, empezó a preocuparse por Peter. Nunca habían estado tanto tiempo separados. ¿Había pasado algo? ¿Estaba bien? Cada vez que pensaba en cómo le había dado la mano la noche anterior, algo se le agitaba en el pecho. ¿La estaba evitando?

Cuando la luz del día empezó a menguar, volvieron a entrar. La señora Darling preparó una cena rápida de pechugas de pollo y una ensalada porque trabajaría toda la noche, pero Wendy no pudo comerse ni la mitad de su plato. En tan solo un rato, el día acabaría y sería de noche. Peter y ella habían perdido su oportunidad de ir al bosque. ¿Y dónde estaba?

—No te olvides de cerrar la puerta trasera —le recordó la señora Darling a Wendy mientras cogía sus cosas para ir a trabajar.

—Lo sé —gruñó Wendy. Estaba sentada en la mesa de la cocina y empujaba la ensalada con el tenedor.

—Y asegúrate de…

Toc, toc.

La señora Darling frunció el ceño y miró la puerta. Wendy apoyó el tenedor y se sentó con la espalda recta. A juzgar por la expresión en el rostro de su madre, no esperaba a nadie.

Lo último que necesitaba era que los detectives James y Rowan aparecieran sin previo aviso y comenzaran a hacer más preguntas.

La señora Darling cruzó la sala de estar y abrió la puerta.

—¡Barry, qué sorpresa! —Se le iluminó la cara, pero la voz enseguida se le tiñó de preocupación—. Oh, ¿qué te ha pasado?

Wendy se apresuró hacia la puerta. Peter estaba en el porche, sonriendo con timidez. Bajo la luz anaranjada del atardecer, Wendy pudo ver que no tenía nuevas heridas, solo los remanentes del día anterior. El corte del labio empezaba a curarse, pero todavía estaba un poco hinchado.

—Hola, señora Darling —dijo Peter. Sus ojos azules se desplazaron hacia Wendy—. El otro día fui a jugar a baloncesto con unos amigos —mintió—. Fue un partido duro, pero no es nada, en serio.

—Entra, déjame verlo —replicó con un suspiro.

La señora Darling entró en la cocina y Wendy miró a Peter. Si el chico tuviera una cola, la llevaría acurrucada entre las piernas.

Wendy dio un paso hacia él y formó un puño alrededor del dobladillo de la camiseta de Peter.

—¿Qué estás haciendo aquí? —siseó y le estudió la cara en busca de un motivo por el cual aparecería en su casa cuando su madre todavía estaba allí.

—No podía esperar más... Quería verte —susurró Peter. La expresión sincera y nerviosa que puso hizo que Wendy sintiera una ráfaga desde el ombligo hasta la punta de los pies.

—Aquí tienes —dijo la señora Darling y le dio una bolsa de guisantes congelados a Wendy—. Siéntate, Barry —gesticuló hacia la mesa de la cocina.

Peter se sentó obedientemente. Los ojos de la señora Darling evaluaron los moretones y examinaron con cuidado el corte del labio a través de las gafas.

—Mmm... Por lo menos se está curando bien —le dijo a Peter—. Pero tenéis que ir con más cuidado... Podrías haber perdido un diente. —Lo miró de manera desaprobadora y Peter se hundió en su asiento—. Haz presión con los guisantes durante veinte minutos, disminuirá la hinchazón —dijo la señora Darling haciéndole un gesto a Wendy para que se acercara.

Wendy le lanzó la bolsa de guisantes y el chico la atrapó sin problemas.

—No sabía que vendría, Barry —añadió la señora Darling mientras miraba a Wendy con las cejas en alto.

—Ah, sí —replicó Wendy—. Se me olvidó preguntarte si había algún problema. Íbamos a ver una película en la sala de estar.

Su madre la miró con vacilación, pero cogió su bolsa.

—Está bien —concluyó—. Si se hace muy tarde, Barry… —Volvió a mirar a Peter—. Quiero que llames a tus padres y les digas que te vengan a buscar, ¿de acuerdo? —Se recogió el pelo en un moño—. No quiero que vuelvas a casa andando.

—Lo haré, señora Darling —asintió.

La madre de Wendy esbozó una suave sonrisa y luego se giró hacia su hija.

—Quedaos en la sala de estar, nada de subir las escaleras —dijo con una mirada incisiva.

Wendy se ruborizó al instante.

—Mamá.

No le hacía gracia la expresión divertida de su madre.

—Que paséis buena noche —dijo la señora Darling antes de salir por la puerta principal y cerrarla detrás de ella.

Ahora que estaban solos, Wendy se giró hacia Peter.

El chico levantó las manos a la defensiva, aún sosteniendo la bolsa de guisantes.

—¡Intenté esperarte! —dijo—. ¡Pero no salías!

—Es… está bien —tartamudeó Wendy y se alisó la camiseta con las manos mientras hacía su mejor imitación de alguien que no estaba exhausta—. No he podido escaparme, mi madre me ha hecho limpiar toda la casa. —Agitó una mano en el aire con frustración.

—Nos estamos quedando sin tiempo —advirtió Peter mientras presionaba cautelosamente los guisantes congelados contra su labio.

—Lo sé, lo sé. —Wendy se pasó las manos por el pelo.

—Casi no tengo magia —añadió él, estudiando su mano—. Sin ella, no sé cómo detendremos a mi sombra.

Wendy se mordió el labio inferior. A decir verdad, Peter

parecía todavía más exhausto que la noche anterior. Tenía los párpados caídos y la piel pálida.

—¿Cómo sabremos que si se acaba? —indagó Wendy.

—No lo sé con precisión, pero estoy seguro de que será obvio —respondió con seriedad.

El miedo se abrió camino hasta la garganta de la chica y se le aferró a la lengua. ¿Qué le pasaría a Peter cuando se le acabara la magia? ¿Desaparecería en una nube de humo? ¿Se derrumbaría en un montón de cenizas? ¿O caería muerto a sus pies? El mero pensamiento hizo que se mareara.

—¿Cómo debilitamos a algo que se alimenta de miedo? —dijo Wendy en voz alta.

Peter se encogió de hombros.

Esa era la verdadera pregunta, el problema que tenían que solucionar. ¿Qué podrían hacer? ¿Cuál era el próximo paso? ¿Dónde podrían buscar respuestas?

Wendy recordó la llave que tenía en el bolsillo.

—Anoche, antes de que te encontrara en la habitación de mis padres —dijo Wendy de repente y Peter pareció confundido por el cambio brusco de conversación—, estaba en el pasillo y juro que oí voces en mi antigua habitación —le dijo—. Eran las mismas voces que susurraban en el bosque cuando intentaba encontrar a Alex, las que oí en el sueño y las que sentí cuando estuvimos frente al árbol. Esa puerta lleva años cerrada, pero… —Wendy sacó la mano del bolsillo y la extendió hacia Peter—. Encontré esto en el escritorio de mi padre y estoy casi segura de que abre mi antigua habitación.

—Entonces… —Peter examinó la llave con detenimiento—. ¿Quieres ir a ver? —adivinó.

—Las voces tienen que significar algo —asintió—. Y tiene que haber un motivo por el que las escucho en mi habitación

—replicó. Peter parecía inquieto—. No perdemos nada por echar un vistazo, ¿no? —Insistió—. Quizá me ayude a recordar algo útil.

Puso la mano sobre la bellota que llevaba debajo de la camiseta.

—Es la única idea que tenemos —concordó después de un momento, aunque parecía como si quisiera seguir discutiendo.

—Vamos. —Wendy le tiró del brazo.

Capítulo 19

Crecer

Cuando se detuvieron delante de la puerta, todo estaba en silencio. No había susurros ni murmullos, solo un impulso en el pecho de Wendy que la urgía a entrar. Cogió la llave y la deslizó en la cerradura. De repente, la idea de entrar en su vieja habitación la abrumó. Hasta ahora, la puerta cerrada se había erguido como la entrada a una tumba. ¿Y si no podía manejarlo? ¿Y si recuperaba los recuerdos de repente? ¿Y si el dolor por la pérdida de sus hermanos era demasiado?

Miró a Peter y, como si el chico pudiera sentir su angustia, se movió y presionó su hombro ligeramente contra el de ella mientras asentía con la cabeza. Wendy giró la llave y abrió la puerta.

Al principio, apenas pudo ver algo. La única iluminación provenía de la luz de la luna, que se filtraba por la gran ventana que había en la pared de enfrente. Wendy movió la mano a ciegas por la pared hasta que encontró el interruptor de la luz. Movió el dedo y guirnaldas de luces que se extendían por las cuatro esquinas del cielorraso iluminaron la habitación. El padre de Wendy las instaló cuando ella nació.

Entró lentamente en el cuarto mientras asimilaba todo lo que veía. Peter se quedó atrás, apoyado en el marco de la puerta; le daba espacio, pero la observaba con intensidad.

Las camas de John y Michael estaban en la parte izquierda mientras que la de Wendy estaba en la derecha. Cada uno tenía su propia cómoda y una gran estantería se extendía debajo de la ventana.

No parecía un monumento a sus hermanos. De hecho, todo estaba exactamente igual a como lo recordaba, pero con más polvo. Era como si John y Michael acabasen de salir por la puerta. Había una caja abierta de lápices de colores sobre la pequeña mesa de la esquina. La mochila de Michael estaba abierta sobre su cama y su contenido, desparramado a su alrededor. Un libro abierto sobre la de John. Hasta la manta de Wendy estaba amontonada al final de su cama, probablemente de cuando se había despertado gritando la primera noche y la última vez que sus padres intentaron hacerla dormir ahí después de que la encontraran en el bosque.

Wendy soltó una risa suave.

—Es como si nunca se hubieran ido —dijo en voz baja.

Peter entró y miró a su alrededor antes de centrar la atención en la vieja cama de Wendy.

—Flores rosas, ¿eh? —Levantó una ceja y la comisura de sus labios amenazó con esbozar una sonrisa.

—Tenía un gusto muy diferente cuando era niña —replicó con firmeza—. Me pregunto cómo lo redecorarán cuando vuelvan —bromeó pasando la punta de los dedos por la manta de su antigua cama. Peter clavó los ojos en el suelo.

Wendy se giró hacia la ventana. El asiento de debajo tenía un recubrimiento acolchado y espacio de almacenamiento. Sabía que estaba lleno de libros.

—Ese era mi lugar favorito de toda la casa. —Señaló con la cabeza al asiento a cuadros azules y blancos—. Solía sentarme ahí y contarles cuentos a John y Michael antes de dormir.

—Lo sé —dijo Peter con una sonrisa cansada—. Pasé muchas noches escuchándolos al otro lado de la ventana.

—Sí, sigue siendo extraño —le dijo y le sonrió por encima del hombro mientras caminaba hacia la cama de Michael. Un pequeño oso de peluche estaba reclinado contra las almohadas—. Casi me había olvidado de este pequeño. —Lo cogió y limpió el polvo de su cabeza—. Peter, él es Peludito. Lo presentó mientras se lo acercaba.

Peter hizo una pequeña reverencia y se quitó un sombrero invisible para saludarlo.

—Un placer, mi buen señor.

Wendy soltó una pequeña carcajada y negó con la cabeza. Hacía años que no se sentía tan carca de sus hermanos. Era como si estuvieran con ella en la habitación. Quería impregnarse del lugar. Ni siquiera podía imaginar cuán perfecto sería tenerlos de vuelta en casa.

Caminó hasta la ventana y se sentó.

—Michael estaba enamorado de esta cosa —dijo mientras se ponía el oso en el regazo, moviendo sus brazos regordetes—. Lo llevaba a todos lados. Hacía algo extraño y le masticaba la nariz todo el tiempo. Lo hacía tan a menudo que, una vez, mientras jugábamos en el jardín trasero, le sacó la nariz. —Presionó un dedo en el espacio donde debería estar la nariz del muñeco—. Estaba histérico y desconsolado. La buscamos durante más de una hora, pero no pudimos encontrarla. —Peter se sentó a su lado y se metió las manos en los bolsillos.

—¿Solo por una nariz? —preguntó con una expresión divertida en la cara.

—Fue muy traumático. —Wendy asintió con una sonrisa y golpeó su hombro con el de Peter—. Tuve que inventarme una historia en la que Peludito perdía la nariz mientras intentaba domar a un león feroz —explicó—. Dios mío, me hizo contarle esa historia al menos una docena de veces. Michael siempre fue más sensible. Después estaba John, que siempre actuaba como un pequeño anciano, incluso con diez años.

—Sí, ¿qué son todas esas cosas? —preguntó Peter señalando la cama con la cabeza.

Había un collage de revistas, diarios y artículos impresos pegados en la pared.

—Ah, eso —replicó Wendy—. A John le fascinaban todas las cosas que los científicos y los arqueólogos encontraban en el fondo del océano. Barcos hundidos, evidencia de ciudades submarinas, cosas así —explicó—. Cuando encontraba esas historias, solía cortarlas o imprimirlas para colgarlas en la pared. Quiere ser arqueólogo submarino cuando crezca; o por lo menos solía hacerlo. No tengo ni idea de si seguirá siendo cierto.

Frunció el ceño. Era raro pensar que sus hermanos habían crecido y cambiado y que quizá no tenía ni idea de cómo eran ahora.

—Cuando eras pequeña, ¿qué querías ser de mayor? —preguntó Peter en voz baja. Sus ojos estaban entrelazados con los de Wendy y ladeaba la cabeza con curiosidad. Se lamió el corte hinchado del labio.

—Enfermera, como mi madre —dijo encogiéndose de hombros—. Creo que la mayoría de los niños quieren ser como sus padres cuando crezcan. Y ser enfermera era mucho más interesante que trabajar en un banco —añadió arrugando la nariz.

—¿Y ahora?

—Mmm… —tarareó para ella misma, frotando inconscientemente las orejas del oso con los dedos. Pensó en todos los formularios y panfletos que tenía en la habitación. En cómo había enfocado su vida académica para estudiar Enfermería. El que había iniciado para Medicina—. Creo que todavía no lo sé —confesó—. Quizá médico. —Sintió un escalofrío en la columna, era la primera vez que lo decía en voz alta—. Pero todavía no lo he decidido. Para eso es la universidad, ¿no?

La expresión de Peter se desmoronó y se entretuvo examinando su palma.

—¿Y tú? —le preguntó Wendy, intentando recuperarlo.

—¿Yo? —Peter frunció el ceño y soltó una pequeña risa sin humor.

—Sí, ¿alguna vez has soñado con qué harías cuando crecieras? —insistió.

—No, no puedo crecer. —Peter negó con la cabeza—. O se supone que no debería hacerlo —dijo mirándose a sí mismo.

—Pero todos piensan en sus posibles futuros —afirmó—. ¿No querías ser otra cosa además de ser solo tú?

—No, nunca tuve ese deseo —dijo—. Era Peter Pan, el niño que nunca crecía. Podía vivir en Nunca Jamás y me podía convertir en lo que pudiera pensar. Pirata, explorador, buzo… —enumeró mirando por la ventana—. Crecer implicaba responsabilidades: estudio, trabajo, envejecer y finalmente morir.

—Pero tienes que cuidar de un montón de niños —señaló Wendy—. Eso es una gran responsabilidad, ¿no?

—Sí, pero sigue siendo divertido —replicó y se mordió la cara interna de la mejilla mientras pensaba—. En Nunca Jamás, podía hacer lo que quisiera. Era libre.

—Pero ¿eras libre, Peter? —Wendy se oyó preguntar.

Peter sacudió la cabeza sin comprenderla.

—Podías hacer lo que quisieras, jugar a lo que tu mente pudiera imaginar, pero los niños perdidos siempre vienen y van, tú mismo lo has dicho —dijo Wendy—. Y siempre eran eso, fantasías. ¿Nunca quisiste algo…? —Intentó encontrar las palabras—. ¿Real? ¿Nunca sentiste que te estabas perdiendo… algo?

Los ojos celestiales de Peter se posaron en los de ella.

—No hasta que te conocí.

Wendy sintió una ráfaga en el estómago. Fue tan repentino, lo dijo con tanta sencillez, que no estaba segura de haber escuchado bien.

El chico la observó con cuidado.

Wendy sacudió la cabeza, intentando pensar con claridad.

—Tú… ¿qué? —preguntó.

—Me gustaba lo que era. —Inhaló profundamente—. Mi trabajo —le dijo observándola con intensidad—. Tu madre fue la primera persona que conocí que no fuera una niña perdida. Fue mi primera amiga que no vivía en Nunca Jamás conmigo. Solíamos pretender que luchábamos con espadas en su jardín trasero, ella me contaba historias y yo le hablaba de Nunca Jamás. Pero como todo el mundo, tuvo que crecer.

Era la primera vez que Peter decía más de dos frases seguidas sobre la madre de Wendy.

—Entonces, ¿no pudiste visitarla más?

Peter asintió.

—Después de un tiempo, también me olvidé de ella. Tu madre me recordaba, pero olvidó que era real. Cuando quise buscarla, te encontré sentada en esta ventana. —Parecía que estuviera luchando por encontrar las palabras. Tenía las puntas de las orejas rojas, pero no desvió la mirada, así que

Wendy tampoco lo hizo—. Cuando te escuché contando mis historias, sentí que tenía que conocerte. Quería que me vieras, que vieras que era real.

Hablaba con cierta urgencia, como si estuviera intentando explicarse.

—Cuando mi sombra desapareció por primera vez, pensé que era un castigo por permitirme... distraerme contigo, porque estaba intentando acercarme a ti. Quería hacerlo —añadió con insistencia y los ojos de Wendy se posaron momentáneamente en su mano mientras se acercaba a la de ella, pero luego vaciló—. Después, cuando me encontraste luchando con mi sombra, actuaste como si fuera completamente normal y fuiste capaz de unirla a mi cuerpo, la cosiste.

—Pero ¿cómo? —indagó.

—No lo sé. —Peter negó con la cabeza—. Pensé que quizá tenías magia. Había algo diferente sobre ti. Para mí, eras diferente. Importante. —La miró de reojo—. Especial.

Las manos de Wendy se aferraron al osito de felpa con fuerza. El corazón le iba a mil por hora.

—Después empezaste a contar mis historias con menos frecuencia —siguió Peter. Habló más rápido, las palabras le caían de los labios—. Podía ver que estabas creciendo y que te mudarías a tu propia habitación, te convertirías en una adolescente y te olvidarías de mí. Cuando John y Michael fueron... —Soltó un sonido de frustración y volvió a empezar—. Cuando los encontré en el bosque, me suplicaste que te llevara a Nunca Jamás. Y quería hacerlo. No quería que crecieras y también te olvidaras de mí. Me... —La miró, inseguro—. Me dolía pensar en ello.

Wendy apenas podía comprenderlo. Se sentía mareada.

—¿Qué estás diciendo?

Sentía que le faltaba el aire.

—Fuiste la niña más grande en venir a Nunca Jamás, Wendy —dijo Peter. Sus dedos se posaron al fin sobre la muñeca de ella, eran pesados y cálidos—. La isla es solo para niños. Creo que por eso empecé a perder mi magia y Nunca Jamás comenzó a desmoronarse. Todo esto es mi culpa…

Su rostro se contorsionó en una mueca.

—Pero no sabías que eso sucedería —afirmó Wendy, su cuerpo era agudamente consciente de él; el lugar en que su mano tocaba la de ella, la manera en que su cuerpo estaba inclinado hacia ella, cuán cerca estaban. Sentía la bellota caliente contra el pecho.

—Actué contra las reglas —afirmó—. Mi trabajo es cuidar de los niños perdidos. Se supone que no debo interactuar con los demás. Podía observar, escuchar tus historias, pero no debía acercarme. —Hizo una pausa y se humedeció los labios—. Y luego todo salió mal. —Negó con la cabeza—. No quiero que me odies —dijo lenta y deliberadamente.

Wendy frunció el ceño. No comprendía lo que Peter quería decir, pero la niebla que tenía dentro de la cabeza no la dejaba pensar. No recordaba haberse inclinado hacia delante o que Peter se hubiese acercado. Sus hombros se tocaron. Tenía los ojos azules, deslumbrantes, muy abiertos y las mejillas ruborizadas. Le acarició los dedos. El corazón de Wendy palpitaba a mil por hora.

Al principio, pensó que estaba temblando, pero era Peter.

—Estás temblando —dijo Wendy.

La garganta de Peter se movió cuando tragó saliva y asintió imperceptiblemente con la cabeza.

—Me dijiste que no le tenías miedo a nada. —Wendy se oyó decir. Estaba mareada y sin aire.

—Estoy aterrorizado —dijo en voz baja. Sus ojos llenos de estrellas se aferraron a los de ella y Wendy no pudo desviar la mirada. No quería.

—¿De qué? —preguntó Wendy.

—De perderte.

Las palabras de Peter le acariciaron los labios. Wendy se acercó y apoyó una mano en el centro de su pecho. Podía sentir el latido de su corazón en la punta de los dedos. Peter le puso una mano en la mejilla. La cabeza le daba vueltas mientras se ahogaba en el aroma de junglas húmedas y océanos salados.

La bellota brillaba con fuerza en el pequeño espacio entre ellos. Resplandecía en los ojos de Peter.

—¿Puedo quedarme contigo? —susurró el chico sobre sus labios.

Wendy encerró su mano en la camiseta y lo tiró hacia ella.

Hubo un momento de labios sobre labios, el sabor de madreselva y una sensación insoportable de ligereza que le hizo sentir que saldría volando si no se aferraba a él.

Pero luego la ventana se abrió de golpe y una explosión de oscuridad los separó y lanzó a Wendy al suelo.

Capítulo 20

Verdad

Las bombillas estallaron y la luz se extinguió. La ventana repiqueteó y se abrió con violencia. Wendy intentó levantarse, pero el dolor le desgarraba la cabeza. Un gruñido le salió de la garganta y la habitación comenzó a moverse.

El grito de Peter la sacó de su aturdimiento. El chico estaba en el suelo, a unos pocos metros de ella. Tenía los ojos cerrados con fuerza y una mueca en los labios. Todo su cuerpo se retorcía de dolor, arrastraba los dedos por el parqué. Su espalda se arqueaba de manera antinatural. Se le hincharon los músculos del cuello y se le tensaron bajo la piel. Su pelo cálido se había oscurecido por el sudor y se le pegaba a la frente. Sus respiraciones eran entrecortadas y se mezclaban con gritos guturales.

—¡Peter!

Wendy se puso de pie e intentó correr hacia él, pero sus pies no se movían. El peso de su cuerpo se abalanzaba hacia delante, pero tenía los pies atascados en algo parecido al alquitrán, negro y pegajoso. Intentó tirar de ellos para liberarse, pero no cedían.

Una risa aguda inundó la habitación, le partió la cabeza

e hizo que le rechinaran los dientes. Se tapó las orejas con las manos.

La sombra estaba en el asiento de la ventana. Se reclinaba hacia atrás cómodamente y esbozaba su sonrisa serrada.

—¡Ha sido demasiado fácil! —dijo antes de volver a reírse. Con un movimiento de muñeca, gruesas cuerdas negras encerraron a Peter de pies y manos. El chico gritó mientras quedaba suspendido en el aire.

Wendy intentó lanzarse hacia delante otra vez para sujetarlo, pero cayó de rodillas.

—¡¿Qué le estás haciendo?! —demandó con un gruñido—. ¡Suéltalo!

La sombra se giró hacia Wendy. Las puntas de sus dedos, finas y pálidas como huesos, estaban presionadas entre sí y tamborileaban rítmicamente.

—En realidad, debería darte las gracias —le dijo, sus labios se curvaron en una sonrisa angulosa. Parecía que le hubiesen esculpido la sonrisa con un cuchillo de sierra.

El rostro de Wendy se contorsionó por la ira y la confusión.

—Wendy —Peter gruñó entre jadeos agonizantes, tenía los labios blancos y la frente cubierta de sudor—. Corre.

La chica negó con fuerza. El miedo hundía sus garras en su piel, pero no había manera de que fuera a abandonarlo. No permitiría que la sombra se lo llevara.

—¿De qué estás hablando? —preguntó en dirección a la sombra.

—¿No es obvio? —replicó perpleja—. ¡Nuestro querido Peter Pan acaba de despedirse de su magia con un beso!

Le sonrió con cariño a Peter y presionó su mano esquelética con delicadeza sobre su corazón. Peter luchó contra las ataduras.

Wendy sentía el corazón en la garganta. Podía ver como el color abandonaba el rostro de Peter. No como cuando alguien se pone enfermo y se le pone la piel verde, sino que más bien tenía un tono cenizo. Moretones oscuros florecieron bajo sus ojos. Hasta la calidez de su pelo rojizo empezó a desaparecer. Por la comisura de la boca contorsionada le caía una línea de polvo de hadas, que se desparramó por el suelo como oro líquido.

Wendy intentó liberarse los pies frenéticamente.

—¡Peter! —gritó. El chico estaba desvaneciéndose. Se le cerraban los párpados mientras le caía la cabeza.

—Y todo es por ti, Wendy —canturreó la sombra. Se puso de pie y caminó hacia Peter. Arrastró un dedo sobre la mejilla del chico y frotó el líquido brillante entre sus dedos huesudos.

El rostro de Peter se contorsionó por el dolor y un fuerte gruñido le rugió en el pecho.

—¡No lo toques! —escupió Wendy.

La sombra se giró hacia ella y agitó un dedo en un movimiento de desaprobación.

—Ey, no es necesario ser maleducada —la regañó con gentileza antes de extender las manos—. ¡Estoy intentando darte las gracias!

A Wendy se le crisparon los músculos. No le importaba lo que fuera la sombra o lo que pudiera hacerle. Lo único que quería era alejarla de Peter.

Y arrancarle esa sonrisa de la cara.

—¿De qué estás hablando?

—Sentimientos, Wendy —replicó. A Wendy le flanqueó la determinación, pero se repuso y se negó a permitir que la distrajera—. Desde la primera vez que te vio, sintió algo por ti. Algo que seguía alejándolo de sus responsabilidades y de

Nunca Jamás. Eres tú, Wendy, quien ha puesto al gran Peter Pan de rodillas.

La sombra empezó a caminar lentamente en un círculo alrededor de ella, sus ojos negros estaban hambrientos.

Wendy sintió que se le erizaban los pelos de la nuca.

—Podía ver lo que estaba pasando, por supuesto, aunque él ni siquiera se daba cuenta —siguió—. Cada vez que venía a escuchar las historias que contabas, podía sentir cómo se debilitaba. Gracias a ti, Wendy, y sus sentimientos por ti, pude fortalecerme.

»Peter Pan es la personificación de todas las cosas buenas, brillantes y alegres —hablaba con una expresión de desdén—. Nunca tuvo motivos para preocuparse. Su existencia era sencilla: cuidar de los niños perdidos y hacerlos felices. ¡Eso era lo único que tenía que hacer! Nunca tuvo motivos para querer marcharse de Nunca Jamás y abandonar su deber, su único propósito de existencia, hasta que te conoció a ti. —Una risa estruendosa inundó la habitación—. Pero la primera vez que te miró, pude sentirlo.

Las manos de la sombra se cerraron en puños.

—Era asqueroso, a decir verdad, cómo no podía dejar de pensar en ti. Fue desgastando su determinación y podía sentir como se debilitaba. ¡Una vez casi tuve éxito! El querido Peter no pudo contenerse. Me arriesgué e intenté huir mientras él se escabullía para verte, la necesidad hacía que le doliera el corazón.

Era un recuerdo que había perdido hacía mucho tiempo. Se había despertado y había encontrado a Peter en su habitación, luchando con su sombra. Lo había ayudado a coserla. Ese era el motivo por el que Peter creía que ella podría detenerla.

Cuán equivocados habían estado.

—Lamentablemente, debo admitir que actué de manera prematura, pero he aprendido de mis errores. Esperé y dejé que los sentimientos lo abrumaran. Cuanto más pensaba en ti, cuanto más te echaba de menos y sufría por el anhelo de verte, más me fortalecía. Y luego, ¡por fin tuve mi oportunidad! Peter quería quedarse contigo y rompió las reglas. Te llevó a Nunca Jamás, pero, a diferencia de tus hermanos, no eras una niña perdida, Wendy.

Wendy fulminó a la sombra con la mirada, no podía esconder la confusión. Seguía sin entenderlo. Miró a Peter, pero apenas estaba consciente, respiraba de forma superficial y entrecortada. Sus ojos azules intentaron encontrar los de ella, pero no podía enfocarlos.

La sombra flotó por la habitación, dando zancadas relajadas. Se detuvo sobre Wendy y le cogió el mentón con sus dedos afilados. Ella intentó liberarse de su agarre, pero era frío y fuerte como el hierro. El aire a su alrededor drenó la calidez de su piel e hizo que se le erizara el vello de los brazos.

—No la toques. —El gruñido casi sin aire provino de Peter. Con los dientes apretados con fuerza, luchaba contra las ataduras. Se le sacudían los hombros mientras movía los brazos, intentando liberarse. Pero no sirvió de nada.

La sombra siguió concentrada en Wendy, pero cerró la mano en un puño. Las cuerdas negras se encerraron con más fuerza alrededor de Peter y se le hundieron en la piel. Un grito amortiguado le rasgó la garganta.

—¡Para! —Wendy le gritó a la sombra—. ¡Déjalo ir!

Odiaba el pánico y la súplica en su voz, pero ¿cuánto tiempo podría soportar Peter esta tortura?

Lentamente, una sonrisa triunfal se extendió en los labios de la sombra y partió su rostro retorcido en dos.

—Conozco los secretos más profundos y oscuros de Peter —dijo y su voz grave resonó contra los huesos de Wendy—. Porque yo soy esos secretos. Soy la consumación de sus miedos.

La sombra soltó el mentón de Wendy; le ardían las mejillas donde las uñas puntiagudas le habían tocado la piel.

—Su miedo era perderte. Le aterraba lo que pudieras pensar de él. Que lo odiaras y que nunca quisieras verlo otra vez si sabías la verdad.

Wendy no podía confiar en lo que decía la sombra. Solo quería una ventaja. Ahora se daba cuenta y no permitiría que la consumiera, incluso cuando sentía el pánico correr por sus venas.

—¿Qué verdad? —escupió, pero la sombra siguió como si no la hubiera oído.

—Su miedo me fortaleció y, al fin, pude escapar de los confines de nuestra unión. —Se giró hacia Wendy—. Pero mientras Peter tuviera magia, representaba un riesgo. Era un plan simple y se desarrolló de manera tan sencilla… —La sombra se rio—. Para debilitar todavía más su determinación, solo tenía que guiarlo otra vez hacia ti y él haría el resto. Te echó de menos cuando te fuiste.

A Wendy se le cerró la garganta. Estaba aterrorizada, pero las palabras hicieron que el estómago le diera un vuelco.

—En realidad, tenía el corazón roto. Quería elegirte, Wendy. Lo único que tuve que hacer fue darle la oportunidad. —La sombra chasqueó la lengua en desaprobación—. Así que lo traje hasta aquí y lo dejé caer justo delante de ti para que lo encontraras. Su debilidad por ti fue su perdición.

Wendy se atragantó con su propia respiración. La culpa era aplastante. La cosa pegajosa negra le subió por las piernas hasta los brazos. Sus hermanos, los otros niños desaparecidos y Peter, atrapado y dolorido… todo era su culpa.

—No me malinterpretes, el miedo de esos niños me ha fortalecido bastante. Y admitiré que tu miedo y tu culpa son especialmente deliciosos. —Inhaló profundamente—. Eres una presa tan sencilla… Lo único que tengo que hacer es llevarte al bosque. Las cicatrices del trauma me hacen la boca agua.

»Pero Peter es mi objetivo. Te eligió a ti y, al hacerlo, abandonó a los niños perdidos y perdió su magia. Así que seguirán siendo niños perdidos.

Los ojos humedecidos, frenéticos y asustados de Peter casi salen disparados de su cara.

—No —gruñó y luchó contra las ataduras con un vigor renovado—. Tengo que volver… ¡Tengo que ayudarlos! —Las palabras salieron como una ráfaga mientras luchaba y mascullaba para sí mismo.

La sombra rio.

Wendy podía sentir cómo se hundía en el alquitrán negro, era como si tirase de ella a través del suelo. Le tembló todo el cuerpo, respiraba con dificultad y notaba el sabor a sal en la boca. Tentáculos pegajosos avanzaron por sus muslos y piernas. La tensión se intensificó en las costillas y se expandió como un globo. Le dolía y ardía. Sentía que se rompería en cualquier momento.

—¿Dónde están los niños que te llevaste? —demandó Wendy, se negaba a ceder ante la criatura que temblaba en su pecho—. ¡Devuélvelos!

Intentó liberarse, pero solo se hundió todavía más en la oscuridad.

La sombra inclinó la cabeza hacia atrás. Una risa chillona inundó la habitación.

—¡Solo eran peones para llegar a ti, Wendy! ¿Todavía no lo comprendes?

Entrecerró los ojos en dirección a la chica. Su rostro —el rostro de Peter, pero cruel, oscuro y distorsionado— irradiaba una alegría enferma de cada ángulo afilado.

Wendy oyó sus palabras, pero no encajaban entre sí en su cabeza; no podía comprenderlas. La sensación de vacío que tenía en las entrañas le indicó que su cuerpo lo supo antes que ella. Quería liberar su furia y gritar.

—¡Devuélveme a mis hermanos! —Su voz flaqueó y se quebró.

—Ah, Wendy. —Su sonrisa era cruel y su risita, de diversión—. No tengo a tus hermanos. Nunca los he tenido.

¿Qué? Wendy se congeló. Negó con la cabeza. La sombra estaba mintiendo, por supuesto que estaba mintiendo. Quería asustarla. Intentaba jugar con su cabeza. Wendy miró a Peter en búsqueda de respuestas, pero el chico no la miró a los ojos. Estaba centrado en la sombra. Se le tensaron los músculos de la mandíbula.

La sombra se inclinó y sonrió como si estuviera leyéndole la mente. El aliento le olía a hojas muertas y tierra húmeda.

—Los niños perdidos son las almas de niños que perdieron el rumbo. Peter es su guía.

—¿Guía? —repitió Wendy. La confusión y el pánico le rasgaron el cuerpo. Estaba mareada. No podía respirar. Temblaba con tanta violencia que casi parecía una convulsión. Era como si su cuerpo supiera lo que sucedería, pero su cerebro no pudiera mantener el ritmo.

—Su trabajo es aliviar su sufrimiento, ayudarlos a perder los miedos para que puedan seguir adelante.

Las respiraciones de Wendy se volvieron agitadas y frenéticas. Negó con la cabeza.

—Peter, ¿de qué está hablando? —preguntó.

Pero la expresión de Peter…

Esto solo era una pesadilla. Quería que parase. Quería despertarse en su cama y que esto no fuera real. Luchó contra las ataduras, que la sujetaron con más fuerza.

—Wendy… —La voz de Peter era una súplica.

—No, no lo digas —replicó débilmente, negando con la cabeza. Wendy se resistió y los tentáculos se extendieron mientras intentaba levantarse y huir. Las ataduras vibraron y le cubrieron la piel, emocionadas y hambrientas. Mientras Wendy luchaba por erguirse, se aferraron con más intensidad alrededor de su torso y se le clavaron en el cuello.

—Tienes que entender… —insistió Peter.

—No. —A Wendy se le retorció el estómago a causa de las náuseas. No, no, no.

—Yo…

Una mordaza negra le cubrió la boca y silenció a Peter. Luchó contra las ataduras con más fuerza. Arqueaba la espalda y tenía los músculos de los brazos tensos. Sus ojos frenéticos echaban chispas y tenían un círculo rojo.

—Deja que te lo explique —intervino la sombra—. Después de todo, yo he sido completamente honesto desde que nos conocimos. —Señaló levantando las cejas—. Peter guía las almas de niños muertos hacia el más allá. Cuando mueren de una forma particularmente horrible —explicó la sombra con una mueca exagerada—, los lleva a Nunca Jamás —hablaba como si fuera lo más normal del mundo.

La pérdida de sus hermanos cayó sobre ella como un gran peso que amenazaba con derrumbarla.

—En realidad, es como una especie de limbo donde los niños aceptan lo que les pasó para poder seguir adelante.

La sombra se inclinó hacia ella y le cogió el mentón con sus manos heladas. Respiró hondo y aleteó los párpados, saboreaba el miedo que emanaba de la chica.

—Y precisamente eso es lo que hizo con tus hermanos. Cuando te vio junto a sus cuerpos y le suplicaste que te llevara con ellos, cedió. Pero las niñas vivas no pueden ir a Nunca Jamás, Wendy.

»Tus hermanos llevan atrapados allí desde entonces, incapaces de avanzar, demasiado preocupados por ti. —Le soltó el mentón y le dio una palmadita gentil en la mejilla—. Así que aquí estamos. Peter sin magia y tú sin tus hermanos mientras pasan el resto de la eternidad entre este mundo y el siguiente.

La sombra chasqueó los dedos y sus ojos jubilosos saltaron de Peter a Wendy.

No, esto no era posible. No podía ser verdad. Peter no le mentiría. Le había dicho que sus hermanos estaban atrapados, que después de derrotar a la sombra los liberaría. Sus ojos buscaron una respuesta en los del chico.

—Peter, ¿es verdad? —preguntó. Se le rompió la voz y se le nubló la vista—. ¿Mis hermanos están muertos?

La sombra chasqueó los dedos y la mordaza alrededor de la boca de Peter desapareció. El chico tragó aire. Apenas podía mirarla a los ojos. La culpa lo carcomía y tenía los ojos vidriosos. Era imposible distinguir de dónde provenía el dolor en su voz.

—Lo lamento tanto, Wendy.

Las palabras impactaron en ella como un golpe y la postraron de rodillas. No podía erguirse, no podía pensar, no podía respirar. El dolor que sentía en el pecho era catastrófico, era como si la hubieran partido en dos. El vacío se extendió y todo el dolor se derramó con una fuerza incontrolable. Las sombras se ensancharon bajo sus hombros inclinados.

—¿Cómo pudiste mentirme?

—Tienes que entenderlo, necesitaba tu ayuda para salvar a esos niños… para protegerlos —suplicó, las palabras le caían de los labios—. Eras la única que podía ayudarme, tú…

La sombra volvió a chasquear los dedos y la mordaza volvió a cubrir la boca de Peter.

—Ahora ya lo sabes —anunció triunfal.

Las lágrimas cayeron libremente por las mejillas de Wendy.

«Están muertos».

Las palabras se repitieron en su cabeza una y otra vez. Las sombras le cubrieron el cuerpo como una manta de petróleo. Podía sentir como le llegaban al cuello.

—¿Y los niños desaparecidos? —Wendy logró hacer la pregunta, superando el dolor. ¿También estaban muertos?

—Ah, no. —La sombra la desestimó sin darle importancia mientras se miraba las uñas—. Todavía están vivos, pero no por mucho tiempo. —Volvió a sonreír—. Ahora que tengo lo que quiero y que Peter no podrá interponerse en mi camino, ya no los necesito. —Suspiró con alegría—. Será increíble —canturreó—. Aunque tu sufrimiento también es exquisito —la sombra susurró en el oído de Wendy—, me temo que Peter y yo tenemos otros asuntos pendientes. Adiós, Wendy Darling.

No podía moverse, pero no necesitó levantar la mirada para saber que Peter y su sombra se habían ido. Wendy se hizo una bola en el suelo. La sensación de la alfombra áspera contra la mejilla le indicó que las sombras también se habían desvanecido. Hundió los dedos en la alfombra, intentando recuperar su eje antes de perder el control.

Sus hermanos ya no estaban. John y Michael estaban muertos. Nunca los volvería a ver. No iban a volver. Y ella había visto sus cuerpos. Estaba a su lado cuando Peter los encontró.

¿Qué había pasado? ¿Por qué no podía recordarlo?

Las lágrimas se derramaron sobre el puente de su nariz y le cayeron por las mejillas.

Una parte de ella siempre lo supo, incluso si era su subconsciente. Cuando se acercaba demasiado a la verdad, otra parte de ella la alejaba. ¿A eso se refería su madre? ¿No lo recordaba porque su mente la había hecho olvidar? ¿Su cuerpo intentaba protegerla escondiendo ese recuerdo?

No podía seguir escondiéndose.

Con una mano temblorosa, Wendy cogió la bellota que llevaba colgada del cuello y cerró los ojos con fuerza. Necesitaba recordar.

Wendy estaba en un lugar y momento diferentes. Estaba en el bosque, rodeada de neblina. Corría entre los árboles, buscaba algo.

—¡John, Michael! —Pudo oír las palabras salir de la boca de su versión más joven—. ¿Dónde estáis?

—¡Por aquí! —respondió John.

Sintió el leve sonido de ramas rompiéndose contra sus palmas mientras las empujaba para avanzar. Podía oír las voces de sus hermanos a unos metros. Llegó a un claro y encontró a John y Michael exactamente como los recordaba. Se perseguían el uno al otro alrededor de la base de un árbol viejo, pálido y sombrío con ramas retorcidas.

Nana, su vieja San Bernardo, daba vueltas a su alrededor. Movía la cola y tenía las mejillas cubiertas de baba espesa.

A Wendy se le hinchó el pecho de miedo ante la imagen del árbol, pero las siluetas de Michael y John se reían y corrían. La nieve crujía bajo sus zapatos.

John levantó las manos y emitió un sonido animal. Se meció lentamente hacia delante y atrás mientras daba zancadas hacia Michael y Nana. A modo de respuesta, Michael le enseñó los dientes.

—¡No te tengo miedo! —aulló y Nana se les unió.

John empezó a reírse, pero luego aulló otra vez.

Volvió a perseguir a Michael alrededor del árbol y Nana los seguía de cerca.

—¡No me dejéis atrás de esa manera! —se quejó Wendy y Nana la saludó lamiéndole la palma—. ¡No puedo seguiros el ritmo! —Wendy se agachó y rascó a Nana detrás de su gran oreja aterciopelada. Volvió a mirar por encima del hombro—. Deberíamos volver. No sé…

Un estruendo resonó entre los árboles.

Wendy dio un salto. Nana retrocedió. Michael se tapó las orejas con sus pequeñas manos.

John cayó.

Hubo un momento de silencio mientras el eco del disparo se desvanecía.

—¿John? —Michael dio un paso hacia el cuerpo de John.

Nana se quejó al lado de Wendy.

—Espera… —dijo Wendy, pero antes de que pudiera terminar, sonó otro disparo.

Michael cayó al suelo.

La Wendy de doce años no se movió. El corazón le latía con fuerza y respiraba de forma entrecortada. Nana lloró con más urgencia, casi al borde de un ladrido. Wendy miró fijamente a sus hermanos.

—¿John? —Dio un paso hacia delante—. ¿Michael?

Ninguno de los niños se movió o habló.

John estaba tumbado de espaldas, con las piernas dobladas en ángulos extraños. Michael estaba acurrucado a su lado.

Tenían los ojos abiertos, pero inmóviles.

—Dejad de jugar, chicos. No es divertido —dijo Wendy mientras se acercaba a ellos.

Se puso de cuclillas y Nana avanzó con ella mientras olía el suelo. Hacía crujir la nieve con las patas. Estudió el brazo caído de Michael con el hocico.

Algo rojo se expandía por el pecho de su camisa.

A Wendy se le atascó el llanto en la garganta.

Nana aulló, tocaba con la cabeza a John y a Michael, caminaba a su alrededor y lloraba. El pelaje se le tiñó de rojo.

Wendy se quedó ahí de pie, congelada donde estaba, con la mirada clavada en sus hermanos caídos. Empezó a temblar.

El sonido de pisadas avanzando por el bosque hizo que Wendy diera un salto y saliera de su trance. Miró a su alrededor frenéticamente antes de correr detrás de un grupo de árboles que se erguían extrañamente cerca. Gateó debajo de los grandes arbustos que crecían en la base de los árboles.

Nana corría entre John y Michael con la cola entre las patas.

Un hombre con una camisa roja a cuadros entró en el claro mientras se tambaleaba. Llevaba un sombrero de cazador y un rifle colgado en la espalda. Aunque no miraba a Wendy, ella pudo ver que llevaba una botella de cerveza en la mano.

Nana se sentó en el espacio que quedaba entre el hombre y John y Michael. La dulce Nana solía ser buena y cariñosa, pero ahora enseñaba los dientes y gruñía.

—¿Nana? —preguntó el hombre. Conocía esa voz, estaba confundido—. Ey, sal de aquí —masculló y pateó nieve en dirección a Nana. El perro se sacudió, pero se negó a moverse. Enseñó los dientes y empezó a ladrar con ferocidad.

—¡EY! —gritó esta vez el hombre. Dejó la botella de cerveza en la nieve y se quitó el rifle de la espalda.

El terror congeló todos los músculos de Wendy.

Pero el hombre apuntó al cielo y disparó otra vez. El casquillo giró en el aire y cayó al suelo. Nana retrocedió y salió disparada del claro.

—Perra tonta —gruñó el hombro y volvió a colgarse el rifle mientras Nana huía—. Harás que te disparen si corres así.

Con una gran mano, se quitó el sombrero de la cabeza.

Una ola fría de sorpresa golpeó a Wendy y la dejó sin aliento.

El señor Davies se limpió el sudor de la frente con la manga de su camisa a cuadros.

—¿Qué tenemos aquí? —murmuró para sí mismo mientras caminaba hacia el viejo árbol.

Se detuvo de repente. Tenía los cuerpos de John y Michael delante.

El señor Davies cayó de rodillas.

—¡No! ¡No, no, no! —Ahora su voz era mucho más clara. Estaba teñida de terror. Sacudió a John y a Michael, pero no se movieron. Murmuró para sí mismo mientras miraba a su alrededor con una expresión desencajada.

Wendy se agachó todavía más en su escondite y se llevó las manos a la boca para no hacer ruido.

El señor Davies luchó para ponerse de pie, se tropezaba solo. Salió corriendo en la dirección por la que había llegado.

Cuando las pisadas se desvanecieron, Wendy salió gateando de su escondite y corrió hacia sus hermanos.

—¡John, Michael! —Se derrumbó a su lado y los sacudió tan fuerte como pudo—. ¡Despertad! —suplicó—. ¡Por favor, despertaos!

Wendy se dobló sobre el estómago y un llanto violento le hizo temblar el cuerpo. Sus rodillas se hundían en el suelo frío y duro.

Wendy nunca se había sentido tan impotente. La saliva se le acumuló en la boca; creyó que podría vomitar por el mero horror de revivir la imagen de su versión joven llorando sobre los cuerpos de sus hermanos muertos. Sintió la necesidad de salir corriendo, de retroceder y no ver el resto, pero alguien hizo ruido entre los arbustos.

Peter descendió entre los árboles, voló con delicadeza y aterrizó a pocos metros. Era la misma versión de Peter que había visto en sus recuerdos de Nunca Jamás. Un niño con el pelo rojizo, vestido con ropa hecha de hojas gruesas.

Vio a Wendy llorando sobre los cuerpos de sus hermanos y se congeló.

—¿Wendy? —dijo.

La niña levantó la mirada, las lágrimas le caían por la cara. Cuando lo reconoció, le dio un vuelco el corazón, seguido de desesperación.

—¡Peter, ayúdame, por favor, ayúdame! —rogó entre sollozos.

Peter avanzó lentamente hacia ella, con los ojos brillantes bien abiertos. Miró a John y Michael. Con gentileza, negó con la cabeza.

—Wendy, lo siento tanto…

—¡Por favor, ayúdalos, Peter! —lloró.

—No puedo, Wendy. Tengo que llevármelos —replicó con una expresión de dolor.

Wendy lloró con más fuerza y se le rompió la voz.

—¡No, no puedes! ¡No puedes llevarte a John y a Michael!

El sonido de pasos acercándose hizo que Peter volviera a levantar la mirada.

—¡Está volviendo! —Wendy entró en pánico—. Por favor, no me dejes aquí sola. ¡Tienes que llevarme contigo! ¡Por favor, Peter!

Wendy vio la expresión de pena de Peter. La cogió de la mano y todo se tiñó de negro.

El dolor era afilado y lo consumía todo. Wendy estaba tumbada de lado. La imagen de sus hermanos en la nieve, el charco de líquido rojo, le quemaba la mente. Se habían desplomado en la base del árbol. Por eso su subconsciente seguía recordándoselo y lo dibujaba con tanto ímpetu. Estaba intentando recordar y ahora entendía por qué se había resistido tanto. Llevaba años escondiéndose, pero ahora el recuerdo la atormentaba y le daba miedo que nunca dejara de hacerlo.

Habían asesinado a sus hermanos y era culpa suya.

Ella era la hermana mayor. Sabía que no debían ir solos al bosque. Si hubiera dicho algo, si los hubiera obligado a volver, nada de esto hubiera pasado. Seguirían vivos. Debía cuidar de ellos y protegerlos, pero había fallado. Y fallar significaba perder a sus hermanos y destruir a su familia. Si no fuera por ella, todavía estarían completos. ¿Y ahora? Cuando lo descubrieran, verían que había sido culpa suya.

Habían pasado años sin ningún tipo de información, solo porque Wendy no podía enfrentarse a la verdad. ¿Realmente se había estado mintiendo a sí misma todo ese tiempo?

Se hizo una bola, enterró la cara entre las rodillas y se hundió los dedos en el pelo. Llantos primitivos e incontrolables le sacudieron el cuerpo.

Pensó en el señor Davies, borracho y tambaleándose sobre John y Michael con su camisa roja brillante.

El señor Davies. No se lo creía. Les había disparado a John y a Michael. Los había matado y nunca había confesado. Sintió náuseas al pensar en cuán amable había sido con ella mientras crecía; le preguntaba cómo estaba, le daba propina cuando cuidaba a sus hijos para que ahorrara para la universidad. ¿Había estado intentando enmendar lo que había hecho?

La furia le ardía entre las costillas. Era amigo de su padre. El señor Davies había permitido que sus padres habían sufrido. Que su duelo durara cinco años. No solo les había robado a John y Michael, sino que evitó que descubrieran la verdad y pudieran seguir adelante. Había desgarrado a su familia.

Ella no había sido la única a quien le habían arrebatado a John y Michael. Sus padres también sufrieron, y todavía lo hacían. Wendy no solo había perdido a sus hermanos. También había perdido las suaves caricias de su madre en la espalda cuando estaba triste. El acompañamiento firme, pero gentil, de su padre durante las pesadillas y preocupaciones.

Ahora, sus padres solo eran fantasmas de sus versiones anteriores. La casa de los Darling había perdido la luz y la alegría. La infancia de Wendy acabó el día que sus hermanos y ella se adentraron en el bosque.

Y ahora, cuatro familias sufrirían de la misma manera que la suya. Cuatro familias llorarían la pérdida de sus hijos sin respuestas o explicaciones. Cinco niños se perderían y quedarían en manos de la sombra, que los aterrorizaría para alimentarse.

Dos de ellos eran los hijos del señor Davies. Wendy quería alegrarse —reconfortarse en el hecho de que estaría obligado a vivir lo que había hecho sentir a su familia—, pero no lo consiguió. Matthew y Joel eran buenos niños. No se merecían estar encerrados en una pesadilla por el resto de sus vidas por algo que hizo su padre. Por más enfadada, furiosa y vengativa que se sintiera, no podía obligarse a desearle el sufrimiento que sus padres y ella habían vivido, ni siquiera a su peor enemigo. Conocía a todos los niños desaparecidos y a sus familias.

No podía quedarse al margen y dejar que más familias sufrieran. No lo haría.

Wendy se negó a rendirse y a perder la fe en Peter.

Se obligó a sentarse, el hipo le inflaba el pecho mientras se pasaba las manos por los ojos.

Peter le había mentido, pero estaba intentando salvar a los niños perdidos de Nunca Jamás. Su trabajo era todavía más importante de lo que Wendy pensaba. ¿Cómo sería ver el sufrimiento de los niños, ser el guía de las almas de los niños que habían sufrido muertes tan terribles, intentar quitarles los miedos y hacerlos felices para que pudieran cruzar al más allá? Peter se esforzaba para cuidar de ellos, Wendy solo se había cruzado en su camino.

Con razón todo empezó a desmoronarse en la isla. Wendy había sido la única niña viva en visitar Nunca Jamás.

Y Peter sentía cosas por ella.

Le dio un vuelco el estómago y se llevó las puntas de los dedos a los labios. El recuerdo de la expresión en el rostro de Peter, tan asustado y preocupado mientras se acercaba a ella la llenó de calidez. Pensó en sus ojos brillantes, en la manera en que los entrecerraba cuando la sonrisa dominaba su rostro, amplia y desvergonzada. Wendy pensó en su gentileza con

Alex, su picardía con Cassidy y su mirada tranquila e inquebrantable cuando hablaba con ella.

Tenía que enmendar las cosas. Tenía que detener a la sombra y rescatar a los niños. Tenía que salvar a Peter. Sin él, los niños perdidos seguirían perdidos. Sus hermanos nunca podrían seguir adelante.

Estaba aterrorizada, pero no se daría por vencida. Esta vez, no les fallaría a John y Michael. Se levantó con dificultad y se tambaleó hasta el baño. El costurero descansaba en el borde del lavabo, donde lo había dejado cuando se cosió los pantalones días atrás. Lo cogió y se lo guardó en el bolsillo.

Respiró hondo para estabilizarse. Cerró la mano en un puño alrededor de la bellota.

Sin importar lo que tuviera que hacer, le pondría fin a esta pesadilla. Pelearía con todas sus fuerzas.

Capítulo 21

Perdidos en el bosque de Nunca Jamás

Wendy salió disparada a toda velocidad hacia el bosque. Saltar por encima de la valla y zambullirse entre los árboles había sido como correr hacia un mundo nuevo; un lugar oscuro hecho de árboles retorcidos, sombras ondulantes y sonidos de cosas que no podía ver.

El corazón le palpitaba a un ritmo errático, como una batería por las venas. Las ramas gruñían y se mecían. Ráfagas de viento le acariciaban el pelo como si fueran dedos fríos. La velocidad con la que avanzaba entre los árboles era lo único que evitaba que tropezara con las enredaderas o se hundiera en el suelo, ya que el terreno se movía y cambiaba.

La magia de la sombra se filtraba por el bosque y lo deshacía, lo transformaba en una pesadilla que se intensificaba a cada paso que daba. Mientras la adrenalina le corría por las venas, también lo hacían las formas negras en su visión periférica.

Galopaban y gritaban, se acercaban a ella, le pisaban los talones. Se movían como si la oliesen, se acercaban como bestias hambrientas. La perseguían como si fuera ganado, pero Wendy siguió corriendo, se obligó a moverse más rápido cuando se acercaban demasiado.

Era como si la luna y las estrellas hubieran desaparecido.

Nada le resultaba familiar. No sabía dónde estaba o hacia dónde iba. No tenía ni idea de si se estaba acercando o si el bosque decadente se retorcía y la hacía correr en círculos. Pero se negó a permitir que los movimientos en su alrededor la distrajeran.

Su instinto era lo único que la guiaba por el bosque. Todo era irreconocible, pero sus pies avanzaban entre los árboles, sobre troncos caídos y ramas bajas. Su cuerpo conocía el camino, incluso si su mente lo desconocía.

Cada sonido que se escabullía entre los árboles le provocaba escalofríos. Sintió una respiración en la base de la nuca. Un grito antinatural le sacudió la columna. Una cacofonía de lechuzas ululando fue como un rasguño helado en el estómago. Estaba agitada. El pelo se le pegaba a los labios. El corazón le palpitaba a mil por hora. No podía volver ni detenerse. Tenía que encontrar a Peter. Tenía que encontrar a los niños antes de que fuera demasiado tarde.

Wendy se obligó a seguir adelante y llegó al claro. Se deslizó unos centímetros en el suelo, arrastrando tierra y hojas, y se detuvo. El hilo que le tiraba del pecho y la había impulsado a través del bosque se había desvanecido como si alguien lo hubiese cortado de repente.

Delante de ella, se erguía el árbol. En la oscuridad, parecía todavía más gigante. Había unas sombras atrapadas en una jaula, como cicatrices profundas en la corteza gris.

—¡Wendy!

Jadeó y una ola de alivio le atravesó el cuerpo.

—Ay, por Dios, os he encontrado —dijo casi sin aire mientras corría hacia ellos.

Benjamin, Ashley, Matthew, Joel y hasta el pequeño Alex estaban amontonados en una especie de jaula. Estaban hechos un desastre —despeinados, la cara manchada de tierra y la ropa mugrienta— pero estaban todos vivos y de una pieza.

—¡Wendy, ayúdanos! —gritó Ashley. Tenía las mejillas rojas y las lágrimas le caían por la cara pálida.

—¡Por favor! —pidió Benjamin, su voz se agudizó con un llanto mientras tiraba de los barrotes.

—Shh, shh. No pasa nada. Os sacaré de ahí —graznó Wendy.

Por supuesto, no eran barrotes normales. No era una jaula normal. Estaba hecha de los mismos remolinos de sombras que habían intentado atraparla dos veces. Los que habían atado a Peter.

Wendy cerró los puños alrededor de los barrotes y tiró con fuerza. Cedieron muy poco y vibraron contra sus palmas como un latido grotesco.

—¡Tienes que sacarnos de aquí! —rogó Joel. Matthew estaba acurrucado contra su hermano mayor y se aferraba a su camiseta con los dedos mientras lloraba.

Sus voces se pisaban entre sí, rogaban y suplicaban, menos Alex. Su cuerpo entro se hundía en la sudadera azul y temblaba con violencia. Estiró un brazo hacia Wendy y estampó la mejilla cubierta de tierra contra uno de los barrotes, intentaba escabullirse. Wendy lo cogió de la mano mientras se agitaba sin éxito en el aire. La tenía fría y húmeda.

—No pasa nada, no pasa nada —dijo una y otra vez. Tenía la voz tensa y llena de sus propios miedos mientras intentaba consolarlos. Se puso de cuclillas y encontró los grandes ojos marrones de Alex—. Todo irá bien —repitió y apoyó la mano en la mejilla de Alex, el niño se inclinó sobre ella. Los llantos sacudían su pequeño cuerpo—. Os sacaré a todos de aquí —dijo con énfasis—. Solo… Solo…

—Realmente tenemos que dejar de vernos así. Está empezando a molestarme.

La sombra se corporizó sobre una rama gruesa, con una pierna colgando en aire. Entrecerró los ojos y clavó la mirada en Wendy. Todos los rastros de su alegría venenosa se habían desvanecido.

—Déjalos ir —demandó Wendy y se alejó de la prisión. Resoplos y quejidos sonaron detrás de ella—. No permitiré que les hagas daño.

—¿Que les haga daño? —Frunció sus cejas oscuras—. Los necesito vivos y aterrorizados. Necesito su sufrimiento mental y emocional. —Bajó la mirada hacia los niños. Con un movimiento de muñeca, una ráfaga de viento sacudió los árboles. La comisura de sus labios desnudó sus dientes—. Sin embargo, me estoy cansando de jugar al gato y al ratón, Wendy. —Le dirigió una mirada vacía—. Ya no es divertido.

—Wendy —chilló Ashley.

—No iré a ningún sitio. —Wendy dio un paso hacia el árbol y plantó los pies con firmeza en el suelo—. ¿Dónde está Peter? —preguntó. Le temblaron las piernas, pero por lo menos su voz sonaba estable.

—¿Peter? —La sombra bostezó y se crujió las articulaciones mientras se estiraba en la rama—. Ah, está un poco ocupado en este momento.

Esbozó una sonrisa cruel y un dedo delgado señaló algo por encima de la cabeza de Wendy.

La chica miró hacia arriba.

Peter estaba suspendido en el aire.

Unas cuerdas gruesas hechas de sombras colgaban de una

de las ramas retorcidas del árbol. Encerraban la cintura de Peter y le doblaban la espalda en un arco antinatural. Más sombras le envolvían los brazos, las piernas y la garganta. Las ataduras pulsaban, vibraban y drenaban su luz.

La piel de Peter casi no tenía color. El tono rojizo de su pelo se había desvanecido. Ahora era de un plateado fantasmal, el color de las estrellas. Líneas finas y doradas, magia líquida, le caían de la nariz y la comisura de los labios, ahora grises. No se movió ni habló. Tenía los ojos cerrados, apenas agitaba los párpados violeta oscuro. Una gota dorada le cayó de las pestañas y le descendió por el pelo plateado de la sien.

—Peter. —Wendy contuvo la respiración.

—Es solo una cuestión de tiempo hasta que Peter Pan desaparezca —dijo la sombra lentamente, como si saboreara cada palabra.

—¿Por qué haces esto? —ladró Wendy, la ira le hervía en las venas.

—¿Por qué? —preguntó la sombra y entrecerró los ojos negros—. ¿Por qué?

Ya no estala relajada ni disfrutaba del momento. Se puso de pie, con el cuerpo tenso. El suelo empezó a temblar.

—Las sombras y la oscuridad solían dominar al hombre con sus miedos —explicó—. Luego, la magia empezó a tomar el control, como Peter. Lo crearon para ser mi opuesto, para generar alegría y risas —escupió la sombra y sus labios retrocedieron para exponer sus dientes brillantes—. ¡Peter cuidaba de las almas de los niños perdidos que yo solía atormentar!

Su voz resonante tronó en el pecho de Wendy. Un escalofrío le sacudió los brazos desnudos. Oyó los llantos asustados detrás de ella. Irguió los hombros y se posicionó con firmeza entre los niños atrapados y la sombra sentada en el árbol.

—Les llevaba paz y pronto dejó de haber sufrimiento del que alimentarme. ¡Me debilitaba y estaba atado a él! —Las extremidades del árbol temblaron. La sombra hizo círculos con los hombros y se crujió el cuello. Cerró los ojos e inhaló profundamente—. Destruiré a tu precioso Peter y nada será capaz de detenerme.

Con un movimiento de muñeca, deshizo los bucles negros que sostenían a Peter. Su cuerpo cayó al suelo con un golpe seco. Tenía los brazos extendidos a ambos lados, como alas rotas.

—¡Peter! —Wendy corrió y cayó de rodillas a su lado—. Peter, abre los ojos, tienes que despertarte —dijo sacudiéndole los hombros. Presionó la palma contra la mejilla del chico. Le limpió el oro que le caía de los labios con el pulgar. Era cálido y pegajoso contra su piel helada y pálida.

Estaba tan blanco que dudaba de que siguiese vivo.

Peter gruñó, fue un sonido gutural que le nació desde lo profundo del pecho. Algo a medio camino entre un llanto y un suspiro de alivio estalló en los labios de Wendy. El pecho del chico subía y bajaba con respiraciones entrecortadas y superficiales.

—¿Wendy? —Intentó abrir los ojos para mirarla, pero no conseguía enfocarlos. El tono azul parecido al cielo estrellado se había desvanecido y había sido reemplazado por pupilas negras. Su mano, pesada y con poco control, tocó el rostro de Wendy. Los dedos fríos de Peter le acariciaron la mejilla con la palma contra los latidos desbocados que palpitaban en su cuello—. No —gimió con sufrimiento y contuvo un sollozo—. Tienes... tienes que sacarlos de aquí. —Peter intentó encontrar a Benjamin, Ashley, Matthew, Joel y Alex en la jaula—. Tienes que cuidar de ellos. —Exhaló otra respiración inestable e hizo una mueca—. Lo siento, lo siento mucho —murmuró.

Wendy apoyó la mano sobre la de Peter y la estrujó con fuerza.

—Todo irá bien, te pondrás bien —le dijo. Una lágrima caliente le cayó por la mejilla—. Solo tienes que aguantar, ¿de acuerdo?

No podía perderlo, no lo haría. Pero ¿cómo podía detener a la sombra ella sola?

—¡Esto es muy poético, de verdad! —afirmó la sombra. Sonreía, complacida consigo misma—. Podrás ver como succiono lo que queda de Peter y sus últimos pensamientos serán sobre cómo no logró salvarte —celebró. Sus ojos negros y vacíos se posaron en los niños, que se encogieron—. Mmm… —Estiró el cuello e inhaló profundamente, su boca esbozó una sonrisa malvada mientras se concentraba en los niños—. Delicioso.

Peter tenía los ojos abiertos y suplicantes. Estaba demasiado débil para decir nada más. Siguió a Wendy con la mano mientras ella se alejaba.

Wendy miró una última vez a Peter antes de girarse y enfrentarse a la sombra.

—No necesita salvarme. —Plantó los pies y se situó entre Peter, los niños atrapados y la sombra. Cerró las manos en puños a ambos lados—. No permitiré que te lleves a ninguno de ellos —replicó, elevando la voz.

—¡Wendy! —Pequeñas voces llenas de pánico estallaron detrás de ella.

—¡No!

—¡Estás aterrorizada! —La sombra inclinó la cabeza hacia atrás y soltó una risa chirriante. Aulló con un júbilo maligno. Puso una sonrisa de oreja a oreja, enseñando los dientes afilados—. Puedo oler tu miedo, Wendy Darling. Te brota de los ojos y la piel.

Tenía razón. Le temblaban las rodillas, le ardían los ojos y estaba cubierta de sudor helado, pero se negaba a retroceder.

—¡No dejaré que hagas daño a nadie más! —gritó con fuerza.

Un gruñido se atascó en la garganta de la sombra.

—¿Te atreves a desafiarme? —Su voz era como un estruendo. Las sombras se arremolinaron y rodearon la base del árbol.

—Crees que eres muy poderoso, ¡pero lo único que haces es asustar a niños pequeños! —gritó Wendy.

—Wendy Darling —bramó la sombra—. ¡No puedes salvarlos de la misma manera que no pudiste salvar a tus hermanos!

Esas palabras la sacudieron hasta la médula, pero no cedió terreno.

—¡Por tu culpa, están destinados a deambular en un limbo, incapaces de descansar o encontrar la paz!

El llanto de sus hermanos estalló en el aire. Wendy intentó encontrarlos, pero sus gritos de socorro se arremolinaron entre las sombras, la rodearon y le cayeron encima.

—¡Ni siquiera tus propios padres pueden mirarte! —gritó la sombra—. ¡No eres más que un recordatorio de lo que perdieron!

Pensamientos oscuros invadieron la mente de Wendy. La puerta cerrada de su habitación. Los llantos ahogados de su madre en el baño. El olor a alcohol en el aliento de su padre mientas dormía sobre su escritorio. El viento le sacudió el pelo y se lo pegó a las mejillas.

—John y Michael fueron asesinados por tu culpa, Wendy Darling.

Las palabras la golpearon como una patada en el estómago. Se tambaleó.

Debajo de las voces que la atormentaban, Wendy todavía podía sentir las voces de Ashley y Benjamin gritando su nombre. Apenas podía verlos a través del remolino de sombras que la rodeaba. La jaula empezaba a desvanecerse, las barras titilaban y se estrechaban mientras el vórtice que se había formado a su alrededor succionaba las sombras. Las sombras estaban convergiendo, se habían olvidado de los niños atrapados para ahogar a Wendy en recuerdos terribles y en los llantos de John y Michael. Wendy observó como los niños tiraban de los barrotes, Matthew casi se había liberado y Joel lo seguía de cerca.

Bien, si distraía a las sombras el tiempo suficiente, quizá los niños podrían huir. Ese pensamiento le dio un pequeño empujón de determinación. El cuerpo de Wendy se sacudió con violencia, apenas podía mantenerse en pie. Podía sentir como las sombras se acercaban, como le tiraban de los pies y le envolvían las piernas. Podía sentirlas acumulándose en el vacío de su pecho.

—Ríndete, Wendy. —Las palabras se repitieron en su mente. Las sombras se le aferraron a la base de la garganta.

Intentó invocar recuerdos felices mientras los malos pensamientos la acorralaban. Pensó en la catarata y en la laguna. En la sonrisa de Peter y sus hoyuelos, en las gotas de agua que le colgaban de la punta de la nariz.

Se obligó a pensar en los desayunos de cuando era niña. En ella y en sus hermanos hundiendo los dedos en un recipiente de mezcla de tortitas mientras su madre se reía delante de la sartén. En su padre persiguiéndolos en el jardín durante las frías tardes de otoño.

El suelo tembló. El viento le abofeteó las mejillas y le tiró del pelo. Wendy se resistió. Unos gritos terribles le inundaron los oídos. Las sombras vibraban contra su piel. Eran incesantes. A través del remolino de sombras y antes de hundirse en la oscuridad total, pudo ver que los últimos rastros de la jaula habían desaparecido y que los niños eran libres.

Las imágenes de sus hermanos asesinados le cayeron encima con fuerza. Empezó a derramar lágrimas calientes. Las voces le rugieron en la cabeza.

«Desaparecidos. Muertos. Asesinados. Tu culpa. Tu culpa. TU CULPA».

Wendy intentó aferrarse a los recuerdos de sus hermanos tumbados de espaldas, no en el suelo frío cubierto de nieve, sino en el césped de su jardín trasero mientras miraban las estrellas durante las noches de verano. Se aferró al recuerdo de sus padres sentados en las tumbonas, bebiendo limonada mientras sus hermanos y ella corrían entre los aspersores.

Pensó en Michael acurrucado contra su pecho. Se tambaleó hacia atrás. Prácticamente podía sentir su pequeño cuerpo contra el de ella, sus pequeños brazos abrazándole la cintura. Wendy sintió otro peso, esta vez en la espalda. John se había sumado al abrazo.

Un sollozo estalló en el pecho de Wendy. Podía recordarlo. Prácticamente podía sentir como la abrazaban con fuerza. El rostro de John contra su hombro. El pelo mullido de Michael entre sus dedos. Las sensaciones eran demasiado reales.

Demasiado reales.

Wendy abrió los ojos.

Las sombras seguían chillando y retorciéndose, pero…

Bajó la mirada. Hundía los dedos en unos suaves rizos castaños. Sintió que la atravesaba un rayo. ¿Michael? Los brazos del niño la abrazaron con fuera y acurrucó su cabeza contra ella.

A Wendy se le llenaron los ojos de lágrimas que le nublaron la visión mientras acariciaba la cabeza del niño. Detrás de ella, otros brazos la abrazaron con fuerza por la cintura.

¿John? Sin poder ver, Wendy se estiró hacia atrás e intentó abrazarlo. Una electricidad le recorría el cuerpo mientras intentaba aferrarse a ellos, acercarlos todo lo que pudiera, aunque se aferraban con tanta fuerza que apenas podía respirar.

Las manos de Wendy intentaron sujetarlos con más firmeza. Estaban vivos. Sus dedos encontraron la sudadera gruesa de Michael…

Se congeló.

¿Su… sudadera?

Wendy bajó la mirada y entrecerró los ojos para ver a través de las ráfagas de viento.

Vio una capucha azul que tapaba al niño por completo.

Se dio cuenta de que había más de dos personas. Wendy estaba rodeada de cuerpos temblorosos, de manos y brazos desesperados. Benjamin, Ashley y Matthew estaban acurrucados contra Wendy y le daban la espalda al rugido de las sombras.

Joel, no John, se aferraba a su espalda.

No era Michael quien la abrazaba, sino Alex, aterrorizado y tembloroso.

La jaula se había debilitado y habían huido. Se habían escapado y, en vez de irse corriendo, habían ido hacia Wendy. Intentaban protegerla.

Intentaban mantenerla a salvo.

Delante de ella, la sombra aulló y se contorsionó. Se hinchó y creció.

Wendy estaba asustada, pero no se rendiría. Peter había dicho que, para detener a la sombra, tenía que volver a adherirla a él.

El árbol se sacudió mientras la versión cruel de Peter se transformaba en una masa de remolinos de sombras y garras.

Ya lo había hecho una vez y lo volvería a hacer.

La sombra se abalanzó hacia delante y apareció una boca en su centro que revelaba largos dientes afilados, como dedos que se extendían en distintas direcciones.

Unos brazos se extendieron para atrapar a los niños, pero Wendy también los sujetó. Tiró de los tentáculos pegajosos, los alejó de los niños y los amontonó con los puños. Apretando los dientes, Wendy tiró con fuerza.

La sombra titiló, su rostro distorsionado parecía sorprendido.

—¡Volverás a donde perteneces! —gritó Wendy.

La boca cavernosa de la sombra se abrió por completo y emitió un rugido que le sacudió los huesos, pero no retrocedió. Rápidamente, unió los bordes de la sombra sin dejar de tirar.

Todo se movió. Las sombras que habían encerrado a Wendy ahora luchaban por liberarse de ella. Tiraban en la dirección opuesta, pero Wendy se negaba a soltarlas.

De repente, aparecieron más manos. Joel, Matthew, Benjamin, Ashley y hasta el pequeño Alex cogieron puñados de la sombra e intentaron ayudarla.

La criatura desdichada cayó al suelo.

—¡No la soltéis! —gritó Wendy. Los niños lucharon y tiraron de la sombra mientras se movía. Pero Wendy sentía cómo se debilitaba, empezaba a encogerse y a volverse fibrosa.

Los tentáculos de sombras intentaban llegar a la base del árbol. Sus garras se arrastraban por la tierra, intentaban escurrirse entre las raíces retorcidas. Estaba intentando huir.

Wendy se lanzó hacia delante y atrapó a la sombra que retrocedía; se estaba derritiendo en una mezcla pegajosa.

Wendy se la envolvió alrededor de la mano y tiró de ella mientras soltaba otro chillido.

Ashley gritó y los cinco niños retrocedieron para darle espacio a Wendy, que forcejeó con la sombra mientras la empujaba hacia Peter. Poco a poco, la sombra se debilitó y dejó de resistirse mientras la arrastraban hasta los pies de Peter.

—¿Peter?

Wendy sostuvo la sombra con una mano, hundió la otra en su bolsillo y sacó el pequeño costurero.

—Aguanta, Peter… No te preocupes, voy a conseguirlo…

Con manos temblorosas, sacó una aguja ya enhebrada con hilo dental.

No había tiempo para pensar, tenía que hacerlo.

Rápidamente, Wendy perforó la suela sucia del pie de Peter con la aguja antes de clavarla en la sombra escurridiza. Trabajó lo más rápido que pudo, cosió la sombra debilitada a un pie antes de empezar con el otro.

Esto tenía que funcionar. Tenía que funcionar.

Cuando Wendy cortó el hilo con los dientes, Peter seguía inmóvil. Su propio latido errático le resonaba en los oídos mientras esperaba. Miró el rostro fantasmal del chico y luego a la sombra, que se desvanecía rápidamente. Seguía debilitándose, perdió intensidad hasta transformarse en solo una sombra en la tierra.

—Por favor, por favor, por favor —suplicó Wendy.

La sombra se retorció y empezó a esconderse debajo de Peter. Desapareció y no quedó nada más que las puntadas torcidas en las suelas del chico.

—¿Peter? —Wendy se estiró para tocarle el brazo, pero no se movió. Las lágrimas se acumularon en las pestañas de Wendy—. Peter… Por favor —dijo sin aliento.

Él también tenía que sobrevivir. Wendy necesitaba que estuviera bien, no solo por el bien de sus hermanos, atrapados en Nunca Jamás, sino por ella.

Le cogió las mejillas con manos temblorosas y buscó signos de vida en su cara. Tenía la piel muy pálida, sus pecas no eran más que manchas de ceniza. El pelo plateado le enmarcaba la cara con un brillo frío.

Wendy se inclinó sobre él.

—¡Peter! —Ella había cumplido su parte del trato. Lo cogió por los hombros y lo sacudió con fuerza—. ¡Peter Pan, tienes que despertarte en este preciso momento! —Le había cosido la sombra, ahora él tenía que...—. ¡Despiértate!

Wendy fue la primera en sentirlo: la temperatura aumentó lentamente debajo de la punta de sus dedos. Se irguió de repente, buscando más señales con ojos frenéticos. Poco a poco, el color empezó a volver a la piel de Peter. Casi brillaba, bronceado y radiante en la oscuridad del bosque. Las mejillas adquirieron un tono rosado. Los cortes de sus labios y las ojeras debajo de sus pestañas desaparecieron. El pelo volvió a adquirir tonos castaños y rojizos.

Peter jadeó y se llenó los pulmones de aire. Sus ojos se abrieron de par en par y salieron disparados hacia el claro antes de detenerse en Wendy. Bailaban con un brillo estrellado en un profundo mar azul.

—¿Wendy? —susurró y estiró una mano hacia ella—. Tú...

Entrecerró los ojos, como si estuviera intentando decidir si estaba soñando.

El alivio hizo que Wendy se quedara sin aire. Peter le quitó una rama del pelo.

—Tienes una pinta horrible —le dijo y la risa le burbujeó en la garganta.

—¡Tú…! —Wendy empujó la cara del chico.

Peter la detuvo y se puso de pie. La levantó en sus brazos y giró en el aire. Wendy se aferró a sus hombros por miedo a caerse, pero entonces Peter la besó y solo pudo derretirse contra él.

Risas temblorosas sacudieron sus lágrimas. Wendy envolvió el cuello de Peter con los brazos y se deleitó con la fortaleza del chico, que la sostenía por la cintura, la calidez de su piel y la suavidad de sus labios.

Peter apoyó su frente contra la de ella.

—Esta vez no ha explotado nada —bromeó Peter en voz baja. Su amplia sonrisa era desvergonzada y los hoyuelos sobresalían en sus mejillas.

—Peter Pan, te lo juro… —Sonrió y sacudió la cabeza con gentileza—. Si vuelves a hacer algo así otra vez, te mataré yo misma.

Peter se rio y sonó como una canción.

—Entendido —replicó.

Aterrizaron en el suelo. Cuando Peter retrocedió para mirarla a la cara, fue muy difícil no acortar la distancia y volver a acurrucarse contra él.

—¡Lo has conseguido! —Peter estaba radiante.

Wendy solo pudo reírse y asentir mientras se frotaba los ojos vidriosos.

—Pero… —Ladeó la cabeza—. ¿Cómo?

—La sombra intentó llevarte… —Sorbió y se encogió de hombros.

—¿Wendy? —Una voz asustada sonó detrás de ella. Alex estaba ahí, le temblaban las rodillas debajo del dobladillo de la sudadera. Sus puños, escondidos debajo de las mangas demasiado largas, le cubrían la boca mientras miraba a Wendy con preocupación. Detrás de él, Matthew y Joel seguían amontonados entre sí, mirando a su alrededor. Ashley tenía la espalda recta y tensa, los músculos de la garganta rígidos. A un lado, Benjamin miraba a Peter boquiabierto.

—La sombra intentó llevarte con ella —repitió Wendy—, pero no se lo permitimos.

—¿Estás bien? —preguntó Matthew, parecía preocupado.

Wendy asintió y se le escapó una risa de alivio.

Peter se puso de cuclillas delante de Alex.

—¡Todo va bien! —afirmó con alegría y apoyó una mano en el hombro del niño pequeño—. Habéis sido increíblemente valientes. —Le sonrió a cada uno de los niños—. ¡Esa sombra no tenía ninguna oportunidad!

—¿Regresará? —preguntó Ashley con voz tensa. Peter se puso de pie y apoyó los puños en las caderas. Automáticamente, Wendy se fijó en los pies de Peter... pero, por supuesto, era de noche y estaban en medio del bosque. No había suficiente luz para ver su sombra. Le dio un vuelco el corazón, pero la expresión de Peter era tranquilizadora.

—¿Después de lo que le habéis hecho? —Agitó una mano, restándole importancia al asunto—. Esa sombra es demasiado cobarde como para intentar meterse con vosotros otra vez.

El aire cambió y la tensión se licuó en suspiros de alivio y hombros relajados.

Sin embargo, Benjamin seguía teniendo la misma expresión de sorpresa mientras miraba a Peter.

—¿Ben...?

—¿Eres Peter Pan? —soltó el niño y Wendy se congeló antes de mirar a Peter.

—¿Quién? —Echó un vistazo a su alrededor mientras se señalaba con un dedo—. ¿Yo? —Inclinó la cabeza hacia atrás y soltó una risa aguda—. ¡Por supuesto que no! —Lentamente, despegó los pies del suelo y quedó suspendido en el aire con las manos en las caderas. Ladeó la cabeza y levantó una ceja—. Todo el mundo sabe que los cuentos de hadas no son reales.

Benjamin retrocedió con los ojos como platos.

Sonidos de sorpresa y admiración estallaron en el grupo. Sus pequeños rostros se iluminaron con sonrisas.

Peter le guiñó un ojo a Wendy y encontró una sonrisa lenta asomándose en sus labios.

—¿Hola? —dijo una voz lejana que sobresaltó a todos. Alex se aferró a la pierna de Wendy.

En la distancia, rayos de luz se movían de un lado a otro entre la densa vegetación. Voces resonaban en el bosque, acompañadas del suave ruido seco de pisadas y ramas al romperse.

—¿Hay alguien ahí? —preguntó otra voz.

—Son los equipos de búsqueda. —Wendy suspiró, aliviada.

—No puedo dejar que me vean. —Peter aterrizó sin hacer ruido a su lado.

—No... Tienes que irte —replicó y apoyó una mano sobre el pecho del chico.

Peter vaciló, una mezcla de sentimientos le bailaba en el rostro.

Wendy también lo sintió —el deseo de quedarse con él—, pero sería una noche muy larga y complicada, y la intervención de Peter solo empeoraría las cosas.

—Búscame más tarde. —Wendy le dio un empujoncito gentil y se aferró a su camiseta.

Después de un segundo, Peter se mordió los labios y asintió con la cabeza. Su camiseta se escurrió entre los dedos de Wendy y se marchó volando entre los árboles.

Las linternas cada vez eran más brillantes, e iban acompañadas de más voces y pisadas.

—¡Estamos aquí! —gritó Wendy agitando los brazos y entrecerrando los ojos en dirección a las luces.

Capítulo 22

Encontrados

El claro se llenó de personas en lo que pareció ser tan solo unos pocos minutos. No podían llegar en coche por la densidad de la vegetación, pero aparcaron en el camino más cercano. Los paramédicos y policías apabullaron a Wendy y los niños, les hacían preguntas y comprobaban que estuvieran bien.

Le daba miedo que los niños dijeran algo sobre Peter. No podía concentrarse en lo que le estaba preguntando el paramédico porque no dejaba de mirarlos de reojo mientras la policía los interrogaba. Pero en cada fragmento de conversación que oyó, había una marcada ausencia de Peter. Los niños intercambiaban miradas entre sí. Todos estaban nerviosos, hasta quizá un poco asustados, pero debajo de eso Wendy pudo sentir el latido de emoción y triunfo. Lo sintió en sus propias venas y lo notó en las sonrisas de los niños.

Incluso Alex fue muy valiente, aunque no soltó la pierna de Wendy. La manta lo cubría casi del todo, pero Wendy pudo ver el asombro en sus grandes ojos. La misma expresión que había visto en el hospital, cuando cogió el tiburón de origami.

Uno a uno, llegaron los padres y fueron trasladados con los niños al hospital para que los revisaran con más detenimiento.

Matthew y Joel hablaron emocionados con su madre sobre monstruos mientras subían al coche de policía. Ashley se mantuvo estoica, pero casi no dijo una palabra, le tembló todo el cuerpo cuando se reencontró con sus padres. Benjamin tenía una sonrisa de oreja a oreja, lo que no ayudó a tranquilizar a su madre, que no dejaba de tocarle la cara convencida de que tenía fiebre y estaba delirando.

Alex abrazó la pierna de Wendy hasta que su padre apareció. Era gigante; levantó al niño, que no dejaba de sollozar entre sus grandes brazos, y lo meció con gentileza. Del cansancio, Alex se quedó dormido con la cabeza apoyada sobre el gran pecho del señor Forestay mientras este hablaba con un policía.

Wendy dejó ir un gran suspiro. Los niños estaban a salvo y eso era lo más importante. Incluso si le contaban a la policía lo que había pasado en realidad, sabía que nadie los creería.

Los paramédicos guiaron a Wendy a una de las ambulancias.

El detective James no perdió el tiempo y empezó a hacerle preguntas, poniéndola aún más nerviosa.

—Entonces estabas sacando la basura —repitió el detective James mientras leía sus anotaciones. Llevaba una cazadora negra con el logo del departamento del sheriff en la espalda. A su lado, la detective Rowan, que llevaba la misma chaqueta, hablaba con uno de los agentes de criminalística—. ¿Viste a alguien en el bosque detrás de tu casa y decidiste seguirlo en vez de llamar a la policía?

Levantó una ceja.

—Sí —afirmó Wendy bruscamente y asintió—. ¡Ay! —Alejó el codo de Dallas el paramédico, que le estaba limpiando un corte.

—Y oíste a los niños pidiendo ayuda —siguió.

—Como ya he dicho, perdí el rastro del hombre, así que solo seguí las voces —explicó Wendy. Sonaba segura, o por lo menos, eso creía. Cada vez mentía mejor.

—¿Y no pensaste en llamar a alguien para pedir ayuda?

—No hay cobertura —replicó. Y era verdad.

El detective James dudó, miraba las notas sin parar.

—¿Y los encontraste en el claro?

—Estaban perdidos, obviamente.

—¿Y el secuestrador huyó?

—No se ve nada en medio del bosque, y menos de noche. —Se encogió de hombros—. No pude ver por dónde se fue. —Había oído a Benjamin, Ashley, Joel y Matthew contar una historia similar. Alex solo había asentido y negado con la cabeza. No pudieron ver bien a su secuestrador. Joel dijo que le había obligado a vendarse los ojos y los demás adoptaron esta versión rápidamente. Aunque tenía algunos fallos, los policías de Astoria parecían tan aliviados de que todos los niños hubieran aparecido sanos y salvos que no cuestionaron sus historias.

Menos el detective James, que destapó su pluma.

—¿Cómo te hiciste tanto daño?

—Corriendo por el bosque —respondió Wendy e hizo una mueca cuando Dallas empezó a trabajar en un corte en la sien—. Me caí un par de veces. Estaba oscuro y tenía miedo.

El detective James la observó. Wendy se quedó allí sentada, devolviéndole la mirada, no quería moverse o parpadear debajo de esos ojos observadores.

—¡Wendy! —La voz de su padre resonó a la distancia e hizo eco entre los árboles. La chica se sorprendió tanto que casi se cayó de la ambulancia—. ¿Dónde está mi hija?

—¿Papá? —Se bajó de un salto y llamó a su padre, lo buscaba entre las personas que estaban de pie y entrecerró los ojos por la luz de los coches.

El señor Darling avanzaba a toda velocidad y se abría camino entre la multitud.

—¡Wendy! —El señor Darling la sujetó por los hombros y prácticamente la levantó del suelo. Dallas se alejó al instante—. ¿Estás bien? —demandó y la estudió con los ojos bien abiertos. Le palpó la cabeza, los brazos y las manos mientras la evaluaba—. ¿Estás herida? ¿Qué ha pasado?

Se puso delante de ella de manera protectora y todos retrocedieron para darles espacio.

—Papá, no pasa nada, estoy bien —dijo y estrujó el brazo de su padre. Vio a Donald Davies trotando detrás de él, pálido y exhausto. Los ojos le salieron disparados hacia todos los policías y detectives.

Instintivamente, Wendy se encogió al lado de su padre.

La detective Rowan centró su atención en Wendy. Miró a la chica y al señor Davies antes de volver a mirarla. Casi de manera imperceptible, la detective Rowan se acercó un poco a Wendy y apoyó la mano en el cinturón de servicio.

—¿Dónde están Matthew y Joel? —preguntó el señor Davies con la frente bañada en sudor.

—Están con su esposa de camino al hospital —replicó el detective James.

—He venido en cuanto me habéis llamado —dijo el señor Darling—. Estábamos buscando a los niños en la otra punta del bosque… pero ¿los has encontrado tú? —Las palabras caían una tras otra—. ¡Te dije que te quedaras en casa cuando tu madre y yo no estuviéramos! —ladró enfadado, pero Wendy podía sentir la manera en que le temblaban las manos.

—Lo sé. Lo siento —se disculpó.

—Señor Darling. —El detective James dio un paso adelante—. Tenemos...

—Papá, sé donde están John y Michael —dijo en voz baja y todo el mundo la miró.

Su padre se congeló y Wendy continuó antes de que se esperanzara.

—Están enterrados debajo del gran árbol del claro —afirmó.

Quizá, si lo decía delicadamente, dolería un poquito menos. El señor Darling dejó caer las manos a ambos lados. Trastabilló hacia atrás, como si alguien le hubiera dado una bofetada. Empezó a respirar de manera entrecortada.

—Lo recordé —dijo y miró al detective James de reojo— cuando vi el árbol.

El detective James intercambió miradas con su compañera, que inmediatamente llamó a dos agentes y murmuró una orden. Se dirigieron al claro, pero la detective Rowan se quedó con ella.

Las palabras de Wendy quedaron suspendidas en el aire. Todos permanecieron callados.

El señor Darling estaba agitado, pero no sorprendido. Quizá ya lo sabía y había esperado esa confirmación durante cinco años; volvió a abrir los ojos y se giró hacia el detective James. Intentó poner la expresión de enfado que Wendy conocía tan bien, pero le temblaba el mentón y tenía los ojos vidriosos.

—¿Qué les pasó? ¿Quién fue? ¿Fue el hombre que secuestró a los otros niños? —demandó con voz áspera.

—Fue el señor Davies.

Todos los ojos que habían estado pegados en Wendy se posaron en el señor Davies.

Wendy se preparó mentalmente, esperaba que el hombre lo negara al instante, que discutiera y se resistiera. Quizá hasta empezaría a gritar que era inocente.

En cambio, se puso pálido, como si estuviera enfermo. Clavó la mirada en el suelo. Se inclinó hacia delante y hundió la cara en las manos.

—¿Qué? —El padre de Wendy fue el primero en romper el silencio. Su mirada saltaba de Wendy a su amigo. Su rostro estaba contorsionado y se le habían formado arrugas en la frente por la confusión.

—¿Estás segura? —preguntó con cautela el detective James, frío y serio.

La detective Rowan avanzó sin hacer ruido para colocarse detrás del señor Davies. Wendy asintió, retorciendo el dobladillo de su camiseta con los dedos.

—¿Cómo sabes eso, Wendy?

—Lo recordé.

Cogió la bellota que llevaba colgada del cuello. Los disparos resonando en el bosque nevado. Sus hermanos tirados en el suelo. Las manchas rojas de la sangre. El brillo del rifle. La clásica camisa roja a cuadros del señor Davies. Lo tenía grabado en la memoria y no lo olvidaría pronto. Probablemente, nunca. Un nuevo número de pesadillas que reviviría una y otra vez.

Wendy deseó que Peter estuviera con ella.

—Dice la verdad. —El señor Davies casi gimió y dejó caer las manos. Tenía las cejas arqueadas y la boca contorsionada y abatida—. Fui yo.

Sus ojos saltaron nerviosamente entre el señor Darling, Wendy y el detective James.

Wendy vio como el detective James se llevaba una mano a la cintura. Su padre no movió ni un músculo.

El señor Davies tragó saliva.

—Fui yo... Fu... fue un accidente —tartamudeó—. Estaba cazando fuera de temporada... Había estado bebiendo... ¡pensé que eran ciervos! —hablaba tan rápido que Wendy apenas podía entender qué decía. El señor Davies se pasó las manos por el pelo—. ¡Entré en pánico! Cogí una pala de mi camioneta y yo... Yo... —gruñó como un animal herido—. Quería confesar —le dijo suplicante al señor Darling. El padre de Wendy seguía mirándolo fijamente con manchas rojas en las mejillas—. Pero tenía a dos hijos pequeños en casa y mi mujer...

Wendy no sentía compasión por el señor Davies. Sus palabras no la engañaban, solo había pensado en sí mismo. Al no decir la verdad, había permitido que su familia sufriera durante años. Mantuvo el secreto para salvarse a sí mismo y ella y sus padres habían vivido años de duelo sin poder pasar página. No solo se había llevado a John y Michael, había torturado a su familia. Dejó que pasara. Observó mientras cargaban el peso de perder a John y Michael.

A Wendy se le llenó la boca de saliva, como si estuviera a punto de vomitar. El detective James dio un paso adelante.

—¿Secuestró a Wendy y a los demás niños? —preguntó el detective. Tenía una mirada acusatoria y una expresión severa.

—¡No! ¡No, no he sido yo! —dijo el señor Davies. El pánico le inundó la voz—. ¡Nunca toqué a Wendy o a esos niños! ¡Cuando desapareció, no sabía qué pensar! Empecé a dudar de mí mismo. Creí que quizá también la había matado y no había visto su cuerpo —intentó explicarse.

Wendy se estremeció. Lo había dicho de una forma tan despreocupada.

—Creí que la policía los encontraría, que solo era una

cuestión de tiempo hasta que se dieran cuenta de que había sido yo… pero no lo hicieron. Después esos niños empezaron a desaparecer y se llevaron a Joel y Matthew… —El señor Davies sacudió la cabeza con fuerza—. Maté a tus hijos, pero no toqué a esos niños, tienes que creerme —le suplicó al señor Darling. Frenético, volvió a mirar a Wendy y dio un paso hacia ella con las manos entrelazadas entre sí—. Lo siento tanto, Wendy… Yo…

Wendy retrocedió.

El señor Darling salió de su trance.

—¡No te atrevas a acercarte a mi hija! —bramó, estirando los labios y exponiendo los dientes—. ¡Mataste a mis niños! —Era un rugido gutural. Se le acumuló algo de baba en las esquinas del bigote—. Juro por Dios que te…

El padre de Wendy se abalanzó hacia delante, las fosas nasales dilatadas, los tendones del cuello tensos. El señor Davies se encogió y levantó los brazos para protegerse. Los policías que los rodeaban intervinieron y bloquearon el avance del señor Darling.

Wendy saltó hacia delante y cogió a su padre por el brazo para que retrocediera.

—¡Papá, no!

El señor Darling se congeló, pero no despegó los ojos del hombre que se encogía de miedo delante de él. El pecho le subía y bajaba con violencia. Wendy se aferró a su padre tan fuerte como pudo, pero era como un niño intentando contener a un toro enfurecido.

—Dice la verdad, el señor Davies no se llevó a los niños —Wendy le dijo al detective James.

—¿Cómo lo sabes? —preguntó el detective James, sin dejar de mirar al padre de Wendy y al señor Davies.

—El hombre que me secuestró era la misma persona que tenía a los niños cautivos en el bosque —dijo. No sabía por qué estaba ayudando al señor Davies, pero era verdad: él no había sido el culpable. Wendy estaba decidida a ser buena persona. Ya habían sufrido demasiado esa noche—. Cuando seguí al hombre y le vi la cara, lo recordé —mintió—. Era el mismo hombre que me encontró en el bosque.

—¿Sabes qué aspecto tiene? —indagó el detective James y Wendy asintió.

—Donald Davies. —El detective se puso frente al señor Davies—. Gire lentamente y ponga las manos sobre la cabeza —le dijo. El señor Davies lanzó una última mirada de sufrimiento hacia Wendy antes de hacer lo que le ordenaban. La detective Rowan lo esposó y lo arrastró hasta uno de los coches patrulla.

Wendy sabía que tendría que inventarse alguna descripción. Dar más declaraciones, responder más preguntas. Pero, en ese momento, solo quería salir del bosque.

El señor Darling no se movió. Fulminó la espalda del señor Davies con la mirada.

—Papá —dijo Wendy suavemente mientras le tiraba del brazo.

Se giró hacia ella y Wendy pudo ver el dolor, la pérdida y la ira enfrentándose en su rostro; le brillaba en los ojos.

—¿Podemos irnos a casa? —dijo casi sin voz—. Por favor.

El señor Darling se frotó la nariz con el puño. Asintió con rigidez, rodeo los hombros de su hija con un brazo y la mantuvo cerca mientras caminaban hasta su coche.

Cuando Wendy y su padre entraron por la puerta principal, su madre estaba sentada en el sofá con el móvil contra la oreja. Dio un salto y se giró hacia ellos, dejando caer el teléfono. El pelo castaño de la señora Darling era un desastre. Todavía llevaba la ropa de trabajo y tenía los ojos rojos; la piel delicada que los rodeaba estaba hinchada. Cuando vio a Wendy, exhaló temblorosamente y se llevó las manos a la base de la garganta.

Detrás de ella, la televisión estaba encendida. La pantalla mostraba la concurrida carretera que atravesaba el bosque, la cámara enfocaba las ambulancias, los coches patrulla y la cinta amarilla. En el centro de la imagen, aparecían las fotografías escolares de John y Michael. Las mismas que habían utilizado para anunciar sus desapariciones cinco años atrás.

Esta vez, el titular decía: CUERPOS ENCONTRADOS.

A la señora Darling le tembló la voz cuando habló.

—Me llamaron. —Parpadeó y las lágrimas se derramaron por sus mejillas—. Creen que quizá sean John y Michael.

Wendy caminó hacia donde su madre estaba sentada. Se endureció, intentó reunir valor para hablar. Abrió y cerró las manos, formando puños a ambos lados del cuerpo. Tenía las palmas pegajosas por el sudor. Sus padres se merecían una explicación, algo que contrarrestara o aliviara el dolor, pero no sabía qué decir.

Su madre la miró fijamente, su entrecejo denotaba confusión y preocupación.

Con determinación, Wendy respiró hondo, pero el aire le sacudió los pulmones y le tensó el pecho. Le picaban los ojos y le ardía la garganta.

—Yo… —Su rostro se desmoronó y se ahogó en un sollozo incontrolable—. Lo siento tanto —soltó y un llanto entrecortado la dominó—. Es todo cu… culpa mía, lo siento…

¡Lo siento mucho! —repitió las palabras una y otra vez hasta que se transformaron en un murmullo. Le temblaba el cuerpo y se sacudía por el llanto mientras se abrazaba el estómago con fuerza.

La conmoción de su madre empezó a suavizarse.

La señora Darling se acercó a Wendy con manos gentiles. Hundió las rodillas en el sofá mientras su madre la abrazaba. Al principio se tensó. No sabía cuándo había sido la última vez que su madre la había tocado de esa manera, ni siquiera podía recordar cómo se sentía. Pero la señora Darling apoyó el mentón en la parte superior de la cabeza de Wendy y la envolvió con los brazos. Frotó la espalda de su hija con lentos movimientos circulares. Tarareó suavemente en la oreja de Wendy y todo su cuerpo se relajó.

Wendy se derrumbó, se aferró a ella mientras lloraba en su hombro. Saliva y lágrimas empaparon la ropa quirúrgica verde.

—Lo siento tanto —dijo asfixiada—. Es culpa mía... Se suponía que debía cuidarlos... Estuve ahí. —El dolor la estrujó como una mordaza—. Vi cuando pasó... No podía recordar... No podía... Por mi culpa ya no somos una familia...

—Shhh, cariño —le susurró su madre en la oreja. Su voz era sombría y estaba teñida de dolor, pero era tierna de todos modos. Abrazó a Wendy con fuerza y siguió frotándole la espalda mientras le acariciaba el pelo con la otra mano—. No es culpa tuya. Nada de esto es culpa tuya.

Alivio y dolor cayeron con fuerza sobre Wendy. Se acurrucó contra su madre. Había destinado tanta energía y cuidado a no permitirse llorar por miedo a no poder parar, pero ahora dejó que las lágrimas de angustia la hicieran temblar.

—Lo siento tanto, Wendy...

Wendy quería discutir, decirle a su madre que no tenía

motivos para disculparse, que ella era la culpable de las muertes de John y Michael.

—Intentamos protegerte, pero te decepcionamos —dijo la señora Darling y Wendy solo pudo negar con la cabeza. Sintió el suspiro en el pecho de su madre—. Dejamos que nuestro dolor nos distrajera y no cuidamos de ti. Eres tan valiente, Wendy Darling.

Su madre la estrujó levemente.

La señora Darling se inclinó hacia atrás. Wendy sintió sus manos frías contra la piel enrojecida cuando le envolvió las mejillas. Tuvo un ataque de hipo mientras parpadeaba y lagrimeaba. Sintió un nuevo peso en el sofá. Su padre se había puesto a su altura y le había apoyado una mano en la espalda.

—Llevas tanto tiempo sufriendo por esto —dijo su madre y le limpió las lágrimas con los dedos. La sonrisa de la señora Darling era pequeña, pero llena de esperanza—. Quiero que vivas, Wendy, no solo que sobrevivas.

Era más de lo que Wendy podía soportar, así que se permitió romperse. Se acurrucó contra su madre, que seguía frotándole la espalda, y la mano firme de su padre no la abandonó.

—Los has encontrado, Wendy —murmuró su madre sobre su cabeza—. Están a salvo.

Se quedaron así durante mucho tiempo, Wendy entre su madre y su padre, dejando que la abrazaran con fuerza. Sentía que estaba al borde de un precipicio negro que amenazaba con tragársela por completo, pero cada vez que pensaba que estaba a punto de caer, cerraba los ojos y recordaba a John y a Michael.

Wendy apreciaba el consuelo de sus padres, pero, después de un tiempo, empezó a ser sofocante. Estaba acalorada y sedienta. Los labios le sabían a sal. Necesitaba algo de espacio, aire fresco y dormir.

Se desenredó de los brazos de sus padres y se levantó.

—Me voy a la cama —dijo mientras sorbía por la nariz y se limpiaba los mocos—. En mi antigua habitación.

Sus padres intercambiaron miradas.

—Estoy bien —les dijo y, esta vez, no era una mentira. Respiró hondo y logró esbozar una pequeña sonrisa—. De verdad.

Su padre asintió al fin y su madre le estrujó la mano una última vez antes de que subiera las escaleras.

La puerta se abrió sin problemas. Wendy avanzó lentamente hasta la ventana y se sentó en el banco. El cielo estaba tiñéndose de un azul violáceo, el amanecer se acercaba. Apoyó la espalda contra la pared y cerró los ojos. Envolvió la cuerda de cuero que llevaba alrededor del cuello con el pulgar y estrujó la bellota.

Una brisa fresca se asomó desde el bosque y le llevó el aroma a madreselva. Una mano cálida y dubitativa le acarició la mejilla. Wendy suspiró y esbozó una sonrisa. Cuando abrió los ojos, Peter estaba sentado a su lado, con las piernas colgando por la ventana. El primer rayo de sol le impactó contra la piel. Su sombra se extendió por el suelo de la habitación.

—¿Estás bien? —preguntó. Cada pizca de su brillo había vuelto, pero la línea de preocupación entre sus cejas seguía ahí.

—Sí —dijo Wendy. Hizo una pausa y negó con la cabeza—. Quiero decir, en realidad no, pero sí, lo estaré —se corrigió, se sentó erguida y se abrazó las rodillas contra el pecho.

Peter le acarició la comisura de los labios con el pulgar antes de dejar caer la mano.

—¿Y tus padres?

—Creo que también. —Se inclinó hacia él—. ¿Has visto lo que ha pasado?

Peter asintió. La observaba con ojos atentos y llenos de estrellas.

Wendy le estudió el rostro, intentaba empaparse de él y memorizar cada centímetro. La curva de su nariz. Las orejas levemente puntiagudas. El pelo rojo y despeinado. Las pecas de las mejillas. Sabía que se estaban quedando sin tiempo y que Peter tendría que regresar a Nunca Jamás. Quería saborear el tiempo que les quedaba hasta el último segundo.

Estiró una mano y acarició el pliegue entre las cejas de Peter con el pulgar; sus ojos azules parpadearon lentamente.

—¿Cuándo volverá todo a la normalidad? —preguntó y golpeó la rodilla contra el brazo de él.

—Pronto. —Peter esbozó una pequeña sonrisa—. Estoy seguro de que volveré a mi cuerpo normal cuando regrese a Nunca Jamás.

—Desearía poder recordarlo. —Wendy se movió para apoyarse contra él—. Nunca Jamás, quiero decir. Todavía no tengo acceso a una gran parte de mi memoria. Desearía poder recordar cómo era estar allí con mis hermanos…

—Quizá ahora empieces a recuperar tus recuerdos —dijo Peter y se encogió levemente de hombros—. Quizá ahora que los has desbloqueado, recuerdes otros momentos. Buenos momentos. Felices.

—Tal vez.

—O… —La sonrisa de Peter se tiñó de picardía y se inclinó hacia ella de manera conspiratoria—. Podrías volver conmigo a Nunca Jamás.

Por como le brillaban los ojos, a Wendy le resultaba imposible determinar si hablaba en serio o no. Contra toda lógica, hinchó el pecho con esperanza.

—¿Podría quedarme contigo?

—Podrías quedarte conmigo —repitió.

—¿Y podría volver a ver a mis hermanos?

—Sí.

Wendy se mordió el labio inferior. Por supuesto, era demasiado bueno para ser cierto, no era tan sencillo.

—Pero entonces no serían capaces de seguir adelante, ¿no?

—No. —La seguía mirando, pero ya no sonreía tanto.

—Y yo tampoco… —Asintió con la cabeza. Era una idea preciosa. Huir a Nunca Jamás con Peter. Poder volver a ver a sus hermanos. No tener responsabilidades ni tener que lidiar con el mundo real. Pero eso también significaba renunciar a muchas cosas. Wendy esbozó una pequeña sonrisa—. Con mi suerte, solo empezaríamos esta pesadilla otra vez —afirmó y Peter se rio y chocó su hombro con el de ella.

—Sí, supongo que eso no sería bueno.

—Bueno, podrías quedarte aquí y crecer. —El corazón empezó a latirle con fuerza—. Conmigo.

La sonrisa de Peter era suave y dulce. Solo para ella. Wendy supo la respuesta antes de que la dijera.

—No puedo. Tengo que volver y cuidar de los niños perdidos. Quiero hacerlo —se corrigió—. Cuidar de ellos.

Wendy asintió.

—Además, crecer suena horrible —afirmó con indiferencia e hizo un gesto de desinterés con la mano. Miró por la ventana hacia el bosque. Le brillaban los ojos con fuerza y se le puso la punta de la nariz roja—. Aunque… —Ladeó la cabeza y miró a Wendy de reojo—. Quizá no sería tan malo si lo hago a tu lado.

Wendy se rio y se limpió las lágrimas de los ojos.

—Cuando veas a John y a Michael, ¿les dirías que los quiero y que pienso en ellos todo el tiempo?

—Lo haré.

Wendy asintió temblorosamente y se lanzó hacia él, rodeándolo con los brazos. Peter también la abrazó. Wendy apoyó la oreja contra su pecho. El corazón le palpitaba rápido, pero estable. Wendy intentó ignorar la desesperación que pesaba sobre ella.

—Tienes que irte ya, ¿verdad? —murmuró contra su hombro. No era una pregunta. Inclinó la cabeza hacia atrás para mirarlo.

Peter asintió. El pelo le hacía cosquillas mientras la miraba a los ojos con tristeza.

Quería decirle que no creía que pudiera soportar despedirse. Que la idea de no volver a verlo la aterrorizaba. Que lo necesitaba, que quería que se quedara con ella, pero el nudo que se le había formado en la garganta le impidió hablar. Peter sonrió. Le cogió las mejillas con ambas manos.

Wendy cerró los ojos. El beso fue suave. Sus labios eran tan dulces como la madreselva.

—Nunca te olvidaré. —Peter susurró sobre sus labios.

Cuando Wendy abrió los ojos, él ya no estaba. Se abrazó a sí misma. La brisa fría que venía del bosque le acarició la piel.

Parecía imposible que las cosas volvieran a la normalidad después de un día así. Habría más preguntas por la mañana. Tendría que explicarle a Jordan qué había pasado o, por lo menos, todo lo que pudiera. Probablemente discutirían un poco más, pero era más importante que Jordan siguiera siendo su mejor amiga que tener «la razón» o ganar la discusión.

Seguiría adelante después de esto. El verano acabaría pronto y empezaría la universidad. Una nueva vida y un nuevo camino.

Wendy contempló las estrellas y las estrellas le devolvieron la mirada.

Epílogo

¡Ugh! —Jordan levantó las manos con dramatismo y se tumbó en el césped—. ¿Por qué dejé que me convencieras de apuntarnos a esta clase? —demandó gritándole al cielo.

—No te obligué a hacer nada —respondió Wendy con una risita mientras guardaba su libro de química orgánica en la mochila. Jordan y ella solían almorzar en el césped entre clases cuando hacía buen tiempo—. Nos apuntamos porque es un requisito para Medicina. —La miró con seriedad y arqueó una ceja en un ángulo crítico—. ¿Lo recuerdas?

Jordan murmuró con pesimismo.

Su primer año de universidad había pasado volando. Wendy y Jordan vivían en la misma residencia y, además, en la misma planta. Wendy solo tardó una semana en ir a secretaría y cambiarse a Medicina. Jordan lo había celebrado con vítores a su espalda mientras completaba el papeleo. Fue vergonzoso y maravilloso.

Era increíble lo mucho que podían cambiar las cosas en un año.

La universidad tenía una clínica excelente y el seguro médico estudiantil incluía sesiones de terapia. Había ido a la psicóloga todo el año escolar, dos veces por semana, y estaba aprendiendo a superar su trastorno de ansiedad. Después de recuperar la memoria, Wendy experimentó un nuevo número de desafíos. Pesadillas, ráfagas de recuerdos e insomnio. Le dieron medicamentos para apaciguar la ansiedad y ayudarla a dormir, pero algunos días eran peores que otros. Era difícil. A veces le parecía imposible, pero tenía ayuda. Tenía a sus padres y a Jordan. Y tenía metas en las que concentrarse. Estudiaría para convertirse en doctora. Concretamente, en pediatra.

—Tengo que irme a mi próxima clase —gruñó Jordan y guardó rápidamente los papeles en la mochila. Estiró las manos por encima de la cabeza y extendió sus dedos hacia el sol—. ¿Aún quieres ir a nadar mañana?

—Claro. —Wendy asintió. Ambas habían entrado en el equipo de natación, pero como venían de un instituto pequeño de un pueblo igual de pequeño, iban muy atrasadas en comparación con los otros nadadores. Pero era bonito tener una razón para motivarse. Sin mencionar que una buena sesión de entrenamiento la ayudaba a dormir mejor.

—Vale.

Jordan esbozó una sonrisa mientras abrazaba a Wendy. Lo hacía mucho desde que Wendy había encontrado a los niños en el bosque. Cuando Jordan fue a su casa la mañana siguiente, ni siquiera hubo una discusión sobre quién le debía una disculpa a quién o quién lamentaba qué. Jordan solo abrazó a Wendy con tanta fuerza que le hizo crujir la espalda antes de abarrotarla incesantemente con preguntas.

Wendy evitó las relacionadas con Barry y qué le había pasado. Ocasionalmente, el boceto policial poco preciso de

Peter la cogía por sorpresa cuando visitaba a sus padres y lo encontraba colgando de algún poste. Todavía lo estaban buscando, era el único que había desaparecido y no había vuelto, pero las búsquedas activas terminaron tiempo atrás. La mayoría de las personas creían que solo era un vagabundo que pasaba por el pueblo.

Jordan tiró de un mechón del pelo de Wendy mientras se alejaba.

—Estás bastante desaliñada, amiga —dijo mientras se levantaba.

—Sí. —Wendy se alisó la melena con las manos—. Estoy pensando en dejármelo crecer. —Se encogió de hombros, donde ya casi llegaba.

—¡Nuevo *look*! —Jordan asintió—. ¡Me encanta! —cantó con entusiasmo. Wendy se rio y Jordan le devolvió el gesto—. ¡Te veré después de clase! —gritó mientras se despedía con la mano y volvía al edificio de ladrillo—. ¡Tengo que enseñarte cómo hacer ramen con la cafetera!

—¡Eso es asqueroso!

—¡Es delicioso!

Wendy puso los ojos en blanco, pero no pudo evitar sonreír. Cuando Jordan desapareció, se tumbó de espaldas y estiró las manos por encima de la cabeza, enredando los dedos en la vegetación. Este era su lugar favorito del campus, donde los rosales bordeaban el césped.

En casa, su madre y ella habían elegido y plantado dos rosales en el jardín trasero en recuerdo de John y Michael. El de John era blanco y el de Michael amarillo brillante. La señora Darling pasaba mucho tiempo hablando con las rosas mientras los podaba. La última vez que estuvo en casa, hasta vio a su padre hacerlo un par de veces cuando creía que nadie lo veía.

Wendy observó las rosas mecerse suavemente con la brisa y pensó en Peter. Solía hacerlo con frecuencia. Cuando todo estaba tranquilo, su mente siempre parecía terminar en él. Solía soñar con él, pero cuando se despertaba solo recordaba destellos fugaces de sus ojos estrellados y su amplia sonrisa. Muchas veces deseaba tener una fotografía suya o algo más sustancial que sus dibujos para recordarlo, además de la bellota que todavía llevaba alrededor del cuello todos los días.

Suspiró. La bellota descansaba en el centro de su pecho de manera tranquilizadora. El dolor por echarlo de menos regresó como siempre que pensaba en él. Cerró los ojos e hizo su mejor esfuerzo para invocar una imagen de él sonriendo. Pensó en su diente roto y en la manera en que se le arrugaban las comisuras de los ojos.

Wendy sonrío mientras la brisa cobraba fuerza e hizo que el césped bailara contra su piel. El viento le acarició las mejillas, olía tan dulce como la madreselva. Debajo del rugido de las hojas, Wendy hubiera jurado que había oído el suave chirrido de los grillos.

Se quedó sin aliento. Abrió los ojos.

Agradecimientos

Perdidos en Nunca Jamás fue un proceso de siete años durante los cuales he crecido, retrocedido y cambiado. Durante esos años, muchas personas ayudaron a esta historia a crecer y, a su vez, a que creciera yo. Os tengo que dar las gracias.

Shelby Gagnon, tu familia y tú me acogisteis durante uno de los momentos más oscuros de mi vida. Me presentasteis Astoria un fin de semana de primavera y llevo enamorado de esos bosques desde entonces. Sin ti, esta historia no existiría.

Kathryn Reiss, gracias por ser mi guía durante mis años de universidad y posgrado en Mills. Decidí intentar ser escritor en el instituto y participé en tu curso de escritura para jóvenes. Sin ti, no sería el escritor que soy hoy.

Marisa Handler, cuya guía hizo que la historia de Wendy cobrara vida de manera hermosa y conmovedora. Fuiste una fuerza tranquilizadora cuando todo parecía imposible.

A Ellen McAmis y Mackenzie Bronaugh, que prepararon una intervención ridícula cuando me vieron luchando, pero más que nada por su amor y lealtad inquebrantables. Gracias por las risas que nacen en la barriga y los abrazos estrujantes.

A Adwoa Gyimah-Brempong: sin ti, nunca hubiera sobrevivido a mi posgrado. Eres increíble.

A Elizabeth Stelle y Tanya Lisle, mis increíbles socias de escritura. Gracias por alentarme a seguir escribiendo y a ser yo mismo en cada paso del proceso de publicar este libro. Vosotras sois las verdaderas heroínas.

A todas mis amigas de H.O.W. —Genny, Maggie, Manasi, Mary—, algunas de las escritoras más talentosas que conozco, quienes crearon una comunidad donde pude mejorar mi escritura, explorar lugares distantes y experimentar con la magia.

Un agradecimiento súper especial a Alison Morrison, uno de mis apoyos más grandes, que se volvió loca conmigo cuando recibí el correo electrónico oficial durante una reunión muy seria. Me has alejado de varios acantilados y estoy seguro de que habrá muchos más en el futuro. Gracias por ser la mejor mamá-representante que pudiera desear.

A Holly West, mi fenomenal editora, que me ayudó a darle un giro a la historia y hacerla oro. Todavía no puedo creer que haya encontrado a alguien con quien trabajar que comprende mis historias y personajes tan bien; a veces incluso más que yo. Trabajar contigo ha sido una de las mejores cosas que nos ha pasado a mi escritura y a mí.

A Emily Settle, una de las mejores animadoras, que se vuelve loca cuando le mando mensajes con pensamientos aleatorios e ideas. Me contaron que fuiste una de las primeras personas en encontrar *Perdidos en Nunca Jamás* y compartirlo con el resto del equipo, y siempre te estaré agradecido.

Hay tantas personas en Mac Kids que estuvieron involucrados en esta historia y la hicieron brillar… Gracias a Perry Minella y Melanie Sanders por coger mis palabras y hacerlas descifrables; sois los jugadores más valiosos.

Gracias a Raymond Colón por coger mi historia y transformarla en un libro real que puedo sostener. A Rich Deas y Mike Burroughs por crear una portada tan preciosa y hacer realidad un sueño de toda la vida.

También quiero dar las gracias a los otros miembros de Swoon Reads, Kat Brzozowksi, Lauren Scobell y Jean Feiwel; vosotros tres habéis estado a mi lado durante todo este camino.

Al resto de Swoon Squad, os quiero y valoro a todos. Soy increíblemente afortunado de formar parte de un grupo de personas talentoso, amable y alentador. Sois como mi segunda familia. Un saludo especial a Prerna Pickett y Olivia Hinebaugh, que vinieron a mi rescate en momentos de necesidad. Un agradecimiento especial a Caitlin Lochner, que me salvó en el último minuto.

Finalmente, pero no por eso menos importante, a mi familia. Sin vosotros, estaría perdido.

¡QUEREMOS SABER QUÉ TE HA PARECIDO!

Nos puedes escribir a **hola@vreuropa.es** con el título de esta novela en el asunto.

Encuéntranos en:

instagram.com/VREuropaYa

twitter.com/VREuropaYA

COMPARTE
tu experiencia con este libro con el *hashtag*
#perdidosennuncajamas